ELLA DANZ

Kochwut

MORD À LA MINUTE Ein entsetzlicher Fund auf Gut Güldenbrook: In einer Vorratskammer liegt Christian von Güldenbrook – eiskalt und tot. Auf dem ansehnlichen Herrensitz im Hinterland der Lübecker Bucht lebt und arbeitet der berühmte Meisterkoch Pierre Lebouton, Star der beliebten Kochsendung »Voilà Lebouton!«.

Bei seinen Ermittlungen stößt Kommissar Georg Angermüller auf Konkurrenz und Feindschaft unter den Mitarbeitern der Kochsendung, den Show-Kandidaten und den Bewohnern des Gutes. Auch Lebouton rückt in den Fokus der Ermittlungen, zumal er kein überzeugendes Alibi hat. Bis plötzlich jede Spur von ihm fehlt …

Ella Danz, gebürtige Oberfränkin, lebt seit ihrem Publizistikstudium in Berlin. Ihr spezielles Interesse gilt der genauen Beobachtung von Verhaltensweisen und Beziehungen ihrer Mitmenschen. Außerdem wird in ihren Büchern stets ausgiebig gekocht und gegessen sowie das Zusammenleben ihrer Protagonisten mit Genuss und Ironie durchleuchtet. Ella Danz ist aktiv bei Slow Food und sie hat Kommissar Georg Angermüller erfunden, einen sympathischen Oberfranken im Lübecker Exil, der nicht nur gegen das Verbrechen, sondern auch gegen schlechtes Essen kämpft. Die Geschichten um den Genießer im Polizeidienst haben ihr bei der Kritik den Titel »Agatha Christie des Gourmetkrimis« eingebracht.

Bisherige Veröffentlichungen im Gmeiner-Verlag:
Schockschwerenot (2015)
Unglückskeks (2014)
Geschmacksverwirrung (2012)
Ballaststoff (2011)
Schatz, schmeckt's dir nicht? (2010)
Rosenwahn (2010)
Nebelschleier (2008)
Steilufer (2007)
Osterfeuer (2006)

ELLA DANZ
Kochwut
Angermüllers vierter Fall

GMEINER SPANNUNG

Personen und Handlung sind frei erfunden.
Ähnlichkeiten mit lebenden oder toten Personen
sind rein zufällig und nicht beabsichtigt.

Besuchen Sie uns im Internet:
www.gmeiner-verlag.de

Im Ehnried 5, 88605 Meßkirch
Telefon 07575/2095-0
info@gmeiner-verlag.de

6. Auflage 2015

Lektorat: Claudia Senghaas, Kirchardt
Herstellung: Katja Ernst
Umschlaggestaltung: U.O.R.G. Lutz Eberle, Stuttgart
unter Verwendung eines Fotos von: © BirgitH / PIXELIO
Druck: CPI books GmbH, Leck
Printed in Germany
ISBN 978-3-89977-797-0

Für alle, die lieber selbst kochen!

Danke W. – für Kritik, Bestärkung und die Geduld.

QUOD ERAT DEMONSTRANDUM

»Unaufhaltsam kroch die Kälte bis zu seinem Herzen.«

Beim Gedanken an diesen Satz legte sich unwillkürlich ein Lächeln auf sein Gesicht. Wie wahr! Seine Ruhe, ja seine Kaltblütigkeit ließen ihn über sich selbst staunen. Auch das Wort ›Kaltblütigkeit‹ rief wieder eine Art alberner Heiterkeit in ihm hervor.

Bei aller Benommenheit fühlte er sich leicht und beschwingt, so als hätte er zwei, drei Gläser perlenden Champagners getrunken. Nein, Champagner wäre es wohl nicht gewesen, eher ein köstlicher Crémant aus dem Elsass. Darauf hätte Pierre sicherlich bestanden, denn er war in allem, was er tat, ein absoluter, ein geradezu gnadenloser Perfektionist. Vermutlich musste er das auch sein. Ohne diese Eigenschaft hätte er niemals eine so beispiellose Karriere machen können. Und ohne Pierre hätte auch er es niemals so weit gebracht. Pierre hatte einen untrüglichen Instinkt für alles, was Geld brachte, und war kompromisslos im Durchsetzen seiner Meinung.

Was hatten sie nicht für Kämpfe ausgefochten in den Jahren ihrer Zusammenarbeit. Doch wenn es Pierre gelang, ihn zu überzeugen, und seine – zugegeben – heiligen Prinzipien es zuließen, hatte er sich letztlich immer gefügt und war gut dabei gefahren – bis auf dieses eine Mal. Aber er konnte eben nicht gegen seine Grundsätze verstoßen, das lag in seiner Natur, und so hatte es dieses eine Mal keine Einigung gegeben. Es würde wohl das einzige Mal bleiben – und vermutlich auch das letzte. Ein einziges Mal hatte er sich gegen Pierre gestellt und hatte sich durch kein Argument von seinem Standpunkt abbringen lassen. Hatte sich dieser Einsatz gelohnt?

Er spürte, wie auf einmal eine lähmende Müdigkeit von seinem Körper Besitz ergriff. Er zwang sich dennoch, diese Frage zu klären. Es war für ihn eine Frage der Ehre, und es erfüllte ihn mit Befriedigung, dass er immer noch überzeugt war, richtig gehandelt und dieses eine Mal nicht nachgegeben zu haben. Allerdings, hätte er nicht auf seiner Sicht der Dinge beharrt, befände er sich jetzt auch nicht an diesem ungastlichen Ort. Er säße drüben im Herrenhaus, in seinem Zimmer vor dem prasselnden Kaminfeuer, bei einem weiteren Glas Bordeaux, einem Château Haut-Brion um genau zu sein, von dem er kürzlich auf eine Empfehlung hin ein paar Flaschen erworben und den er extra für seinen Besuch geöffnet hatte. Dieses Mal hatte er recht behalten und den Nachweis dafür nun selbst erbracht – zu einem hohen Preis, einem sehr hohen Preis.

Mit geschlossenen Augen lag er da. Sie hätten ohnehin nichts schauen können in der undurchdringlichen Dunkelheit der kalten Kammer. Nie hatte er sich bei seinen seltenen Besuchen hier drin sonderlich wohlgefühlt. Zwischen all den Keulen, Rücken und Hüften der Tiere war ihm mehr als einmal die Assoziation mit einer Gruft in den Sinn gekommen. Inzwischen war er zu schwach, um sich auch über diese Ironie des Schicksals noch zu amüsieren.

Eine große Traurigkeit überkam ihn, und er fühlte sich unendlich allein in der alles verschluckenden Finsternis. Mit nachlassender Kraft tasteten seine Hände über seinen Körper. Es war kein böser Traum, wie er einen Moment lang gehofft hatte. Das Messer steckte immer noch an der Stelle, wo es sich in seine Brust gebohrt hatte. Er seufzte. Kurz darauf schwanden ihm die Sinne, und wenig später war sein Leben zu Ende.

KAPITEL 1

»Ich verspreche dir, eines Tages werde ich diese Frau zum Schweigen bringen.«

Das klang drohend, und es wurde so leise vorgebracht, dass nur sein rechter Tischnachbar es verstehen konnte. Der nickte langsam und einverständig.

Carola war am Ende ihrer kleinen Ansprache angelangt. Wie gewohnt trug sie eines ihrer skurril geschnittenen, weiten Kleider, natürlich schwarz, heute mit einer kiloschweren Sammlung von Ketten aus dicken, dunkelroten Holzkugeln um den Hals. Lässig lehnte sie in ihrem Stuhl und hob ihr Glas. Ihr ebenfalls dunkelrot bemalter Mund deutete ein mildes Lächeln an, und sie blickte zufrieden um sich.

»Auf unseren Gastgeber! Dein Rahmbraten war wunderbar zart, die Soße gut gewürzt und der Semmelkuchen dazu wirklich lecker – ich verleihe dir zweieinhalb goldene Kochlöffel, Georg«, sie machte eine bedeutungsvolle Pause und sagte dann spitz: »Den halben muss ich leider abziehen, weil mein Teller nicht gewärmt war.«

»Irgendwann bring ich sie um, ich schwör's«, murmelte Steffen noch einmal leise, hob ebenfalls sein Glas und stieß mit Georg zu seiner Rechten an.

»Ich verstehe nicht halb so viel davon wie unsere Freundin Carola«, sagte er dann laut in die Runde. »Ich fand es köstlich! Und in meinen Augen war es perfekt, Schorsch. Prost!«

Beifälliges Gemurmel erhob sich, und auch die anderen an der Tafel schlossen sich dem Toast auf Georg an.

»Danke Steffen! Dieses Lob aus deinem berufenen Munde freut mich sehr.«

»Sag, was für ein Fleisch hast du genommen? Das war ja butterzart! Ein Stück aus der Blume?«

»Nein, das war ein Tafelspitz vom Biorind, gut abgehangen. Den hab ich schön mit Speckfäden gespickt und zusammen mit ein paar Knochen und Wurzelwerk angebraten …«

»Ah, ein Tafelspitz! Das ist mein Stichwort. Ich werde dir demnächst mal zeigen, was ich für die ideale Art der Zubereitung dieses edlen Stück Fleisches halte, wenn du erlaubst.«

»Gern. Da bin ich gespannt!«

Georg erhob sich, um die Teller abzuräumen, und Steffen half ihm dabei. Der elegante Steffen von Schmidt-Elm war der erste Mensch, mit dem sich Georg Angermüller anfreundete, nachdem es ihn vor ungefähr 15 Jahren aus Oberfranken nach Lübeck verschlagen hatte. Sie waren sich hin und wieder dienstlich begegnet, und ihrer beider Vorliebe für Italienisches, ob Musik, Kunstschätze oder Küche, und überhaupt alles, was mit Kochen und Essen zusammenhing, hatte sie ziemlich schnell zusammengeführt.

»Diese Carola und ihr Geschwätz ertrage ich einfach nicht. Tut mir leid, Schorsch!«, brach es aus Steffen heraus, als sie in der Küche allein waren.

»Da rennst du bei mir offene Türen ein. Astrid möchte halt immer, dass ich sie einlade. Carola wäre so viel allein, meint sie, und da sie ihre älteste Freundin ist, fühlt sie sich ihr irgendwie verpflichtet.«

»Aber ich denke, Carola ist ständig unterwegs als ›Foodjournalistin‹!«, Steffens Häme war nicht zu überhören. »Sie muss doch ihre unsäglichen Gourmet-Tipps recherchieren, die tatsächlich in einigen Blättchen hier veröffentlicht werden. Obwohl ich kaum jemanden kenne, der so wenig Ahnung von der Materie hat wie sie.«

Seit einiger Zeit schon betätigte sich Carola neben ihrem recht geruhsamen Job in der Stadtverwaltung in ihrer Freizeit als ›Gastrokritikerin‹, wie sie es selbst bezeichnete.

»Tja, ich weiß nicht, wie Astrid darauf kommt, dass Carola Gesellschaft braucht. Vielleicht hat sie etwas in die Richtung erzählt.«

»Muss ja nicht unbedingt unsere Gesellschaft sein, oder?«

Georg erkannte seinen sonst so zurückhaltenden Freund kaum wieder.

»Ist es denn so schlimm? Ich habe dich doch recht weit entfernt von ihr platziert, und sie hat sich bisher auch ziemlich zurückgehalten mit ihren Kommentaren, finde ich.«

»Du hast ja recht. Ich bin heute ohnehin etwas gereizt, fürchte ich. Ich hatte mich so gefreut, das Wochenende mit David zu verbringen, und nun hängt mein Liebster in London fest«, seufzte Steffen. »Außerdem haben wir unseren Hochzeitstermin schon zweimal verschoben, und ich glaube, ich bin so nervös, weil ich denke, es kommt auch beim nächsten bestimmt wieder irgendwas dazwischen!«

Georg lachte.

»Mensch, Steffen! Seit wann bist du so pessimistisch? Das wird schon klappen diesmal!«

»Ich wollte, ich hätte deine unerschütterliche Ruhe.«

»So unerschütterlich ist die auch wieder nicht. Aber jetzt: Hinaus aus der Küche! Ich muss das Dessert fertig machen.«

Angermüller summte vor sich hin, holte die Schüssel mit dem vorbereiteten Teig aus dem Kühlschrank und begann, dünne Palatschinken in duftender Butter zu backen. Endlich hatte er es wieder einmal geschafft, sich für die Runde der Freunde an den Herd zu stellen. Seine Betätigung als Hobbykoch sah der Kriminalhauptkommissar als idealen Ausgleich zum Polizeialltag. Ganz allein in der Küche, ohne Zuschauer, das empfand Georg Angermüller als Entspannung pur, und Kochen, der kreative Umgang mit Lebensmitteln, war für ihn fast so etwas wie eine Meditation, der Gegenpol zur Beschäftigung mit Mord und Totschlag. Außerdem wusste er, dass Hedi und John, die langjährigen Freunde und Nachbarn, wie auch Margret und Lars, die in einem alten Kontor in der Beckergrube feinste Weine, Spirituosen und Schokoladen vertrieben, seine Mühe in der Küche genau wie Steffen zu schätzen wussten. Dann lohnte sich auch der Aufwand, und die Arbeit machte doppelt Spaß. Bei Carola war er sich nicht ganz sicher, ebenso wenig bei Martin. Und bei Astrid? Bei seiner Frau war ihm seit einiger Zeit sowieso seine Orientierung abhanden gekommen, egal worum es ging. Nach einem Blick auf seine Einkaufsliste für das heutige Essen hatte Astrid die Stirn gerunzelt und hatte etwas gallig gefragt, ob er seinen Wunsch, ein paar Kilos zu verlieren, schon wieder aufgegeben habe. Er hatte nicht darauf geantwortet, und Astrid hatte wohl auch keine Antwort erwartet. Aber die Frage hatte ihm, zumindest für eine Weile, die Vorfreude auf den heutigen Abend verdorben.

»Georg, kann ich dich kurz sprechen?«

»So ganz ideal ist das im Moment nicht. Hat das nicht Zeit, bis das Dessert fertig ist?«

»Ich wollte dich allein sprechen, und es dauert auch nicht lange.«

»Was gibt's?«

Besonders interessiert war Georg Angermüller nicht an einem Vieraugengespräch mit Carola.

»Ich brauche deine Hilfe als Polizist. Hier.«

Carola legte drei Briefumschläge auf den Küchentisch.

»Was ist das?«

»Schau dir bitte an, was da drin ist!«

Angermüller wischte sich die Hände an einem Küchentuch ab und nahm die Pfanne vom Feuer. Dann öffnete er den ersten Umschlag und holte ein Kochrezept heraus. Es handelte sich um eine Seite aus einem edlen Hochglanzkochbuch, das man nur unter Folie in der Küche benutzen mag, um es vor Fettspritzern und sonstigen Kochspuren zu schützen, und das sich Angermüller schon deshalb niemals zugelegt hätte.

»Das ist ein Rezept für Canard à l'Orange. Was ist damit?«

»Da!«

Carola wirkte ausgesprochen nervös. Ihr Zeigefinger mit dem tiefrot lackierten Nagel deutete auf die ästhetisch sehr ansprechende Fotografie der Ente mit Orangen. Auf den ersten Blick konnte Angermüller nichts Besonderes daran feststellen. Doch dann erkannte er, dass jemand mit feinen Strichen Carolas Konterfei der Ente als Kopf angefügt und die Konturen eines fülligen Körpers auf die knusprig braune Geflügelhaut gezeichnet hatte. Und dann sah er, dass im Text des Rezeptes mit einem Marker Worte angestrichen waren wie: zartes, roséfarbenes Fleisch, Brust, Schenkel und die Tranchieranleitung. Darunter dem Text hinzugefügt der Satz: ›Das wird ein Fest!‹ Er sah Carola fragend an, die einerseits peinlich berührt, andererseits verängstigt schien.

»Hier, sieh dir auch die beiden noch an!«

Und sie schob ihm die Umschläge über den Tisch. Auch sie bargen jeweils ein Kochrezept und entstammten, der Aufmachung nach zu urteilen, offensichtlich dem gleichen Hochglanzkochbuch. An den silbrig glänzenden Leib eines Loup de Mer hatte der Zeichner einen üppigen weiblichen Oberkörper gesetzt, sodass das Ganze an eine Meerjungfrau erinnerte. Das Gesicht und die Haare waren wiederum Carola nicht unähnlich. Begriffe wie festes, weißes Fleisch, delikater Geschmack und im Ganzen zuzubereiten waren markiert und daneben stand: ›Ins Netz gegangen!‹. Im dritten Umschlag ging es um eine Lammkeule, das Foto war in gleicher Weise wie die beiden anderen zeichnerisch bearbeitet, und die handschriftliche Anmerkung umfasste hier nur ein Wort: ›Fleischeslust!‹.

Etwas ratlos sah Angermüller zu Carola.

»Ja und? Was erwartest du von mir?«

»Das fragst du noch? Findest du das etwa völlig normal, wenn einem anonym solche Briefe geschrieben werden?«

Georg schwieg betreten, als er ihre Aufgeregtheit bemerkte.

»Erst einmal möchte ich, dass du diesen Schmierfink verfolgst …«

»Carola, du weißt, ich bin bei der Mordkommission, und so ganz fällt das nicht in mein Ressort, und ehrlich gesagt«, Angermüller hüstelte, »also eine konkrete Bedrohung kann ich in diesen Machwerken noch nicht erkennen.«

»Sag mal, hast du noch nichts von Stalking gehört?«, Carolas Gesicht leuchtete plötzlich so dunkelrot wie ihre Kette, und ihre Stimme kippte fast vor Empörung. »Und außerdem, was soll das sonst sein, wenn keine Bedrohung? Fühlst du dich erst zuständig, wenn ich im Herd dieses Irren gelandet bin?«

Diese Vorstellung erschien Angermüller ziemlich surreal.

»Carola, bitte beruhige dich. Natürlich kann ich mir vorstellen, dass das ein dummes Gefühl für dich ist. Das ist eine sehr unschöne Art der Belästigung …«, versuchte er zu beschwichtigen. »Könnte es vielleicht ein enttäuschter Verehrer sein?«

»Unschöne Art der Belästigung! Enttäuschter Verehrer! Quatsch! Denkst du vielleicht, ich bin nur hysterisch?«

Angermüller schüttelte demonstrativ seinen Kopf. Offensichtlich nahm das Gespräch nicht den Verlauf, den Carola sich vorgestellt hatte. Ihre anfängliche Nervosität war verschwunden, und sie wirkte zunehmend aufgebracht.

»Dieser Verrückte ist hinter mir her! Und du sollst dem das Handwerk legen! So was ist schließlich dein Job! Und außerdem verlange ich Polizeischutz!«

Da er ahnte, dass es keinen Sinn hatte, Carola zu widersprechen oder ihr klarzumachen, dass Polizeischutz angesichts der Personalsituation der Kollegen eine äußerst seltene Maßnahme und bei einer solchen Lappalie völlig illusorisch war, fragte er sie nur ruhig:

»Also, ich sehe keine Anschrift. Wie hast du die Briefe denn erhalten?«

»Der erste steckte an der Windschutzscheibe meines Wagens, und die beiden anderen wurden in der Redaktion der Lübecker Zeitung für mich abgegeben. In den letzten drei Wochen kam jede Woche einer.«

»Dann hat es vielleicht mit deiner Tätigkeit dort zu tun? Konnte sich denn jemand an den Überbringer der Briefe erinnern?«

Carola schüttelte den Kopf.

»Und hast du irgendeinen Verdacht, wer dahinterstecken könnte?«

»Ja, schon.«

Diese knappe, klare Antwort erstaunte Angermüller. Carola deutete auf die Kochbuchseiten.

»Weißt du, von wem diese Rezepte sind?«

Er verneinte.

»Pierre Lebouton.«

Carola spuckte den Namen aus wie eine faul schmeckende Frucht und sah Georg triumphierend an.

»Ja und? Willst du damit sagen, dass du Lebouton auch für den Urheber der Briefe hältst?«

Sie nickte nur. Angermüller konnte sich das beim besten Willen nicht vorstellen: Pierre Lebouton, Verfasser unzähliger Kochbücher, Kochstar im Fernsehen mit einer eigenen Show, Namensgeber einer hochpreisigen Genussmittelmarke und diverser edler Gourmet-Tempel – warum sollte er Carola derartige Briefe schicken?

»Warum sollte Lebouton das tun?«

»Mein Lieber, du unterschätzt meine Position in der hiesigen Lokalpresse.«

Carola hatte sich wieder voll im Griff.

»Ich habe es schon des Öfteren gewagt, den großen Küchenpapst mit ein paar deutlichen Worten der Kritik in meinen Kolumnen zu bedenken. Er soll geschäumt haben vor Wut.«

»Und du glaubst, deshalb schickt er dir diese Briefe?«

»Ich bin davon überzeugt, ja. Aber ich bleibe trotzdem bei meiner Meinung über ihn. So leicht kann man mich nämlich nicht einschüchtern! Also, ich verlasse mich auf dich, Georg. Du meldest dich, wenn du was rausgefunden hast, ja?«

Georg nickte ergeben.

»Und eine Bitte noch …«

Carola wirkte jetzt wieder etwas verlegen.

»Außer deinen Kollegen brauchst du ja sonst niemandem was davon erzählen.«

Georg nickte erneut. Dann rauschte Carola aus seiner Küche. Er packte die bemalten Kochbuchseiten zurück in ihre Umschläge und legte sie in die Schublade zu seinen gesammelten handgeschriebenen oder aus Zeitschriften ausgeschnittenen Rezepten, damit sie aus dem Wege waren. Nun konnte er sich endlich wieder seinem Nachtisch widmen.

Bald darauf platzierte er je eine der Palatschinken auf den Desserttellern, gab eine Kugel Vanilleeis und einen Klecks Marillenmarmelade darauf und schlug mit geübten Handgriffen den Teig von vier Seiten zusammen. Dann besprengte er das Ganze mit ein wenig Marillengeist, streute karamellisierte Mandelblättchen darauf und staubte Puderzucker darüber – fertig.

Als er ein Tablett mit den ersten vier Portionen zu seinen Gästen trug, grübelte Angermüller noch kurz nach über Carolas Briefe und ihren Verdacht gegen Pierre Lebouton, der ihm völlig abwegig erschien. Ein paar Stunden später beim Zubettgehen fiel ihm die Geschichte noch einmal ein, und als ein paar Tage vergangen waren, hatte er sie schon völlig vergessen.

»Moin! Schön warm habt ihr das hier! Bei der Scheißkälte ist man richtig froh, endlich im Büro zu sein.«

»Hallo Claus! Das kannst du laut sagen. Wenn das so weitergeht, friert noch die ganze Bucht zu.«

»Jo. Früher ist das ja öfter mal passiert.«

»Aber mit der Erderwärmung jetzt …«

»Erderwärmung? Von wegen! Davon hab ich heute aber nix gespürt!«

Auf den Fluren im Behördenhochhaus an der Possehlstraße war das Wetter am Morgen immer ein beliebtes Thema. Claus Jansen erschien im Türrahmen von Angermüllers Büro.

»Moin Georg! Gibt's was Neues?«

Georg Angermüller blickte kurz vom Bildschirm auf und schüttelte seinen Kopf.

»Nix Neues.«

»Okay, machen wir also wieder in Altlasten. Dann koch ich uns erst mal einen schönen heißen Kaffee!«

Jansen rieb sich die kalten Hände und ging pfeifend in Richtung Kaffeemaschine. Das Telefon auf Angermüllers

Schreibtisch klingelte. Angermüller nahm den Anruf entgegen, angelte sich einen Zettel, lauschte aufmerksam, nickte und notierte.

»Ich fürchte, unsere Kaffeestunde müssen wir erst mal verschieben«, rief er hinüber zu Jansen, nachdem er aufgelegt hatte. »Wir haben eine Leiche auf Gut Güldenbrook.«

Ohne Strahlkraft schien eine fahle Sonne vom diesigen Himmel, als Jansen den Passat über die A1 in Richtung Norden jagte. Fast schien es, als ließe er den Wagen dafür büßen, dass er nicht mehr über den schnittigen Audi aus einer Beschlagnahme verfügen konnte, den er durch Beziehungen zu einer jungen Dame bei der Staatsanwaltschaft als Dienstfahrzeug ergattert hatte. Seit ein paar Monaten schon nutzten den die Staatsanwälte selbst, und er und Angermüller mussten sich wie alle Kollegen aus dem Pool der geleasten Dienstwagen bedienen. Zufrieden stellte Jansen bei einem Blick in den Rückspiegel fest, dass der andere Passat, in dem zwei weitere Ermittler zum Tatort unterwegs waren, längst aus seinem Blickfeld verschwunden war.

Bei Lensahn verließen sie die Autobahn. Hin und wieder lag ein bisschen Schnee am Straßenrand. Der Jahresanfang war bisher zwar kalt, aber meist trocken gewesen. Sie rasten an Feldern und Wiesen vorbei, durch winzige Ortschaften, in denen niemand zu sehen war, auf immer schmaler werdenden Straßen weiter nach Norden. Die sanfte Hügellandschaft der Holsteinischen Schweiz hatte sich hier schon wieder in flaches Land aufgelöst, und schließlich tauchte am Ende einer Allee das beeindruckende Torhaus von Gut Güldenbrook auf. Ein Trecker kam ihnen auf dem engen Weg entgegen und zwang Jansen, der höchstens nach rechts in den breiten Graben hätte ausweichen können, auf der engen Zufahrt zu einem abrupten Bremsmanöver. Der Treckerfahrer rauschte mit seinem Gefährt in Millimeterabstand vorbei und zeigte ihnen wütend einen Vogel. Jansen fluchte laut.

»Komm du mir noch mal vors Rohr, du Bauerndödel!«

Hinter dem Torhaus, das zwischen zwei Wirtschaftsgebäude eingefügt war, öffnete sich ein weiter Innenhof, dessen harmonischer Anblick von den zahlreichen Autos, die hier parkten, erheblich beeinträchtigt wurde. Auch ein großer Reisebus stand dazwischen. Rechts begrenzte den Hof eine riesige Reetdachscheune, die wie das Torhaus und seine Nebengebäude aus rotem Backstein gemauert war. Zur Linken lag ein lang gestreckter, hell verputzter Bau, zweistöckig mit einem großen Portal in der Mitte und zwei kleineren Eingängen rechts und links. Vor dem einen wurden Angermüller und Jansen schon von einem uniformierten Kollegen erwartet.

Die Kälte traf sie wie ein Schlag, als sie aus dem Auto stiegen, die Temperaturen schienen hier noch tiefer zu sein als in der Stadt. Angermüller warf einen kurzen Blick auf das Herrenhaus, das sich am anderen Ende des Hofes, teils hinter einer Gartenanlage verborgen, erhob. Es war schon viele Jahre her, dass er mit Astrid und den Kindern einmal einen Ausflug nach Güldenbrook gemacht hatte. An einem Sonntagvormittag im Frühling hatten sie das weitläufige Areal erkundet, waren durch den kleinen Park spaziert, und die Zwillinge hatten Steine in die vielen Teiche, Kanäle und den kleinen See geworfen, die das Gut umgaben. Er erinnerte sich, dass die Anfänge der Anlage aus der Mitte des 18. Jahrhunderts stammten und dem Spätbarock zuzuordnen waren, was nicht sofort an den Bauten erkennbar war, die im Laufe ihrer wechselvollen Geschichte immer wieder ihr Gesicht verändert hatten. Im trüben Licht dieses Wintertages heute konnte er den Charme des Ortes, der ihn bei seinem ersten Besuch umfangen hatte, nicht so recht wiederfinden.

Der Streifenbeamte, der sie in Empfang nahm, ein älterer, erfahrener Kollege, war von der Polizeistation Lensahn. Er ließ Angermüller und Jansen durch eine der beiden kleineren Türen eintreten und gab ihnen dabei in knappen Worten einen kurzen Lagebericht.

Er und sein Partner waren am nächsten an Güldenbrook dran gewesen, als der Alarm einging, weshalb sie die Ersten am Tatort waren. Als sie eintrafen, befand sich die Frau, die am Morgen in einer Vorratskammer die Leiche entdeckt und die Polizei gerufen hatte, in Begleitung mehrerer Personen.

»Die war 'n büschen durch'n Wind nach ihrer Entdeckung und hat in ihrer Aufregung alle möglichen Leute hier aufgescheucht. Außerdem waren inzwischen auch Arbeitskollegen von ihr eingetroffen. Wir haben die sofort alle vom Tatort entfernt. Ich hoffe, die haben noch nicht allzu viel kaputt getrampelt.«

»Wieso Arbeitskollegen? Was tun die Leute hier denn?«, wollte Angermüller wissen und sah sich dabei in dem Raum um, einer Art Eingangshalle. Ihm fiel ein, dass dieses Gebäude sich Kavaliershaus nannte. Eine Treppe führte ins obere Stockwerk, an der Tür zur Linken war ein Schild mit der Aufschrift ›Zum Studio‹ angebracht, rechts stand die Tür zu einer großen Küche offen.

»Die sind vom Fernsehen. Die machen hier so eine Show …«

»Voilà Lebouton!«, sagte Jansen.

»Was?«

»Mann, Georg! ›Voilà Lebouton!‹, die ultimative Kochshow! Jetzt sag bloß, du kennst die nicht? Ich dachte, du wärst ein begeisterter Hobbykoch!«

So wie Jansen das sagte, klang es nicht gerade nach Anerkennung.

»Doch ja. ›Voilà Lebouton!‹ – davon hab ich schon mal gehört.«

»Hast du die Sendung etwa noch nie gesehen? Du enttäuschst mich, Georg!«

»Muss man denn Kochshows sehen, nur weil man gern kocht?«

»Natürlich nicht. Aber das ist ganz witzig. Ab und zu guck ich mir das an.«

»Du?«

Angermüller blieb keine Zeit, sich über Jansens höchst erstaunliche Offenbarung den Kopf zu zerbrechen. Ein Mann in Zivil, der Beamte von der Kripo-Bereitschaft Lensahn, der kurz nach der Streife eingetroffen war, kam zu ihnen und erstattete seinen kurzen Bericht zu den Umständen des Leichenfundes – Name des Opfers, Fundort, Fundzeit, Name der Frau, die den Fund gemacht hatte, Uhrzeit des Eintreffens der Streife.

»Wollen Sie jetzt den Toten sehen? Oder wollen Sie erst mit der Grit Fischer sprechen, die ihn gefunden hat?«, fragte er dann.

»Ersteres.«

Die umständliche Art des Lensahners machte Angermüller ganz kribbelig.

»Und ihr könnt gleich mitkommen!«, winkte er Kriminalobermeisterin Kruse und Kriminaloberkommissar Teschner heran, die inzwischen auch eingetroffen waren.

Sie gingen an der Küche vorbei, aus der ihnen neugierige Blicke folgten, und gelangten über den Flur durch eine Tür in einen Lagerraum. Metallregale reihten sich ringsum, in denen Kartons mit Lebensmitteln standen, auf Paletten in der Raummitte stapelten sich Obst- und Gemüsekisten, und daneben gab es zwei riesige Kühltruhen. Der Lensahner Kollege zeigte zur Stirnseite, wo ein weiterer Uniformierter postiert war.

»Dort ist es, bitte schön«, lenkte er sie höflich wie ein Fremdenführer zu der silbrig glänzenden Kühlzelle, öffnete die Tür und schaltete die Innenbeleuchtung ein. Fein säuberlich aufgereiht hingen einige Viertel von toten Tieren von der Decke, in den Regalen ringsum lagerten Fleischportionen in Vakuumverpackungen, und in der Mitte, ausgestreckt auf den metallenen Bodenplatten, lag ein Mann. Leise surrte ein Ventilator. Das Erste, was Angermüller auffiel, waren die edlen dunkelbraunen Wildlederschuhe, in denen die Füße des Toten steckten. Die ganze Erscheinung des Mannes vermittelte selbst in diesem Zustand den Eindruck dezenter Eleganz. Er trug ein Tweedjackett zur Cordhose und hatte die Hände über der Brust gefaltet. Erst bei genauerem Hinsehen bemerkte Angermüller, dass sie den Knauf eines Messers umfassten, der aus seinem Brustkorb ragte. Die Augen waren geschlossen. Seltsam sauber und undramatisch wirkte dieses Opfer auf den Kriminalhauptkommissar, der in vergleichbaren Situationen sonst eher so schnell wie möglich Abstand zum Objekt zu gewinnen versuchte. Das mochte daran liegen, dass es keine sichtbaren Verletzungen gab, keine großen Blutlachen und der Tote tatsächlich aussah, als schliefe er nur.

»So wie es aussieht, ist er hier getötet worden«, sagte der Lensahner Kollege. »Auf den ersten Blick haben wir nichts gefunden, das auf einen anderen Tatort hindeutet.«

»Ist ja da drin noch kälter als draußen, Mann«, meinte Jansen und schüttelte sich, obwohl sie auf der Schwelle stehen geblieben waren, um keine Spuren zu vernichten.

»Ist wohl ein Tiefkühlraum, was?«

»Dachten wir auch«, nickte der Kripomann aus Lensahn. »Aber die Frau Fischer, die das Opfer gefunden hat, meinte, jemand müsse die Temperatur heruntergedreht haben. Normalerweise sind hier so um die null bis zwei Grad, und als sie kam, stand der Regler auf Minus 20. Steht er immer noch – wir haben hier nichts verändert.«

»Das will ich auch meinen! Tach allerseits!«

Die Kriminaltechnik war eingetroffen, allen voran Andreas Meise, ein kompetenter Fachmann, als Mensch allerdings gewöhnungsbedürftig, wie Angermüller fand.

»So Jungs, seid ihr fertig? Dann lasst mal den Papa zu den saftigen Steaks hier!«

Meise drängte sich an den Kommissaren vorbei. Er und sein Kollege steckten schon im weißen Schutzanzug, und sogleich begannen sie, routinemäßig den Fundort und seine Umgebung auf Spuren zu untersuchen.

»Kannst du gleich mal nachschauen, was der Mann in seinen Taschen hat, Andreas?«, bat Angermüller den Kriminaltechniker, der sich vorsichtig neben den Toten gehockt hatte.

Ameise, wie er von den anderen genannt wurde, da er nicht sehr groß war und immer gern dem Boden eines Tatorts große Aufmerksamkeit schenkte, durchsuchte systematisch Hosen- und Jackentaschen des Toten. Er förderte nur eine Packung Papiertaschentücher und ein Taschenmesser zutage.

»Tscha, das war's wohl. Da is weiter nix«, stellte Ameise fest.

»Hm, find ich eigenartig. Zumindest einen Hausschlüssel nimmt man doch mit, wenn man rausgeht«, überlegte Angermüller. »Ob das vielleicht auf Raubmord rausläuft?«

»Das ist dann wohl ein Problem, das ihr klären müsst, Kollegen. Und jetzt lasst mich man in Ruhe arbeiten hier.«

»Ist die Rechtsmedizin schon benachrichtigt?«

»Aber selbstverständlich, Herr Kollege! Dein süßer Freund wird bestimmt gleich hier sein«, flötete Ameise in affektiertem Tonfall auf Angermüllers Frage, der gewohnheitsmäßig versuchte, die plumpe Anspielung zu ignorieren. Trotzdem ärgerte er sich darüber. Andererseits war er froh, dass er es mit seinem Freund Steffen zu tun bekam, der als Rechtsmediziner einen sehr guten Ruf genoss und mit dem er hervorragend zusammenarbeitete.

Tumultartiges Getöse war plötzlich zu vernehmen, und Angermüller bemühte sich zu orten, woher es kam.

»Das kommt aus dem Studio«, erklärte der Lensahner Kollege, als er Angermüllers fragenden Gesichtsausdruck sah. »Die haben da so einen Einheizer vor der Show, der die Leute zum Klatschen bringt. Das schneiden die dann später zwischen.«

»Sie kennen sich ja gut aus.«

»Ich bin selbst mit meiner Frau neulich erst hier gewesen als Zuschauer«, erzählte der Mann nicht ohne Stolz. »Der macht so Sprüche, der junge Mann, der ist richtig witzig. Vielleicht kennen Sie den auch aus der Werbung für … na für …«

Es fiel ihm nicht ein. Angermüller schüttelte den Kopf.

»Wahrscheinlich nicht. So, dann wollen wir mal. Claus, besorgst du uns bitte einen Raum, wo wir unsere Zeugen befragen können?«, forderte er seinen Kollegen auf. »Und ihr seht euch auf dem Gelände ein wenig um, bei den Leuten, die sonst hier auf dem Gut wohnen. Wann wurde das Opfer gestern von wem gesehen, gab es fremde Besucher, sonst irgendwas Auffälliges, na ja, ihr wisst schon«, wandte er sich danach an Anja-Lena Kruse und Norbert Teschner.

»Und Sie, Herr Kollege aus Lensahn, Sie sorgen bitte dafür, dass möglichst niemand von den Leuten verschwindet, die heute Morgen dabei waren, bevor wir mit ihnen gesprochen haben.«

Auf dem Tisch lagen zwei Mobiltelefone, die ständig Signale von sich gaben, und eine dicke Klarsichtmappe mit Papieren.

Um den Hals der zierlichen Frau hing ein breites Schlüsselband in Blau-Weiß-Rot mit einem Namensschild. Das Band trug fortlaufend einen Schriftzug, den Angermüller nach längerem Rätseln als Pierre Lebouton entzifferte.

»Sie sind also die Chefin hier, Frau Fischer?«

»Chefin?«

»Na ja, wofür Sie so alles verantwortlich sind …«, meinte Angermüller in nettem Ton, da die Frau ihm ziemlich nervös vorkam. Sie lachte nur bitter. Sie war Anfang 30, wirkte aber älter in dem streng geschnittenen, klassischen Hosenanzug und mit dem akkuraten Bubikopf. Mit einer heftigen Bewegung schnippte sie die Asche von ihrer Zigarette in einen Joghurtbecher.

»Da haben Sie was falsch verstanden. Hier gibt es nur einen Chef! Und der fragt sich wahrscheinlich schon, wo ich bleibe. Ich bin nur die Regieassistentin, die immer schuld ist, wenn was schiefgeht.«

»Und wer ist hier der Chef?«, fragte Angermüller.

Grit Fischer hatte Jansen sofort angeboten, dass sie die Gesindeküche des Kavaliershauses für ihre Befragungen nutzen konnten. Jetzt saßen sie hier zu dritt an einem langen Holztisch. Alle anderen hatten die Beamten hinausgeschickt und gebeten, sich zur Verfügung zu halten.

»Pierre natürlich.«

Die Regieassistentin war heute Morgen die Erste hier gewesen. Es war Tag eins von drei Produktionstagen, und wie immer hatte sie zur Sicherheit noch einmal alles durchchecken wollen, bevor die anderen kamen. Sie kontrollierte, ob die Studioküche sauber und dort alles an seinem Platz war, ob die von den Köchen gewünschten Zutaten ausreichend vorhanden waren, ob alle Namensschilder richtig geschrieben, die Sitzplätze der Kandidaten und Mitwirkenden beschildert waren und ob der Ablaufplan in sich logisch war.

»Das ist noch lange nicht alles. Ich will Sie nicht mit den vielen tausend Kleinigkeiten langweilen, die in der Summe aber für das Gelingen der Show unheimlich wichtig sind.«

Sie zog an ihrer Zigarette.

»Eigentlich ist vieles davon gar nicht mein Job. Aber wie gesagt, wenn was schiefgeht ... Und dann mache ich es lieber gleich selbst. Dann kann ich mich wenigstens darauf verlassen, dass alles in Ordnung ist.«

Alles war so kalkuliert, dass drei Folgen ›Voilà Lebouton!‹ pro Tag aufgezeichnet werden konnten. Man drehte immer am Freitag, Samstag und Sonntag hintereinander.

»Der Chef will nicht nur die Busladungen aus dem Altenheim und lauter Arbeitslose als Zuschauer im Studio haben«, lieferte die Regieassistentin ungefragt die Begründung für die Arbeit am Wochenende. »Außerdem wäre das ja auch ungerecht. Unsere Show ist sehr beliebt, und die Karten sind heiß begehrt. Es gibt Leute, die warten bis zu zwei Jahre auf die Möglichkeit, hier einmal dabei zu sein.«

Es war der Frau anzumerken, dass sie sehr stolz auf ihren Job war, das Gelingen der Show nicht zuletzt ihrer eigenen Person zuschrieb und der damit verbundene Stress ihr Element war. Sie war auffallend klein, doch schien eine ungeheure Energie in ihr zu stecken, die jetzt allerdings von fiebriger Nervosität überlagert wurde. Obwohl sie eine brennende Zigarette in der Hand hielt, holte sie immer wieder ein Zigarettenpäckchen und ihr Feuerzeug aus den Taschen ihres Jacketts und packte die Sachen wieder weg. Auf die Fragen, die Angermüller ihr stellte, antwortete sie schnell und präzise.

»Wann sind Sie heute Morgen hier angekommen? Und ist Ihnen dabei irgendwas aufgefallen?«

Ein kurzes Lachen, eine neue Zigarette.

»Natürlich. Zum einen war die Lagertür nicht abgeschlossen. Aber da mehrere Leute einen Schlüssel dazu haben, dacht ich mir nichts dabei beziehungsweise dachte ich, oh wie toll, ausnahmsweise ist die Praktikantin pünktlich da. Angekommen bin ich auf Güldenbrook so kurz vor 8 Uhr, und im Lager bin ich ungefähr eine halbe Stunde später gewesen.«

»Was wollten Sie im Lager?«

»Ich wollte sehen, ob die Expresslieferung vom ›Gourmet-Profi‹ aus Hamburg schon eingetroffen ist. Das ist wichtig, weil da irgendwelches Zeugs dabei ist, das für die Aufzeichnung heute unbedingt gebraucht wird. Patricia, die Praktikantin, hatte vergessen, das zu bestellen, obwohl ich's ihr dreimal gesagt hatte, und da hab ich's halt gestern spätabends noch selbst gemacht. Und natürlich war Patricia auch noch nicht da, jedenfalls ist mir hier niemand begegnet. Und dann hab ich den Stuhl gesehen, der unter dem Türgriff an der Kühlzelle klemmte.«

»Und das kam Ihnen komisch vor?«

»Erst eigentlich gar nicht. Als die Tür vor ein paar Monaten kaputt war und nicht mehr richtig schloss, da hatte auch jemand einen Stuhl drunter geklemmt. Aber als ich dann näher kam und hörte, dass der Kompressor auf Hochtouren arbeitete, und gesehen habe, dass jemand die Temperatur verstellt hatte, da fand ich das schon eigenartig. Und dann hab ich Christian gefunden …«, sie verstummte und starrte einen Moment vor sich hin. »Dann hab ich sofort die Polizei gerufen und Pierre alarmiert. Ich war ziemlich aufgeregt. Man findet ja nicht jeden Tag einen Toten! Ich hab wohl etwas lauter gesprochen beim Telefonieren, denn jedenfalls kamen von oben gleich die Jungs angelaufen.«

»Welche Jungs?«, fragte Angermüller.

»Na die Lehrlinge von Pierre. Die wohnen hier.«

»Hier im Haus?«

»Ja. Im oberen Stockwerk gibt es eine ganze Reihe von

Gästezimmern. Die Lehrlinge wohnen da und manchmal auch Leute vom Team.«

»War schon jemand vom Team hier heute Nacht?«

»Offensichtlich Alix. Die kam auch von oben. Wer noch, weiß ich nicht. Ich bin erst heute Morgen von Hamburg aus hierhergekommen.«

»Können Sie uns die Namen der Lehrlinge sagen? Und wer ist Alix?«

»Von den Jungs kenn ich nur die Vornamen: Thorsten, Ernie und Anatol. Alix – das ist unsere Moderatorin: Alix Blomberg. Ich denke, die kennt man.«

»Ach ja?«

Angermüller notierte die Namen auf einen Zettel. Der Name der Moderatorin sagte ihm gar nichts.

»Wie gut kannten Sie Christian von Güldenbrook?«

»Man läuft sich hier immer mal wieder über den Weg. Er war ab und zu bei den Aufzeichnungen dabei, manchmal auch, wenn's was zu Feiern gab, dann haben wir ein paar Worte gewechselt. Aber gut kennen, nein, das würde ich nicht sagen.«

»Hatte er auch beruflich mit der Show zu tun?«

»Direkt nicht. Er und Pierre kennen sich schon sehr lange, glaube ich. Wie der Name schon sagt, ist das hier sein Stammsitz. Er war immer so eine Art graue Eminenz, Pierres Finanzguru sozusagen, und hatte wohl einigen Einfluss auf ihn. Aber manchmal schien er sich auch in Dinge einzumischen, die ihn nichts angingen. Dann gab's Ärger mit dem Chef. Jedenfalls war er irgendwie fürs Geld verantwortlich, und darum ging der Streit wohl auch immer.«

»Wie hat denn der Herr Lebouton reagiert, als Sie ihm sagten, was passiert ist?«

Grit Fischer hielt einen Moment inne und schien nachzudenken.

»Gefasst, würde ich sagen. Er war schon irgendwie bestürzt, aber sein erster Gedanke galt der Show. Wir sollten möglichst kein großes Aufhebens darum machen, der normale Betrieb soll so wenig wie möglich davon gestört werden. Verstehen Sie mich nicht falsch«, setzte sie hinzu, als sie die interessierten Blicke von Angermüller und Jansen bemerkte. »Jeder Drehtag hier ist bares Geld, und wir können nicht einfach wieder alle Leute nach Hause schicken. Und die Zuschauer, die zum Teil weite Wege zurücklegen, um an der Show teilzunehmen, die wären stinksauer! Und auf keinen Fall sollte die Presse davon erfahren!«

Angermüller nickte.

»Haben Sie denn eine Vorstellung, wer das getan haben könnte?«

Sie zuckte mit den Schultern.

»Tut mir leid. Aber fragen Sie doch Alix, die kennt oder kannte Christian ganz gut. Jedenfalls erweckte sie immer gern den Eindruck, dass sie mit dem Grafen auf Du und Du war …«

Die Küchentür wurde energisch geöffnet.

»Hi!«

Ein junges Mädchen, wohl Anfang 20, stand in der Tür. Unter der offenen Motorradlederjacke trug sie ein knappes, schwarzes T-Shirt mit der Aufschrift ›Bitch‹, dazu einen kurzen gemusterten Rock und ein Paar schwere, knielange Stiefel. Ihr dunkles Haar baumelte in zwei Rattenschwänzen vom Kopf. Auch sie hatte das Band mit dem Lebouton-Schriftzug und einem Namensschild um den Hals und in der Hand eine Mappe mit Papieren.

»Sorry, wenn ich störe. Grit, der Chef sucht dich.«

»Wie schön, dass du auch schon da bist, Patricia! Wie oft habe ich dir schon gesagt, an Produktionstagen ist für dich Arbeitsbeginn mindestens zwei Stunden vor der Aufzeichnung!«

Ungerührt sah das junge Mädchen die Regieassistentin an.

»Okay, Frau Fischer, vielen Dank. Wir sind eh fertig. Gehen Sie nur und sagen Sie dem Herrn Lebouton bitte, dass wir ihn gern sprechen würden«, sagte Angermüller.

»Ich werd's versuchen, aber ich weiß nicht, ob das jetzt ein guter Moment ist ...«

»Und jetzt schicken Sie uns bitte die Jungs rein, die hier wohnen. Ach so, Sie müssten nur noch Ihre Aussage kurz bestätigen, Frau Fischer.«

Angermüller kramte ein kleines Formblatt, das ziemlich verknittert aussah, aus seiner Manteltasche und deutete auf das kleine Diktiergerät.

»Spulst du mal zurück, Claus?«

Patricia stand immer noch in der Tür, Kaugummi kauend, und sah neugierig zu Angermüller und Jansen.

»Vielleicht wollen Sie mich ja erst verhören?«

»Wichtige Zeugen wie Sie knöpfen wir uns später vor«, grinste Jansen. »Und außerdem sind wir hier nicht bei der Stasi. Wir verhören nicht, wir befragen Zeugen.«

Patricia blieb lässig in den Türrahmen gelehnt stehen, grinste ebenfalls und wartete auf Grit Fischer.

»Du sollst doch hier nicht Kaugummi kauen!«, zischte diese wütend, als sie kurz darauf aus der Küche stürmte und Patricia an einem Ellbogen mitzog.

»Nimm das Ding sofort aus dem Mund!«

»Ach nee. Ich soll den Kaugummi rausnehmen. Aber in der Küche rauchen ist okay, ja? Seit wann das denn?«

»Na, die haben Spaß zusammen«, meinte Jansen, als die beiden die Tür hinter sich zugezogen hatten. Es dauerte einen Moment, dann klopfte es kaum hörbar.

»Herein!«, rief Jansen und lief, als niemand eintrat, kopfschüttelnd zur Tür und riss sie auf. Zwei junge Männer in Kochkleidung standen davor.

»Ihr seid wohl schwerhörig? Kommt rein!«

Die beiden trotteten in die Küche. Der eine grinste. Er war nicht besonders groß, hatte rote Haare und war ein wenig rundlich. Seine Kochmütze hatte er breit gedrückt und trug sie schief auf dem Kopf, sodass sie einem Barett glich und ihm etwas Verwegenes verlieh. Sein Kumpel, lang und dünn mit weißblonden Haaren, hatte die Mütze abgenommen, da er sich mit seiner beachtlichen Körpergröße ohnehin im Türrahmen etwas beugen musste. Er sah die Beamten nicht an, verzog keine Miene und sagte kein Wort.

»Bitte, setzt euch. Ich bin Kommissar Jansen, das ist mein Kollege Angermüller.«

Jansen stellte das Diktiergerät auf den Tisch.

»Ich lass die Handquatsche hier mitlaufen, okay? Sagt ihr uns eure Namen?«

»Ich bin der Thorsten. Thorsten Bauer.«

Thorsten sah zu seinem Nachbarn, der erst einmal stumm blieb, dann errötete und sich räuspern musste.

»Ernst Lohse.«

»Du kannst ruhig ein bisschen lauter sprechen, Ernst. Habt ihr was dagegen, wenn wir euch duzen?«, fragte Jansen.

»Nö«, meinte Thorsten.

»Du auch nicht, Ernst? Alle sagen hier Ernie zu dir, oder?«

»Is mir egal. Ja, Ernst sagt eigentlich keiner …«

Angermüller fragte dann nach ihrem Alter. Erstaunlicherweise war Ernie erst 18 und damit drei Jahre jünger als Thorsten. Vielleicht wirkte er deshalb so unsicher und ungelenk. Er schien noch tief in der Pubertät zu stecken.

»Ihr wohnt also hier im Haus?«

»Wenn hier Aufzeichnung ist oder wir im Hofrestaurant arbeiten. Manchmal sind wir aber auch im ›Au Lac‹ am Plöner See.«

Das war das mit großem Getöse vor knapp einem Jahr eröffnete, neueste Nobelrestaurant Leboutons, erinnerte sich Angermüller.

»Ihr wisst, was passiert ist?«

Beide nickten stumm.

»Ihr wohnt ja hier im Haus und seid deshalb vielleicht wichtige Zeugen. Also habt ihr gestern oder heute Nacht irgendwas bemerkt? War irgendwas anders als sonst?«

Thorsten und Ernie starrten angestrengt vor sich hin.

»Was habt ihr gestern denn so gemacht?«

Natürlich war es wieder Thorsten, der auf Angermüllers Frage antwortete.

»Vormittags haben wir mit dem Chef Besorgungen gemacht und dann Lieferungen angenommen und eingeräumt. Und da war niemand in der Kühlzelle. Nach dem Mittagessen sind wir mit dem Chef noch einmal die Gerichte für heute durchgegangen, und dann hatten wir frei.«

»Wann war das?«

»So gegen 16 Uhr. Wir waren auf meinem Zimmer, haben Musik gehört und Computer gespielt. Dann bin ich so gegen 19 Uhr mit Anatol nach Lensahn in die Kneipe gefahren. Die vom Fernsehen haben uns mitgenommen.«

»Und du Ernie?«

»Ernie war schon weg, der musste erst noch seine Oma besuchen«, sagte Thorsten mit einem Grinsen.

Ernie bekam sofort wieder rote Ohren.

»Stimmt das Ernie?«

»Ich geh immer Donnerstag zu meiner Oma zum Essen«, sagte der Junge, und es klang wie eine Entschuldigung.

»Die hat ihm ja auch das Auto bezahlt!«, platzte Thorsten heraus.

»Hast du damit ein Problem?«, fragte Ernie und guckte seinen Kumpel böse an, der nur eine Grimasse schnitt.

»Und du bist dann auch noch in die Kneipe gekommen?«, wollte Angermüller wissen.

»So bei 20 Uhr rum«, bestätigte Ernie.

»Wie heißt die Gaststätte?«

»›Bei Gitta‹ heißt die«, kam Thorsten seinem Kollegen zuvor. »Donnerstag war da wieder Oldienacht, und da ist der Laden immer brechend voll. Echt fette Stimmung!«

»Aha«, machte Angermüller. »Ihr drei macht also auch in der Freizeit viel zusammen?«

»So dick wie der«, er zeigte auf Ernie, »bin ich eigentlich nicht mit dem Anatol. Aber Oldienacht ist Pflicht.«

»Und wo ist euer dritter Mann jetzt?«

»Der macht Assistenz beim Chef.«

»Noch mal zu gestern: Ist euch irgendetwas aufgefallen?«

»Nö. War alles wie immer«, sagte Thorsten nach kurzem Nachdenken. »Und wie wir von der Kneipe nach Hause gekommen sind, und wann und so – das weiß ich sowieso nicht mehr. Du?«

»Um 3. Mit ’nem Taxi«, brummte Ernie nur, ohne aufzusehen.

»Wann habt ihr Christian von Güldenbrook das letzte Mal lebend gesehen?«

Thorsten hatte ihn am gestrigen Nachmittag mit dem Auto auf den Hof kommen sehen, und Ernie sagte: »Das ist schon ein paar Tage her, dass ich dem begegnet bin.«

»Was habt ihr mit dem Herrn Güldenbrook zu tun gehabt?«

»Nix, oder?«, meinte Thorsten achselzuckend und sah

zu Ernie. »Der ist halt der Gutsherr hier und außerdem ein Freund vom Chef, glaub ich. Manchmal hat er sich aufgeregt, weil das Geld nur so rausgeschmissen wird.«

Ernie nickte.

»Was hat er damit gemeint?«

»Keine Ahnung.«

»Und, macht euch die Arbeit hier Spaß?«, wechselte Angermüller das Thema.

»Mal so, mal so. Kommt ganz drauf an, was grad dran ist. Aber irgendwie schon«, Thorsten klang nicht gerade begeistert. »Irgendwas muss man ja lernen …«

»Was sagst du Ernie?«

Ernie zuckte mit den Schultern, murmelte dann aber: »Macht schon Spaß.«

Glücklich sah der lange Kerl nicht gerade aus.

»Es muss doch toll sein, bei so einem berühmten Mann in die Lehre zu gehen! Bei dem kann man bestimmt ’ne Menge lernen!«

Zum ersten Mal reagierte Ernie etwas lebhafter und nickte voller Überzeugung.

»Was wollt ihr denn nach eurer Ausbildung machen?«

»Weiß nicht«, seufzte Thorsten. »Vielleicht auf ein Kreuzfahrtschiff! Stell ich mir gut vor – Karibik und so!«

Und er grinste breit. Ernie blieb stumm. Erst, als Angermüller ihn noch einmal auf seine Pläne ansprach, überwand er sich.

»Ich mach später ein eigenes Restaurant auf«, sagte er leise und errötete wieder. »Und irgendwann kriege ich einen Stern.«

»Ernie, du bist ein Spinner! So reich ist deine Oma auch wieder nicht! Wo willst du denn die Kohle für ein Restaurant hernehmen?«

Der Junge schüttelte seinen Kopf mit der kecken Mütze. Ernie biss sich trotzig auf die Unterlippe.

»Und wie ist er so, euer Chef?«, fragte Jansen.

»O, o, oh!«, machte Thorsten nur, und sein Kumpel sagte: »Streng.«

»Darauf kannste einen lassen. Wenn der sauer wird, da bleibt kein Auge trocken!«, bekräftigte Thorsten noch einmal. »Und der ist oft sauer! Da fliegt schon mal 'n Topfdeckel!«

»Aber er ist nicht ungerecht«, sagte Ernie. Thorsten zog nur eine Grimasse.

»Na, dann wollen wir euch nicht länger von der Arbeit abhalten. Euer Chef wartet bestimmt schon auf euch.«

»Macht doch nix«, griente Thorsten.

»Sie können jetzt nicht mit Alix reden!«, sagte Grit Fischer verzweifelt. »Die Aufzeichnung läuft, und die sind gerade dabei, die Vorspeisen zu verkosten, das geht jetzt wirklich nicht!«

Die kleine Frau stand vor der Tür mit der Aufschrift ›Studio‹ und verteidigte sie mit vollem Einsatz. Der junge Anzugträger mit Knopf im Ohr und dem Schild ›Security‹ auf der Brust, der eigentlich hier postiert war und auch zum Team gehörte, stand stumm daneben, offensichtlich überwältigt von Grit Fischers engagiertem Auftreten.

»Hören Sie, wir sind keine Fans oder Zuschauer, die unbedingt in Ihre komische Sendung wollen!«

Auch Angermüller konnte anders. Wenn es um seine Arbeit ging, hatte der Spaß ein Ende.

»Müssen wir den Laden hier erst dichtmachen, um unsere Arbeit durchführen zu können?«

»Ich denke nicht, dass Sie dazu befugt wären«, stellte die Regieassistentin erstaunlich unbeeindruckt fest. Dann wieder warb sie flehentlich um Verständnis.

»Ich bitte Sie um ein wenig Geduld – keine zehn Minuten mehr, und Sie können mit dem Chef sprechen, mit Alix, mit wem auch immer. Wir werden die Aufzeichnung unterbrechen. Ich nehm das auf meine Kappe! Aber bitte, lassen Sie uns diesen Durchlauf noch beenden! Sie kennen den Chef nicht!«

Angermüller, der spürte, dass hinter dem forschen Auftreten von Grit Fischer echte Angst steckte, warf einen fragenden Blick zu Jansen, der einverständig nickte.

»Okay, zehn Minuten, sonst lernt Ihr Chef mich kennen!«

KAPITEL II

Schwungvoll öffnete sich die Küchentür.

»Meine Herren! Pardon! Wir haben Ihnen keine Ungelegenheiten bereitet, hoffe ich! Lebouton.«

Der Mann in der blütenweißen Kochjacke ging mit weiten Schritten auf die beiden Beamten zu und reichte ihnen mit einem verbindlichen Lächeln die Hand. Er war schlank, mittelgroß, hatte dunkles Haar mit grauen Schläfen und ein schwer bestimmbares Alter. Auch in seiner Arbeitskleidung war er eine durchweg elegante Erscheinung. Angermüller und Jansen stellten sich ebenfalls vor.

»Was kann ich für Sie tun?«

»Nur ein paar Fragen beantworten zu dem Toten, der heute Morgen in Ihrer Kühlzelle gefunden wurde«, antwortete Angermüller knapp. »Setzen Sie sich doch, bitte.«

Lebouton nahm am Küchentisch Platz. Das Lächeln war wieder ausgeschaltet.

»Eine schlimme Sache«, sagte er. Auf die gleiche Art hätte er auch die eisigen Temperaturen kommentieren können. »Selbstverständlich stehe ich zu Ihrer Verfügung.«

Er warf einen kurzen Blick auf seine Uhr.

»Wir müssen unser Gespräch protokollieren«, erklärte Jansen und hielt das Diktiergerät hoch. Lebouton nickte kurz. Als Jansen seine Personalien notieren wollte, suchte er nach seinem Ausweis, fand ihn aber nicht.

»Sollte sich der Personalausweis nachher noch anfinden, reiche ich ihn nach«, stellte Lebouton klar. »Aber ich nehme an, Sie glauben mir auch so, dass ich es bin.«

Und er gab Jansen seine Daten. Er war 61, wie Angermüller kurz nachrechnete. Mit seinem glatten Gesicht, den hellen, wachen Augen und dem vollen Haar wirkte er noch sehr jugendlich. Trotz seines französischen Namens sprach er vollkommen akzentfreies Deutsch.

Es klopfte kurz, die Küchentür ging auf, und eine große, gut aussehende Frau in einem knapp sitzenden, lindgrünen Kostüm schwebte auf hohen Absätzen herein. Sie schien sofort vom ganzen Raum Besitz zu ergreifen. Lange, kastanienrote Locken fielen ihr auf die Schultern, und sie hielt ein halbvolles Weinglas in der Hand.

»Die Vorspeise war göttlich, wie immer, Pierre!«, raunte sie zu Lebouton, der nur abwesend nickte, wandte sich dann an die Kommissare und sagte mit ihrer angenehm dunklen Stimme: »Ich bin Alix Blomberg. Grit sagte, Sie wollten mich sprechen?«

Ihre Augen waren auffällig groß und gaben ihrem Gesicht einen Ausdruck ständigen Erstaunens.

»Wir sagen Ihnen Bescheid, Frau Blomberg«, nickte Angermüller und deutete in Richtung Tür.

Jansen hatte sich schnell erhoben und begleitete die Fernsehmoderatorin nach draußen.

»Es dauert nicht lange«, sagte er leise zu ihr und lächelte sie an.

Er lächelte immer noch, als er wieder neben Angermüller am Tisch Platz nahm. Mit seinen Gedanken schien er jedenfalls nicht bei der Zeugenvernehmung und Herrn Lebouton zu sein.

»Sind wir so weit, Claus?«

Zur Eingrenzung des Tatzeitpunktes ergab die Vernehmung Leboutons keine weiterführenden Fakten. Der Kochstar hatte von Güldenbrook am gestrigen Nachmittag so gegen 17 Uhr das letzte Mal gesprochen und ihn danach nicht mehr gesehen. Anschließend hatte er sich in seiner

Wohnung aufgehalten und den Abend im Haus seines früheren Verwalters verbracht. Erst durch einen Anruf von Grit Fischer am Morgen hatte er von dem Geschehen erfahren.

»Ich bin sofort hinüber ins Lager geeilt. Da lag Christian. Entsetzlich!«

Lebouton schloss die Augen und presste einen Zeigefinger gegen die Stirn.

»Wenn Sie das so entsetzlich finden, wieso haben Sie nicht Ihre Aufzeichnung heute verschoben?«

Der Meisterkoch hob seinen Blick und sah Angermüller mit unbewegtem Gesicht an.

»Das eine hat mit dem anderen nichts zu tun«, sagte er ungerührt. »Außerdem wäre das auch ganz und gar nicht in Christians Sinn, kann ich Ihnen versichern.«

»In welcher Beziehung standen Sie zu Christian von Güldenbrook?«

»Wir waren Partner.«

»Können Sie das etwas genauer sagen?«

»Christian war zuständig für die Finanzen der Lebouton-Unternehmen.«

»Wie war Ihre Zusammenarbeit?«

»Perfekt.«

»Wie laufen die Geschäfte?«

»Ich weiß zwar nicht, was das hiermit zu tun haben soll, aber dennoch: Sie laufen hervorragend.«

Angermüller und Jansen warfen sich einen kurzen Blick zu.

»Waren Sie Freunde?«

»Wir haben sehr gut zusammengearbeitet. Privat gingen wir eher getrennte Wege.«

»Aber Sie wohnten doch beide hier im Herrenhaus?«

»Zeitweise wohne ich auf Güldenbrook, das stimmt. Mit einer Mietwohnung im herkömmlichen Sinne ist das allerdings nicht zu vergleichen«, der Anflug eines nachsichtigen Lächelns legte sich auf Leboutons Gesicht. »Wenn jeder um die 200 Quadratmeter für sich hat, kommt man sich nicht so leicht ins Gehege, wissen Sie.«

Angermüller ließ sich von Leboutons herablassendem Ton nicht irritieren.

»Hat Herr von Güldenbrook Familie, Angehörige?«

»Er ist geschieden und hat einen Sohn, Clemens.«

»Wohnt der auch hier?«

»Christian lebte allein. Clemens in Lübeck, soweit ich weiß.«

»Wie alt ist er? Was macht er so?«

Lebouton spähte ungeduldig auf seine Armbanduhr.

»Er muss so Mitte 30 sein. Er hat lange studiert, irgendwas und sich dann mit einer Firma selbstständig gemacht. Aber was er genau macht, kann ich Ihnen gar nicht sagen. Ich habe ihn in letzter Zeit nur selten gesehen. Das Verhältnis zwischen ihm und seinem Vater war wohl nicht das beste.«

»Was ist mit der ehemaligen Frau?«

»Die habe ich nie kennengelernt. Soweit ich weiß, lebt sie schon seit Langem mit ihrem zweiten Mann in den USA.«

»Wer, glauben Sie, könnte von Güldenbrooks Tod profitieren?«

Wieder ein Blick auf die Uhr.

»Meine Herren, ich denke, es ist Ihre Aufgabe, das herauszufinden. Meine Zeit ist leider begrenzt.«

Die Ungeduld des Zeugen ließ Angermüller ganz ruhig werden.

»Ich stelle meine Frage noch einmal: Wer könnte von Güldenbrooks Tod profitieren? Sein Sohn? Sie, als sein Geschäftspartner?«

»Was soll das? Ich profitiere davon ganz bestimmt nicht, im Gegenteil. Mit ist ein sehr kompetenter Partner verloren gegangen, und was seinen Sohn betrifft: Ich kenne Christians Testament nicht.«

Lebouton erhob sich.

»Und jetzt muss ich wirklich zurück ins Studio, meine Herren. Die Zuschauer werden sonst unruhig.«

»Was für ein Mensch war Christian von Güldenbrook?«

Verständnislos sah Lebouton den Kriminalhauptkommissar an.

»Was für ein Mensch Christian war?«

Es schien, als würde er sich zum ersten Mal über diese Frage Gedanken machen.

»Er war ehrlich, zurückhaltend – korrekt würde ich sagen. Ein Mensch mit festen Grundsätzen. Ein Sportsmann.«

»Hatte er Feinde?«

»Was für eine Frage? Niemand wird von allen nur geliebt ...«

»Wer könnte einen Grund gehabt haben, ihn aus dem Weg schaffen zu wollen?«

»So habe ich das nicht gemeint. Ich kann Ihnen keine konkreten Namen nennen. Und jetzt verabschiede ich mich. Sie wissen, wo Sie mich finden. Und sollten Sie unbedingt ins Studio kommen müssen, bitte kein Aufsehen!«

»Herr Lebouton, auch wir machen hier unseren Job. Wir wollen den Tod Ihres hoch geschätzten Partners aufklären, und es wäre sehr hilfreich, wenn Sie uns dabei unterstützen würden.«

Sein Unmut war dem Meisterkoch deutlich anzumerken. Mit hochgezogenen Brauen sah Lebouton auf seine Armbanduhr.

»In spätestens zwei Stunden können Sie noch einmal mit mir sprechen, meine Herren, wenn es unbedingt nötig ist. Mehr kann ich jetzt nicht für Sie tun.«

Er drehte sich abrupt um und eilte zur Tür.

»Eine Frage noch, Herr Lebouton!«

Lebouton blieb mit der Hand auf der Klinke stehen.

»Was ist denn noch?«, fragte er verärgert.

»Haben Sie vielleicht einen Schlüssel für die Wohnung von Herrn von Güldenbrook? Wir müssten uns da ein bisschen umschauen.«

»Dürfen Sie das denn einfach so?«

Es war offensichtlich, dass dem Starkoch dieses Ansinnen überhaupt nicht gefiel.

»Seien Sie versichert, wir dürfen«, erwiderte Angermüller bestimmt.

»Klingeln Sie drüben im Herrenhaus bei meinem Büro. Ich sag der Sekretärin Bescheid.«

Ein genervter Seufzer noch, und die Tür fiel laut ins Schloss.

»Ich mag meinen Job – vor allem, weil ich viel mit Menschen zu tun habe«, sagte Jansen langsam.

»Der ist eben ein Star, der Mann, da gelten andere Maßstäbe. Wir sind für den einfach nur zwei lästige kleine Polizisten«, meinte Angermüller gleichgültig. Von Leuten wie Lebouton hatte er sich noch nie die Laune verderben lassen. Dabei interessierte ihn der Mann eigentlich, der in allen Medien als Küchenpapst präsent war und dessen Namen und Beruf wahrscheinlich jedes Kind in Deutschland kannte.

»Schaun wir mal. Vielleicht geht's ja mit der Dame besser. Holst du sie rein?«

Wie ein Metronom klangen ihre hohen Absätze auf dem gefliesten Küchenboden. Von Jansen eskortiert, schob sich Alix Blomberg wiegenden Schrittes herein und blieb abwartend vor dem Tisch stehen, an dem Angermüller saß. Der stand sofort auf und bot ihr, als er ihre suchenden Blicke sah, einen Platz an. Sie warf die rotbraune Mähne zurück, dankte mit einem Lächeln, setzte sich und schlug die perfekten langen Beine übereinander, die der kurze Rock bis weit übers Knie frei ließ.

»Wie kann ich Ihnen helfen?«, fragte sie mit ihrer markanten Stimme, die auf Jansen eine überwältigende Wirkung zu haben schien.

»Claus? Würdest du bitte?«, weckte Angermüller seinen Kollegen, der nur dastand und schaute.

»Aber gern. Bitte Frau Blomberg, ich müsste Ihre Personalien …«, sagte Jansen mit einem charmanten Grinsen und waltete seines Amtes.

Alix Blomberg lebte in Hamburg und war am Abend zuvor für die bevorstehende Aufzeichnung angereist.

»Ich bin zusammen mit Ebbo gekommen, Eberhard Prantl, das ist unser Regisseur. Ich hab ihn in meinem Wagen mitgenommen. Wir waren schon vor 19 Uhr hier.«

»Haben Sie einen Schlüssel für das Haus hier?«

»Am Schlüsselbund fürs Zimmer hängt auch ein Haustürschlüssel, aber den hatten wir da ja noch nicht. Hereingelassen hat uns einer von den Jungs, als wir ankamen.«

»Sie meinen, einer von den Kochlehrlingen?«

»Ja, der Anatol hat die Tür aufgemacht.«

»Waren Sie den ganzen Abend hier im Haus?«

Sie schüttelte ihre Locken.

»Nein. Der Ebbo und ich sind gleich nach unserer Ankunft noch zu Toni nach Kellenhusen gefahren. Das ist ein hervorragender Italiener – so was vermutet man hier in der Provinz ja gar nicht. Wir haben zwei von den Jungs bis Lensahn mitgenommen.«

Angermüller betrachtete aufmerksam die schlanke Moderatorin.

»Wann kamen Sie zurück? War da jemand zu Hause?«

»Das muss so gegen 21.30 Uhr gewesen sein. Ebbo und

ich waren die Einzigen im Haus. Vom Team hat hier sonst keiner übernachtet. Es war herrlich ruhig, ich habe geschlafen wie in Morpheus' Armen!«

Alix Blomberg schenkte Jansen einen langen Blick aus ihren strahlend großen Augen.

»Ist Ihnen irgendwas aufgefallen, als sie vom Essen zurückkamen?«

Ihr war nichts aufgefallen. Sie und der Regisseur hatten in der Küche, in der man jetzt saß, noch einen Wein zusammen getrunken, und dann war jeder auf sein Zimmer gegangen. Als sie am Morgen nach unten kam, um sich einen Kaffee zu holen, waren da Grit Fischer, Pierre Lebouton und andere versammelt und in heller Aufregung. So hatte sie von dem Geschehen erfahren.

»Ist das nicht entsetzlich?«

Alix Blomberg legte leidend eine Hand an die Schläfe und sah die Kommissare mit ihren großen Augen verzweifelt an. In anklagendem Ton fragte sie: »Warum Christian? Er war ein so wertvoller Mensch!«

»Kannten Sie ihn denn näher?«

Versonnen sah Alix Blomberg auf den Küchentisch und spielte dabei mit dem breiten goldenen Armband an ihrem linken Handgelenk.

»Ach ja«, sie seufzte und blickte hoch. »Wir standen uns einmal sehr nahe, Christian und ich.«

Angermüller, dem es nicht leichtfiel, fremde Leute nach wenigen Minuten über Details aus ihrem Privatleben auszufragen, hatte den Eindruck, dass die Blomberg von sich aus gern mehr darüber erzählen wollte. Beim Hereinkommen hatte er ihr Alter auf Mitte 30 geschätzt, nun saß sie ihm direkt gegenüber, und er sah deutlich das starke, wenn auch perfekte Make-up in ihrem Gesicht. Es vermochte die zehn Jahre, um die sie tatsächlich älter war, doch nicht ganz zu tilgen.

»Wie lange ist das her mit Ihnen und Herrn von Güldenbrook?«

»Ich weiß nicht mehr so genau, vielleicht fünf Jahre? Fast hätten wir geheiratet…«, sie lächelte wehmütig in sich hinein. Jansen beobachtete sie fasziniert und überließ es Angermüller, die Fragen zu stellen.

»Warum ist nichts daraus geworden?«

»Ach ja, es waren wohl mehrere Gründe. Mein Leben ist zuweilen recht unstet, mein Job, wissen Sie, unregelmäßig, anstrengend, auslaugend … Aber er ist mir wichtig, ich würde ihn nie für eine Ehe aufgeben. Man hat ja auch eine Verpflichtung seinem Publikum gegenüber, nicht wahr?«

Alix Blomberg lächelte Jansen an, der sogleich zurücklächelte.

»Und dann war da noch die alte Gräfin«, sie schüttelte ihre Lockenpracht. »Eine alte Dame mit dem Charme eines Fallbeils, und dass sie mich nicht mochte, machte sie mir in der ersten Sekunde klar. Ich, weder Adel noch Geldadel, und dann auch noch beim Fernsehen – das war nicht ihre Klasse. Und sie hatte enormen Einfluss auf Christian.«

»Lebt sie hier auf dem Gut?«

»Sie liegt mittlerweile auf dem Friedhof, unter ihresgleichen, nehme ich an. Sie ist letztes Jahr gestorben.«

»Sie sind Herrn von Güldenbrook durch die Arbeit hier ja öfter noch begegnet …«

Alix Blomberg ließ Angermüller nicht ausreden.

»Wir sind gute Freunde geblieben, wenn Sie das meinen! Wir sind schließlich beide erwachsene, zivilisierte Menschen – gewesen. Außerdem war Herr von Güldenbrook ein Gentleman durch und durch«, sie senkte bekümmert ihren Kopf und schloss die Augen. »Ach, Christian.«

»Kennen Sie Clemens von Güldenbrook?«

»Seinen Sohn meinen Sie? Der wurde mir einmal vorgestellt. Das ist ewig her. Seitdem habe ich höchstens mal sein Auto hier auf dem Gelände gesehen.«

Die Moderatorin stutzte einen Moment.

»Jetzt, wo ich so darüber rede, fällt mir ein, der Wagen könnte auch gestern hier gestanden haben, als wir zum Essen losgefahren sind.«

Die beiden Kommissare horchten auf.

»Ach ja?«

»Ja, irgendwie ist mir so. Aber ich habe nicht darauf geachtet. Es ist irgend so ein teurer englischer Sportwagen, den sein Sohn fährt. Es war ja schon dunkel draußen, und ich hab den nur so aus dem Augenwinkel gesehen, wenn Sie wissen, was ich meine.«

»Genauer können Sie das Auto nicht beschreiben?«

»Es ist silberfarben, aber sonst? Tut mir leid.«

»Aber das ist doch kein Problem, Frau Blomberg.«

Claus Jansen war die Liebenswürdigkeit in Person und bekam dafür wieder ein nettes Lächeln.

»Können Sie sich denn vorstellen, wer einen Grund gehabt haben könnte, Herrn von Güldenbrook das anzutun? Hatte er Feinde?«, fragte Angermüller.

Erst schüttelte die Moderatorin den Kopf, dann sagte sie zögernd: »Ich will hier niemanden beschuldigen. Aber Sie wissen ja, wie das ist, bei einer Truppe von Leuten, die zum Teil schon ziemlich lange zusammenarbeitet … aber das ist jetzt wirklich vertraulich!«, sie senkte ihre Stimme. »Es gibt Gerüchte.«

»Welcher Art?«

»Dass es den Lebouton-Unternehmen nicht sonderlich gut geht, und Christian war ja der Verantwortliche für die finanzielle Seite. In letzter Zeit hat es zwischen den beiden öfter gekracht.«

»Zwischen Lebouton und Güldenbrook?«

»Ja«, bestätigte Alix Blomberg und hob gleichzeitig beschwichtigend die Hände. »Aber wie gesagt: Gerüchte.«

Angermüller nickte.

»Tja, wenn du keine Fragen mehr hast, Claus?«

Mit einem besonders netten Lächeln für Jansen hatte sich die Moderatorin verabschiedet.

»Na Claus?«

»Was?«

»Na ja!«

»Nix.«

Jansen grinste, Angermüller auch. Dann wurde er wieder dienstlich.

»Die, mit denen wir noch reden müssen, der Regisseur wie auch dieser Lehrling Anatol, sind bei der Aufzeichnung im Studio. Ich denke, es bringt nichts, da jetzt einen Aufstand zu machen, oder? Es fehlt mir noch, dass uns die ganzen Zuschauer zwischen den Füßen herumlaufen. Ich würde vorschlagen, wir werfen einen Blick in die Wohnung von Güldenbrook.«

Schnell liefen die Kommissare über den Hof in Richtung Herrenhaus. Aber dann blieb Angermüller trotz der schneidenden Kälte in einiger Entfernung stehen, um den schlossartigen, weißen Bau zu bewundern, dessen spätbarocke Fassade sich in zwei Stockwerken vor ihnen erhob. Kunstvoll gearbeitete Simse schmückten die vielen hohen Sprossenfenster. Man musste eine kleine Brücke überqueren, denn das Gebäude war ringsum von einem Wassergraben umgeben, um dann ein paar Stufen zu dem großen, alten Portal hinaufzusteigen.

Angermüller betätigte die Klingel, die unter dem auffälligen, glänzenden Messingschild neben dem Eingangsportal angebracht war. ›Lebouton Unternehmensgruppe‹ stand auf dem Schild. Gleich darauf ertönte ein Summer.

Selbst Jansen, der sich gewöhnlich weniger für historische Gemäuer interessierte, stand erst einmal überwältigt neben Angermüller in der riesigen Eingangshalle. Mit ihren üppigen Deckenmalereien, den Stuckverzierungen und den Marmorbalustraden des weiten Treppenhauses konnte sie nur als prachtvoll bezeichnet werden.

»Guten Morgen! Sie sind bestimmt die Herren von der Kripo. Der Herr Lebouton hat mir schon Bescheid gesagt, Sie wollen die Räume vom Herrn Grafen anschauen. Ist das nicht ein entsetzliches Unglück? Wer macht bloß so was? Herr von Güldenbrook war ein so vornehmer Mensch. Aber es gibt ja so viele Neider, nicht?«

Die kleine rundliche Frau, die etwas verloren in der hohen Flügeltür wirkte, schien auf ihren Besuch schon gewartet zu haben.

»Kommen Sie doch bitte rein, meine Herren. Mögen Sie vielleicht einen Kaffee, der täte Ihnen doch sicher gut bei der Kälte, nicht? Ich bin die Sekretärin von Herrn Lebouton. Na ja, nicht nur. Ich bemuttere ihn auch so 'n büschen. Sie verstehen sicher, wie ich das meine, nicht? Seit zehn Jahren bin ich schon hier. Mein Name ist Hase. Ich beantworte gern alle Ihre Fragen. Man muss die Arbeit der Polizei doch unterstützen, nicht?«

»Vielleicht später, Frau Hase. Hat Ihnen Herr Lebouton wegen des Schlüssels …?«, versuchte Angermüller den Redefluss der Sekretärin zu stoppen.

»Natürlich! Ich weiß doch Bescheid«, und sie holte ein Schlüsselbund aus der Jackentasche und schwenkte es fröhlich hin und her. »Kommen Sie bitte mit.«

Ehe Angermüller sie zurückhalten konnte, eilte Frau Hase, die eine rote Strickjacke über weißer Bluse und Schottenrock trug und sie eben noch zum Kaffee bitten wollte, in ihren Gesundheitslatschen die geschwungene Treppe hinauf. An

Putten und Marmorbüsten vorbei, die in Nischen unter arkadischen Landschaftsmalereien standen, führte sie die Beamten über die Galerie nach links zu einer der Flügeltüren.

»Das ist die Wohnung vom Herrn Grafen. Da gegenüber ist der Eingang vom Herrn Lebouton«, erklärte sie etwas atemlos. Sie hantierte mit dem großen Schlüsselbund, an dem viele kleine Schildchen hingen, und suchte nach dem passenden Schlüssel.

»So ’n Schiet aber auch, jetzt habe ich meine Lesebrille im Büro vergessen. Können Sie vielleicht erkennen, welcher der Schlüssel der vom Herrn Grafen ist?«

»Das kriegen wir schon hin, Frau Hase, vielen Dank«, sagte Jansen und nahm ihr das Schlüsselbund ab. »Wir schaffen das allein, denke ich, und wir wollen Ihnen doch nicht Ihre Zeit stehlen.«

Freundlich komplimentierte er sie in Richtung Treppe.

»Aber vielleicht könnte ich Ihnen ja doch so manches erklären. Schließlich war ich schon ein paar Mal bei Herrn von Güldenbrook in der Wohnung.«

»Danke, wir finden uns schon selbst zurecht.«

Leise hörte man im Untergeschoss das Telefon klingeln.

»Sehen Sie, Sie haben Besseres zu tun!«, meinte Jansen erleichtert.

»Wie Sie meinen«, sagte Frau Hase. Die Kränkung in ihrer Stimme war nicht zu überhören.

»Sollten Sie mich doch noch brauchen, Sie wissen ja, wo Sie mich finden.«

Und während sie gemessenen Schrittes die Treppe hinunterstolzierte – das Telefon hatte mittlerweile aufgehört zu klingeln, fing aber kurz darauf wieder an –, schloss Jansen die Wohnungstür auf.

»Ich wusste gar nicht, dass man im Museum wohnen kann.«

Jansens Kommentar gab wieder, was auch Angermüller durch den Kopf ging. Die riesigen Zimmer mit den hohen Decken, ja, es waren fast Säle, waren ausschließlich mit original Mobiliar aus vergangenen Jahrhunderten ausgestattet. Von den Wänden blickten strenge Porträts von Männern und Frauen, wahrscheinlich die versammelten Vorfahren der Grafen von Güldenbrook. Dieses Ambiente war beeindruckend, aber auch auf eine Art leblos, unpersönlich. Außerdem roch es hier drin irgendwie alt, nach Staub, nach Verfall. Aber vielleicht empfand man das anders, wenn man der hier schon seit ewigen Zeiten ansässigen Familie entstammte. Angermüller jedenfalls glaubte nicht, dass er sich wohl gefühlt hätte in diesen mehreren Hundert Quadratmetern, schon gar nicht allein.

Am besten gefiel ihm noch das Arbeitszimmer, das nicht ganz so groß und auch nicht so voll gestellt war. Es war ein Eckzimmer, und dank zweier hoher Fenster an beiden Seiten wirkte der Raum luftig und freundlich. Ungehindert konnte der Blick über die hier flache holsteinische Landschaft bis zum Horizont schweifen.

Jansen zog sich Latexhandschuhe über. Auf einem Tischchen neben dem Kamin stand eine Weinflasche neben zwei benutzten Gläsern.

»Château Haut Brion«, las er in ziemlich deutscher Aussprache vom Etikett.

»Haut Brion heißt das. Ein ziemlich berühmtes Weingut im Bordeaux, und dieses Gewächs ist wahrscheinlich auch sakrisch teuer«, erklärte Angermüller.

»Franzosenkram. Ich trink lieber ein ehrliches Bier. Aber Ameise wird sich drüber freuen.«

Jansen holte ein paar Plastiktüten aus seiner Jackentasche und packte alles sorgfältig ein.

Auch Angermüller hatte Handschuhe übergestreift und dann auf dem Schreibtischstuhl Platz genommen. Er zog die Schubladen auf. Korrespondenz mit Behörden, Versicherungen und Krankenkasse, private Briefe und Rechnungen, alles systematisch abgeheftet.

»Nach einem hastigen Durchwühlen sieht es hier nicht aus. Sollte sich der Täter mit Güldenbrooks Schlüssel hier wirklich Zugang verschafft haben, dann hat er sich viel Zeit gelassen oder sich gut ausgekannt«, stellte Angermüller fest.

»Vielleicht war er ja gar nicht hier und hat die Sachen aus den Taschen des Toten nur mitgenommen, um falsche Spuren zu legen.«

»Tja, alles ist möglich.«

Der große alte Schreibtisch sah sehr aufgeräumt aus. Links ein Stapel Ablageboxen, sauber beschriftet, eine Schale mit Bleistiften und Kugelschreibern, ein neuer Schreibblock und in der Mitte der ledernen Unterlage ein Laptop. Angermüller deutete auf den Computer.

»Den nehmen wir auch mit. Da muss sich Niemann drum kümmern.«

An der Wand neben dem Schreibtisch hing eine ganze Reihe gerahmter Fotografien, Familienaufnahmen wahrscheinlich. Neben einer umfangreichen Sammlung von alten Jazzplatten waren diese Bilder die einzig wirklich privaten Accessoires in den Räumen. Eines davon, in einem silbernen Rahmen, zog Angermüllers besondere Aufmerksamkeit auf sich. Es zeigte Christian von Güldenbrook mit einem vielleicht zehnjährigen Jungen. Der Junge trug ein Reiterdress und hielt ein Pferd am Zügel. Die beiden strahlten glücklich in die Kamera. ›Für Papa! Kuss, Clemens‹ stand in ordentlicher Kinderschrift auf der Aufnahme.

Bad und Küche waren die einzigen Räumlichkeiten in Güldenbrooks Wohnung, die modernen Bedürfnissen angepasst waren. Sie waren mit allem Notwendigen versehen, aber keineswegs luxuriös ausgestattet. Langsam ließ Jansen seinen Blick noch einmal durch das Arbeitszimmer schweifen.

»Ich glaube, wir haben alles gesehen, oder?«

Angermüller nickte.

»Denke ich auch. Komm, wir schauen mal, ob Steffen schon da ist.«

Nachdem sie sich mit Mühe von Frau Hase wieder losgeeist hatten, die ihnen in der Halle förmlich aufgelauert hatte und der Polizei unbedingt wichtige Hinweise geben wollte, die sich aber als vollkommen uninteressant erwiesen, kehrten sie ins Kavaliershaus zurück. Im Lager trafen sie als Ersten auf Ameise.

»Ich hab selten so einen sauberen Tatort gesehen, Kollegen!«, kommentierte der kopfschüttelnd, als er die beiden Kommissare bemerkte, die ihm sogleich ihre Ausbeute aus Güldenbrooks Wohnung in die Hand drückten. Ameise und der andere Kriminaltechniker waren immer noch dabei, in Lager und Kühlraum nach Spuren zu suchen, seien es Fußabdrücke, Faserreste, Fingerabdrücke, Blut oder andere DNA-Träger.

»Soweit wir das bis jetzt feststellen konnten, hat auch niemand Spuren beseitigt. Es waren schlicht keine vorhanden.«

»Das macht es uns nicht gerade leichter«, brummte Angermüller.

»Ihr werdet ja auch nicht dafür bezahlt, dass ihr es leicht habt, oder?«

»Sonst noch was, Meise?«

»Schon nach diesen ersten Eindrücken würde ich sagen, dass es keinen Kampf zwischen Täter und Opfer gab und der- oder diejenige gleich mit dem ersten Stich sauber das Ziel getroffen hat. Wenn du mich fragst: Das Ganze hat sich genau dort abgespielt, wo der Mann gefunden wurde. Mehr hab ich jetzt noch nicht auf der Pfanne.«

»Danke, Meise.«

Als sie an der Kühlzelle ankamen, hockte Steffen im weißen Overall neben dem Toten und war dabei, ihn fotografieren zu lassen. Der Fotograf, ebenfalls im Schutzanzug, drückte sich zwischen die an Fleischerhaken hängenden Tierteile, um die beste Position für seine Aufnahmen zu finden.

»Grüß dich, Steffen! Bist du schon länger hier?«

»Hallo Schorsch! Hallo Jansen! Bin vor einer knappen Stunde eingetroffen. Sehr passende Umgebung. Wenn auch ein wenig frisch.«

»Tja, können wir uns leider nicht aussuchen.«

»Ihr wollt schon was wissen, nehm ich an.«

»Wär' nicht schlecht.«

»Tja, das ist wieder eine extra harte Nuss, die ihr mir hier zu knacken gebt.«

»Nicht absichtlich, das kannst du uns glauben! Wo ist das Problem?«

»Die Temperaturverhältnisse. Ich fürchte, da werd ich ein Weilchen rechnen müssen, um den Todeszeitpunkt festzulegen, und wie genau das dann sein wird …«

Steffen wiegte zweifelnd seinen Kopf hin und her.

»Normalerweise bestimme ich die Körperkerntemperatur, um den Todeszeitpunkt festzustellen. Ich berechne die Abkühlungszeit unter Berücksichtigung der Außentemperatur, des Körpergewichtes und der Auffindungsumstände. Diese Methode ist ziemlich exakt. Im vorliegenden Fall stellt sich die Frage: Wann wurde der Temperaturregler auf die jetzt angezeigten minus 20 Grad gestellt?«

»Ich würde annehmen, vom Täter gleich nach der Tat«, meinte Angermüller. »Aber wann war das?«

»Siehst du, das ist genau das Problem.«

Der Fotograf hatte seine Arbeit in der Kühlzelle beendet und verließ den engen Raum. Steffen war bekannt für seine akribische Arbeitsweise, und offensichtlich bereitete ihm die Aussicht, seine Ergebnisse nicht vernünftig absichern zu können, echtes Unbehagen. Obwohl er grundsätzlich keine Aussage mit hundertprozentiger Sicherheit traf, dafür war er viel zu genau und zu vorsichtig.

»Außerdem: Welche Temperatur herrschte vorher hier drin und wie lange braucht die Kühlzelle, um auf die jetzt hier angezeigten minus 20 runterzukühlen?«

»Was den Zeitpunkt der Tat angeht: Bisher haben wir eine Aussage, dass von Güldenbrook das letzte Mal lebend so gegen 17 Uhr gesehen wurde«, sagte Jansen. »Und normalerweise soll hier drin eine Temperatur von null bis zwei Grad gewesen sein.«

»Immerhin, das sind zwei Anhaltspunkte«, nickte der Rechtsmediziner. »Zur Todesursache: Da würde ich bereits jetzt die These hämorrhagischer Schock wagen.«

Steffen deutete auf die Stelle, wo das Messer immer noch in Güldenbrooks Brustkorb steckte.

»Ihr werdet auch gleich bemerkt haben, dass es äußerlich kaum sichtbare Blutspuren gibt. Der Stich muss die große Vene in Herznähe getroffen haben, und das Opfer ist so nach innen verblutet.«

»Glaubst du auch, dass es hier drinnen passiert ist?«, fragte Georg seinen Freund.

»Ich gehe davon aus, ja. Ich nehme an, der Täter hat ganz überraschend zugestochen, und das Opfer ist sofort hier zusammengesackt. Eventuell hat der Angreifer sogar selbst den Fall abgefangen und den Mann gestützt, als er zu Boden ging. Aber ich werde das selbstverständlich überprüfen, Hämatome, Abschürfungen, das ganze Spektrum.«

»Gut«, nickte Angermüller.

»Und jetzt wollt ihr wahrscheinlich wissen, wann ich euch mehr erzählen kann.«

»Du kennst uns doch.«

»Ich denke, spätestens morgen Vormittag«, versprach Steffen von Schmidt-Elm den Kommissaren. »Der Wagen, der ihn ins Institut bringen soll, ist schon hierher unterwegs.«

Der Rechtsmediziner erhob sich. Leiser sagte er dann zu Georg Angermüller: »Morgen Nachmittag habe ich einen wichtigen Termin am Flughafen.«

Georg musste erst einen Moment überlegen, was sein Freund damit meinte. Dann fiel ihm ein, dass David kommen würde. David war Steffens englischer Lebenspartner. Die beiden bewohnten seit Dezember ein gemeinsames Haus in Lübeck. David war als auf Kirchenmalerei spezialisierter Kunstrestaurator von internationalem Ruf viel unterwegs, weshalb die geplante offizielle Besiegelung ihrer Lebensgemeinschaft schon mehrfach verschoben worden war. Doch nun sollte das Ereignis, das den sonst so kontrollierten Steffen schon seit Monaten mit Nervosität und Spannung erfüllte, am nächsten Wochenende endlich über die Bühne gehen.

»Und vergiss nicht: morgen Abend, Schorsch!«

»20 Uhr, ich weiß!«

»Das ist vielleicht nicht gerade die richtige Inspiration dafür«, sagte Steffen leise mit einem kurzen Seitenblick auf den Toten und dann die Rinderkeulen ringsum. »Aber ich mach doch einen Tafelspitz.«

Georg war bei Steffen und David zum Essen eingeladen. Sie wollten Einzelheiten der Hochzeitsfeier besprechen, bei der Angermüller als Steffens Trauzeuge fungieren sollte.

»Da habe ich kein Problem mit«, meinte er zu seinem Freund. Im Gegenteil, bei einem guten Essen und einem Glas Wein fand der Kommissar meist seinen Seelenfrieden wieder, wenn ein Fall ihn bis in sein Privatleben verfolgte. Ein echtes

Problem sah Georg darin, Astrid erklären zu müssen, warum er sich früher von der Geburtstagsfeier ihrer Schwester Sigrid würde verabschieden müssen. Doch er hatte mit David und Steffen einfach keinen anderen Termin finden können.

»Moin allerseits! Dürfen wir mal? Wir haben hier einen Kunden abzuholen.«

Das laute Auftreten des Mannes, der da die Kommissare von hinten ansprach, passte nicht so recht zu seiner gediegenen Aufmachung. Er und sein Kollege steckten in schicken grauen Jacketts und schwarzen Hosen mit akkurater Bügelfalte.

»Okay, Steffen, dann erst mal danke«, verabschiedete sich Angermüller. »Wir hören von dir.«

Rasch räumten die beiden Kommissare die Kühlzelle und machten Platz für die Mitarbeiter des Bestattungsinstituts mit ihrem Metallsarg.

Im Flur trafen sie auf die Kollegin Kruse und den Kollegen Teschner, die ziemlich durchgefroren waren.

»Ihr braucht euch nicht zu beschweren! In der Kühlzelle sind's minus 20, sach ich nur! Kommt lieber mit in die Küche und erzählt, ob ihr weitergekommen seid«, forderte Jansen die beiden auf.

»Außer den beiden im Herrenhaus gibt es hier auf dem Gut noch sechs Wohnungen in den Nebengebäuden des Torhauses«, berichtete Teschner, als sie am großen Küchentisch Platz genommen hatten. »Wir haben mit einer jungen Mutter und einem Rentnerpaar dort gesprochen. War ziemlich unergiebig. Interessant ist vielleicht eine Beobachtung, die eine ältere Dame gemacht hat: Gestern gegen Abend soll der Sohn des Opfers hier auf dem Gut gewesen sein. Zumindest hat die Zeugin ein Auto gesehen, das seines gewesen sein könnte. Ansonsten war in den anderen Wohnungen niemand zu Hause. Und dann ist da noch das Verwalterhaus, das etwas versteckt zwischen Herrenhaus und Scheune liegt. Aber da war auch keiner.«

»Dann klärt das ab mit dem Wagen des Sohnes und findet raus, wo der sich aufhält. Das ist schon der zweite Hinweis auf den. Klingt nicht uninteressant«, meinte Angermüller.

»Im Hof hatten wir dann noch eine Begegnung der anderen Art«, grinste Anja-Lena Kruse. »Wir sind mit einem Herrn Mientau aneinandergeraten, der kam mit seinem Trecker angebrettert und hätte uns beinah umgenietet! Als er mitkriegte, dass wir von der Polizei sind, wurde er noch wütender.«

»Wenn das man nicht der Typ war, wegen dem ich vorhin schon eine Notbremsung hinlegen musste! Was macht der hier?«

»Der hat das Land gepachtet, das zum Gut gehört, und züchtet eine spezielle Rinderrasse, und zwar exklusiv für Güldenbrook, jedenfalls schien der eine Mordswut auf den Grafen zu haben. Der und Lebouton, das wären allesamt Halsabschneider und Gangster, die hätten ihn über den Tisch gezogen und so weiter und so weiter.«

»Könnte der Typ was mit der Sache zu tun haben?«, fragte Jansen. Kriminalobermeisterin Kruse zuckte unschlüssig mit den Schultern.

»Ich weiß nicht. Der ist so ein typischer Hochdruckmensch, einer von denen, die gleich laut werden. Kann natürlich sein, dass er dann auch mal so ausrastet, dass er tätlich wird. Angeblich ist er gestern den ganzen Tag nicht hier auf dem Gut gewesen. Sein Hof liegt einen knappen Kilometer von hier entfernt, im Dorf Güldenbrook. Wir haben jedenfalls seine Daten und geben die gleich an Thomas zur Inpol-Abfrage weiter. Danach sprechen wir wieder mit dem.«

»Und sonst?«

Teschner sah auf seinen kleinen Notizblock.

»Ach so, ja. Da sind noch die beiden Bedienungen im

Torhaus. Kann man vergessen. Die sind erst heute Morgen gekommen, wohnen in Dörfern in der Umgebung. Das kleine Restaurant und der Laden sind außerhalb der Saison immer nur tagsüber von Freitag bis Sonntag geöffnet.«

»Na gut. Dann habt ihr ja noch einiges zu tun. Wir sehen uns spätestens heute Abend zur Kommissariatsbesprechung.«

»Wann war das noch?«

»18 Uhr.«

»Alles klar«, mit beiden Händen strich Kriminaloberkommissar Teschner über seine kalten Arme. Es klopfte.

»Jetzt könnte ich gut einen heißen Kaffee vertragen«, sagte Teschner und sah sehnsüchtig zu der glänzenden italienischen Kaffeemaschine hinüber. »War verdammt kalt da draußen!«

Der Kopf eines jungen Mannes sah um die Ecke der geöffneten Küchentür.

»Guten Tag!«

Ohne eine Antwort abzuwarten, kam er herein und ging geradewegs auf die Beamten zu.

»Guten Tag!«, sagte er noch einmal freundlich und gab allen die Hand. »Ich bin Anatol. Anatol Kerbel, wie das Kraut.«

Seine Mütze hatte er in den Gürtel der Kochjacke geschoben, und die dunklen, halblangen Haare waren glatt nach hinten gekämmt. Er trug einen sehr schmalen Bart, der in einem akkuraten Streifen rund um Wangen und Kinn lief und auch die Oberlippe zierte.

»Soll ich Ihnen vielleicht einen Kaffee machen? Ich mein nur, weil ich das gerade gehört habe … Ich weiß, wie man die Maschine bedient.«

Die Beamten sahen sich an.

»Das Angebot nehmen wir dankbar an«, sagte Angermüller dann zu dem jungen Mann, »und anschließend kannst du uns gleich noch ein paar Fragen beantworten.«

»Ja klar, deshalb bin ich ja hergekommen. Ernie und Thorsten haben mir eben gesagt, dass Sie hier sind. Wie hätten Sie Ihren Kaffee denn gern?«

»Kannst du mir bitte einen großen Milchkaffee machen?«, fragte Angermüller. »Darf ich dich überhaupt duzen?«

»Kein Problem!«, grinste Anatol. »Und was darf ich den anderen Herrschaften servieren?«

Bald duftete die ganze Küche nach frisch gemahlenem Espresso, und die Beamten genossen die aromatischen Getränke, ganz nach ihren Wünschen, stärker oder schwächer, mit oder ohne Milch, mit oder ohne Zucker. Der junge Mann gab sich Mühe, ein perfekter Gastgeber zu sein.

Anatol Kerbel war 21, genauso alt wie Thorsten Bauer, wirkte aber auf Angermüller um vieles erwachsener und reifer. Seine Angaben über den Vorabend deckten sich mit denen seiner beiden Kumpel, und er hatte von Güldenbrook ebenfalls das letzte Mal am gestrigen Nachmittag gesehen, als er mit seinem Auto auf den Hof fuhr. Auch er hatte mit dem Grafen eher wenig zu tun gehabt.

»Ab und zu tauchte er auf und kritisierte unseren zu großzügigen Umgang mit den teuren Zutaten. Aber Pierre war eigentlich nie seiner Meinung.«

»Und wie kommst du so klar mit euerm Chef?«, wollte Angermüller wissen.

»Gut, würde ich sagen«, nickte Anatol, als wolle er sich selbst seine Aussage bestätigen. »Man kann eine Menge von ihm lernen. Es ist eine Riesenchance.«

»Ist der nicht manchmal ein bisschen schwierig, der Herr Lebouton?«

»Wenn sich einer dämlich anstellt, dann kann er schon mal ausrasten. Man muss halt gut sein.«

Anatol lächelte breit und zeigte seine makellosen Zähne. Sein Aussehen erinnerte Angermüller an die Popstars, die seine 13-jährigen Töchter auf Plakaten an den Wänden ihrer Zimmer hängen hatten. Er war ein ausnehmend hübscher Junge, und wie ein Kochlehrling sah er nach landläufiger Vorstellung jedenfalls nicht aus.

»Und du bist gut?«

»Ja, ich glaub schon«, nickte Anatol und sah Angermüller dabei direkt an. Solch eine unverschämte Selbstsicherheit konnte man wohl nur in diesem Alter an den Tag legen, dachte Angermüller amüsiert.

»Ich bin der Einzige, der schon öfter Auftritte in der Show hatte. Und auch die Zuschauer fanden mich gut.«

»Aha. Woher weißt du das?«

»Na ja, es kamen halt Mails und Anrufe. Die Leute wollten wissen, wer ich bin und so, und ob ich noch öfter dabei sein werde.«

»Was hast du denn gekocht?«

»Gekocht habe ich nicht direkt. Ich habe assistiert.«

Und sogleich zählte der junge Mann so einiges auf, um seine Fähigkeiten ins rechte Licht zu setzen.

»Ich habe zum Beispiel Orangen filettiert, einen Tafelspitz aus einer Rinderkeule geschnitten, Nudelteig gemacht, einen Seewolf portioniert – das ist vor laufender Kamera nicht ganz leicht.«

»Da gebe ich dir recht. Das ist auch ohne Kamera nicht einfach«, nickte Angermüller. »Und was ist dein Glanzstück? Was gelingt dir beim Kochen am besten?«

»Eigentlich gelingt mir immer alles«, auf Anatols Gesicht erschien wieder dieses unwiderstehliche Lächeln. »Aber wenn ich wählen dürfte, würde ich einen schönen Tafelspitz kochen und dazu mein Kartoffel-Pastinaken-Püree mit gerösteten Walnüssen.«

»Ach, und wie würdest du den Tafelspitz zubereiten?«

Jetzt war Angermüllers Interesse geweckt. Vielleicht

würde er ja hier einen Tipp für ein neues Rezept entdecken, mit dem er Steffens Variante, die er am nächsten Abend kennenlernen sollte, noch übertreffen könnte.

»So wie der Chef, in Pinot Noir, nur mit erstklassigen Zutaten. Das ist das A und O. Und Geduld.«

»Würdest du mir denn das Rezept verraten?«

»Oh Mann!«, rief Jansen in gespielter Verzweiflung. »Sind wir mal wieder beim Thema?«

»Also wir haben jetzt keine Zeit, Kochrezepte zu sammeln. Die Pflicht ruft.«

Teschner und Anja-Lena Kruse erhoben sich.

»Der Kaffee war gut, danke!«, meinte Teschner dann noch zu Anatol.

»Freut mich«, nickte der und wandte sich wieder an Angermüller.

»Sehen Sie auch immer unsere Sendung?«

»Äh, nicht direkt. Ich koche nur ab und zu ganz gern.«

»Ach so.«

Diese Aussage schien Anatol eher enttäuschend zu finden, und er erläuterte: »Weil ich wahrscheinlich demnächst den Tafelspitz in der Sendung kochen darf. Dann finden Sie das Rezept sowieso im Internet.«

»Na gut. Dann danke für den Tipp! Was möchtest du denn machen, wenn deine Ausbildung beendet ist?«

»Fernsehkoch.«

»Anatol!«

»Ja Chef?«

Kaum war vom Flur Leboutons Stimme zu hören, sprang der Junge hoch und lief zur Tür.

»Ah, hier steckst du!«, Lebouton kam herein und gab seinem Lehrling einen leichten Klaps hinters Ohr. »Da kann ich ja lange suchen.«

Aber es war wohl nett gemeint, denn er zeigte auf Anatol und fügte an: »Hier meine Herren: mein bestes Pferd im Stall! Und jetzt ab ins Studio, du wolltest doch noch was für den Spargel vorbereiten, dachte ich!«

Fragend sah Anatol zu den Kommissaren.

»Wir waren ja eh fertig. Dann wollen wir dich nicht länger aufhalten!«

»Tja, dieser hübsche junge Mann wird es einmal weit bringen. Nicht nur weil ihm die Mädchen begeisterte Mails schreiben. Er ist nämlich ein echtes Naturtalent!«, meinte Lebouton und blickte Anatol nach, als er gegangen war. »Er ist ehrgeizig, experimentierfreudig, hungrig auf Neues. Ein wenig erinnert er mich an mich selbst, als ich so jung war wie er …«, nachdenklich sah er zu Boden. »Ist lange her.«

Zum ersten Mal wirkte der berühmte Koch ein wenig menschlicher, nicht mehr so glatt und perfekt. Er strich sich mit der Hand über die Augen. Eine gewisse Müdigkeit schimmerte durch.

»Sind Sie fertig mit der Aufzeichnung?«

»Mit der zweiten heute meinen Sie? Leider noch nicht. Wir mussten unterbrechen, weil unser Kandidat aus der Endrunde sich beim Gemüseschneiden verletzt hat.«

»Oh, so schlimm?«

»Nicht so dramatisch. Es hat halt geblutet, und jetzt muss er erst einmal verarztet werden. Mal sehen, wie wir das hinkriegen, wo die Zuschauer doch glauben sollen, die Sendung wäre live. Na ja, das soll nicht mein Problem sein. Das muss die Regie reparieren.«

»Ihre Sendung ist sehr beliebt«, stellte Angermüller fest.

»Ja, ›Voilà Lebouton!‹ ist auch nach sieben Jahren immer noch sehr erfolgreich.«

Lebouton straffte sich und setzte sein Profilächeln auf.

»Aber man muss auch was dafür tun, dass die Quote

stimmt. Von allein läuft da gar nichts, glauben Sie mir. Der Erfolg ist ein zweischneidiges Schwert ...«

»Sagen Sie, Herr Lebouton, ich muss noch einmal auf meine Frage von vorhin zurückkommen, die geschäftliche Lage Ihres Unternehmens ... Wir haben gehört, Sie hätten mit Ihrem Partner von Güldenbrook in letzter Zeit häufiger Auseinandersetzungen gehabt, wobei es immer um die Finanzen gegangen sein soll. Gibt es Schwierigkeiten?«, formulierte Angermüller sorgfältig.

Die Miene des Starkochs wurde eisig.

»Wer kolportiert solche Dinge? Na ja, ich kann mir schon denken, aus welcher Ecke das kommt. Die Leute haben keine Ahnung. Die Marke Lebouton ist fest im Markt etabliert, und unsere Firmen entwickeln sich für heutige Verhältnisse prächtig.«

»Und Ihr häufiger Streit mit Christian von Güldenbrook in den letzten Wochen?«

»Was heißt hier in den letzten Wochen?«, Lebouton ließ ein trockenes Lachen hören. »Wir haben uns immer heftig auseinandergesetzt! Nur das Wort Streit ist völlig fehl am Platze. Mit Christian konnte man nicht streiten, dazu war er viel zu beherrscht, zu wenig emotional. Ihm ging es nur um die Sache. Christian war ein Buchhalter, ein äußerst korrekter, ein sehr sparsamer! Seiner norddeutschen Puritanerseele war aller Überfluss zuwider, und das mit einer Gourmetküche in Einklang zu bringen, die nur von besten Zutaten lebt und aus dem Vollen schöpft, war ein äußerst schwieriger Prozess. Immer wieder! Er konnte um jedes Stück Butter kämpfen. Und wissen Sie, was ich glaube?«, Pierre Lebouton hielt einen Moment inne und sah zum ersten Mal eindringlich von Angermüller zu Jansen. »Ich glaube, das war das Geheimnis unserer erfolgreichen Zusammenarbeit, dass jeder wieder und wieder seine Argumente überprüfen musste, denn am Schluss haben wir uns ja doch immer geeinigt.«

»Es läuft also alles bestens, und alles war wie immer, nach Ihrer Meinung, und was uns von den verschiedenen Zeugen gesagt wurde …«

»Sind alles aus der Luft gegriffene Gerüchte. Erfolg produziert Neid, besonders bei den Erfolglosen. Es ist verlorene Zeit, darüber zu reden.«

Lebouton sah auf seine Armbanduhr.

»Ich muss jetzt wieder ins Studio. Sie entschuldigen mich …«

Er fragte nicht, ob er gehen könne. Es war klar, dass er bestimmte, wann er wie lange den Beamten Rede und Antwort stand. Schon hatte er die Hand am Türgriff.

»Sind Sie manchmal etwas unbeherrscht, Herr Lebouton?«, fragte Angermüller. Der andere ließ den Türgriff wieder los.

»Wie meinen Sie das?«

»So wie ich es sage: Können Sie aufbrausend sein, sehr wütend werden, vielleicht auch einmal lauter in Auseinandersetzungen oder wenn Sie sich ärgern? Werden Sie handgreiflich oder schmeißen Sie mit Gegenständen?«

»Was soll das? Meinen Sie, ich gehe mit einem Messer auf andere los?«

»Wir haben gehört, dass Sie manchmal etwas impulsiv reagieren.«

»Lehrjahre sind keine Herrenjahre, wenn Sie das meinen. Ich habe noch nie jemandem körperlichen Schaden zugefügt.«

»Na gut, dann wollen wir Sie nicht länger aufhalten. Sind Sie so nett und schicken uns kurz den Regisseur, den Herrn Prantl, herein?«

»Aber wirklich nur kurz, meine Herren! In einer Viertelstunde wollen wir weiterarbeiten.«

Angermüller nickte.

»Ach Herr Lebouton, eine allerletzte Frage noch ...«

Dem Kommissar war plötzlich etwas eingefallen.

»Sagt Ihnen der Name Carola Dohse etwas?«

»Nicht dass ich wüsste«, sagte Lebouton ungehalten. »Wer soll das sein?«

»Das ist eine Dame, die Restaurantkritiken schreibt und über alle möglichen Gourmetthemen berichtet, für die Lübecker Zeitung und noch so ein paar Lokalmedien. Ihr Kürzel ist CD.«

Das Gesicht des Meisterkochs drückte Gleichgültigkeit aus.

»Den Namen der Dame habe ich noch nie gehört, und abgesehen davon: Dieses Journalistengeschmiere interessiert mich sowieso nicht. Guten Tag, meine Herren!«

KAPITEL III

Nach dem langen Spaziergang durch die Kälte spürte Hilde Dierksen, wie nun ihr Kreislauf wieder richtig in Gang kam. Sie legte ihre Strickjacke ab, die sie über das Flanellhemd gezogen hatte, und bearbeitete die Mischung aus Grießteig, Eiern und Butter im Topf auf dem Herd weiter kräftig mit dem Holzlöffel. Bis auf den leisen metallischen Klang, wenn der Holzlöffel gegen die Topfwand schlug, und ein regelmäßiges Schnarchen war es still im Raum. Hinrich Dierksen saß in seinem Lehnstuhl am Fenster, und auf seinem Schoß lag der Kater. Die Zeitung war auf den Boden gerutscht, die Lesebrille hatte Hilde vor dem gleichen Schicksal bewahrt. Hinrich hielt seinen ausgiebigen Mittagsschlaf. Fragte ihn jemand danach, dann meinte er, dass er hin und wieder mal ein kurzes Nickerchen machen würde, in Wahrheit schlief er jeden Nachmittag ein bis zwei Stunden. Doch das hätte er nie zugegeben, niemand sollte ihn mit seinen 86 Jahren für einen hinfälligen Greis halten. Ja, er war immer noch sehr eitel, ihr Herr Vater.

Hilde lächelte in sich hinein und gab reichlich Rosinen in den Teig. Dann holte sie die alte Puddingform, den durchwachsenen Räucherspeck und das Semmelmehl aus der Speisekammer. Vater hatte sich zum Abendessen einen Großen Hans gewünscht. Sie hatte gestern noch mitten in der Nacht die Aufzeichnungen der Mutter durchstöbert, um das alte Familienrezept zu finden, da sie sonst wieder lange Diskussionen durchzustehen hätte. War er sonst auch sehr offen für Neues, beim Essen war Hinrich Dierksen pingelig. Er wollte genau den Großen Hans essen, der ihm Zeit seines

Lebens vertraut gewesen war. Hilde war froh, sich mit dieser Aufgabe ablenken zu können von dem schrecklichen Ereignis, das diesen Tag auf Gut Güldenbrook zu einem traurigen Tag machte. Auf der anderen Seite überlegte sie, wann und wie sie ihrem Vater die Nachricht von Christians Tod beibringen sollte. Der Arzt hatte gesagt, er solle sich nicht aufregen, das sei nicht gut für ihn und sein Herz. Und sie wusste, dass er sich sehr aufregen würde.

Es war früher Nachmittag, und kraftlos stand die Wintersonne über der kahlen Landschaft. Zwar hatte man an Weihnachten die Talsohle der dunklen Jahreszeit durchschritten, doch bis Licht und Helligkeit zurückkehrten und das Land wieder weit und offen wurde, wie sie es liebte, würden noch ein paar Wochen vergehen.

Vor drei Jahren war Hilde Dierksen aus Berlin hierher gezogen, an den Ort, wo sie geboren und aufgewachsen war. Lange Zeit hatte sie geglaubt, nie wieder auf dem Land leben zu können, erinnerte sich daran, wie beengt sie den Alltag hier gefunden hatte, wo nichts los war, man immer nur die gleichen Leute traf und jeder jeden kannte. Doch mit zunehmendem Alter hatte sich das geändert, und dann hatte es sich einfach so ergeben. Ihre Mutter, auch mit ihren 80 Jahren eine kraftvolle und unverwüstlich wirkende Frau, zog sich einen komplizierten Beinbruch zu, der nicht heilen wollte, weshalb sie schließlich zum Pflegefall wurde. Das nahm Hilde zum Anlass, hierher zurückzukommen.

»Alles passte«, wie Hilde immer gern sagte, wenn die Dinge sich scheinbar nahtlos ineinanderfügten. Auch damals. Sie hatte sich gerade von ihrem langjährigen Lebensgefährten getrennt, mit dem sie nur noch aus Gewohnheit zusammen war, wie sie irgendwann festgestellt hatte. In der Firma, in der sie fast 30 Jahre als Büroleiterin gearbeitet hatte, hatte sich vieles verändert in jüngster Zeit, nicht zum Besseren, und als man ihr eine kleine Abfindung bot, wenn sie freiwillig gehen würde, gab sie den Job ohne Bedauern auf. So nutzte sie die Chance des Augenblicks, die Weichen für ihre Zukunft neu zu stellen, und sah darin einen seltenen Glücksfall des Schicksals. Natürlich war ihr Bruder, der mit Frau und Kind in München lebte, unendlich erleichtert, dass Hilde die Verantwortung für die Eltern einfach so auf sich nahm. Anfangs war sie ein bisschen unsicher, ob sie die richtige Entscheidung getroffen hatte, doch das Leben mit den beiden alten Leuten gab ihr so viel zurück, dass sie sich ausgefüllt fühlte wie lange nicht mehr. Im letzten Jahr war dann ihre Mutter gestorben, und Hinrich hatte sofort gesagt, jetzt gehe er ins Heim.

»Ach Vadder, meinst du nicht, wir zwei kommen auch allein ganz gut miteinander aus?«, hatte sie ihn da gefragt.

»Wenn du das mit mir tüddeligem alten Kerl aushältst, min Deern, dann bleib ich wohl gern bei dir hier auf Güldenbrook. Wird ja man auch nicht mehr ewig dauern«, war seine Antwort.

Und nach einigen anfänglichen Schwierigkeiten kamen sie inzwischen sehr gut miteinander aus. Nie hätte Hilde gedacht, dass der Vater, der ihr früher oft autoritär und ungerecht vorkam, im Alter einmal so tolerant und erstaunlich selbstkritisch werden würde. Sie sprachen über alle Entscheidungen, die ihren gemeinsamen Hausstand betrafen, und konnten sich meist schnell einigen. Es war mit ihm viel einfacher als damals mit den Jungs in ihrer Wohngemeinschaft in Kreuzberg. Wahrscheinlich gab es doch so etwas wie Weisheit im Alter, jedenfalls bei manchen Menschen.

Auch als sie im Haus einige bauliche Veränderungen vorschlug, hatte er keine Einwände. Sie hatten die Wand zwischen Wohnstube und Küche entfernen lassen, sodass der neue Raum unter der niedrigen Decke eine bisher unbekannte Großzügigkeit ausstrahlte und durch die hinzugekommenen Fenster viel heller geworden war, was auch dem Vater gefiel. Außerdem war er nicht allein, wenn Hilde in der Küche zu tun hatte, und brauchte trotzdem seinen gemütlichen Sessel nicht zu verlassen. Das elterliche Schlafzimmer, das jetzt sein alleiniges war, hatten sie vom ersten Stock ins Parterre verlegt und daneben noch ein Bad einbauen lassen, was Hinrich das beschwerliche Treppensteigen ersparte. Und der erste Stock war Hildes Reich. Es war mehr als genug Platz für ihr Schlafzimmer und ihren ›Salon‹, wie sie es nannte, wo eine Biedermeiergarnitur und ihr Schreibtisch standen, ihre Bücher und ihre Musikanlage. Außerdem gab es hier oben noch ein Gästezimmer und eine Wäschekammer. Sie hatte ihr eigenes Badezimmer, und unter den schrägen Wänden des alten Reetdaches war es im Winter gemütlich warm und im Sommer angenehm kühl.

Hilde fettete die Puddingform, kleidete sie mit Semmelmehl aus und gab großzügig den in Scheiben geschnittenen Speck hinein. Dann griff sie nach dem Topf mit dem Grießteig. Wie so oft beim Kochen wollten ihre Gedanken nicht ruhen. Sie dachte dabei gern über alles Mögliche nach, und gerade in diesen letzten Wochen war vieles passiert. Vieles, das schön war für sie. Aber warum musste auf etwas Schönes immer gleich wieder etwas Trauriges folgen, fragte sie sich.

Sie stellte die Puddingform in einem großen, mit Wasser gefüllten Topf auf den Herd und machte die Flamme an. Vom ersten Moment, als sie hierher zurückgekommen war, hatte sie sich auf Güldenbrook richtig zu Hause gefühlt, war zufrieden, ihre Tage waren ausgefüllt mit Arbeit im Haus, im Garten, manchmal half sie im Hofladen – es gab immer irgendetwas zu tun. Dass sie sich noch einmal verlieben würde, damit hatte sie überhaupt nicht gerechnet, nicht einmal theoretisch darüber nachgedacht. Eigentlich hatte sie nach der Trennung von Paul mit dem Thema Liebe für sich abgeschlossen. Ihr gefiel ihre Unabhängigkeit, ihr neues Leben, sie vermisste nichts. In diesem Jahr wurde sie 60, lebte mit ihrem alten Vater hier auf dem Lande – wo in Dreiteufelsnamen sollte sie da auch jemanden kennenlernen? Und dann war es doch passiert. Letztes Silvester.

Es klingelte. Der Kater hob den Kopf, und Hinrich schrak kurz zusammen. Sein Schnarchen stolperte, doch er hatte sogleich seinen alten Rhythmus wiedergefunden. Als Hilde durch den Flur zur Haustür ging, sah sie durch die Scheibe zwei Männer im Windfang stehen, und sie konnte sich schon denken, weshalb sie kamen. Sie wischte sich die Hände an der Schürze ab und öffnete. Der große, dunkle mit den lockigen Haaren stellte sich und seinen Begleiter, einen Typ mit Allerweltsgesicht in Jeans und Lederjacke, kurz vor, und wie erwartet waren sie von der Polizei.

»Ich würde Sie ja gern hereinbitten, aber mein Vater macht gerade seinen Mittagsschlaf …« Nervös sah sich Hilde nach hinten um.

»Das ist kein Problem. Wir haben nur ein paar kurze Fragen, Frau Dierksen. Sie wissen, was passiert ist, dass Herr von Güldenbrook …?«, fragte der Dunkelhaarige ernst. Sie nickte. Er sah ganz sympathisch aus. Hilde schätzte ihn so um die 40, sein Kollege war bestimmt ein paar Jahre jünger. Mit seinen kurz geschorenen Haaren hatte er etwas Freches, Jungenhaftes. Einen seriösen Polizeibeamten hatte sie sich eigentlich anders vorgestellt. So wie den Älteren allerdings auch nicht.

»Hilde!«

»Ja, Vadder, ich komme gleich!«

Jetzt war er also doch wach geworden. Wahrscheinlich hatte er die Stimmen auf dem Flur gehört. Seine Ohren waren erstaunlich gut für sein Alter. Nun müsste sie den Beamten erklären, warum sie überhaupt nicht wollte, dass ihr Vater etwas von Christians Tod erfahren sollte, jedenfalls nicht jetzt. Doch es war zu spät. Die Tür zur Stube öffnete sich, der Kater marschierte auf die Besucher zu, und dahinter erschien Hinrichs Gestalt.

»Hilde, mit wem sprichst du? Warum steht ihr da in der Kälte? Bitte die Herrschaften doch herein!«

Hinrich hatte nicht nur gute Ohren, er wollte auch immer Bescheid wissen, was vor sich ging. Nun ließ es sich nicht mehr ändern.

»Vadder, es ist etwas passiert. Die Herren sind von der Polizei«, sagte Hilde, während sie die Beamten eintreten ließ. »Komm, wir setzen uns am besten erst mal.«

Sie führte den alten Mann in die Stube, wobei er ihr einen erschrockenen Blick zuwarf. Der Kater folgte mit hoch aufgestelltem Schwanz und sprang elegant auf Hinrichs Lehnstuhl.

»Hilde, was ist denn geschehen?«, fragte der alte Mann ein wenig atemlos, als sie alle um den Esstisch Platz genommen hatten.

»Ich wollte dir das eigentlich schonender beibringen, Vadder«, Hilde seufzte und nahm seine beiden Hände. »Der Christian ist tot.«

»Was?«

Hinrich sah seine Tochter ungläubig an.

»Hatte er einen Unfall? Was ist passiert?«

»Er ist ermordet worden.«

»Um Gottes willen!«

Er bemühte sich sichtlich um Haltung. Doch er quetschte plötzlich Hildes Hände, dass es schmerzte. Sein Atem ging stoßweise.

»Wer hat das getan?«

»Das versuchen wir herauszufinden, Herr Dierksen«, sagte der Beamte mit Namen Angermüller schnell. »Die Tat ist gestern Abend oder gestern Nacht verübt worden, Genaueres wissen wir noch nicht, aber vielleicht können Sie uns sagen, ob Sie irgendwelche Beobachtungen gemacht haben, ob Ihnen irgendetwas Besonderes aufgefallen ist?«

Er ist bestimmt kein Norddeutscher, so wie er spricht, dieser Kommissar, dachte Hilde.

»Gestern Morgen waren wir beim Arzt und zum Einkaufen in Oldenburg, dort haben wir auch eine Kleinigkeit zu Mittag gegessen. Danach waren Vater und ich den ganzen Nachmittag zu Hause. Es war ruhig auf dem Gut. Ich habe niemand Fremden gesehen, auch keinen Lärm gehört oder so. Also, ich wüsste nicht, dass hier gestern etwas anders gewesen wäre als sonst. Du Vadder?«

Hinrich Dierksen schüttelte den Kopf. Die erstaunliche Vitalität, die er für sein Alter ausstrahlte, schien ihn plötzlich verlassen zu haben.

»Ich mag das gar nicht glauben. Der Herr Graf tot. Ermordet.«

In sich zusammengesunken, saß der alte Mann auf seinem Stuhl. Er hatte Christian von Güldenbrook nie anders genannt als den ›Herrn Grafen‹. In der dritten Generation seiner Familie hatte Hinrich Dierksen das Amt des Verwalters auf Güldenbrook innegehabt, erst bei Christians Vater, dann bei Christian selbst, bevor er vor über 20 Jahren in Rente ging. Einen Nachfolger brauchte man nicht, denn das Land war mittlerweile verpachtet und Gut Güldenbrook kein großer landwirtschaftlicher Betrieb mehr.

»Wer tut so was?«, fragte er wieder.

Ratlos sah er von einem zum andern. Mit dem Handrücken versuchte er, den Tränenfluss aus seinen Augen einzudämmen. Er räusperte sich.

»Wie meine Tochter schon sagte, wir beide waren ab dem frühen Nachmittag hier, und dann, so bei 20 Uhr rum, kam der Herr Lebouton zu uns zum Essen. Für mich ist das ja man ein bisschen spät für das Abendbrot, aber wenn Gäste kommen, muss man auch mal zurückstecken.«

Liebevoll sah Hilde ihren Vater an. Wie er sich klaglos allen möglichen Gepflogenheiten anpasste und sich nie beschwerte oder meckerte, war wirklich erstaunlich. Von anderen wusste sie, dass die alten Leute oft sehr starrköpfig und nicht bereit waren, auch nur einen Deut von ihren alt eingefahrenen Gewohnheiten abzuweichen und jede Veränderung als ›modernen Kram‹ abkanzelten.

»Wie lange war der Herr Lebouton denn bei Ihnen?«

»So von 20 bis 22 Uhr etwa, würde ich sagen. Ich bin dann gleich zu Bett gegangen«, sagte er, »und meine Tochter hat noch in der Küche Klarschiff gemacht. Ich bin ihr da leider keine große Hilfe.«

»Du weißt doch, ich bin in meinem Reich sowieso lieber allein, Vadder«, lächelte Hilde, obwohl ihr nicht danach zumute war. Sie hatte nicht nur den Tisch abgedeckt und die Küche aufgeräumt, sie hatte danach auch noch Besuch empfangen. Doch davon wusste ihr Vater nichts. Sie wollte auch nicht, dass er es erfuhr – jedenfalls nicht jetzt und nicht so. Das war im Grunde idiotisch. Sie war mehr als erwachsen und hatte niemandem Rechenschaft abzulegen über ihre privaten Beziehungen, doch sie war sich auch noch nicht ganz sicher, was sich aus dieser Liaison entwickeln würde. Es war alles noch so neu und so aufregend. Ein kurzer, angenehmer Schauer lief ihr über den Rücken. Gerade mal erst sechs Wochen waren seit Silvester vergangen.

»Was ist Pierre Lebouton für ein Mensch? Sie kennen ihn gut?«

»Nee, das würd ich man nich so sagen«, Hinrich Dierksen schüttelte den Kopf. »Wir sind zwar Nachbarn seit langen Jahren, aber Herr Lebouton ist viel unterwegs, und wenn er hier ist, hat er auch meistens gut zu tun. Erst seit die Hilde und ich allein sind, kommt er hin und wieder mal zum Essen zu uns. Meine Tochter ist eine sehr gute Köchin, wissen Sie.«

Hilde wehrte ab.

»Na ja, ich koche ganz gern, und Pierre ist von Berufs wegen an allen Küchen interessiert, auch an der schleswig-holsteinischen Landesküche, und die kann er hier bei uns studieren.«

Das Geräusch kochenden Wassers kam vom Herd herüber und dann hörte man kurze, dumpfe Schläge.

»Entschuldigung!«

Hilde sprang auf, lief zum Herd, nahm den Deckel vom Topf, in dem die Puddingform tanzte, und stellte die Flamme kleiner.

»Was wird das denn da Schönes?«, fragte sie der große Kripobeamte, als sie an den Tisch zurückkam.

»Ein Großer Hans«, sagte Hilde etwas irritiert.

»Ach! Kenn ich von meiner Schwiegermutter. Schmeckt sehr gut. Machen Sie den auch immer mit Weißbrot und Reismehl?«

»Nein, nur mit Grieß.«

Der Kommissar nickte verständig, und Hilde lächelte ihn an. Irgendwie ein komischer Typ, dachte sie, aber nicht unsympathisch.

»Auf jeden Fall ist er ein sehr fleißiger Mann, freundlich, höflich. Er arbeitet viel«, nahm Hinrich Dierksen die Frage nach Pierre Lebouton wieder auf. »Ich finde die Abende mit ihm immer sehr anregend. Er kann viel erzählen, und hier passiert ja sonst nicht viel. Normalerweise jedenfalls.«

»Pierre ist außerdem ein sehr sozial eingestellter Mensch«,

fügte Hilde hinzu. »Die Jungs, die bei ihm eine Ausbildung machen, sind oft Problemfälle, die nirgendwo anders klargekommen sind. Sie haben ihre Ausbildung abgebrochen, manche sind auch schon mit dem Gesetz in Konflikt gekommen. In 90 Prozent der Fälle aber bleiben sie bei Pierre am Ball, und alle finden hinterher einen Job.«

Die Türklingel ertönte, und Hilde entschuldigte sich und ging, um zu öffnen.

»Draußen steht ein Kollege von Ihnen«, sagte sie, als sie wieder zurückkam. »Sie möchten bitte beide sofort kommen.«

Als Angermüller eintrat, schlug ihm ein würziger Geruch von heißem Öl und exotischen Gewürzen entgegen, und er hörte zugleich lauten Beifall. Ein junges Mädchen mit einem kleinen Mikro vor dem Mund, Knopf im Ohr und verkabeltem Akkukästchen an der sehr engen Jeans, bedeutete ihm, leise zu sein, und führte ihn an einen Platz an der Seite. Beifall brandete auf. Gerade hielt Alix Blomberg einen Teller mit einer kunstvoll arrangierten Speise in die Kamera und seufzte:

»Oh, sieht das wieder lecker aus!«

Der Kommissar konnte nicht erkennen, was sich auf dem Teller befand, und es dauerte einen Moment, bis er bemerkte, dass über ihm ein großer Monitor hing, auf dem er das Geschehen vorn an der großen Küchenzeile genau verfolgen konnte. Jansen war hinter den Kulissen geblieben. Er versuchte, Verstärkung anzufordern. Angermüller war sofort hierher ins Studio geeilt, wo die zweite Aufzeichnung der Show kurz vor dem Ende stand. Zum Kreis der Verdächtigen gehörten zuerst die Mitwirkenden auf und hinter der Bühne, denn keiner, der nicht ausdrücklich befugt war, gelangte in die Hinterräume des Studios. An den jungen Männern in den schicken Anzügen, die sich breitbeinig vor Türen und Gängen postiert hatten, kam mit Sicherheit niemand ungesehen vorbei.

Angermüller sah sich in den stufenartig wie in einer Arena angebrachten Sitzreihen um. Ein blondes Mädchen, das mit seinem Freund direkt hinter ihm saß und das er sich eher als Gast in Hamburgerbratereien als am heimischen Herd vorstellen konnte, zischte aufgebracht: »Mann ist die eklig, die Blomberg, diese geliftete Kuh!«

Damen und Herren im Rentenalter, auffällig viele Gruppen junger Mädchen oder reiferer Damen, einzelne junge Männer, Paare aller Altersklassen und auch ein paar zwölf-, dreizehnjährige Kinder drängten sich auf den unbequemen Bänken.

»Ja, Alix, des glaub ich, dass du des magst!«

Der Mann in der Kochjacke umfasste die schlanke Taille der Moderatorin und lächelte ölig in die mittlere der drei Kameras. Die Kamera rechts übernahm, der mittlere Kameramann wechselte rückwärts gehend seine Position und schmiss dabei fast den Kabelträger um, der gebückt direkt hinter ihm stand.

»Des weiß doch a jedes Kind«, sagte der Koch mit seinem österreichischen Akzent zu Alix Blomberg, »dass ein Spargel gut für die Liebe ist!«

Die Damentruppe neben Kommissar Angermüller kreischte entzückt auf, das Publikum klatschte enthusiastisch. Lebouton und ein Kollege auf der Bühne spendeten lahmen Pflichtbeifall und schauten eher gelangweilt, die beiden Kandidaten an den Herden daneben arbeiteten konzentriert weiter und kümmerten sich überhaupt nicht um das Geschehen ringsum.

»Ach ja?«, gurrte die Blomberg. »Wirkt das auch bei Frauen?«

»Klar! Aber du brauchst des doch gar net«, schmeichelte

der Koch neben ihr, der nicht mehr der Jüngste war und dessen spärlicher Haaransatz in einem unpassend frischen Braun schimmerte. Jetzt erkannte ihn Angermüller. Das war doch dieser berühmte Sternekoch, dessen Konterfei von Gewürztüten, Marmeladengläsern und Weinflaschen grinste – wie hieß der noch gleich?

»Ja, meine Damen und Herren, jetzt kommt der Moment, auf den Sie schon die ganze Zeit gewartet haben: Jetzt dürfen Sie endlich genießen!«

Alix Blomberg griff sich ein paar Gabeln und stöckelte mit dem Teller in der Hand auf die Zuschauertribüne zu.

»Ich komme!«, hauchte sie, was ein paar männliche Zuschauer sofort zu einem ›Wow, wow, wow!‹ animierte. Wieder brach ein Begeisterungssturm los.

»Und nun serviere ich Ihnen Jakobsmuscheln auf gebratenem grünem Spargel mit Curryschaum, Zitronengras und geräuchertem Himalayareis.«

Unter die Rentner in der ersten Reihe kam Bewegung, und Angermüller sah zu seinem Erstaunen, dass sie mitgebrachte Gabeln und Löffel auspackten.

»Und? Schmeckt das gut?«, fragte die Moderatorin, kaum dass ein rotgesichtiger Mann sich das erste Häppchen in den Mund geschoben hatte.

»Mmh, das schmeckt echt lecker!«, kam postwendend die Antwort.

»Na, und was sagen Sie? Schmeckt's Ihnen auch?«

Die angesprochene Zuschauerin wandte ihr Gesicht professionell der Kamera zu und sagte lächelnd, als ob sie in einem Werbespot aufträte: »Ich kann nur sagen, das schmeckt nicht nur lecker«, sie machte eine dramatische Pause, »das schmeckt oberlecker!«

»Einen Applaus für unseren Freund Alois Schlipf!«, rief die Blomberg ekstatisch.

Wie auf Kommando johlte und trampelte das Publikum. Verblüfft blickte sich Angermüller um. Was war das hier für ein Zirkus? Was hatte das mit Kochen zu tun? Allein er war im Dienst und konnte jetzt nicht länger über dieses Phänomen philosophieren. Er hatte einen Mord aufzuklären und bald vielleicht noch einen zweiten.

Vor dem großen Spiegel in der Maske, keine zehn Meter von hier, saß die bekannte Köchin Maja Graflinger. Es war ein grässliches Bild, das der Spiegel zurückwarf. Maja Graflinger regte sich nicht, Speichel rann ihr aus dem Mund, die Augen waren weit aufgerissen. Ihr ausgeschnittenes weißes T-Shirt war mit Erbrochenem befleckt, ihr Atem ging schnell und stoßweise, und sie drohte zu kollabieren. In dem kleinen Raum roch es unangenehm säuerlich nach den unverdauten Speiseresten und außerdem ganz eindeutig auch nach Darminhalt. Schon nach dem ersten Blick hatte die Notärztin das Stichwort ›Vergiftung‹ genannt.

»Eine gewöhnliche Lebensmittelvergiftung schließe ich aus«, erklärte sie dann und fügte mit einem schiefen Grinsen hinzu: »Es sei denn, die Dame hat einen unsachgemäß zubereiteten Fugu gegessen.«

»Also kein Zufall, denken Sie?«

Die Frau schüttelte den Kopf.

»Die Symptome sind eindeutig. Gerade diese Unterkühlungsmerkmale. Ein schöner Tee mit Eisenhut vielleicht«, sagte die Ärztin munter. »Ich tippe in jedem Fall auf ein starkes pflanzliches Alkaloid. Ich habe mich während meines Studiums damit recht intensiv befasst, und da gibt es unter unseren heimischen Pflanzen einige, mit denen Sie Ihren liebsten Feind loswerden können. Eisenhut ist die giftigste von allen.«

»Kann Maja Graflinger die giftige Substanz auch vor ihrer Ankunft im Studio zu sich genommen haben?«

»Von dieser Stelle aus kann ich mich da nicht festlegen. Es gibt schnell und langsam wirkende Gifte, und es kommt auch auf die Dosis an. Aber wenn meine Annahme stimmt, dass es Eisenhut war, dann ist die Einnahme keine zwei Stunden her. Und wenn Sie mich fragen, ich würde ein schnell wirkendes Gift vorziehen, wenn ich jemanden ausschalten will.«

Auf dem Tischchen vor dem Opfer stand kein Trinkgefäß, kein Teller, aber das konnte ja auch jemand beseitigt haben. Angermüller überschlug, wie viele Personen zum Team gehörten, und kam auf ungefähr 20, dazu noch die drei Köche, die drei Lehrlinge, die Moderatorin und die beiden Kandidaten. Jeder aus diesem Kreis hatte Zugang zu den hinteren Räumlichkeiten.

Der Kommissar konzentrierte sich wieder auf das Geschehen auf der Bühne. Offensichtlich war der Höhepunkt der Sendung erreicht. Unter dem rhythmischen Klatschen des Publikums wurden Pierre Lebouton, Alois Schlipf und der dritte Koch, der deutlich jünger als seine beiden Kollegen war und den Angermüller nicht kannte, von Alix Blomberg zu einem Tisch geführt, an dem die beiden Kandidaten ihre Werke angerichtet hatten. Der eine war ein hübscher junger Mann in Jeans und eng anliegendem T-Shirt, der, sobald die Kamera auf ihn gerichtet war, siegessicher sein makelloses Gebiss zeigte und das Victoryzeichen mit der Hand machte. Seine Konkurrentin, eine füllige Frau Mitte 50 mit blonder Igelfrisur und einem eigenwilligen, roten Brillengestell war ganz in Schwarz gekleidet und trug eine knallrote Schürze. Sie reagierte ebenfalls sofort auf die Kamera, zeigte ein süßes Lächeln und warf Kusshändchen, wobei die vielen auffällig großen Ringe an ihren Fingern im Scheinwerferlicht aufblitzten.

Nun kosteten die Köche die Spargel-Kreationen der beiden Laien, die Kameras übertrugen Nahaufnahmen ihrer kritischen Mienen, während sie kauten, und das Publikum wartete gespannt.

»Also, was soll ich sagen, des is net die schlechteste Art, einen Spargel zu servieren. Sieht ganz passabel aus, riecht a net schlecht. Also«, Alois Schlipf hielt kurz inne, der Kandidat presste aufgeregt seine Hände vor der Brust zusammen, »es schmeckt ganz lecker, Claudio, was du da gemacht hast. Du hast dir große Mühe gegeben, du bekommst von mir drei Punkte.«

Auch vom zweiten Juror erhielt Claudio drei Punkte. Der riss daraufhin begeistert Mund und Augen auf und wackelte fröhlich mit dem Kopf. Als Letzter äußerte sich Pierre Lebouton. Dabei wurde es ganz still im Studio, er war der Gottvater. Den Spargelschaum mit Bärlauchknospen zum gefüllten Bressehuhnbrüstchen neben Kartoffel-Kaviar-Pralinés des eben noch siegesgewissen jungen Mannes vernichtete er mit dem Satz: »Ich fürchte, du hast dich überschätzt, Claudio.«

Claudio sackte in die Hocke und hielt sich die Hände vors Gesicht.

»Du hast eigentlich ganz gute Fähigkeiten«, fuhr der Meister gnadenlos fort, »aber bei diesem Gericht hast du sie geschickt verborgen und nur auf billige Effekte hingearbeitet. Von mir bekommst du einen Punkt für die Mühe.«

Alix Blomberg beugte sich zu dem jungen Mann, der zu weinen schien, und streichelte ihm über den Kopf.

»Es ist doch noch nicht vorbei, Claudio. Nächste Woche hast du eine neue Chance!«, tröstete sie und lächelte dabei in die Kamera.

Ungerührt hielt Lebouton derweil einen Vortrag, wie man den Spargel in seiner Elsässer Heimat zu servieren pflegte.

»Im Elsass wird der Spargel, dieses edle Gemüse, ganz klassisch mit hausgemachter Mayonnaise, einer Vinaigrette und einer ›Sauce Mousseline‹ serviert, dazu Schinken und feine

Kartöffelchen, Bamberger Hörnchen zum Beispiel – das ist ein harmonisches Geschmackserlebnis. Auch wenn wir Spitzenköche noch so abgehobene Sachen kochen, das Einfache, meine Damen und Herren, ist doch oft das Beste, nicht wahr?«

Das Publikum applaudierte zustimmend.

Jetzt zoomte die Kamera ganz nah auf Lilo, die gleichzeitig ängstlich und gespannt zu den drei Köchen schaute und dabei die Lippen fest zusammenpresste. Ihre Hände hielt sie wie zum Gebet vor der Brust gefaltet. Angermüller fragte sich, wie sie es schaffte, mit diesen dicken Ringen an den Fingern Küchenarbeit zu verrichten.

Die Herren kosteten von den lauwarmen Spargelspitzen in Estragonvinaigrette an Dinkelcrostini mit getrüffeltem Entenleberparfait, wiegten nachdenklich ihre Köpfe und gaben schließlich jeder vier Punkte. Donnernder Applaus, das Publikum war jetzt außer Rand und Band. Lilo strahlte und verteilte noch mehr Kusshändchen. Als Lebouton meinte, sie habe heute ihr Meisterstück abgeliefert, fiel sie ihm völlig verzückt um den Hals. Man sah dem Meisterkoch an, dass er diesen intensiven Körperkontakt mit der Kandidatin eher befremdlich fand. Sanft schob er die völlig aus dem Häuschen Geratene von sich weg.

Unter allgemeinem Jubel und den ersten Takten der Erkennungsmelodie der Sendung rief Alix Blomberg ihre Abmoderation ins Mikro.

»Ja, meine Damen und Herren, das spannende Duell ist noch nicht vorbei! Nächste Woche geht es in die letzte Runde, und es fällt die Entscheidung beim Dessert, der Krönung eines jeden Menüs. Unsere Kandidaten treten mit ihren Kreationen gegeneinander an, und da entscheidet sich dann, wer die 10.000 Euro mit nach Hause nehmen darf: unsere liebenswerte Lilo?«

Die Kamera fuhr ganz nah auf Lilos Gesicht. Unter

Freudentränen zeigte sie den Zuschauern ihr zuckersüßes Lächeln und warf noch eine letzte Kusshand.

»Oder der charmante Claudio?«

Auch wenn der junge Mann etwas zerknirscht aussah, hielt er beidhändig seine zum Victoryzeichen aufgestellten Finger tapfer hoch.

»Es bleibt also spannend. Wir sehen uns wieder am nächsten Freitagabend. Bis dahin: Genießen Sie das Leben – aber bleiben Sie uns bitte treu!«

Die Musik wurde lauter, das Publikum hörte auf zu klatschen und erhob sich von seinen Sitzen. Auch Angermüller stand auf. Das junge Pärchen hinter ihm kommentierte das Ergebnis.

»Na ja«, stichelte das Mädchen, »wenn erst mal die olle Graflinger wieder in der Jury dabei ist, fliegt die dicke Lilo mit ihrer unmöglichen Brille sowieso raus. Die Graflinger lässt doch keine Frau gewinnen!«

»Meinst du?«, fragte ihr Freund zweifelnd.

»Die Graflinger ist eine echte Zicke. Die kann ich überhaupt nicht ab. Die hat immer was zu meckern!«

»Ja, das stimmt, und was sie selbst so zusammenrührt – ich weiß ja auch nicht. Aber sie sieht halt ganz gut aus.«

»Was, die findest du gut? Die mit ihrem Pferdegebiss?«

Angermüller hörte die Antwort des Freundes nicht mehr. Die meisten Zuschauer strömten nach vorn zur Küchenzeile, in der Hoffnung, ein Häppchen von den Gerichten der Kandidaten und der Meisterköche abzubekommen. Mit diesem Gedrängel hatte der Kommissar nicht gerechnet. Er arbeitete sich mühsam durch die Leute bis zu Pierre Lebouton und bedeutete ihm, dass er ihn dringend sprechen müsse.

»Sind Sie wahnsinnig? Wie stellen Sie sich das vor, die Show ausfallen lassen?«

Der Kommissar und der Starkoch standen sich in der Küche des Kavaliershauses gegenüber. Angermüller kam erst einmal nicht zu Wort.

»Soll ich die ganzen Leute, die Monate, manchmal Jahre auf ihren Zuschauerplatz gewartet haben, etwa wieder nach Hause schicken? Und das Team? Wer zahlt mir für den Ausfall? Wissen Sie, was das kostet?«

Lebouton sprach leise und versuchte, seine Erregung zu verbergen, doch sein Gesicht wurde immer blasser, und der Kommissar spürte deutlich die unterdrückte Wut seines Gegenübers.

»Wieso überhaupt? Warum soll plötzlich die dritte Aufzeichnung nicht mehr stattfinden können?«

Angermüller ließ den Meisterkoch nicht aus den Augen, als er ihm sagte: »Weil es eine neue Entwicklung gibt. Eine Ihrer Kolleginnen wurde außer Gefecht gesetzt.«

»Bitte? Was meinen Sie?«

»Maja Graflinger befindet sich mit einer schweren Vergiftung auf dem Weg in die Klinik nach Eutin.«

Lebouton, der stehen geblieben war, um zu zeigen, dass er Besseres zu tun hatte, als sich mit den Fragen dieses lästigen Kriminalbeamten zu beschäftigen, zog einen Stuhl heran und setzte sich langsam.

»Was ist los? Maja vergiftet? Sie ist doch erst vor zwei Stunden hier angekommen! Also ist es hier passiert?«

»Wir nehmen es an. Die Maskenbildnerin hat sie in der Garderobe gefunden. Sie hat erbrochen, Lähmungserscheinungen am ganzen Körper und Probleme mit der Atmung. Die Notärztin meinte, ihr Zustand sei ernst, und konnte noch nicht sagen, ob sie durchkommt.«

»Mein Gott!«

Für einen Moment wirkte Lebouton echt verzweifelt, doch er hatte sich schnell wieder im Griff.

»Trotzdem – ich sehe nicht ein, dass wir die dritte Aufzeichnung nicht über die Bühne kriegen.«

»Stand denn schon lange fest, dass Frau Graflinger heute dabei sein würde?«

»Erst seit gestern Abend. Da hat mich die Regieassistentin angerufen, weil der Alois überraschend heute Abend in Wien einen Interviewtermin für seine neuen Fertigsuppen hat. So was geht vor, das ist ja klar. Die Regieassistentin hat vorgeschlagen, die Maja zu fragen, weil die immer gern einspringt. Und ich war einverstanden. Maja hat sofort zugesagt.«

»Es wussten also nur Sie drei von diesem Wechsel?«

»Ich denke schon.«

»Wann haben Sie heute Frau Graflinger gesehen?«

»Gar nicht. Sie wissen doch am besten, dass ich reichlich zu tun habe und mir mehr Leute meine Zeit stehlen, als mir lieb ist!«, sagte Lebouton gereizt und warf wieder einen Blick auf seine Uhr. »Eigentlich muss ich mir jetzt Gedanken machen über die nächste Aufzeichnung!«

Angermüller sah sein Gegenüber erstaunt an und wollte Einspruch erheben, doch Lebouton nahm ihn gar nicht wahr, sondern sprang plötzlich auf.

»Aber ja! Das ist doch eine hervorragende Idee: Anatol wird einspringen, das Publikum findet so was toll, eine Premiere mit einem jungen Talent sozusagen, und der Junge freut sich bestimmt! Das ist genial!«

»Herr Lebouton, es gibt noch ein paar andere Probleme auf der Welt neben Ihrer Kochshow! Wir sind immer noch dabei, den Tod Ihres Partners aufzuklären, und jetzt ist ein neuer Fall dazugekommen. Wir müssen alle befragen, die Zugang zu dem Bereich hinter der Bühne haben, wir müssen …«

»Wissen Sie was?«, unterbrach ihn Lebouton aufgebracht. »Maja wird vergiftet, während die Polizei sich bei uns im

Haus aufhält, und auf Sie und Ihre Truppe soll ich Rücksicht nehmen? Das ist doch lächerlich!«

Als Angermüller widersprechen wollte, machte er nur eine wegwerfende Handbewegung.

»Was ich sage, stimmt doch! Ihre Anwesenheit hat nichts verhindern können! Und außerdem: Christian erstochen, Maja vergiftet – wann trifft es den Nächsten? Was, wenn eigentlich jemand ganz anderer gemeint war? Was, wenn der Täter eigentlich mich gemeint hat? Schließlich bin ich der Prominenteste von allen!«

»Das werden wir alles abklären«, sagte Angermüller ruhig, »nur müssen wir dazu auch richtig arbeiten können.«

Der Starkoch fixierte den Kommissar für einen Moment mit seinen hellen Augen.

»Auch ich will nur meine Arbeit machen, Herr Kommissar. Vielleicht können wir ja einen Kompromiss finden«, meinte er dann etwas ruhiger. »Wir verlängern die Pause um eine Stunde, wegen technischer Probleme im Studio, die nächste Zuschauerschicht kann im Torhaus-Restaurant auf unsere Kosten à la carte essen, und Sie haben dann zwei Stunden Zeit, das Team zu befragen. Aber bitte kein Aufsehen! Die Zuschauer dürfen nichts davon mitkriegen. Einverstanden?«

»Schaffen Sie das denn, dass keiner vom Team quatscht?«

»Ich habe meine Leute im Griff, Herr Kommissar!«

Natürlich löste die Nachricht von Maja Graflingers Vergiftung im gesamten Team Entsetzen aus, saß doch der Schock über den Mord an Christian von Güldenbrook noch allen in den Knochen. Aus Lübeck waren inzwischen noch vier Kolleginnen und Kollegen aus der Bezirkskriminalinspektion eingetroffen, und man hatte sich auf verschiedene Räume verteilt, wo man jeweils einzeln die Zeugen befragen konnte. Außer den drei an der Entscheidung Beteiligten gaben alle

Mitwirkenden vor und hinter den Kulissen der Show an, erst am Morgen erfahren zu haben, dass sich die Zusammensetzung der Juroren bei der letzten Aufzeichnung am Nachmittag ändern und Maja Graflinger dabei sein würde.

Niemand hatte mit Maja Graflinger nach ihrem Eintreffen auf Güldenbrook länger gesprochen. Nur die Maskenbildnerin, eine schmale Mittzwanzigerin, hatte Kontakt zu ihr gehabt. Die junge Frau war neu hier und wusste noch nicht um die Besonderheiten ihrer Klientel. Maja Graflinger war sehr eigen und bestand darauf, sich selbst für ihren Auftritt zu schminken, was zu einer längeren Diskussion der beiden geführt hatte. Schließlich hatte die Maskenbildnerin sie allein in der Maske zurückgelassen. Als sie nach ungefähr einer Dreiviertelstunde zurückkam, hatte sie die Köchin gefunden, immer noch vor dem Spiegel sitzend, mehr tot als lebendig, und sie hatte sofort Hilfe herbeigerufen. Jetzt hockte sie, ziemlich geschockt von diesem Erlebnis, blass und stumm in einer Ecke, hielt sich an einer Tasse Tee fest und wartete auf ihren nächsten Einsatz. Ihren Schminkkoffer hatte sie neben sich stehen, da der Maskenraum von der Spurensicherung bearbeitet wurde und gesperrt war.

Auch Grit Fischer sah nicht gut aus. Ihre Lider flatterten, und sie wirkte noch nervöser als am Morgen. Ein ums andere Mal schüttelte sie den Kopf und betonte, dass sie es einfach nicht glauben konnte, was da mit Maja Graflinger passiert war.

»Hoffentlich kommt sie durch! Und ich habe vorgeschlagen, dass sie den Alois heute ersetzen soll! Außerdem: Wer ist der Nächste? Womöglich geht hier ein irrer Serientäter um!«

»Frau Fischer, erstens sind wir ja vor Ort, und bisher ist kein direkter Zusammenhang zwischen den beiden Fällen zu erkennen. Außerdem ist ja Frau Graflinger am Leben, und die Ärzte versuchen ihr Möglichstes«, beruhigte Angermüller die Regieassistentin, die unaufhörlich mit Zigarettenpackung und Feuerzeug hantierte, nachdem ihr das Rauchen untersagt worden war.

»Und ich hab sie gestern Abend angerufen, ob sie kommen kann. Und sie hat sich sogar noch gefreut, heute dabei sein zu können. Oh Gott, die Arme!«

»Haben Sie Maja Graflinger heute gesehen, als sie hier ankam?«

»Ich konnte ihr nur kurz mal zuwinken, als ich ihr im Flur begegnet bin.« Sie seufzte. »Sie wissen ja, was hier los ist und wie eingespannt ich bin.«

»Ist Ihnen denn aufgefallen, dass sonst jemand für längere Zeit das Studio vor der zweiten Aufzeichnung verlassen hat?«

Grit Fischer sah den Kommissar mitleidig an.

»Glauben Sie wirklich, dass ich darauf achten könnte, wer wann mal kurz aus dem Studio geht? Also, entschuldigen Sie …«

Die Frau schüttelte verständnislos den Kopf.

»Sagen Sie, wie funktioniert ›Voilà Lebouton!‹ eigentlich? Ich meine, wie sind die Spielregeln der Show? Ich schau nicht so viel Fernsehen«, wechselte Georg Angermüller das Thema.

»Na, das könnte ich dir auch erklären«, brummte Jansen lahm.

»Es gibt dreimal die Woche nachmittags die Sendung ›Helden am Herd‹. Da treten Laien gegeneinander an, kochen um die Wette, gegen die Zeit und werden von bekannten Profiköchen bewertet. Die Sieger dort sind dann die Kandidaten für ›Voilà Lebouton!‹ und dürfen bei uns mit Vorspeise, Hauptspeise und Dessert um den Hauptpreis kochen. Für jeden Gang gibt es ein Thema, immer passend zur Saison, heute zum Beispiel Spargel bei der Hauptspeise, und jeder Kandidat tritt mit seinem eigenen Rezept an.«

»Entschuldigung, aber Spargel im Februar? Das ist ja nicht gerade ein Saisongemüse jetzt.«

Grit Fischer hob die Augenbrauen.

»Was wir heute drehen, wird im Mai gesendet. Aber die Zuschauer zu Hause glauben, das ist live. Sollen sie ja auch.«

»Ach ja, das hab ich schon gehört.«

»Pierre als Gastgeber und seine beiden Kollegen zeigen erst einmal ihre Kreationen zum jeweiligen Thema, und dann vergeben sie die Punkte für die Kandidaten. Nach dem dritten Gang, also nach der dritten Sendung bekommt der mit den meisten Punkten die Prämie von 10.000 Euro und eine Urkunde.«

»Und das finden die Leute spannend?«, fragte Angermüller verständnislos. »Und außerdem, wenn das nicht live ist, dann kann doch schon lange vorher jemand ausplaudern, wer der Gewinner ist?«

Die Regieassistentin schüttelte entschieden den Kopf.

»Darum geht es doch gar nicht. Es geht um Show, um Gefühle, um Personality. Beliebt sind die Dramen, wenn etwas versalzen ist oder wenn sich Kandidaten in die Finger hacken. Das Publikum will Hobbyköche heulen sehen, weil das Soufflé zusammengefallen ist, und die Hobbyköche sehnen sich vor allem nach Prominenz. Manche denken, sie kommen groß raus durch den Auftritt in unserer Show. Und wenn's mal richtig peinlich wird, findet der Zuschauer das doch erst recht toll.«

Grit Fischer war richtig in Fahrt gekommen. Es schien ihr Spaß zu machen, einem Laien wie Angermüller die Welt ihrer Fernsehshow erklären zu können.

»Und unsere Profiköche sind mittlerweile ja richtige Stars«, erläuterte sie nicht ohne Stolz. »Die will unser Publikum agieren sehen, wenn sie ihre Tricks verraten, Witze erzählen, herumalbern. Das Kochen und der Wettbewerb sind Nebensache. Die Zuschauer kennen inzwischen genau die Spezialitäten, die Macken, den Humor jedes einzelnen, und sie haben ihre Lieblinge. Es gibt halt welche, die kommen einfach unheimlich gut rüber.«

»Auch Maja Graflinger?«

Ein kurzer Blick aus Grit Fischers Augen streifte Angermüller.

»Sagen wir mal so: Maja polarisiert. Ich denke, viele Männer mögen sie. Sie sieht ja ganz gut aus, kann sehr charmant sein, aber bei den Frauen ist sie nicht so sehr beliebt. Die sehen sie halt immer auch als Konkurrentin. Außerdem ist Maja sehr kritisch. Aber so eine, na sagen wir, umstrittene Figur braucht es halt auch.«

Angermüller erinnerte sich. Auch er hatte schon in der Zeitung über die Graflinger gelesen. Sie stammte aus München und führte ein Restaurant in Hamburg, das weniger durch seine Küche als durch die dort verkehrende Prominenz von sich reden machte. Die Köchin war schließlich selbst ein Fernsehstar geworden, weil sie offensichtlich die richtigen Leute kannte. Nicht ohne Bosheit hatte der Autor des Artikels den Verlauf dieser Karriere geschildert. Erst kleine Fernsehrollen, in denen die gut aussehende Maja Graflinger als Köchin auftrat, denen wiederum Einladungen in Talkshows folgten, weil die charmante Köchin eine Köchin gespielt hatte. Dieser Bekanntheitsgrad war dann eine gute Grundlage, ein Kochbuch zu schreiben, vor allem zu vermarkten – und das neue Kochbuch wiederum ein guter Grund, in eine Talkshow eingeladen zu werden und so weiter und so weiter. Zum Schluss meinte der Autor noch, dass, eine gute Köchin im Film zu spielen, noch lange nicht bedeutete, auch in der Realität eine gute Köchin zu sein.

»Sie wissen, die nächste Aufzeichnung ist angesetzt?«, fragte die Regieassistentin vorsichtig. »Kann ich jetzt gehen?«

Angermüller sah zu seinem Kollegen. Der zuckte mit den Schultern und nickte.

»Von mir aus.«

»Oh Mann, hab ich einen Kohldampf!«, stöhnte Jansen leise und rieb sich seinen Magen, als Grit Fischer die Küche verlassen hatte. Vom anderen Ende des Tisches hörte man Gemurmel. Dort saßen zwei weitere Beamte und sprachen mit dem Regisseur.

»Hab ich eigentlich auch«, stimmte Angermüller leise zu. »Aber jetzt lass uns ein paar Takte reden, bisschen Ordnung reinbringen. Wie siehst du die Sache?«

»Du meinst, ob's einen Zusammenhang gibt zwischen …?«

Angermüller nickte, und Jansen atmete laut pustend aus.

»Ich weiß es nicht. Wer könnte ein Interesse daran haben, diese Graflinger aus dem Weg zu räumen? Als Erstes die Kandidaten, weil sie so streng bewertet. Kollegen, denen sie vielleicht die Show gestohlen hat? Hatte jemand aus dem Team eine alte Rechnung mit ihr offen?«

»Bis jetzt wissen wir zu wenig über die Frau, ihre privaten Beziehungen. Aber da der Giftanschlag mit ziemlicher Wahrscheinlichkeit hier erfolgt ist, kann es eigentlich nur jemand von den Leuten hier gewesen sein.«

»Oder ihr Ersatz, dieser Anatol, damit er endlich auch mal groß in der Show rauskommt. Aber dann müsste er das ja vorher gewusst haben, und Leboutons Idee, ihn einzusetzen, wirkte ziemlich spontan.«

»Ja, das stimmt. Was ein Problem ist, sind die Alibis der Leute hier. Alle verbreiten eine unglaubliche Hektik, egal ob Kabelträger oder Regieassistenz, und keiner kriegt mit, was die anderen tun. Jeder kleine Hiwi nimmt sich hier einfach verdammt wichtig.«

Unwillig schüttelte Angermüller seinen dichten Haarschopf und fragte dann:

»Könnte denn jemand gleichermaßen ein Interesse am Tod Güldenbrooks und Maja Graflingers gehabt haben?«

»Ehrlich gesagt, ich finde das zu früh, diese Frage jetzt schon zu stellen«, widersprach Jansen.

»Aber es ist das, was die meisten Leute hier denken. Ein Mord und ein Mordversuch am selben Ort kurz hintereinander – da muss es doch einen Zusammenhang geben. Könnte ja auch stimmen.«

Angermüller warf einen Blick auf seine Uhr.

»Die Zeit läuft. Ich würde vorschlagen, wir nehmen die beiden Kandidaten unter die Lupe. Eigentlich kann ich mir nicht vorstellen, dass man für den Sieg in einer Kochshow über Leichen geht, aber man kann ja nie wissen.«

Claudio zitterte vor Empörung. Seine Nerven lagen blank.

»Vorhin habe ich mich am Daumen verletzt und bin sowieso schon gehandicapt, und jetzt muss ich so kurz vor meinem Auftritt auch noch mit der Polizei reden!«

Anklagend hielt er seinen mit einem fleischfarbenen Verband umhüllten Daumen in die Höhe.

»Wissen Sie denn nicht, dass wir jetzt gleich ins Finale gehen? Da geht es um Leben oder Sterben!«

»Genau darum geht es auch bei uns, Herr Danner«, nickte Angermüller. Der junge Mann reagierte gar nicht darauf, sein kurzzeitiges Dasein als Showstar beherrschte ihn voll und ganz. Er saß auf der Stuhlkante, als ob er jeden Moment aufspringen wollte, und schaute unruhig zwischen den beiden Beamten hin und her. Unkonzentriert antwortete er auf ihre Fragen. Was mit Maja Graflinger passiert war, schien ihn überhaupt nicht zu interessieren. Wichtig war für ihn nur, dass die Show weiterging und wer die Köchin ersetzte. Er sagte aus, Maja Graflinger nur aus dem Fernsehen zu kennen und ihr noch nie begegnet zu sein. Außerdem habe er sich ausschließlich im Studio aufgehalten. Dann murmelte er etwas von Erdbeeren.

»Wieso Erdbeeren?«, fragte Jansen.

»Es geht um mein Dessert. Erdbeeren sind das Thema. Sie haben doch gar keine Ahnung, was dieser Auftritt hier für mich bedeutet!«, rief Claudio empört aus, als er Jansens verständnisloses Gesicht sah.

»Was wären Sie denn bereit, für den Sieg zu tun?«

»Alles natürlich, aber jedenfalls nicht, was Sie denken!«

»Was wissen Sie über Gift?«

»Ich weiß nur, dass man Wasserstoffperoxid, womit ich Ihnen ein paar blonde Strähnchen setzen würde, nicht trinken soll. Ich bin nämlich Friseur, mein Herr«, sagte der junge Mann mit einem beleidigten Blick zu Jansen.

»Kann ich jetzt gehen?«, fragte er dann wie ein trotziges Kind.

Die beiden Kommissare tauschten einen kurzen Blick.

»Sie können gehen. Nur eine Frage noch«, hielt Jansen Claudio zurück, der sofort aufgesprungen war. »Wie lange bleiben Sie noch auf Güldenbrook?«

»Wir sind von Herrn Lebouton für das ganze Wochenende eingeladen und dürfen auch bei den anderen Aufzeichnungen im Publikum dabei sein. Ich laufe Ihnen schon nicht weg«, antwortete Claudio schnippisch und drehte sich elegant zur Tür.

»Na, das freut uns doch. Schicken Sie bitte Frau Lilo Sinkewitz zu uns herein?«

Claudios Konkurrentin war auch nervös, das war nicht zu übersehen. Statt Handtasche nutzte sie einen riesigen schwarzen Lederrucksack, in dem sie erst einmal fahrig herumwühlte, um ihren Ausweis zu finden, und dann immer mal wieder darin kramte, um ein Papiertaschentuch oder ein Bonbon ans Tageslicht zu befördern. Doch sie antwortete geduldig auf alle Fragen von Jansen und Angermüller. Als Favoritin der Sendung strahlte Lilo eine gute Portion Selbstzufriedenheit aus und fasste das Gespräch wohl eher als eine Art Interview auf, denn sie war jetzt ja ein Star. Für die beiden Beamten hatte sie das gleiche Kusshandlächeln wie vorhin für die Kamera.

»Sie haben ja heute gewonnen. Meinen Glückwunsch!«, hatte Angermüller gleich zu Anfang zu ihr gesagt und damit sofort das Eis gebrochen.

»Ach, Sie haben mich gesehen?«, hatte Lilo geschmeichelt gefragt und umständlich ihre Brille zurechtgerückt.

»Das Dessert steht mir allerdings noch bevor, sozusagen das Endspiel. Aber ich bin ganz optimistisch.«

Sie war 58 Jahre alt und zurzeit alleinstehend. Aber das wusste Angermüller schon aus der Show, denn sie hatte dort ein ums andere Mal darauf hingewiesen, dass sie gern auch einen Partner mit ihren selbst gekochten Köstlichkeiten verwöhnen würde. Lilo lebte in Essen und hatte in ihrem Leben schon einige Berufe ausgeübt. Aktuell arbeitete sie bei einem mobilen Pflegedienst für pflegebedürftige Menschen, und ihr liebstes Hobby war Kochen.

»Haben Sie bei Ihrer Arbeitsstelle beruflich mit Medikamenten zu tun?«

»Na ja, ich achte darauf, dass die betreuten Leute die vom Arzt verschriebenen Medikamente richtig einnehmen. Mehr darf ich ja gar nicht.«

Und Lilo erzählte genau, wie ihre Zuständigkeiten beim Pflegedienst beschrieben und eingegrenzt waren. Sie wurde immer redseliger.

Trotzdem brachte das Gespräch mit ihr nichts Neues. Sie

gab an, genau wie Claudio, Maja Graflinger nur aus dem Fernsehen zu kennen und sie heute gerade einmal aus der Ferne gesehen zu haben. Auch sie war fast den ganzen Tag über im Studio gewesen, nur am Morgen und vor der zweiten Aufzeichnung war sie in der Maske und ein paar Mal kurz auf der Toilette gleich nebenan.

»Haben Sie gar keine Pause gemacht zwischendurch?«

»Ich brauche keine Pause, wenn ich koche«, lächelte Lilo ihr zuckersüßes Lächeln. »Aber jetzt würde ich mich ganz gern auf mein Dessert konzentrieren, wenn Sie erlauben, und noch ganz kurz in die Maske. In einer halben Stunde soll das Finale anfangen.«

»Was machen Sie denn Schönes?«, wollte Angermüller wissen.

»Das ist eigentlich noch geheim, aber ich verrate es Ihnen: einen warmen Erdbeersabayon auf geeistem Nougatbaiser mit Vanillesahne. Hört sich das lecker an?«

Lilo Sinkewitz hatte ihren Rucksack geschultert und war davongeeilt, um sich aufs Finale vorzubereiten, woraufhin Angermüller zu Jansen sagte:

»Das Wort ›lecker‹ werde ich nie wieder benutzen.«

»Wieso das denn nicht?«

»Weil ich es nicht mehr hören kann, darum!«

Jansen schüttelte den Kopf.

»Manchmal bist du ganz schön komisch.«

Ein gefährliches Bellen ertönte. Angermüller fuhr erschrocken zusammen und ärgerte sich sofort darüber, dass er immer wieder darauf hereinfiel. Jansen holte sein Handy aus der Jackentasche. Er fand diesen Klingelton lustig.

»Das war das Krankenhaus. Die Graflinger wird durchkommen. Aber vernehmungsfähig ist sie frühestens morgen Nachmittag.«

KAPITEL IV

»War das gut«, sagte Jansen mit vollem Mund, nahm einen letzten Schluck Cola aus dem großen Pappbecher und wischte sich dann zufrieden mit einer Papierserviette die Ketchupreste vom Mund. In Windeseile hatte er ein extragroßes Kombiangebot von zwei Burgern und Pommes XXL verschlungen. Angermüller saß mit finsterer Miene daneben, denn er hatte wohl oder übel mitkommen müssen, da es zu kalt war, um draußen im Auto zu warten. Nach einem skeptischen Blick in die Karte und die Vitrine im Hofrestaurant hatte Jansen gemeint, er müsse was Richtiges essen, und Angermüller ahnte schon, worauf das hinauslief. Seinen Einwurf, dass sie dazu gar keine Zeit hätten, hatte sein Kollege einfach überhört und in Rekordzeit die Strecke zu einer Filiale der von ihm bevorzugten Hamburger-Kette zurückgelegt.

Er selbst hatte im Hofrestaurant im Torhaus auf Güldenbrook das letzte Stück Münstertaler Fleischtorte erworben. Die Küche dort war, gemäß der Herkunft ihres Chefs, elsässisch ausgerichtet und bot auch immer einige Gerichte aus der Fernsehshow an. Das Restaurant war in den Wintermonaten nur tagsüber an den Produktionswochenenden geöffnet und für geschlossene Gesellschaften zu mieten. Die gestresste Bedienung hatte ihm berichtet, dass sie von den wartenden Zuschauern, die wegen der Verzögerung der Aufzeichnung auf Kosten der Produktion dort speisen konnten, völlig überrannt worden waren.

»Sonst essen die Leute immer nur eine Kleinigkeit, bisschen Flammkuchen, Bretzeln oder eine Suppe. Aber heute haben die die Karte rauf und runter bestellt. War eben umsonst.«

Da es schon spät war und sie zur Teamsitzung in Lübeck erwartet wurden, nahm Angermüller seinen Imbiss während der Fahrt zu sich, was überhaupt nicht seinen sonstigen, gepflegten Essgewohnheiten entsprach. Jansens halsbrecherische Fahrweise minderte den Genuss noch zusätzlich. Doch die Fleischtorte nach Original Elsässer Rezept schmeckte nichtsdestotrotz wunderbar würzig, der buttrige Blätterteig hatte nichts mit der üblichen, pappigen Industrieware zu tun, und der Geschmack der Füllung war von außergewöhnlicher Harmonie.

Während er über die Begebenheiten dieses Tages sinnierte, musste er plötzlich an Carola denken, die Lebouton für den Urheber der Briefe hielt, durch die sie sich bedroht fühlte. Nachdem er den berühmten Starkoch nun selbst kennengelernt hatte, kam ihm ihr Verdacht noch unwahrscheinlicher vor. Der Mann hatte ein mehr als gesundes Selbstbewusstsein, sodass er sich mit Sicherheit nicht durch solche Nichtigkeiten wie Carolas Kritiken in irgendwelchen Lokalblättchen verunsichern lassen würde. Außerdem glaubte er ihm, dass er noch nie von ihr gehört hatte, denn in dem Maß, in dem Lebouton von sich überzeugt war, überschätzte Carola die Wirkung ihrer Nebentätigkeit als Restaurantkritikerin. Heimlich und mit großem Zeitaufwand Carolas Konterfei auf ausgerissene Kochrezepte zu zeichnen und diese dann anonym zu verschicken, das passte so gar nicht zu Leboutons überaus starkem Ego. Einen tätlichen Angriff im Affekt traute Angermüller ihm da schon eher zu.

Dank Jansens Schnelligkeit im Fahren und Essen kamen sie tatsächlich pünktlich in der Possehlstraße zur Kommissionsbesprechung an. Wie üblich fegten heftige Böen rund um das Behördenhochhaus, als sie durch die Dunkelheit auf den Eingang zustrebten. Die Kälte fühlte sich noch um ein paar Grad grimmiger an. Angermüller warf einen Blick nach oben, wo aus den Fenstern heller Lichtschein drang, und freute sich ausnahmsweise auf die oft überheizten Räume. Seit er in Lübeck lebte, verbrachte er einen Großteil seines Lebens dort im siebten Stock, wo das Kommissariat 1 ›Mordkommission und Kapitaldelikte‹ angesiedelt war. Angefangen hatte es mit einem Praktikum in der Bezirkskriminalinspektion. Die Arbeit gefiel ihm, er fand sie abwechslungsreicher und klarer als alles, was er sonst mit seinem Jurastudium hätte anfangen können. Und Lübeck gefiel ihm auch, vor allem, nachdem er Astrid kennengelernt hatte. So fügten sich die Dinge: Er bewarb sich bei der Polizeidirektion Schleswig-Holstein Süd, wurde eingestellt, heiratete Astrid und wurde als Oberfranke hier im Norden heimisch – mehr oder weniger.

Was er vermisste, war zum Beispiel die fränkische Küche und das Bier, die liebliche Mittelgebirgslandschaft um Coburg herum, ebenso die bedächtige, gemächliche Art seiner Landsleute. Andererseits liebte er die Weite des Nordens und die Offenheit seiner Menschen, die viel weniger reserviert waren, als man ihnen gemeinhin nachsagte. Wahrscheinlich würde er immer zwischen seiner alten und neuen Heimat hin und hergerissen bleiben. Das war ihm in den Tagen, die er im Herbst vorigen Jahres im Coburger Land verbracht hatte, deutlich geworden. Im Grunde aber war diese bleibende Sehnsucht nach dem Ort, an dem man gerade nicht war, ein Gefühl, das er nicht missen wollte. Es war wie ein ewig währendes Versprechen, dass irgendwo in der Welt immer noch der ideale Ort existierte, den man eines Tages tatsächlich erreichen würde.

Und noch eine andere Erfahrung hatte er bei seinem letzten Besuch in Oberfranken gemacht, die ihn damals fast an seiner Professionalität als Kriminalbeamter zweifeln ließ. Doch schließlich war er zu dem tröstenden Schluss gekommen, dass er daraus nur lernen konnte und ihm ein derartiger Fehler sicherlich nicht noch einmal unterlaufen würde.

Mit der Entscheidung für seinen Beruf war er nach wie vor zufrieden, auch wenn Johanna, seine strenge, hanseatische Schwiegermutter, es nicht verwand, dass ihr Schwiegersohn wahrscheinlich nie über die Position eines Kriminalhauptkommissars hinauskommen würde. Er hatte sich mittlerweile an ihre Sticheleien gewöhnt und versuchte, sie zu ignorieren, was ihm mal mehr, mal weniger gut gelang. Nicht gewöhnen konnte er sich bisher an die Probleme, die sein berufliches Engagement zwischen Astrid und ihm immer wieder, und in letzter Zeit immer stärker, hervorrief. Die Zwillinge waren mit ihren 13 Jahren eigentlich aus dem Gröbsten heraus, seiner Meinung nach. Doch Astrid sah das ganz anders, und wenn er ihre übermäßige Fürsorglichkeit kritisierte, sprach sie ihm jegliches Recht auf Kritik ab.

»Du bist doch nie da. Du weißt doch gar nicht über den Alltag der Mädchen Bescheid. Warst du im letzten halben Jahr auf einem Elternabend? Kennst du die Freunde und Freundinnen von Judith und Julia? Weißt du überhaupt, dass es auch an ihrer Schule Jugendliche mit Drogenproblemen gibt?«

Bis auf die letzte Frage, deren Antwort ihm aus beruflichen Gründen geläufig war, konnte er die anderen nur mit Nein beantworten.

»Du denkst immer, wenn du einmal im Monat deine Spezialpfannkuchen für die beiden backst und alle halbe Jahr mal mit ihnen ins Kino gehst, hast du deiner Elternpflicht Genüge getan. Aber du bist oft nicht da, wenn sie dich wirklich brauchen. Und was am allerschlimmsten ist, du kommst zu spät, wenn du etwas zugesagt hast, du hältst Absprachen nicht ein, du vergisst einfach, was du versprochen hast. Von gerecht aufgeteilten Pflichten im Haushalt will ich gar nicht erst anfangen! Und ich muss permanent versuchen, deine Unzuverlässigkeit abzufedern, immer muss ich für dich mitdenken und organisieren. Und ich mach das auch. Schon ganz automatisch! Darüber ärgere ich mich am meisten!«

»Na Georg, endlich mal ein Fall nach deinem Geschmack, was?«

Der leitende Kriminaldirektor lachte selbstzufrieden und schlug Angermüller kumpelhaft auf die Schulter.

»Ich weiß nicht so recht. Ein Toter durch einen Stich ins Herz und eine vergiftete Köchin, die knapp überlebt hat – was soll daran nach meinem Geschmack sein?«, fragte Angermüller missmutig zurück und nahm einen Schluck von dem heißen Kaffee, den er sich vom Automaten geholt hatte. Der schmeckte zwar nicht, aber auf ein kaltes Getränk hatte er bei diesem Wetter erst recht keine Lust.

Der Chef hatte ihm überhaupt nicht zugehört und schwärmte: »Sternemenüs, Meisterköche, Kochshow – das ist doch genau deine Welt, du Kochkünstler!«

»Mmh«, machte Angermüller nur und sah sich um. Sämtliche ermittelnde Teams hatten sich inzwischen im Besprechungsraum versammelt. Kollege Niemann, der Spezialist im Aktenführen, und auch der Staatsanwalt waren eingetroffen.

»Entschuldige, da drüben ist Lüthge. Ich hab mit dem was zu besprechen.«

Der Kriminalhauptkommissar ließ seinen obersten Chef stehen und ging hinüber zu Staatsanwalt Erik Lüthge.

»Tut mir leid«, entschuldigte sich der, »ich hab's nicht geschafft, heute auch nach Güldenbrook zu kommen. Ich hatte eine Verhandlung, und dank so eines Konfliktanwalts, dem immer wieder was Neues einfiel, zog sich das elend lange hin. Ihr Kollege Niemann hat mir das Wichtigste in Kurzfassung mitgeteilt.«

»Kein Problem. Es gab am Tatort ohnehin nichts Spektakuläres. Leider auch keine signifikanten Spuren. Ameise hat auch schon über den sauberen Tatort gemeckert, das wird er bestimmt selbst noch erzählen. Ansonsten warten wir auf die Ergebnisse aus der Rechtsmedizin.«

Erik Lüthge war ein paar Jahre jünger als Angermüller und ein fähiger und entscheidungsfreudiger Typ. Die Zusammenarbeit mit ihm war erfreulich unkompliziert, was nicht unbedingt die Regel war. Eigentlich sollten Staatsanwaltschaft und Ermittler immer am selben Strang ziehen, doch manchmal standen Kompetenzgerangel und falsche Eitelkeiten einer produktiven Zusammenarbeit im Wege. Auch diese Erfahrung hatte Angermüller hin und wieder gemacht, doch gemeinsam mit Lüthge hatte er schon so manche Fälle erfolgreich abschließen können.

Angermüller wollte dem Staatsanwalt einen Vorschlag machen. Er und Jansen waren zu dem Schluss gekommen, dass es hilfreich sein könnte, genau über die Vermögensverhältnisse von Pierre Lebouton Bescheid zu wissen. Der Kommissar stellte Lüthge seine Beweggründe dar und schlug vor, beim Ermittlungsrichter einen Beschluss auf Freigabe der Kontendaten Leboutons und seiner Firmen zu erwirken.

»Kein Problem, bin ich mit einverstanden. Ich versuche gleich, den zuständigen Richter zu erreichen. Und sonst? Glauben Sie, zwischen beiden Fällen besteht eine Verbindung?«

»Bisher haben wir nicht viel Verwertbares. Vom Gefühl her würde ich sagen, eher nicht. Außer dass die beiden Opfer irgendwie mit Lebouton und seinen Tätigkeiten zusammenhängen und dass beide Taten wohl auf Güldenbrook verübt worden sind, gibt es bis jetzt erkennbar keine weitere Verbindung.«

»Na gut. Dann warten wir ab, was unsere Runde jetzt bringt.«

Bis alle Ergebnisse der Soko Gutshof – so hatten sie sich auf Anja-Lenas Vorschlag genannt – referiert waren, dauerte es weit über eine Stunde. Andreas Meise hatte für die Kriminaltechnik einen kurzen Zwischenbericht gegeben und die Kommissariatsrunde gleich gewarnt, dass aus seiner Abteilung wenig Erhellendes kommen würde.

»Natürlich sind wir noch bei der Auswertung von Fingerabdrücken in der Umgebung, auch ein paar Faserspuren haben wir, aber da gibt's reichlich von 'ner Menge Leuten, die dort im Lager regelmäßig herumspringen. Klar ist nur, bei der Tatwaffe handelt es sich um ein extrem scharfes, dünn geschliffenes Messer aus japanischer Produktion. Das ist bis jetzt das einzige Objekt auf unserer Asservatenliste, das eindeutig der Tat zuzuordnen ist.«

Meise hielt eine durchsichtige Plastiktüte hoch, in der ein Messer mit einer auffällig langen, schmalen Klinge zu erkennen war.

»Es sieht wie ein Ausbeinmesser aus, würde ich sagen«, warf Angermüller ein. »Die sind sehr teuer, diese Dinger, richtig gutes Profiwerkzeug.«

»Ja, das glaub ich, dass dir als Hobbykoch so was gefallen würde. Wir haben uns in der Küche im Kavaliershaus auf Güldenbrook umgesehen, da gibt es noch eine ganze Sammlung von Messern dieses Fabrikats in den verschiedensten Formen und Größen. Mit hoher Wahrscheinlichkeit stammt die Tatwaffe aus diesem Bestand. Und für seinen Zweck hat sie der Täter oder die Täterin jedenfalls perfekt ausgewählt.

Schmidt-Elm meinte, es war wohl nur ein einziger, sauberer Stich nötig, um den Mann zu töten. Fingerabdrücke auf der Tatwaffe leider nur vom Opfer. Natürlich sind am Tatort einige Leute aus und eingegangen, im Vorratsraum und in der Kühlzelle, aber signifikante Spuren gibt es nicht. Soweit wir das bisher sehen, gab es keinen Kampf, auch keine Spuren, die auf einen Transport des Opfers hindeuten. Die Tat wurde an Ort und Stelle verübt. Das kann für einen dem Toten bekannten, ortskundigen Täter sprechen, muss aber nicht. Wichtig ist vielleicht, dass sich niemand durch Einbruch Zugang verschafft hat, aber der Täter kann mit dem Opfer auch verabredet gewesen sein. Das war's von unserer Seite. Ich würde auf jeden Fall für das Restaurant auf Güldenbrook eine Empfehlung aussprechen, zumindest die Vorratsräume dort sind von peinlicher Sauberkeit. Ich drück euch die Daumen, dass der Bericht unseres charmanten Rechtsmediziners etwas mehr Aufschluss gibt.«

»Danke, Andreas.«

Nach dem Kriminaltechniker meldete sich Thomas Niemann zu Wort, der in bewährter Manier die Akte zu dem Fall führte. Bei ihm liefen alle Informationen zusammen. Er war ein Fuchs am Computer und schien außerdem ein fotografisches Gedächtnis zu besitzen, denn er erinnerte sich oft an Details, Nebensächlichkeiten, die er nur einmal kurz in einer Datei, auf einer Website oder in einer Akte gesehen hatte. Er war absolut zuverlässig und gewissenhaft, ihm entging so leicht nichts. Außerdem liebte er seinen Job, wenn der Fall Konturen annahm und aus den vielen unterschiedlichen Informationen langsam ein Ganzes wurde. Wahrscheinlich war seine Leidenschaft für diese Puzzlearbeit auch die Grundlage seines Erfolges.

»Ich hab bei Inpol den Pächter Kalle Mientau abgefragt, von dem Anja-Lena sagte, der sei so ein Hochdrucktyp, und siehe da, bingo: Der ist schon verurteilt worden wegen Totschlags. Das war vor 18 Jahren. Mientau hat seine Strafe abgesessen und ist wegen guter Führung früher entlassen worden, Prognose: Wird nicht wieder vorkommen. Aber wir wissen ja, dass auch Gutachter sich öfter irren. Soweit ich von euch gehört habe, ist der Dampf nicht raus bei dem, und du meintest ja, einen Grund, böse auf den Güldenbrook zu sein, hätte er wohl auch, Anja-Lena.«

»Stimmt. Nachdem wir deine Informationen hatten, haben wir noch mal bei ihm auf dem Hof vorbeigeschaut. Kalle Mientau züchtet eine spezielle Art Rinder exklusiv für Lebouton. Die heißen Welsh Blacks und sollen besonders zartes und schmackhaftes Fleisch liefern, das entsprechend teuer ist. Er ist als Pächter, Züchter und Lieferant vom Unternehmen Lebouton vollkommen abhängig. Sein Ansprechpartner war Christian von Güldenbrook. Der handelte die Verträge mit ihm aus, und mit dem musste er reden, wenn es Probleme gab. Lebouton hielt sich da völlig raus, sagt er.«

»Und gab es denn Probleme in letzter Zeit?«, wollte Angermüller wissen.

»Na ja, Güldenbrook behauptete wohl, Mientau hätte seine Lieferverträge nicht erfüllt und weniger geliefert, als vertraglich vereinbart war. Er verdächtigte ihn, das Fleisch auf eigene Rechnung verhökert zu haben. Aber zum einen hatten seine Tiere im Herbst irgendeine Krankheit, die die Fleischproduktion beeinträchtigte, und zum anderen ist Mientau jegliche Bürokratie ein Graus. Schietkram, wie er sagt. Er hat erzählt, er macht Geschäfte am liebsten mit Handschlag und hält Lieferscheine, Rechnungen und diesen ganzen Papierwust eigentlich für überflüssig.«

»Was ist mit seinem Alibi für den gestrigen Abend?«

»Er behauptet, er sei in der Kneipe gewesen und wüsste nicht mehr, wann er nach Hause gekommen ist. Seine Frau, die was dazu hätte sagen können, war heute in Kiel bei einer Tante.«

»Dann behaltet den im Auge, Anja-Lena, und sprecht noch mal mit seiner Frau. Wir werden Lebouton morgen nach den Unregelmäßigkeiten bei den Fleischlieferungen fragen. Bestimmt hat doch Güldenbrook mit ihm darüber gesprochen.«

»Krieg ich da Gefahrenzulage, wenn ich mit diesem Wilden noch einmal sprechen muss?«

»Du hast doch deinen persönlichen Begleitschutz dabei. Der Kollege Teschner passt schon auf dich auf.«

Anja-Lenas Teampartner Norbert Teschner nickte beruhigend.

Mehrheitlich war man der Meinung, dass bisher eine Verbindung zwischen dem Vergiftungsversuch an Maja Graflinger und dem Mord an Christian von Güldenbrook nicht ersichtlich war. Mit umso größerer Spannung sah man der Aussage des Vergiftungsopfers am nächsten Tag entgegen und wollte anschließend entscheiden, ob man die beiden Fälle getrennt voneinander behandeln würde. Im Krankenhaus, wo Maja Graflinger behandelt wurde, hatte man vorsorglich einen Beamten zu ihrer Sicherheit postiert.

»Also, konzentrieren wir uns erst einmal auf unsere Ergebnisse im Mordfall Güldenbrook«, fasste Angermüller zusammen. »Gezielte Personenhinweise durch die kriminaltechnischen Untersuchungen gibt es bisher nicht. Betrachtet man die Motivlage, gehört zum Kreis der Verdächtigen der Sohn des Opfers, Clemens von Güldenbrook, der zum Vater keine gute Beziehung gehabt haben soll. Außerdem hat er sich sehr selten auf dem Gut blicken lassen, war aber ausgerechnet gestern wahrscheinlich dort. Weiterhin ist Pierre Lebouton dabei, auch jemand, der zu Tätlichkeiten neigen soll, und wenn das mit der finanziellen Schieflage seiner Unternehmungen stimmt und Güldenbrook der Verantwortliche war, hätte er zumindest auch ein Motiv. Dann haben wir Kalle Mientau, und auch Alix Blomberg sollten wir im Auge behalten, nach dem, was der Kollege Timm erfahren hat.«

Angermüller warf Nico Timm, der bei der Erwähnung seines Namens sofort errötete, einen aufmunternden Blick zu. Nico war Mitte 20, Kriminalkommissarsanwärter, noch nicht lange im K 1 und ziemlich schüchtern. Dabei war er ein intelligenter Bursche und sah auch recht gut aus. An ihn hatte sich die Praktikantin Patricia gewandt, um ihre Zeugenaussage machen zu können, nachdem Jansen und Angermüller sie auf später vertröstet und dann vergessen hatten. Sie hatte dem jungen Kollegen ihr Wissen geradezu aufgedrängt und berichtet, dass es die Absicht gäbe, Alix Blomberg als Moderatorin loszuwerden, und dass dahinter kein anderer als Christian von Güldenbrook stecke.

»Hat sie auch gesagt, warum man die Blomberg loswerden will?«, fragte Jansen erstaunt.

»Patricia sagte, sie sei zu alt.«

»Ah ja. Übrigens, welche Patricia? Zeugen und auch Zeuginnen haben bei uns immer noch Vor- und Nachnamen, Kollege Timm.«

Jansens Einwurf brachte den Kriminalkommissarsanwärter etwas aus der Fassung, und er geriet kurz ins Stottern, dann fing er sich wieder.

»Also, die Zeugin Patricia Hennig sagte aus, dass Güldenbrook die Blomberg für die sinkenden Quoten verantwortlich hielt und bei Lebouton gegen sie Stimmung machte. Er soll gesagt haben, sie gelte seit 20 Jahren als hoffnungsvolles Talent, doch dass sie wirklich eines sei, hätte sie noch nie bewiesen, und er sehe nicht ein, dass sie auf seine Kosten noch weitere 20 Jahre bei ›Voilà Lebouton!‹ herumstümpert. Außerdem würde sie die junge Zuschauergeneration vergraulen. Und Lebouton hat wohl offene Ohren für Güldenbrooks Vorschläge gehabt, zumal er und Alix Blomberg auch ein eher gespanntes Verhältnis haben sollen.«

»Ja, das war sehr ausführlich, vielen Dank!«, nickte Angermüller.

»Sieh mal an! Die kleine Praktikantin. Was die alles so mitkriegt«, stellte Jansen erstaunt fest. Angermüller machte sich sofort eine dicke Notiz, dass sie unbedingt am nächsten Tag noch einmal mit dem Mädchen reden sollten. Dann nahm er den Faden seines Resümees wieder auf.

»Da wir bisher den genauen Tat- beziehungsweise Todeszeitpunkt nicht kennen, wissen wir auch nicht, wie wasserdicht die Alibis der Zeugen sind, die wir bisher erfragt haben.«

Ein kurzer, leiser Signalton war zu hören und wenig später ertönte er noch einmal.

»Du hast eine SMS gekriegt«, flüsterte Jansen und stieß seinen Kollegen an, der neben ihm saß. Angermüller fingerte sein Handy aus der Hosentasche und ließ sich die Nachricht anzeigen, ehe erneut das Signal ertönen konnte. Die Kommunikation mithilfe dieser Kurzmitteilungen war nicht seine Welt. Er nutzte sein Mobiltelefon zum Telefonieren und fand diese Möglichkeit mittlerweile auch sehr praktisch, aber das Verfassen einer Nachricht auf der kleinen Tastatur war ihm lästig, und er hatte seine diesbezüglichen Fähigkeiten immer noch nicht verbessert. Kurzmitteilungen gehörten für ihn in die Welt alberner Teenager. Natürlich! Julia und Judith!

Wieder einmal hatte er vergessen, zu Hause Bescheid zu sagen, dass es heute später würde und er nicht wie versprochen für das Abendessen seiner Töchter würde sorgen können. Astrid war heute Abend auch nicht zu Hause. Als

Sozialpädagogin arbeitete sie in einem Hilfsprojekt für Asylbewerber. Sie war sehr engagiert, die Arbeit füllte sie aus, und seit einiger Zeit häuften sich ihre Termine am Abend und sogar am Wochenende. Auch heute hatte sie wohl wieder irgendeinen beruflichen Termin, was er im Wust der Ereignisse dieses Tages vergessen hatte. Manchmal blitzte in ihm der Gedanke auf, ob Astrids viele Zusatztermine nicht noch einen ganz anderen Grund haben könnten.

›Hunger!!! Wann kommst du??? J&J‹, stand auf dem Handy-Display.

Angermüller bat Jansen, ihn zu vertreten, und verließ kurz den Sitzungsraum, um seine Töchter anzurufen.

»Hallo Papa! Sollen wir uns praktischerweise was zum Essen bestellen?«, fragte Julia ihn sofort.

»Wie kommst du darauf?«

»Na ja«, sagte sie in ihrer manchmal etwas altklugen Art, »wenn du gleich hier wärst, hättest du doch nicht extra noch mal vom Handy aus angerufen, oder?«

»Da hast du wohl recht. Es tut mir leid, aber wir haben hier noch eine Dienstbesprechung, und danach hab ich auch noch zu tun und komm nicht gleich nach Hause …«

»Das ist doch kein Problem, Papa! Louise und Maike sind hier. Die schlafen bei uns. Mama hat's erlaubt. Dürfen wir Chinesisch?«

»Habt ihr überhaupt genug Geld zu Hause?«

»Mama hat uns was dagelassen. Für alle Fälle, sagte sie.«

Er spürte, wie er sich darüber ärgerte, dass Astrid sich offensichtlich von vornherein nicht auf ihn verlassen wollte. Es ärgerte ihn jetzt umso mehr, dass er diese Annahme wieder einmal bestätigt hatte.

»Gut, dann bestellt euch was beim Chinesen, und es tut mir leid, dass ich euch nicht früher angerufen habe.«

»Nicht so schlimm. Wir mögen doch Chinesisch!«

Er hörte Judith und die beiden anderen Mädchen im Hintergrund ein Freudengeheul anstimmen. Die Kinder waren jedenfalls nicht böse, dass er nicht nach Hause kam, um zu kochen.

»Na gut. Dann sucht euch was Schönes aus, aber keine Cola dazu! Es gibt Apfelsaft und Mineralwasser zu Hause. Und räumt den Müll hinterher weg, damit Mama nicht schimpft. Und bitte geht nicht so spät ins Bett.«

»Papa, wir sind keine Babys mehr. Außerdem ist morgen Samstag und schulfrei«, erklärte Julia geduldig. »Aber wir gehen zu einer vernünftigen Uhrzeit ins Bett, versprochen. Noch einen schönen Abend für dich!«

»Wünsch ich euch auch. Viel Spaß mit euren Freundinnen!«, sagte er noch, doch Julia hatte schon aufgelegt. Er kam sich auf einmal ziemlich alt vor.

Als er in das Sitzungszimmer zurückkehrte, war der Chef gerade bei seinem Lieblingsthema.

»Bisher habt ihr also keine Medienvertreter vor Ort gesehen? Gut. Ihr informiert mich in jedem Fall rechtzeitig, wenn wir mit der Presse sprechen müssen.«

Der Mann war ständig unterwegs zu irgendwelchen Konferenzen und Dienstbesprechungen, und der Polizeialltag seiner Mitarbeiter existierte für ihn nur theoretisch, aber sobald er die Möglichkeit hatte, sich als oberster Behördenleiter im Licht der Öffentlichkeit zu präsentieren, nahm er sie wahr. Man musste ihm allerdings zugute halten, dass er sich zwar über die Fälle seiner Beamten stets informierte, sich aber nicht auf unangenehme Weise in ihre praktische Arbeit einmischte. Nur wenn spektakuläre Taten nicht so schnell aufgeklärt wurden, wie sich die Öffentlichkeit das wünschte, dann versuchte er, Druck zu machen.

»Das schadet unserem Ruf. Wie stehen wir dann wieder da? Wir können es uns nicht erlauben, das Vertrauen der Bevölkerung zu verlieren. Wir tragen schließlich eine große Verantwortung. Ich erwarte zügige Aufklärung, meine Damen und Herren!«

Angermüller und seine Kollegen kannten die Sprüche auswendig, mit denen der leitende Kriminaldirektor seine Mannen zu motivieren versuchte. Dem Chef schien nicht klar zu sein, dass er damit eher das Gegenteil erreichte.

Langsam wurde die Runde unruhig, manch einer begann zu gähnen, was bestimmt auch an der im Raum herrschenden Temperatur und der mittlerweile schlechten Luft lag. Man kam überein, die Anzahl der Teams auf drei zu verkleinern, und verteilte die anstehenden Aufgaben.

»So, Kollegen, dann war's das für heute. Ich würde sagen, dann treffen wir uns morgen hier um 17 Uhr wieder. Bis dahin haben wir hoffentlich den Bericht aus der Rechtsmedizin bekommen, der uns, so Gott will, ein Stück weiterbringt. Alsdann, frohes Schaffen!«, schloss Angermüller als leitender Ermittler die Sitzung. Die meisten der Kollegen gingen in ihren wohlverdienten Feierabend, nur Thomas Niemann blieb noch an seinem Computer, und auch die Kriminaltechnik hatte noch zu tun. Angermüller und Jansen machten sich auf den Weg in die Altstadt, wo Clemens von Güldenbrook im Dunkelgrünen Gang beim Engelswisch als wohnhaft gemeldet war.

Wie üblich hatte sich ein Teil der Crew von ›Voilà Lebouton!‹ nach dem Drehtag um den großen Tisch in der Küche des Kavaliershauses versammelt. Die Runde war heute nicht ganz so groß. Die Produktion hatte für die Crew einige Ferienwohnungen in Weißenhäuser Strand gemietet, die außerhalb der Saison besonders günstig waren. Die Crewmitglieder und die Kandidaten der Show, die auch dort übernachteten, hatten es vorgezogen, gleich nach Ende der Aufzeichnung aufzubrechen, da der Wetterbericht vor gefährlicher Straßenglätte in der Nacht warnte.

In der Küche war es warm und gemütlich, und es duftete intensiv nach gebratenem Fleisch und Gewürzen. Es wurde nicht wie sonst lebhaft geplaudert, sondern man sprach leise und betroffen über die entsetzlichen Vorfälle dieses Tages und rätselte über das Wer und Warum. Allgemein war man erleichtert, dass Maja Graflinger zumindest über den Berg war. Hilde kannte sie nur aus Erzählungen. Die junge Frau aus dem Nachbardorf, die hauptberuflich den Hofladen führte, hatte ihr des Öfteren geschildert, ›wat fürn ole Knieptang‹ die Graflinger ihrer Meinung nach war.

Als das Essen auf den Tisch kam, wich langsam die dunkle Stimmung. Nach einer heißen Rinderkraftbrühe servierten Anatol und Ernie ein Kassler mit Steckrüben-Linsen-Püree und kandierten Kartoffeln. Sie wären nicht die Lehrlinge Leboutons gewesen, hätten sie dieses Gericht nicht ein wenig exotisch abgewandelt. Das Fleisch war mit einer Marinade aus Honig, Senf, Ingwer und Cumin eingestrichen und das Püree mit einem Hauch Chili geschärft. Nach den ersten Gläsern Côtes du Rhône, den Lebouton aus seinem Weinkeller beisteuerte, kehrten die Lebensgeister endgültig zurück, und alle redeten durcheinander, man trank und man lachte fast wie sonst.

Hilde war erst zum zweiten Mal bei so einem Abend dabei. Genau genommen gehörte sie ja gar nicht zum Team der Show, half höchstens manchmal im Gutshofladen aus, wo die Lebouton-Produkte verkauft wurden. Doch Pierre hatte sie gefragt, ob sie nicht Lust hätte, sich an diesem traurigen Tag dazuzusetzen. Da sie selten genug ausging, betrachtete sie so einen Abend als eine willkommene Abwechslung. So hatte sie ihrem Vater bei seinem frühen Abendessen Gesellschaft geleistet und nur ein wenig vom Großen Hans gekostet.

Die Kombination aus dem süßen Grießteig mit Rosinen und kräftigem Räucherspeck, darüber der aromatische Johannisbeersirup, hatte angenehme Kindheitserinnerungen in Hilde geweckt. Hinrichs »Schmeckt genau wie bei deiner Mutter« war ein sehr großes Lob. Dann hatte er sie weggeschickt, denn es freute ihn, wenn auch sie einmal etwas vorhatte.

Hilde hatte ihr praktisches Flanellhemd gegen einen edlen Kaschmirrolli getauscht, der fast die gleiche Farbe wie ihre silbergrauen Haare hatte und das intensive Blau ihrer Augen betonte.

»Da hast dich aber tüchtig hübsch gemacht, min Deern!«, meinte Hinrich beeindruckt, als sie ihre Jacke im Flur anzog.

Neben Alix Blomberg, die immer noch das eng sitzende Etuikleid in einem dunklen Orangeton trug, das sie für die letzte Aufzeichnung angelegt hatte, kam sich Hilde trotzdem vor wie Aschenputtel. Und wieder fragte sie sich, was Christian und diese Frau verbunden hatte, als sie damals ein Paar waren. Sie zwang sich, ihren Blick nicht ständig auf Alix ruhen zu lassen. Liebe war eben nicht allein mit dem Verstand zu erklären, dachte sie dann. In ihrem Fall war das ja nicht anders.

Komisch. Frauen wie Alix schafften es immer, eine Konkurrenzsituation entstehen zu lassen. Ist das mein Problem, fragte sich Hilde, oder legt sie es darauf an? Alix war ein echter Paradiesvogel, der alle Aufmerksamkeit auf sich zog. Wie sie sich bewegte, ihre Blicke warf, wie sie sprach, wie sie lachte – auf Hilde machte es den Eindruck einer perfekt einstudierten Rolle. Einer Rolle, die sie vor allem für die Männer spielte. Mit Frauen befasste sie sich anscheinend nur, wenn es ihrem eigenen Auftritt dienlich war.

Da die Gespräche sich hauptsächlich um Ereignisse während der Arbeit an der Show drehten und meist von Leuten handelten, die sie sowieso nicht kannte, hörte Hilde recht unkonzentriert zu, und ihre Gedanken begannen zu schweifen. Sie sah sich die Tischgesellschaft um sie herum an und fragte sich, ob wohl Christians Mörder darunter sein könnte. Hätte irgendwer hier einen Grund gehabt, Christian zu töten? Hatte jemand Streit mit ihm? Gab es irgendeine alte Geschichte, die jemanden zu dieser Tat getrieben hatte? Hatte irgendwer einen Vorteil von seinem Tod?

Da waren die Kochlehrlinge, die Pierre ausbildete und die oft aus schwierigen Verhältnissen kamen, manchmal auch eine kriminelle Vergangenheit hatten. Sie wusste nichts Konkretes und kannte die drei jetzigen nur von zufälligen Begegnungen, da sie sich öfter auf dem Gut aufhielten. Der eine, Thorsten mit den auffälligen roten Haaren, schien ein recht schlichtes Gemüt zu sein. Sie traf ihn öfter, wenn er draußen eine Rauchpause machte. Wahrscheinlich verbotenerweise, denn er verzog sich meist sofort, wenn er sie bemerkte. Aber er war immer freundlich, grüßte und wechselte auch mal ein paar Worte mit ihr. Jetzt saß er am Tisch und freute sich wie ein König, dass er frei hatte, während seine beiden Kumpel kochen und ihn bedienen mussten.

Der lange, blonde Ernie war immer sehr ernst, fast ein wenig mürrisch und furchtbar unsicher. Aber sie hatte vorhin festgestellt, dass er sehr geschickt bei allen Handgriffen war, die er bei der Zubereitung des Abendessens ausführte, und auch wie er die Regie zu führen schien, während Anatol meist nur hinter ihm stand und ihm über die Schulter sah. Wahrscheinlich war Ernie gar nicht unbegabt, hatte aber Schwierigkeiten, seine Fähigkeiten ins rechte Licht zu setzen. Jedenfalls fand sie es bewundernswert, dass Pierre sich der jungen Leute annahm und ihnen eine Zukunftsperspektive bot. Aber was hatten diese Jungs mit Christian zu tun?

Wahrscheinlich gar nichts. Außerdem behauptete sie doch immer von sich, keinerlei Vorurteile zu haben.

Gerade servierte Anatol den Nachtisch. Er sah verdammt gut aus, der junge Mann, dachte Hilde, und er war sehr charmant, wie er so lachte und plauderte. Selbstbewusst erzählte er, dass er das Dessert ganz spontan kreiert hatte, als er heute überraschend in der Show für Maja Graflinger einspringen musste. Das Ergebnis war ein lauwarmer Savarin, getränkt mit Orangenlikör, überzogen mit einer Schicht Aprikosenpüree und gefüllt mit frischen Erdbeeren unter einer Vanille-Sahne-Haube. Von der Küchenzeile war ein lautes Klappern zu hören. Ernie hatte die große metallene Rührschüssel fallen lassen und hob sie nun mit roten Ohren vom Boden auf.

Es war Anatol anzusehen, wie stolz er auf seinen ersten großen Fernsehauftritt war, der ihm scheinbar viel Applaus und Anerkennung eingebracht hatte. Als Pierre ihm noch einmal persönlich zur gelungenen Premiere gratulierte, wusste Anatol gar nicht mehr wohin vor Freude. Auch Pierre wirkte mächtig stolz, als er den bravourösen Einstand des jungen Mannes kommentierte. Er meinte, wenn Anatol sich weiterhin so gut entwickeln würde, könnte er es noch weit bringen. Er schien den Jungen wirklich zu mögen.

Anatol war in Hochstimmung, und vor allem Alix Blomberg schien es ihm angetan zu haben. Einer genauen Beobachterin wie Hilde entging nicht, dass er immer wieder ihre Nähe suchte, ihr etwas zuflüsterte, sie im Vorübergehen wie zufällig berührte und ihr lange Blicke schickte. Sichtbar reagierte Alix zwar nicht auf die Avancen des hübschen Burschen, während sie aufmerksam Pierres Worten lauschte, der neben ihr saß. Doch Hilde war sich sicher, dass sie Anatols Verhalten genau registrierte und wahrscheinlich auch genoss.

War Alix nicht fast einmal verlobt mit Christian? Und war die Verbindung nicht vor allem durch die alte Gräfin verhindert worden, wie man munkelte? Hatte Alix die Kränkung von damals bis heute nicht verwunden? Nein, das ist albern, dachte Hilde, deshalb bringt man niemanden um. Schon gar nicht Alix, die immer wieder neue Männer fürs Leben fand, wie Hilde aus den bunten Blättern in den Wartezimmern der Arztpraxen wusste, die sie mit ihrem Vater häufiger besuchte.

Aber Hilde fiel noch ein anderer Grund ein. Vielleicht hing es ja mit den Veränderungen der Show zusammen, die Pierre neulich angedeutet hatte. Er hatte es nur in einem Nebensatz erwähnt, und da Hilde sich mit dem Thema sowieso nicht auskannte, hatte sie auch nicht so genau hingehört. Aber es war wohl Christian, der angeregt hatte, das Konzept der Show zu verändern und sie zu verjüngen. Vielleicht betraf das ja auch Alix Blomberg, die zwar erheblich jünger als Hilde selbst war, aber immerhin auch die 40 schon überschritten hatte. Aber ein Mord?

Während um sie herum geredet und gelacht wurde, genoss Hilde ihren Nachtisch, der ganz wunderbar schmeckte, und gab sich weiter ihren Beobachtungen hin. Da war die Regieassistentin, eine junge Frau, die immer gestresst wirkte und die ständig zum Rauchen nach draußen verschwand. Neben ihr saß der Regisseur, der noch neu war bei der Show. Er beteiligte sich nicht so viel an der Unterhaltung, aber er sah ganz sympathisch aus. Außerdem gab es noch eine ganze Reihe von Leuten, die Hilde heute zum ersten Mal sah.

Es hieß ja, dass Täter und Opfer meist eine irgendwie geartete Beziehung zueinander haben und man immer zuerst in der Umgebung des Opfers suchen sollte. Christian hatte die letzten Jahre allein gelebt, soweit sie wusste. Und Clemens, sein Sohn und einziger näherer Verwandter, dem war sie das letzte Mal an Weihnachten auf dem Hof begegnet. Von ihren Eltern wusste sie, dass Christian sich wegen Clemens immer viele Sorgen gemacht hatte und oft seinen mangelnden Einfluss auf ihn beklagte. Nach der Scheidung war der Junge bei seiner Mutter aufgewachsen, und Vater und Sohn hatten sich nur selten gesehen. Clemens war inzwischen erwachsen, und was er genau machte, wusste Hilde nicht. Christian hatte nur einmal erwähnt, dass sie leider oft Streit bekamen, und führte das auf ihrer beider familientypische Sturheit zurück. Ein Vatermord? Sie kannte Clemens viel zu wenig, um darüber zu spekulieren.

Sie sah hinüber zu Pierre, der ihr gegenübersaß. Er sah müde aus. Kein Wunder, bei dem, was heute alles passiert war. Er hatte wahrscheinlich mehr als genug um die Ohren mit all seinen Aktivitäten. Wie war das eigentlich mit Pierre? Könnte er …? Auch wenn sie den Gedanken sogleich weit von sich schieben wollte, er drängte sich ihr geradezu auf. Pierre und Christian waren Geschäftspartner. Was, wenn es finanzielle Probleme gegeben hatte? Und dass geschäftliche Beziehungen unter Freunden oft im Streit endeten, war ja bekannt. Beim Geld hört die Freundschaft auf, sagte man immer. Sie hatte keine Ahnung, wie die Besitzverhältnisse am Gut und an den Unternehmen sich nach dem Tod eines Partners veränderten, und es hatte sie auch nie interessiert.

Aber wäre Pierre zu so einem Verbrechen fähig? Sie merkte, dass sie ihn eigentlich viel zu wenig kannte, um das beurteilen zu können. Ihr Gefühl sagte ihr, dass er niemals so etwas Schreckliches tun könnte. Andererseits kannte sie die Gerüchte über seine gewaltigen Wutausbrüche. Sie selbst hatte ihn noch nie so erlebt. Vielleicht verlor er in diesem Zustand ja wirklich die Kontrolle über sich. Doch natürlich hoffte sie, dass es nicht so war.

»Hilde, du bist ja so still heute!«

Ein erstaunter Blick aus ihren großen Augen begleitete Alix' besorgten Kommentar. Zum zweiten Mal in ihrem

Leben saß Hilde heute mit Alix an einem Tisch, und Alix redete, als ob sie sich schon Jahre kennen würden. Außerdem war deutlich, dass Hilde dankbar sein musste, dass die Königin huldvoll das Wort an sie richtete.

»Es ist ja auch nicht gerade ein Tag zum Jubeln, finde ich, und wenn ich was zu sagen habe, dann werd ich das auch tun, Alix. Aber vielen Dank für deine Fürsorge.«

Hilde zwang sich zu einem freundlichen Gesicht. Bloß nicht als giftige Alte rüberkommen.

Sie war die bei Weitem älteste Frau hier am Tisch, und von den Männern war nur Pierre noch ein Jahr älter als sie. Ihm sah man sein Alter überhaupt nicht an, aber leider waren Männer da ohnehin im Vorteil. Ihre Jahre wurden ihnen nicht vorgehalten, als ob es ihr persönlicher Fehler wäre, sie bereits hinter sich gebracht zu haben. Entsprach das Aussehen einer Frau aber ihrem tatsächlichen Alter, wurde ihr das gleich zum Nachteil ausgelegt. Frau hatte sich zu pflegen und jung zu bleiben. Jeden Morgen beim Blick in den Spiegel dankte Hilde ihren Genen für die jugendlich glatte Haut, mit der sie immer noch ausgestattet war, denn auch sie war nicht frei von Eitelkeit.

Pierre lächelte ihr zu und sah dann auf seine Uhr. Auch Hilde sah nach der Uhrzeit. Es war bereits nach 23 Uhr.

»Ich glaube, ich sollte jetzt gehen«, sagte sie dann und erhob sich. »Ich muss morgen pünktlich den Laden aufmachen. Vielen Dank für die köstliche Bewirtung. Das hat ganz wunderbar geschmeckt, Ernie und Anatol! Eine gute Nacht allerseits!«

Auch Pierre war aufgestanden.

»Ich ziehe mich auch zurück. Gute Nacht, meine Herrschaften, wir sehen uns morgen um 9 Uhr!«

Im Flur half er ihr in die Jacke.

»Ich bring dich noch.«

Ein leichter Wind empfing sie, als sie auf den weiten Innenhof von Güldenbrook traten. Feine Nebelschwaden zogen vorm Herrenhaus vorbei. Es herrschten immer noch frostige Temperaturen.

»Nebel und Wind bei dieser Kälte, das heißt, es kann wirklich glatt sein. Zum Glück haben wir es ja nicht weit.«

Pierre bot Hilde seinen Arm, und sie gingen vorsichtig über die alten, unregelmäßigen Pflastersteine, die zum Teil wirklich schon gefährlich rutschig waren. Friedlich lag das Verwalterhaus mit seinem Reetdach im Dunkel. Nur die Laterne über der Haustür warf einen kleinen Lichtkegel auf den Hof. Im Flur brannte das Nachtlicht.

»Dein Vater schläft wohl schon.«

»Aber klar! Es ist ja schon nach elf. Hinrich liegt bestimmt schon seit über einer Stunde im Bett. Er ist abends immer ziemlich geschafft. Zum Glück schläft er sehr gut und ist für seine 86 Jahre am Morgen wieder ganz schön fit.«

»Ich mag deinen Vater. Er ist wirklich noch bewundernswert aktiv und munter für sein Alter!«

»Er mag dich auch, Pierre. Er hat heute erst der Polizei gesagt, was für ein fleißiger, freundlicher Mensch du bist und dass er sich gern mit dir unterhält.«

»Ach, die Polizei war auch bei euch? Wie hat dein Vater denn Christians Tod aufgenommen?«

»Er war entsetzt, das kannst du dir ja denken. Er kannte Christian von klein auf. Er nannte ihn zwar nur den Herrn Grafen, aber ich denke, die beiden hatten doch ein sehr persönliches Verhältnis, vor allem nach dem frühen Tod von Christians Vater.«

Sie waren vor der Haustür angekommen.

»Magst du noch mit reinkommen?«

»Heute nicht, Hilde. Ich bin ziemlich kaputt, und morgen ist auch wieder ein anstrengender Tag.«

»Die Sache mit Christian ist auch an dir nicht spurlos vorübergegangen, hab ich recht?«, fragte sie und sah aufmerksam in sein von der Laterne erhelltes Gesicht.

»Tja, auch wenn wir nur Geschäftspartner waren: Er wird mir fehlen. Er war meine perfekte Ergänzung.«

»Und im Herrenhaus wird es jetzt auch ziemlich einsam sein«, stellte Hilde fest.

»Mit dem Wissen, dass er nicht mehr da ist, ja. Aber privat haben wir kaum etwas miteinander zu tun gehabt. Du findest das vielleicht merkwürdig, aber ich hab dir ja schon gesagt, wir fanden das beide besser so«, sagte Pierre und sah sie an. »Diese Kälte geht einem ja bis auf die Knochen. Ich sag dir jetzt lieber gut Nacht. Ich hab auch noch etwas zu tun. Ich hatte mit Christian gestern noch so eine Meinungsverschiedenheit, und da ist mir vorhin etwas eingefallen …«

»Worum ging es denn?«

»Ich möchte noch nichts darüber sagen, es ist ja nur so eine Idee. Vielleicht weiß ich morgen schon mehr. Aber ich erzähl's dir erst, wenn ich mir ganz sicher bin.«

»Verstehe. Magst du morgen Abend zum Essen kommen? Vadder hat sich Grünkohl gewünscht.«

Pierre sah sie an.

»Vielleicht. Und dein Vater mag mich also wirklich?«

Hilde nickte.

»Dann kannst du mich ihm ja bald offiziell vorstellen, oder?«

Hilde nickte wieder. Pierre umarmte sie und hielt sie ganz fest. Furchtbar peinlich waren ihr jetzt die Überlegungen, die sie drüben im Kavaliershaus angestellt hatte. Zum Glück konnte er ihre Gedanken nicht lesen. Sie kuschelte sich an ihn und genoss seine Nähe.

»Und was ist mit dir? Mit der ganzen Presse, der Öffentlichkeit?«, fragte sie ihn.

»Mach dir deswegen keine Gedanken. Früher oder später werden sie es sowieso mitbekommen. Von mir aus. Da wird am Anfang ein Rauschen im Blätterwald sein, und dann beruhigen sie sich wieder. Wir beide werden denen doch keine weiteren Schlagzeilen liefern, mit wilden Partys und Drogenexzessen, oder?«

Als Hilde die Tür hinter sich geschlossen hatte, entfuhr ihr ein glücklicher Seufzer. Morgen beim Frühstück würde sie sich ein Herz fassen und Hinrich erzählen, dass sie und Pierre inzwischen ein Paar waren. Mein Gott, dachte sie dann, bald 60 Jahre und Schmetterlinge im Bauch! Hab ich ein Glück!

KAPITEL V

»Na dann, Claus, bis morgen in alter Frische. Gut Nacht.«

Angermüller schloss die Autotür, und ungewohnt langsam fuhr sein Kollege davon in den späten Feierabend dieser Freitagnacht. Wahrscheinlich hatte sich Jansen den Abend einmal anders vorgestellt, sicherlich jedoch war die Vorstellung seiner aktuellen Freundin Vanessa eine andere, denn sie hatte ihm alle halbe Stunde eine SMS geschickt. Vorsichtig setzte Angermüller Schritt vor Schritt auf den Gehweg, der im Licht der Straßenlaternen verdächtig glänzend vor ihm lag. Es war höllisch glatt geworden, auch die Stufen hinauf zur Eingangstür waren mit einer dünnen gefrorenen Schicht überzogen. Schnell ging er noch zu der hölzernen Kiste neben der Treppe und streute ein paar Schippen Sand vor den Eingang.

Schon als er die Haustür aufschloss, hörte Georg Angermüller das laute, rhythmische Klatschen. Es kam aus dem Wohnzimmer. Kurze, spitze Begeisterungsrufe mischten sich dazwischen. Er zog im Flur seine Jacke aus und legte den Schal ab. Nebenan herrschte ausgelassene Partystimmung. Vorsichtig öffnete er die Wohnzimmertür. Der Fernseher lief auf voller Lautstärke, und vier Mädchen, alle in gleichartigen, irgendwie rosafarbenen Pyjamas, hopsten aufgeregt auf dem Sofa herum und klatschten dabei ununterbrochen in die Hände.

»Guten Abend, die jungen Damen!«

Nur Julia schien ihn gehört zu haben und drehte sich um.

»Huch! Papa!«, schrie sie aufgekratzt und hopste munter weiter. Inzwischen waren die anderen auch auf ihn aufmerksam geworden. Die beiden Freundinnen sprangen sofort vom Sofa, blickten etwas schuldbewusst und kicherten albern hinter vorgehaltener Hand, während seine Töchter sich nicht beim Toben stören ließen.

»Julia! Judith! Könnt ihr vielleicht euren wilden Tanz auf dem Sofa beenden!«, bemühte sich Georg um einen strengen Ton. »Und bitte stellt den Fernseher leiser. Es ist nicht nötig, dass ihr die ganze Nachbarschaft mit unterhaltet!«

Sofort hüpften die beiden herunter, und Julia angelte nach der Fernbedienung. Zu seiner Überraschung sah Angermüller auf dem Bildschirm das ihm mittlerweile vertraute Gesicht von Alix Blomberg.

»Ihr scheint ja einen schönen Abend zu haben!«

»Erst gab's DKDTQ und jetzt ›Voilà Lebouton!‹«, rief Judith begeistert.

»Ja, und Samantha-Marie hat gewonnen! Die fanden wir auch alle so süß, und eben haben wir Anatol gesehen. Der ist noch viel süßer!«, ergänzte Julia und quietschte übermütig.

»Was ist denn DKDQW oder wie das heißt?«

»Deutschland krönt die Teenie-Queen natürlich. Und Papa!«, rief Judith plötzlich aufgeregt. »Wir haben dich im Fernsehen gesehen!«

»Mich?«, fragte Georg verblüfft.

»Ja!«, ertönte ein mehrstimmiger Chor, und alle Mädchen bestätigten mit einem eifrigen Nicken.

»Wo denn?«

»In den Nachrichten auf TVX Kabel. Du warst bei Lebouton, und wir dachten, wir sehen dich auch gleich in der Show.«

»Die Sendung ist nicht live, die wird immer Wochen vorher aufgezeichnet«, sagte Georg Angermüller zerstreut und fragte sich, wer ihn wann auf Güldenbrook gefilmt haben könnte. TVX Kabel war der Sender, auf dem auch die Lebouton-Show lief.

»Nö Papa! Das ist bestimmt eine Live-Sendung. Das sagen die doch auch immer«, widersprachen die Mädels voller Überzeugung. Ihr Vater war nicht in der Stimmung, mit ihnen darüber zu diskutieren. Auf dem Tisch vor dem Sofa fand sich eine bunte Ansammlung leerer Behältnisse aus dem China-Imbiss, bunter Verpackungen von Süßem und Knabberkram, sowie zwei riesige Colaflaschen, fast leer.

»Sagt mal, ich hatte doch ausdrücklich gesagt, ihr sollt euch keine Cola zum Essen bestellen? Und was sehe ich hier?«

»Wir haben überhaupt keine Getränke zum Essen bestellt, weil wir ja genug Apfelsaft und Mineralwasser hier haben«, sagte Julia gehorsam. »Die Cola haben Louise und Maike mitgebracht.«

Georg wusste, dass Astrid da bestimmt anderer Meinung war, aber er sah keinen Sinn darin, jetzt über die Gefahren des Konsums der braunen Brühe zu dozieren.

»Okay Kinder, es ist gleich 23 Uhr. Ich glaube, das reicht für heute mit dem Fernsehen. Jetzt beseitigt bitte noch euren Müll und dann ab nach oben!«

Die Mädchen, offensichtlich erleichtert, ohne größeres Donnerwetter davonzukommen, machten sich eifrig ans Aufräumen, schielten nur ab und zu noch im Vorübergehen bedauernd auf den Bildschirm und hatten bald alle Spuren ihrer Pyjamaparty beseitigt. Georg gestand sich ein, dass auch er erleichtert war. Erleichtert darüber, dass er vor Astrid nach Hause gekommen war. Denn natürlich hätte sie ihn und seine Unzuverlässigkeit für die im Grunde ja harmlosen Sünden der Kinder verantwortlich gemacht. Auch wenn er berechtigterweise eingewendet hätte, dass er diesmal wirklich nichts dafür konnte, da er durch die Arbeit an einem aktuellen Fall verhindert gewesen war, hätte das wohl nichts genutzt. Im Gegenteil. Die Tatsache, dass es sein Beruf war, der oftmals bei ihren familiären Absprachen dazwischenfunkte, schien sie nur noch mehr zu verärgern, da es dagegen kein stichhaltiges Argument gab.

»Wie gut, dass es immer berufliche Termine gibt, die du vorschieben kannst«, hätte sie wahrscheinlich geantwortet.

Die Kinder waren nach oben verschwunden, und nur noch ab und zu ertönte das alberne Kichern und laute Lachen. Georg Angermüller saß erschöpft auf dem Sofa und sah zu, wie Anatol Nudelteig knetete, ihn dünn ausrollte und für Köche und Kandidaten in Portionen teilte. Der eine nahm ein großes Stück davon und füllte es mit koriandergewürztem Spitzkohl und Schweinehack, während sein Mitbewerber eine mit Zitronengras aromatisierte Krebsfüllung in Cannelloni bastelte. Lebouton und Kollegen werkelten ihrerseits an der Küchenzeile an unterschiedlichen Pastagerichten. Dazwischen immer wieder Alix Blomberg, die von einem zum anderen eilte und über enthäutete Tomaten, zerstoßene Koriandersamen und die Elastizität von reifer Haut und Nudelteig plauderte, offensichtlich bemüht, witzig, ja geistreich zu sein.

Wieder fragte sich Georg Angermüller, was die Leute daran wohl so faszinierend fanden, anderen beim Kochen zuzusehen, noch dazu, wenn das meiste bereits gewaschen, vorgeschnitten, mariniert war und vor der Kamera nur noch zusammengemischt und gegart wurde.

Er für sein Teil kochte lieber selbst und am liebsten allein. Kochend in einer Fernsehsendung aufzutreten, wäre ihm niemals in den Sinn gekommen. Wenn er zwischen Töpfen und Pfannen, Tellern und Tiegeln in seiner Küche neue Rezepte ausprobierte, fremden Geschmackskompositionen nachspürte und das Ergebnis tatsächlich seinen Erwartungen entsprach, das war für ihn eine Form von Glück, ein stilles Glück, das er am liebsten allein genoss. Erst wenn er das gelungene Werk dann auf den Tisch brachte, freute er sich über Publikum und Kritik. Und dieses Publikum bestand meist aus Freunden, denen er etwas Gutes tun wollte. Die anderen verwöhnen, ihnen einen besonderen Abend bereiten – das war für ihn das Wichtigste, so verstand Georg seine Rolle als Koch und Gastgeber.

Plötzlich verspürte er ein flaues Gefühl im Magen und wusste auch gleich, was es war. Sein Tag war wirklich lang gewesen, und außer zwei Scheiben Vollkornbrot zum Frühstück und der Münstertaler Fleischtorte auf der Rückfahrt von Güldenbrook hatte er nichts weiter gegessen. Der Gedanke an eine schöne, heiße Pasta al dente ließ seinen Magen knurren. Einen Augenblick zögerte er. Sollte er wirklich mitten in der Nacht noch so ein üppiges warmes Nudelgericht zu sich nehmen? Wäre es nicht besser, die Chance zum Kalorienverzicht zu nutzen, nur noch ein Glas Rotwein zu trinken und dann schlafen zu gehen? Doch geradezu magisch zog es ihn in seine Küche.

Goldgelbe Spaghetti dampften kurz darauf in einem tiefen Teller. Auf ihnen ruhte ein großes Stück Butter, das ganz langsam zu schmelzen begann. Georg streute eine gute Portion frisch geriebenen Parmesan darüber und würzte zum Schluss mit schwarzem Pfeffer aus der Mühle. Er öffnete eine Flasche Barolo und setzte sich dann ganz gegen seine Gewohnheit mit seinem köstlichen Mahl vor den Fernseher. Es lief gerade eine Werbepause. Schürzen und Topflappen, die Maja Graflinger entworfen hatte, und Soßenfonds, nach dem Originalrezept von Pierre Lebouton wurden angepriesen. Dann wurde darauf hingewiesen, dass diese Sendung gemeinsam von einem großen Schokoladenhersteller und einer Sektkellerei präsentiert wurde. Auf der Mattscheibe konnte Angermüller nun das Ritual beobachten, das er heute schon im Studio erleben durfte. Lebouton, Maja Graflinger und ein jüngerer Kollege, der vielleicht 30 Jahre alt war und vor allem durch seinen langen Haarzopf und ein Kopftuch nach Piratenart auffiel, verkosteten die Pasta-Kreationen der beiden Kandidaten.

Weder von der kunstvoll aus Nudelteig gefertigten Roulade, die der Hobbykoch noch mit Provolone dolce gratiniert hatte, noch von den Cannelloni mit der Zitronengras-Krebsfleischfüllung unter frischer Tomaten-Basilikum-Soße waren die Profis sonderlich beeindruckt. Maja Graflinger mäkelte gelangweilt an den Speisen herum, redete ansonsten vor allem über sich und vergab jeweils zweieinhalb Punkte. Sie schien schlecht gelaunt, und ihr Lächeln wirkte unecht. Georg dachte an Ameises Anruf vorhin, der mitgeteilt hatte, dass sie in der Garderobe auf Güldenbrook nicht einen einzigen Hinweis auf die Art und Weise gefunden hatten, wie Maja Graflinger das Gift verabreicht worden war. Morgen würden sie hoffentlich mit ihr sprechen können, und das würde gewiss neue Erkenntnisse bringen.

Georg konzentrierte sich wieder auf das Geschehen in der Show. Der Pirat spuckte bei beiden Gerichten angeekelt den ersten Bissen wieder aus, das Publikum buhte laut, worauf er mit einem mit Cannelloni voll beladenen Löffel auf einen Zuschauer zustürmte und ihm alles auf einmal in den Mund schob. Der Mann machte gute Miene zum bösen Spiel, kaute, schluckte und wagte zu sagen, er fände den Geschmack eigentlich ganz lecker.

»Lecker? Das soll lecker sein? Was machst du hier eigentlich, wenn du Hornhaut auf der Zunge hast?«

Hilflos grinste der Zuschauer in die Kamera, während der wild gewordene Pirat zurück zur Küchenzeile rannte und jedem der Kandidaten einen ›Trostpunkt‹ gab, wie er das nannte. Auch er war nicht direkt sympathisch, doch sein brachialer Humor kam bei den Zuschauern an, weshalb er schließlich begeisterten Beifall erntete. Einzig Lebouton setzte sich ernsthaft mit den Kreationen der Hobbyköche auseinander, gab Tipps und schließlich den Cannelloni zwei und der Nudelroulade immerhin drei Punkte. Dann sprach Alix Blomberg, die bei diesem Auftritt einen fliederfarbenen Hosenanzug trug, den ziemlich enttäuschten Kandidaten wieder Mut zu und verwies auf die neue Chance in der nächsten Woche.

»Bis dahin: Genießen Sie das Leben – aber bleiben Sie uns bitte treu!«

Was für eine bescheuerte Sendung, dachte Angermüller nur, als die Titel liefen. Vor ihm stand der leere Teller. Spaghetti al burro war ein wirklich simples Gericht, aber wie so vieles, das einfach und unverfälscht, aber mit besten Zutaten daherkam, war es ein vollkommener Genuss. Er fühlte sich angenehm satt und zufrieden, schenkte sich noch ein Glas Rotwein ein und wollte das Fernsehgerät gerade ausschalten, als die dramatische Ankündigungsmelodie des Nachrichtenmagazins von TVX Kabel erklang. In kurzen, schnellen Schnitten wurde ein Überblick über die Themen der Sendung geliefert. Plötzlich erkannte Angermüller unter den vielen Bildschnipseln das Torhaus von Gut Güldenbrook und die Männer vom Bestattungsunternehmen beim Abtransport des Metallsarges.

Dann tauchte der Moderator mit betroffenem Blick im Bild auf. Sein Sprachduktus war bemüht unaufgeregt, während seine Botschaft von Sensation sprach.

»Guten Abend, meine Damen und Herren! Sie alle kennen Gut Güldenbrook, im östlichen Zipfel Schleswig-Holsteins gelegen, geschichtsträchtiger Ort, romantisches Herrenhaus und vor allem: Schauplatz von ›Voilà Lebouton!‹. Hier geht es normalerweise um Lebensfreude, Genuss pur und gute Unterhaltung. Doch hinter den Kulissen der beliebten Show hat sich in der vergangenen Nacht ein Drama abgespielt.«

Der Mann im perfekt sitzenden Anzug und mit ebensolcher Frisur verschwand vom Bildschirm, und die Kühlkammer mit dem toten Grafen erschien, allerdings so unscharf, dass kaum etwas zu erkennen war.

»Christian Graf von Güldenbrook ist tot. Man fand ihn am Morgen mit einem Messer in der Brust. Pierre Lebouton hat seinen Partner verloren. TVX Kabel berichtet exklusiv.«

Unter die Grabesstimme des Moderators aus dem Off legte sich ein Bilderteppich mit zahlreichen Aufnahmen von Lebouton und einigen Schnappschüssen seines jetzt toten Geschäftspartners aus früheren Tagen.

»Pierre Lebouton ist tief getroffen. Wie geht es weiter mit der Show? Wir sprachen mit dem Meister.«

Es folgte ein äußerst kurzes Interview mit dem Starkoch, der sein tiefstes Bedauern über Güldenbrooks Schicksal äußerte, aber gleichzeitig versicherte, dass man trotz des Schocks über dieses Verbrechen wie gewohnt mit ›Voilà Lebouton!‹ weitermachen würde.

»Das sind wir unserem Publikum schuldig.«

In noch knapperen Statements verkündeten Alix Blomberg, den Tränen nahe, und Alois Schlipf, betont gefasst, ihre tiefe Trauer über den großen Verlust. Angermüller saß nur noch kopfschüttelnd vor dem Fernseher. Der Bericht endete mit verwackelten Aufnahmen von ihm selbst und Jansen, wie sie über den Innenhof von Gut Güldenbrook gingen. Der Moderator sagte dazu mit seidenweicher Stimme:

»Wieder einmal tappt unsere Polizei im Dunkeln. Wird sie rechtzeitig den Täter ergreifen können, der dieses schreckliche Verbrechen begangen hat? Oder muss erst noch ein Mensch sterben, weil die ermittelnden Beamten wie so oft überfordert sind?«

Mit tiefernstem Blick in die Kamera erschien der Fernsehmann wieder auf dem Schirm, blieb einen Moment stumm und sagte dann in dramatischem Tonfall:

»Auf Gut Güldenbrook jedenfalls geht die Angst um. Wir haben gehört, dass noch ein weiterer Anschlag auf das Leben einer Person auf dem Gut heute verübt worden ist. Aber wir üben uns in Zurückhaltung, denn wir wollen die Ermittlungen der Polizei nicht stören. Deshalb berichten wir darüber heute nicht.«

Wieder schwieg er einen Moment, senkte betroffen den Blick und ließ seine Worte wirken. Dann schaute er wieder in die Kamera und hob an zu sprechen, nicht weniger ernst und bedeutungsschwer wie zuvor.

»Größere Brüste, meine Damen und Herren, die wünscht sich manche Frau, und heute ist ja – fast – alles machbar.«

Auf dem Bildschirm erschienen riesige, fast nackte Brüste, dann sah man die dazugehörige Blondine, mit einem mehr als knappen Bikini bekleidet, sich lasziv lächelnd in einem Liegestuhl räkeln.

»Auch Nicole B. war beherrscht von diesem Wunsch. Aus niedlichen Cup B-Größen sollten zwei pralle Cup DD-Prachtexemplare werden.«

Es folgte das Foto einer ziemlich mageren Frau, ebenfalls im Bikini, mit schwarzem Balken über den Augen.

Kopfschüttelnd erhob sich Georg, um endgültig den Fernseher auszuschalten, aus dem die anklagende Stimme des TVX-Mannes drang.

»Nicole B. glaubte den Hochglanzprospekten, mit denen der Schönheitschirurg Prof. Dr. Waldemar Z. für seine Privatklinik und seine Fähigkeiten warb.«

Schnitt auf ein Foto des Professors, wie er selbstbewusst in die Kamera lächelt, dann wieder der Moderator mit vorwurfsvollem Gesichtsausdruck.

»Inzwischen hat Nicole B. ihre gesamten Ersparnisse verloren und – sie fühlt sich nicht mehr als Frau, wie sie sagt. Aber sehen Sie selbst, meine Damen und Herren.«

Es reichte. Entschlossen drückte Angermüller die Aus-Taste. Was für ein Schrott, diese Sensationslust unter dem Deckmantel der seriösen Berichterstattung. Er wusste schon, warum er höchst selten in den Kasten schaute, und hoffte nur, seine Töchter und ihre Freundinnen und Freunde würden die billige Machart derartiger Sendungen durchschauen. Außerdem ärgerte er sich über die Darstellung seiner selbst und seiner Kollegen durch diesen Lackaffen. Wo die nur die Bilder herbekommen hatten? Die Aufnahmen vom Tatort und von ihm selbst waren mit Sicherheit mit einem Handy gemacht worden und die anderen wahrscheinlich von einem Kameramann aus der Show. Was seine Person anbetraf, das ging ihm sonstwo vorbei, aber dass die Nachricht jetzt draußen war, hieß für morgen: Medienvertreter am Tatort, die sich als äußerst störend erweisen würden, und haufenweise Nachfragen in der Polizeidirektion. Mit konzentrierter, ruhiger Ermittlungsarbeit war es wahrscheinlich erst einmal vorbei. Und eine Frage drängte sich ihm auf: Wann hatte TVX Kabel die Nachricht zum ersten Mal gesendet? Thomas Niemann sollte morgen früh gleich beim Sender deswegen anrufen. Konnte Clemens von Güldenbrook den Bericht gesehen haben, bevor sie heute Abend bei ihm aufgetaucht waren?

Der junge Mann wohnte sehr idyllisch in einer der schönsten Ecken der Altstadt. Sie fanden einen Parkplatz im Engelswisch. Als sie aus dem Auto stiegen, sagte Jansen:

»Na, wer sagt's denn? Unser Vogel scheint zu Hause zu sein.«

Zwei Wagen vor ihnen parkte ein silberfarbener Aston Martin. Durch ein niedriges Portal in einem adretten Bürgerhaus gelangten sie in einen der vielen Lübecker Gänge. So wurden die kleinen Höfe mit ihren Häuschen genannt, die wohlhabende Kaufleute seit dem Mittelalter hinter ihre Domizile bauten, um sie gewinnbringend an Tagelöhner und andere arme Leute zu vermieten. Dieses Ensemble schmückte sich mit dem schönen Namen Dunkelgrüner Gang. Augenblicklich fühlte man sich um hunderte Jahre zurückversetzt, was durch das schwache Licht der Straßenbeleuchtung noch verstärkt wurde. Bei Touristen waren die malerischen Gangviertel in der Altstadt sehr beliebt, und inzwischen gab es dort zahlreiche zauberhafte Ferienwohnungen.

»Dann wollen wir doch mal sehen, ob der Herr Graf für uns zu sprechen ist«, meinte Jansen und drückte den Klingelknopf an einem gepflegten, weiß gestrichenen Haus mit blauer Eingangstür. Es dauerte einen Moment, dann wurde die Tür mit Schwung aufgerissen. Der junge Mann, der ihnen öffnete, schien jemand anderen erwartet zu haben, denn das freudige Lächeln verschwand augenblicklich aus seinem Gesicht, als er die beiden Beamten draußen stehen sah.

»Ich ruf dich gleich zurück, ja?«, sagte er knapp in sein Handy und klappte es zu.

»Ja bitte?«

Misstrauisch musterte er seine späten Besucher. Angermüller kramte seinen Dienstausweis heraus und stellte Jansen und sich selbst vor.

»Dürfen wir reinkommen? Es ist ziemlich frisch hier draußen.«

»Wird es denn lange dauern? Worum geht es überhaupt? Ich muss gleich weg.«

»Es geht um Ihren Vater.«

»Meinen Vater? Und wieso kommt da die Polizei?«, fragte Clemens von Güldenbrook etwas verunsichert.

»Wir haben schlechte Nachrichten: Ihr Vater ist tot.«

»Bitte, kommen Sie rein.«

Leider konnte Angermüller nicht das Gesicht des jungen Mannes sehen, der sich sofort wegdrehte, als er die Nachricht hörte, um sie eintreten zu lassen. Der Eingang in das schmale Häuschen ließ nicht die dahinterliegende Größe vermuten. Hier waren offensichtlich zwei der kleinen Häuser zusammengelegt und im Innern baulich völlig verändert worden. Nur die alten Außenmauern standen noch. Die Besucher gelangten direkt in einen weiten Wohnraum mit hoher Decke, der mit wenigen, meist antiken Stücken möbliert war. Jedes Stück hatte einen ganz eigenen Charakter und war sorgsam ausgewählt. In einer Ecke führte eine Treppe nach oben in ein weiteres Stockwerk.

»Schön warm haben Sie's hier«, meinte Angermüller mit Blick auf den großen gemauerten Kamin, in dem ein Feuer knisterte, und öffnete seine Jacke.

»Was ist meinem Vater passiert?«

Es klang nicht sonderlich neugierig oder aufgeregt, eher nach höflichem Interesse.

»Christian von Güldenbrook wurde gestern ermordet.«

Sehr überrascht wirkte der junge Mann nicht und schon gar nicht erschüttert. Er war höchstens ein wenig nervös. Gut, er hatte einen ernsten Gesichtsausdruck, aber Betroffenheit war etwas anderes. Entweder der Tod seines Vaters macht ihm überhaupt nichts aus oder er hat sich verdammt gut im Griff, dachte Angermüller. Oder aber, er weiß ganz genau, was passiert ist.

»Wie?«

Da kam kein Wort zu viel.

»Mit einem Messer. Er wurde erstochen.«

»Und wo? Auf Güldenbrook?«

Der Kommissar bejahte.

»Wer hat ihn umgebracht?«

»Das können wir noch nicht sagen.«

Clemens von Güldenbrook nickte stumm. Er sah seinem Vater sehr ähnlich, fand Angermüller, war genauso groß und schlank und hatte dasselbe lange, schmale Gesicht. Er war unauffällig gekleidet, dunkelgraue Jeans, weißes Hemd, dazu ein gut geschnittenes Jackett mit dezenten Nadelstreifen. Alles sah schlicht, aber teuer aus, auch die mattschwarzen Lederstiefeletten.

»Wir dachten, Sie könnten uns vielleicht ein paar Informationen geben.«

Der junge Güldenbrook schien nicht die Absicht zu haben, ihnen einen Platz anzubieten. Offensichtlich wollte er die ganze Angelegenheit so kurz und knapp wie möglich abhandeln.

»Ich habe nicht viel Kontakt mit meinem Vater.«

»Wann haben Sie ihn das letzte Mal gesehen?«

»Da müsste ich erst einmal nachdenken …«

»Wie alt sind Sie, Herr von Güldenbrook?«

»Ich werde in ein paar Wochen 33.«

Clemens warf Jansen, der diese Frage gestellt hatte, einen fragenden Blick zu.

»Dann haben Sie aber ziemliche Gedächtnisprobleme für Ihr Alter, oder?«

Der junge Mann verstand sofort, worauf diese Bemerkung hinauslief.

»Okay, ich war gestern dort.«

»Was war der Grund für Ihren Besuch?«

»Es gab keinen besonderen Grund.«

»Es gab keinen speziellen Anlass? Sie wollten nur kurz Hallo sagen?«

Clemens zögerte einen Moment, dann sagte er: »Ich wollte mit meinem Vater sprechen.«

»Worüber?«

»Privatsachen.«

»Herr von Güldenbrook, Sie erklären selbst, nicht viel Kontakt zu Ihrem Vater zu haben. Ihr Vater ist gestern ermordet worden. Sie sind nicht oft auf Güldenbrook. Aber ausgerechnet gestern hat man Sie dort gesehen. Meinen Sie nicht, dass das Grund genug wäre, einmal Ihre Privatsphäre zu lüften?«, fragte Angermüller und sah Clemens prüfend dabei an. »In Ihrem eigenen Interesse, meine ich.«

Der junge Mann erwiderte ruhig seinen Blick.

»Ich bleibe dabei. Es waren rein private Angelegenheiten.«

»Wie Sie wollen. Was machen Sie beruflich?«

»Ich bin Geschäftsmann.«

»Geht das etwas genauer, bitte?«, forderte Jansen. Angermüller spürte, dass sein Kollege langsam ungeduldig wurde. Clemens von Güldenbrook antwortete auf alle Fragen schnell und klar, aber nur das Nötigste.

»Ich mache hauptsächlich Importgeschäfte mit hochwertigen Luxusgütern.«

»Wie heißt Ihre Firma und wo sitzt sie?«

Zum ersten Mal kam die Antwort nicht ganz so schnell.

»Äh, ich befinde mich gerade in einer Phase der Neugründung. Das heißt, wir suchen auch noch nach geeigneten Räumlichkeiten.«

»Aber es scheint ja ganz gut für Sie zu laufen, oder? Ist bestimmt nicht ganz billig, das schnuckelige Häuschen hier«, stellte Jansen fest, der erst einen Blick nach oben und dann durch die Tür unter der Treppe geworfen hatte, hinter der eine edle Designerküche lag.

»Ihr Auto da draußen ist auch nicht das Supersparmodell.«

Weder wunderte sich der junge Mann, dass die Beamten

über sein Auto Bescheid wussten, noch ging er auf Jansens Anspielungen ein.

»Ich bin zufrieden«, sagte er nur knapp und machte damit unmissverständlich klar, dass er nicht beabsichtigte, weiter ins Detail zu gehen.

»Wie war das Verhältnis zu Ihrem Vater?«

Clemens sah kurz auf seine Armbanduhr.

»Ich sagte ja schon, wir sahen uns nicht so häufig. Meine Eltern ließen sich scheiden, als ich zwölf war, und ich lebte ab da bei meiner Mutter. Ich habe meinen Vater nur an Wochenenden und in den Ferien gesehen.«

»Und wie war das, seit Sie erwachsen waren? Da konnten Sie ja selbst bestimmen, wann und wie oft Sie sich sehen.«

»Unser Verhältnis war nicht besonders eng, würde ich sagen.«

»Wir haben gehört, die Beziehung zwischen Ihnen beiden sei nicht ohne Probleme gewesen …«, bemerkte Angermüller und wartete auf Clemens' Reaktion.

»Hat Ihnen das etwa der Knopf erzählt?«, fragte der in einer Mischung aus Verärgerung und Amüsement.

»Bitte wer?«

»Na dieser cholerische Koch, der sich Lebouton nennt und an dem mein Vater unverständlicherweise einen Narren gefressen hat.«

»Pierre Lebouton und Ihr Vater waren Partner, oder?«

Clemens lachte auf, doch es klang unfroh.

»Weder heißt er Pierre Lebouton, noch kommt er aus dem Elsass. Sein Name ist schlicht und einfach Peter Knopf. Geboren und aufgewachsen ist er irgendwo in der Nähe von Braunschweig. So viel zu Monsieur Lebouton. Und was die Partnerschaft mit meinem Vater anbetrifft, hat Knopf eine kurzfristige finanzielle Schieflage ausgenutzt, sich dann auf Güldenbrook breitgemacht und ihn glauben lassen, sie seien Partner.«

»Kennen Sie das Testament Ihres Vaters?«

»Ich habe keine Ahnung.«

»Wann waren Sie gestern genau auf dem Gut?«

»Ich denke, es war so gegen 19 Uhr, als ich ankam, und ungefähr eine Stunde später bin ich wieder los.«

»Wo haben Sie Ihren Vater getroffen?«

»In seiner Wohnung.«

»Er lebte allein?«

»Soviel ich weiß, zurzeit ja.«

»Als Sie gingen, da blieb er allein in der Wohnung zurück?«

»Nein, er kam mit nach draußen, wollte noch irgendwas erledigen, sagte er. Er brachte mich bis zu meinem Wagen, und da verabschiedeten wir uns.«

»Ist Ihnen auf dem Hof irgendetwas oder irgendwer aufgefallen?«

»Dazu kann ich Ihnen nichts sagen. So selten wie ich auf Güldenbrook bin.«

Wieder sah der junge Mann verstohlen nach der Uhrzeit.

»Haben Sie eigentlich einen Schlüssel für die Wohnung dort?«

»Schon lange nicht mehr.«

»Was haben Sie gemacht, nachdem Sie das Gut verlassen haben?«

»Ich bin zurück nach Lübeck gefahren und war dann zum Essen im ›Miera‹.«

»Allein?«

»Mit einer Freundin.«

»Name?«

»Tut mir leid, den möchte ich Ihnen nicht sagen.«

»Was haben Sie nach dem Essen gemacht?«

»Ich bin nach Hause gefahren.«

»Allein?«

»Mit derselben Freundin.«

»Deren Namen Sie uns auf keinen Fall nennen können?«

Von Güldenbrook hob bedauernd die Schultern.

»Herr von Güldenbrook, Sie scheinen nicht zu verstehen: Die Dame kann eine wichtige Entlastungszeugin für Sie sein«, sagte Angermüller eindringlich.

»Da ich mit der Sache nichts zu tun habe, brauche ich auch keine Entlastungszeugin, okay?«

Fast trotzig hörte sich diese Feststellung an.

»Wie Sie wollen«, meinte Angermüller und drehte sich zur Tür. »Wir werden Ihre Angaben überprüfen. Sie halten sich bitte zu unserer Verfügung, Herr von Güldenbrook. Sollten Sie verreisen wollen, geben Sie uns bitte Bescheid. Ich denke, wir werden uns bald wieder bei Ihnen melden.«

Clemens von Güldenbrook antwortete nur mit einem leichten Achselzucken. Er begleitete die beiden zum Ausgang.

»Wie ist das denn eigentlich mit … Ich meine, man muss ja die Beerdigung vorbereiten, Leute benachrichtigen, und das muss ja wohl ich tun.«

Zum ersten Mal nahm Angermüller eine kleine Unsicherheit, eine verständliche menschliche Regung an dem sonst so glatten jungen Mann wahr und verspürte fast so etwas wie Sympathie für ihn.

»Momentan ist der Leichnam noch bei der Rechtsmedizin. Sie erfahren rechtzeitig, wenn er freigegeben wird.«

»So ein arrogantes Arschloch!«, entfuhr es Jansen, als sie durch die Kälte zu ihrem Wagen eilten. »Der denkt auch, weil er Graf von weiß der Geier was heißt, gelten für ihn andere Gesetze! Aber zum Glück ist das in diesem Land schon lang vorbei!«

»Ich weiß zwar nicht, wie ich ihn sonst einschätzen soll, aber ich fand den nicht unbedingt arrogant. Er ist halt sehr distanziert, aber trotzdem höflich«, sagte Angermüller nachdenklich. Sie stiegen schnell ins Auto ein, in dem es auch nicht wärmer als draußen war.

»Was ich irre finde: Anfang 30 und dann so ein Lebensstil. Hast du die Einrichtung gesehen?«

Angermüller war sichtlich beeindruckt.

»Viel stand da ja nich rum«, meinte Jansen desinteressiert.

»Aber alles edel und teuer. Irgendwie schon eine andere Welt.«

»Die der Schönen und Reichen, nehm ich an. Und was machen wir zwei Playboys jetzt?«

»Feierabend würd' ich sagen.«

»Oder auch nicht«, antwortete Jansen, deutete nach vorn durch die Windschutzscheibe und ließ den Wagen an. Mit offenem Mantel und im Laufschritt kam Clemens von Güldenbrook den Gehweg entlang und stieg in seinen Aston Martin.

»Denk dran, es kann glatt sein«, gab Angermüller seinem Kollegen einen Tipp, während er den Sicherheitsgurt umlegte. Der reagierte darauf nicht. Elegant lenkte er den Passat aus der engen Parklücke und blieb in einigem Abstand hinter dem englischen Sportwagen.

»Man kann ja nie wissen, wozu es gut ist, oder?«

Jansen war der Feierabend heilig und der Freitagabend erst recht. Doch wenn sie mitten in einem Fall steckten, konnte sich seine Mentalität ganz schnell ändern, und er wandelte sich zum ehrgeizigen Ermittler.

Sie folgten dem silbernen Sportwagen über das Burgtor auf die Travemünder Allee, die schließlich zur Travemünder Landstraße wurde. Der Straßenbelag glitzerte verdächtig. Es war kaum Verkehr, und Jansen verminderte die Geschwindigkeit, um etwas mehr Abstand zwischen sich und Güldenbrook zu legen. Angermüller war das ganz recht. Die rasante Fahrweise seines Kollegen kostete ihn gewöhnlich reichlich Nerven, und bei dieser Wetterlage erst recht. Die beiden Kommissare sprachen nicht viel, und jeder hing seinen Gedanken nach. Einzig die Frage, ob Lebouton absichtlich seinen Personalausweis nicht zeigen wollte, weil er eigentlich Knopf hieß, beschäftigte sie für einen Moment. Schließlich erreichten sie Travemünde, das still und ziemlich dunkel dalag. Kein Tourist promenierte durch die Straßen des Seebades, einige kleine Hotels und Restaurants hatten geschlossen, Travemünde hielt Winterschlaf.

»Ich rieche Geld«, sagte Jansen plötzlich, als sie am Kurhaus vorbeifuhren und dann in die Kaiserallee einbogen.

»Ich auch«, nickte Angermüller, dem inzwischen auch klar war, welches Ziel der junge Güldenbrook hatte. »Bestimmt ging's zwischen unserem jungen Grafen und seinem Vater ums liebe Geld. Das ist ja in Kreisen, die welches haben, immer mal wieder ein beliebtes Motiv für einen Mord. Und wenn der junge Mann seine Freizeit in der Spielbank verbringt …«

Sie blieben am Straßenrand stehen, Jansen schaltete das Licht aus, und sie beobachteten, wie Clemens von Güldenbrook seinen Wagen parkte, dann ausstieg und schnellen Schrittes in Richtung Casino ging.

»Vielleicht ist der spielsüchtig. Was meinst du?«

»Ich weiß nicht. Möglich ist alles«, antwortete Angermüller und holte sein Mobiltelefon heraus. »Na, dann will ich mein Glück mal versuchen.«

»Willst du mich zu 'ner Runde Black Jack einladen, oder was?«

»Seh ich so aus? Dafür bist du außerdem gar nicht richtig angezogen. Besitzt du überhaupt ein richtiges Jackett?«

Jansen zog nur eine Grimasse als Antwort.

»Nee, ich ruf jetzt den Lüthge an. Der soll gleich auch

die Freigabe der Bankdaten von Güldenbrook senior und junior regeln. Hoffentlich ist von den Bankmenschen am Wochenende jemand greifbar.«

Aber Angermüller erreichte nur die Mobilbox des Staatsanwalts und hinterließ darauf sein Anliegen.

»Und morgen soll der Thomas schauen, was er über von Güldenbrook junior bei Inpol findet.«

Sie machten sich auf den Weg zurück nach Lübeck. Als Jansen an einer roten Ampel etwas zu scharf bremste, scherte der Wagen sofort nach rechts aus.

»Siehste, jetzt isses wirklich glatt«, sagte er zu seinem Kollegen auf dem Beifahrersitz. Aber sie kamen ohne weitere Probleme sicher nach Lübeck, Jansen zu seiner Freundin und ins Nachtleben, Angermüller nach Hause zu Pasta und Wein.

Mittlerweile hatte er sich ein drittes Glas Barolo eingeschenkt und grübelte immer noch über Clemens von Güldenbrook. Das Foto von Vater und Sohn an der Wand neben dem Schreibtisch des Ermordeten fiel ihm ein. So stolz und glücklich schaute Christian von Güldenbrook darauf aus. Eltern wünschten sich Kinder und hatten bestimmte Vorstellungen davon, wie sie zu sein hatten. Oft übersahen sie dabei, dass Kinder zwar ein Teil von ihnen, aber trotzdem eigenständige Personen waren. War es so auch zwischen Clemens und seinem Vater gelaufen? Oder lag es daran, dass seine Eltern sich getrennt hatten? Zwölf Jahre alt war er damals. Eine ohnehin schwierige Zeit im Leben eines Kindes, die Pubertät beginnt, man versucht sich zurechtzufinden in der Welt der Erwachsenen, auf die man aber eigentlich nicht hören will, schon gar nicht auf die eigenen Eltern. Trotzdem orientieren die Jungs sich an ihren Vätern, sie sind ihre Vorbilder, ob sie es wollen oder nicht. Und genau da trennen sich die Eltern. Das ist nicht leicht für einen zwölfjährigen Jungen, ein Einzelkind noch dazu.

Georg musste an Judith und Julia denken und wie sie so eine Veränderung in ihrem Leben wohl verkraften würden. Kinder hatten ein großes Harmoniebedürfnis und waren so voller Vertrauen in ihre Eltern. Sie fühlten sich sofort schuldig, wenn es zwischen den Erwachsenen Probleme gab. Das hatte er an seinen Töchtern auch schon beobachtet, die keinen noch so kleinen Streit zwischen ihm und Astrid ertrugen.

Er sah auf seine Uhr. Es war Mitternacht vorbei. Wo Astrid nur so lange blieb? Mit dem Wagen war sie bei diesen Straßenverhältnissen zum Glück nicht unterwegs, den Volvo hatte er beim Nachhausekommen draußen stehen sehen. Er für sein Teil musste jetzt jedenfalls schlafen gehen. Die Mordkommission hatte morgen volles Programm, sodass es wieder ein langer Tag werden würde. Georg räumte das Geschirr aus dem Wohnzimmer, holte dann noch die Weinflasche und löschte das Licht. Der Klang der sich schließenden Gartenpforte war zu hören und gleich darauf ein kurzes Lachen. Georg blieb im dunklen Zimmer stehen und sah aus dem Fenster. Er erhaschte gerade noch einen Blick auf Astrid und Martin, wie sie auf die Haustür zustrebten, dann verdeckte ihm die große Thujahecke die Sicht. In der Annahme, seine Frau gleich im Flur begrüßen zu können, brachte er die Weinflasche in die Küche und setzte sich wartend an den Tisch, aber niemand kam.

Nach einer Weile stand er auf und ging zurück in den Flur. Leise hörte er Astrid und Martin draußen reden. Zu verstehen war zwar nichts, aber er kam sich trotzdem irgendwie komisch vor, wie er da so auf der anderen Seite der Tür stand, wie ein heimlicher Lauscher. Das ist doch albern, dachte er dann, räusperte sich laut und öffnete entschlossen die Haustür. Astrid wendete ihm den Rücken zu, Martins Hände lagen auf ihren Schultern. Überrascht drehte sie sich um, und Martin ließ sie los.

»Du bist noch wach? Ich dachte – es war doch schon alles dunkel im Wohnzimmer.«

»Guten Abend. Ich wollte gerade hoch gehen, da hab ich euch gehört. Wollt ihr nicht lieber reinkommen? Ist ziemlich kalt hier draußen.«

Abwehrend hob Martin die Hände.

»Ich will los! Ich hab Astrid nur begleitet, weil es so verdammt glatt ist überall. Bis dann! Gut Nacht!«

Martin schien es jetzt eilig zu haben.

»Ich wollte euch nicht unterbrechen, also wenn ihr noch was zu besprechen habt …«, versuchte es Georg noch einmal. Martin schüttelte den Kopf.

»Tschüss Astrid. Wir sehen uns«, sagte er, gab ihr einen flüchtigen Kuss auf die Wange und hob grüßend die Hand. »Tschüss Georg.«

Und schon war er an der Gartenpforte. Georg schloss die Tür und nahm Astrid den Mantel ab.

»Hat aber lang gedauert, eure Sitzung.«

»Wir hatten keine Sitzung. Wir waren bei einer Podiumsdiskussion zum Thema Wirtschaftsflüchtlinge und Asyl, davon hatte ich dir auch erzählt. Hast wahrscheinlich wieder nicht zugehört. Martin und ich sind danach noch was trinken gegangen.«

Das war alles völlig normal, und Georg wusste nicht, wieso er sich trotzdem darüber ärgerte. Wahrscheinlich weil es schon Ewigkeiten her war, dass er und Astrid allein aus waren, einfach mal ganz spontan ›was trinken‹.

Sie gingen in die Küche. Astrid schenkte sich ein Glas Leitungswasser ein, und Georg verstaute seine Rotweinflasche in der Speisekammer.

»Ach, hast du gar keine Pfannkuchen für die Kinder gemacht?«

»Wieso?«

»Na ja, weil da die Packungen vom Chinesen aus dem Mülleimer gucken.«

Typisch! Die Kinder hatten den Müll unsortiert und ohne die Becher und Tüten klein zu machen einfach in den Eimer gestopft, und zwar so, dass der Deckel noch offen stand.

»Tja, das lief heute leider anders als geplant. Wir haben einen neuen Fall, und ich bin später vom Dienst gekommen. Da hab ich den Mädchen gesagt, sie sollen sich was beim Chinesen bestellen. Die haben sich gefreut, wie du dir vorstellen kannst!«

Seine Frau nickte nur und sah zum Herd. Dort stand noch der Topf, in dem Georg die Spaghetti gekocht hatte. Die halbleere Nudelpackung lag daneben.

»Wann bist du denn nach Hause gekommen?«

»So zwischen 22 und 23 Uhr irgendwann«, antwortete Georg nicht ganz korrekt.

»Du hättest mich doch übers Handy anrufen können. Ich finde das nicht gut, wenn die Mädchen abends allein im Haus sind, das weißt du doch. Vor allem nicht, wenn sie Schlafbesuch von anderen Kindern haben. Wenn die das ihren Eltern erzählen, wer weiß, was die dann von uns denken. Schließlich haben wir die Verantwortung auch für deren Kinder.«

Astrid klang resigniert, wie jemand, der zum hundertsten Mal das Gleiche erklärt, ohne Hoffnung, dass sich etwas ändern wird.

»Ich wollte dich nicht stören.«

Die Wahrheit war, dass er überhaupt nicht daran gedacht hatte. Astrid sagte nichts mehr dazu.

»Übrigens, Carola wollte dich sprechen. Sie hat schon

zum dritten Mal in dieser Woche angerufen. Du hättest ihr versprochen, dich zu melden. Du wüsstest schon, worum es geht, meinte sie.«

»Ach Carola«, seufzte Georg. »Die nervt.«

»Was soll das denn heißen? Du solltest es dir vorher überlegen, wenn du Leuten was versprichst. Und Carola ist schließlich eine gute Freundin von uns.«

»Sie ist in erster Linie deine Freundin, und ich habe ihr überhaupt nichts versprochen. Außerdem halte ich sie für hysterisch.«

Georg war nicht versessen auf eine Diskussion mit Astrid zu später Stunde. Aber das fehlte ihm noch, sich ausgerechnet wegen Carola Vorhaltungen machen zu lassen.

»Wie du meinst«, beschied Astrid ihn nur knapp. »Ich bin müde. Ich muss jetzt ins Bett.«

Sie ging zur Tür, dann drehte sie sich noch einmal um.

»Musstest du dir so spät unbedingt noch Nudeln machen? Du bist entsetzlich undiszipliniert, Georg! Du hast diesen Winter schon wieder ganz schön zugelegt. Und so wirst du nie abnehmen. Gute Nacht.«

»Ja, gute Nacht, schlaf gut«, murmelte Georg seiner Frau hinterher. Er war verstimmt. Astrid war immer so gnadenlos vernünftig, so absolut konsequent. Aber weil es stimmte, was sie sagte, traf es ihn umso mehr. Vielleicht müsste er doch ernsthaft versuchen, an seinen Essgewohnheiten etwas zu verändern. Aber sein Beruf, die Unregelmäßigkeit bei den Mahlzeiten und letztlich halt sein Gaumen …

»Ach ja«, seufzte er und stieg die Treppe nach oben.

Astrid lag längst in tiefem Schlaf und schnarchte hin und wieder leise, während Georg sich auf der Matratze hin und her schmiss und einfach nicht zur Ruhe kam. Bestimmt lag das auch an seinem vollen Magen, und er wurde sauer auf sich selbst. Warum hatte er sich nicht zusammengerissen und nur ein Glas Wein getrunken? Er hatte sich seiner Lust auf Essen wieder nicht erwehren können. Allerdings, stellte er einschränkend fest, die Betonung lag auf gutem Essen, denn es musste ganz bestimmte Kriterien erfüllen, um seinen Appetit zu wecken. Der Gedanke an einen bestimmten Geschmack ließ ihm oft schon den Mund wässrig werden, und wenn ihm ein köstlicher Duft um die Nase zog, war es um ihn und seine Disziplin geschehen.

Er beschäftigte sich viel zu gern mit Lebensmitteln, liebte Märkte und Feinkostgeschäfte, die Farben der Auslagen, ihren Wohlgeruch. Sollte er auf all das verzichten? Er sah frisches Gemüse, einen appetitlichen Fisch, und schon komponierte er in seinem Kopf aus den Zutaten ein neues Gericht. Eigentlich war er dankbar für diese wunderbare Leidenschaft, die ihm unvergleichliche Geschmackserlebnisse bescherte, und bedauerte die Leute, die nicht genießen konnten. Aber gleichzeitig war diese Leidenschaft auch ein Fluch. Die meisten Menschen um ihn herum fanden seine Schwäche für Wohlschmeckendes sympathisch, nicht zuletzt weil sie hin und wieder von seiner kulinarischen Begabung profitieren durften. Früher hatte auch Astrid daran ihre Freude gehabt, dachte er, doch das hatte sich inzwischen geändert.

Bestimmt zum zehnten oder elften Mal drehte sich Georg auf die andere Seite. Manches hatte sich in letzter Zeit an seiner Frau verändert, vor allem war sie vollkommen unnachsichtig ihm gegenüber, wenn er wieder einen Termin vergessen oder ein Versprechen nicht eingehalten hatte. Er hatte das Gefühl, dass sie geradezu den Streit suchte, keiner Diskussion aus dem Wege ging und alles immer, wie unwichtig es auch sein mochte, bis zum letzten Punkt ausdiskutieren wollte und erst zufrieden war, wenn er mal wieder als der Buhmann dastand. Er war ein geduldiger Mensch, doch langsam erreichte auch er seine Grenze, und er sah nicht ein, immerfort seinen Mund zu halten. Das war nicht die Art von Beziehung, die er wollte. Er wusste, dass er seine Fehler hatte, und gab zu, wenn er etwas falsch gemacht hatte, aber den Prügelknaben spielte er gewiss nicht.

Er hatte das Gefühl, dass Astrid manches nachholen wollte, auf das sie der Kinder wegen verzichtet hatte. Manchmal hatte er ihren Ehrgeiz, die perfekte Mutter sein zu wollen, eigentlich übertrieben gefunden. Aber sie ließ sich ihre Vorstellung nicht ausreden und hatte immer behauptet, sie wolle das so. Jetzt räumte sie ihren eigenen Interessen und Bedürfnissen wieder mehr Vorrang ein, was er ja auch in Ordnung fand – nur hätte auch er gern etwas davon gehabt. Seit letztem Sommer ging das schon so, seit … na ja, vielleicht bildete er sich da auch was ein.

Segeln war nun mal nicht sein Ding. Als er Astrid kennengelernt hatte, nahm sie ihn einmal in ihrem Piraten mit auf die Ostsee. Ihm war kotzübel, aber er stand tapfer diesen Versuch durch, der sein einziger blieb. Im letzten Frühjahr war dann der neue Kollege in Astrids Beratungsstelle gekommen, Norddeutscher wie sie und passionierter Freizeitkapitän. So waren Astrid und Martin des Öfteren zusammen segeln gegangen und Georg freute sich, dass seine Frau endlich einmal wieder ihrer alten Leidenschaft frönen konnte. Die Segelsaison war lange vorbei, Martin immer noch allgegenwärtig. Und Astrid war gereizt, ungeduldig, schien nur darauf zu warten, dass er wieder einmal seine Unzuverlässigkeit bewies, und hielt ihm bei jeder Gelegenheit sein Übergewicht vor – fair fand er das nicht. Doch gleichzeitig schämte er sich seiner selbstmitleidigen Bilanz. Vielleicht sollte er ab morgen endlich regelmäßig den Terminplaner nutzen, den ihm Julia und Judith zu Weihnachten geschenkt hatten. Und natürlich hatte Astrid auch in puncto seines Essverhaltens wieder recht gehabt. Gleich beim Frühstück würde er mit dem Kampf gegen die Pfunde beginnen. Allerdings war er morgen Abend bei Steffen zum Essen eingeladen, da würde er wohl noch einmal eine Ausnahme machen müssen. Und außerdem, was nutzte ein Terminplaner, wenn einem ein neuer Fall dazwischenkam?

Wieder wälzte er sich in seinem Bett herum. Gleich drei, und er hatte das Gefühl, noch kein Auge zugetan zu haben. Verdammt. Er hatte einen vollen Tag vor sich und musste fit sein. Dann fiel ihm wieder Maja Graflinger ein, die prominente, gleichwohl bei Publikum und Kollegen unbeliebte Köchin. Ob es sich tatsächlich um einen Mordanschlag handelte? Vielleicht wollte ihr ja jemand nur einen Denkzettel verpassen oder sie für die Zeit der Aufzeichnung ausschalten? Zum Glück dauerte es ja nicht mehr lange, und sie würden die Graflinger selbst dazu befragen können.

Es dauerte wirklich nicht mehr lange, sagte ihm sein erneuter Blick auf den Wecker. Die Nacht war gleich vorbei. Jetzt bloß nicht tiefer in den Fall einsteigen und über Güldenbrook nachdenken, dann könnte er seine Nachtruhe endgültig vergessen. Das Bild des Toten in der Kühlkammer tauchte vor Georgs innerem Auge auf, das in Panik verzerrte Gesicht der Maja Graflinger, Pierre Lebouton, Alix Blomberg, der schmierige Moderator von TVX Kabel, Steffen und David, seine Schwiegermutter Johanna. Die Bilderfolge wurde immer schneller, verdichtete sich und begann sich zu drehen wie ein Karussell. Da endlich fiel er in einen tiefen, festen Schlaf.

KAPITEL VI

Was für ein grandioser Anblick! Nach Wochen, kalt und grau, mit nur wenig Schnee, die Natur nackt, mit kahlen Bäumen und schmutzigbraunen Wiesen, hatten sich die Knicks, die Bäume und Sträucher in filigrane, von Raureif überzogene Gebilde verwandelt. Sanft drang das Licht durch die dunstige Luft und schuf eine märchenhaft anmutende Landschaft. Auch die Dächer der Scheunen und anderen Gebäude waren von einer glitzernden weißen Schicht bedeckt, die Felder und Wiesen damit überzogen. Während sie die Allee entlangging, betrachtete Hilde fasziniert die Halme am Straßenrand und die Äste der Bäume, die gleichermaßen von den feinen Eiskristallen umhüllt wurden, und genoss das von Wind und Wetter geschaffene Kunstwerk. Es war immer noch eisig kalt.

Hilde erreichte das Torhaus und schloss die Tür des Gutshofladens auf. Sie zog ihre dicke Jacke aus, schaute sich um und rieb sich die Hände. Sofort sah sie, dass die Hausmachernudeln komplett ausverkauft waren, bei den Konfitüren klaffte eine Lücke, und auch das Eau de vie schien gut nachgefragt worden zu sein. Sie machte sich Notizen über die fehlenden Artikel und ging mit einem Einkaufskorb in das kleine Lager, das neben dem Verkaufsraum lag, um Ware zum Nachfüllen zu holen. Der Laden öffnete erst um 10. Erfahrungsgemäß aber war am Sonnabend, vor allem wenn Produktion war, immer ziemlich viel los in dem hübschen, kleinen Geschäft, und so fing sie schon um 9 Uhr an, die Artikel in der Kühltruhe auf Frische zu kontrollieren und die Regale aufzufüllen.

Die Arbeit machte Hilde Spaß. Das Sortiment bestand hauptsächlich aus Lebouton-Produkten, hochwertigen, handgemachten Lebensmitteln nach traditionellen Rezepten und direkt aus dem Elsass importierten frischen Spezialitäten wie zum Beispiel Gänseleber, Knackwurst, verschiedenen Pasteten und dem berühmten Munster Käse. Der köstlich duftende Kugelhopf wurde hier auf dem Hof hergestellt, und das Elsässer Traditionsgebäck fand immer begeisterte Abnehmer. Natürlich konnte man auch das Fleisch der auf Güldenbrook gezüchteten Welsh Blacks hier erstehen, und es gab Holsteiner Katenschinken, eine luftgetrocknete Wildschweinsalami, Honig von einem benachbarten Imker, Tilsiter und Ziegenkäse aus der Umgebung und noch so manch andere landestypische Köstlichkeit.

Es war nicht besonders warm im Verkaufsraum. Vorsorglich hatte Hilde einen dicken dunkelblauen Troyer über die Flanellbluse gezogen, außerdem trug sie eine bodenlange grüne Schürze. Gerade kniete sie auf dem Boden, um ein ganz weit nach hinten gerutschtes Honigglas aus dem Regal zu ziehen, da klopfte es an die noch abgeschlossene Ladentür. 9.30 Uhr. Da schien es aber jemand mit seinem Einkauf besonders eilig zu haben. Zwei junge Männer standen draußen und spähten durch die kleine Schaufensterscheibe. Der Kunde war König, und Hilde schloss die Tür auf.

»Guten Morgen. Was kann ich für Sie tun?«

»Guten Morgen. Vielen Dank, dass Sie uns schon reinlassen. Ist verdammt kalt draußen.«

»Möchten Sie etwas Bestimmtes oder wollen Sie erst einmal ein bisschen schauen?«

»Wir schauen uns um, danke«, antwortete der vielleicht 30-Jährige mit einem netten Lächeln und ließ seinen Blick über die Regale schweifen. »Aber sagen Sie, man hat hier doch gestern den Grafen von Güldenbrook gefunden, mit einem Messer in der Brust und ziemlich tot. Wissen Sie was darüber? Oder kannten Sie den Grafen vielleicht persönlich?«

Hilde hatte vorher nicht darauf geachtet, aber jetzt sah sie, dass der eine der beiden Männer einen Fotoapparat um den Hals hängen hatte. Das kleine Glöckchen an der Ladentür begann wieder zu bimmeln, und eine Frau, auch höchstens 30, in der Hand ebenfalls eine Kamera, kam herein. Sie trug einen weißen Anorak und schüttelte sich.

»Ach nee, die ›Gazette‹ ist also auch schon hier? Guten Morgen, Jungs! Brr, das ist ja so was von schweinekalt, und außerdem liegt das hier ja wirklich am A…«, sie unterbrach sich, als sie Hilde bemerkte, knipste ein Lächeln an und sagte noch einmal »Guten Morgen« und dann: »Ich bin Birgit Rose von der Lübecker Zeitung. Darf ich vielleicht ein paar Fotos machen? Sie so hinter der Theke – das macht sich gut!«

»Ich möchte nicht fotografiert werden, und bevor Sie hier irgendwelche anderen Fotos machen, setzen Sie sich lieber mit dem Chef in Verbindung, der wird das entscheiden«, sagte Hilde freundlich, aber bestimmt.

»Der Chef ist der Lebouton, oder wie? Wo finde ich den?«

»Drüben im Herrenhaus ist sein Büro. Wenden Sie sich bitte dorthin.«

Die junge Journalistin und ihre beiden Kollegen trollten sich, und Hilde sah, dass draußen auf dem Hof mittlerweile noch zwei Kleinbusse mit den Logos bekannter Fernsehstationen eingetroffen waren. Pierre hatte schon häufiger Andeutungen gemacht, welche unangenehmen Seiten es hatte, ein prominenter Fernsehkoch zu sein. Die Medien stürzten sich gern auf alles, was nach Sensation roch – und ein Toter im Umfeld der Lebouton-Show, das war sozusagen ein doppelter Treffer.

»Wenn es keinen wirklichen Skandal gibt, dann basteln die sich einen. Die Quote, die Auflage geht doch schon lange über Wahrheit und Moral«, hatte er gesagt. Dann hatte er sie plötzlich angelächelt.

»Aber ich mache diesen Zirkus hier bald nicht mehr mit, das habe ich mir schon lange vorgenommen. Ich werde Privatier. Ich lebe hier auf Güldenbrook, ganz ruhig und gemütlich, und wenn mir langweilig wird, dann fahre ich ins Elsass, in die Toskana, überall dahin, wo's schön ist und man gut kocht. Natürlich zusammen mit dir, meine Liebe.«

Selbstverständlich hatte Hilde sich über diese Aussichten gefreut – aber richtig vorstellen konnte sie sich nicht, dass Pierre seine vielfältigen Unternehmungen so von einem Tag auf den anderen aufgeben würde. Eines war jedenfalls klar, dachte sie, dass der Mord auf Güldenbrook ein gefundenes Fressen für die Medien war. Die Nähe zu einem grausigen Verbrechen übte auf die meisten Menschen eine unwiderstehliche Faszination aus und trieb die Zuschauerzahlen in die Höhe. Und mit Sicherheit würde auch Pierres Sender kräftig mitmischen und letztendlich davon profitieren.

Hell schlug das Ladenglöckchen an. Ein Paar um die 50 kam herein, grüßte freundlich und drehte dann gemächlich eine Runde an den Regalen vorbei, durch die Lesebrille genauestens sämtliche Etiketten studierend. Solche Kunden gab es hier manchmal. Sie stellten detaillierte Fragen nach Herkunft und Verarbeitung der Produkte, und Hilde war froh, in diesem Fall die meisten davon zur Zufriedenheit der beiden beantworten zu können. Sie hatte schon Besucher gehabt, die es noch genauer wissen wollten und denen keine ihrer Antworten genügte.

Es gab auch eine Devotionalienabteilung, wie Pierre das selbst nannte, für die Käufer, denen der Lebouton-Schriftzug auf der Nudelpackung oder der Schürze das Wichtigste war. Mittlerweile hatte sich der Laden mit weiteren Kunden gefüllt, und Hilde beriet, verkaufte, kassierte und war in ihrem Element. Nur hin und wieder fragte jemand nach dem Mord an Christian von Güldenbrook, und Hilde gab sich so freundlich und unwissend wie möglich.

Kurz nach 10. 30 Uhr war der erste Ansturm vorbei, nur noch vereinzelt betraten Kunden den Verkaufsraum. Der Parkplatz war inzwischen gut belegt, und die Zuschauer strömten zum Kavaliershaus, wo sie bis kurz vor Beginn der Aufzeichnung eine gute Weile anstehen mussten und man sie mit Crémant und anderen Getränken bei Laune hielt. Die Landschaft draußen war immer noch weiß überzuckert. Ein weiteres Auto kam ziemlich rasant auf den Hof gefahren. Als die Insassen ausstiegen, erkannte Hilde die beiden Lübecker Kommissare von gestern. Gern hätte sie die beiden gefragt, ob sie schon eine heiße Spur hatten. Irgendwie war es eine komische Vorstellung, dass der Mörder von Christian womöglich hier in der Nähe immer noch frei herumlief, genauso wie derjenige, der Maja Graflinger mit Gift beinahe getötet hätte – wenn es sich nicht sogar in beiden Fällen um ein und dieselbe Person handelte.

Der Tag hatte für Angermüller nicht gut angefangen. Er fühlte sich unausgeschlafen und hatte einen Brummschädel. Die Zwillinge und ihre Freundinnen waren erstaunlich früh aufgestanden, hatten Brötchen geholt und mit ihm zusammen gefrühstückt. Als er mit Genuss ein Käsebrötchen und ein Croissant mit Butter und Marmelade verspeist hatte, fühlte er sich etwas besser. Astrid, die später aufgestanden war, kam gerade zur Küchentür herein, während er sich den letzten Bissen Croissant in den Mund schob. Als er ihren Blick sah, fiel ihm ein, dass er des Nachts eigentlich den Entschluss gefasst hatte, nur ein wenig Knäckebrot zum Tee zu knabbern.

Dann verabschiedete er sich in den Dienst und bat Astrid pflichtbewusst, ihn bei der Geburtstagsfeier ihrer Schwester heute zu entschuldigen, da er voraussichtlich den ganzen Tag beruflich unterwegs sein würde und am Abend mit Steffen und David wegen der Hochzeitsvorbereitungen verabredet war. Völlig ruhig hatte Astrid geantwortet:

»Georg, die Feier von Sigrid ist morgen. Aber gut, dass du mir jetzt schon sagst, dass du heute Abend etwas vorhast.«

Jansen holte ihn mit dem Wagen ab. Die Klinik hatte angerufen, dass sich Frau Graflingers Zustand schon so weit gebessert hätte, dass sie bereits jetzt vernehmungsfähig sei. Also machten sie sich als Erstes auf den Weg nach Eutin. Während Jansen den Dienstwagen zügig über die Autobahn nach Norden lenkte, blickte Angermüller stur aus dem Fenster.

»Wat is mit dir los? Bist du irgendwie gnatzig?«, fragte Jansen nach wenigen Minuten. Angermüller winkte ab. Sein Kollege verstand und ließ ihn in Ruhe. In Angermüllers Kopf drehte sich nach dem verkorksten Morgen alles immer wieder um Astrid und darum, wie sich ihre Beziehung in den letzten Monaten zunehmend verschlechtert hatte. Es hatte sich doch eigentlich nichts groß verändert in all den Jahren, wieso plötzlich ihre Gereiztheit, ihre Unduldsamkeit ihm gegenüber? Eigentlich kapierte er es nicht.

Natürlich hätte es eine ganz einfache Erklärung gegeben. Bisher hatte er diese Möglichkeit immer als Hirngespinst abgetan. Doch manchmal konnte er nicht umhin, eine Verbindung herzustellen. Es war Astrid, die sich verändert hatte, nicht er. Sie war unzufrieden mit seinem Verhalten, mit den Auswirkungen seines Berufs auf das Familienleben und betonte oft genug, dass sie es satt hatte, immer alles abzufedern, was seine Unzuverlässigkeit so mit sich brachte. War es wirklich nur Einbildung, dass die Probleme zwischen ihm und seiner Frau kontinuierlich zugenommen hatten, seit es Martin gab?

Egal, es hatte keinen Sinn, darüber zu spekulieren. Er musste sich entscheiden, ob er weiterhin erfolglos versuchen sollte, Astrids Ansprüchen gerecht zu werden und ihre zum Teil ungerechte Kritik hinzunehmen oder ob er die Konfrontation suchen und so zu endgültiger Klarheit gelangen wollte, wie auch immer das Ergebnis aussehen würde. Und er hatte sich bereits entschieden. Er wünschte sich Klarheit. Kaum war er zu dieser Erkenntnis gelangt, fiel die Anspannung von ihm ab, und erst jetzt nahm er bewusst die vom Raureif so unwirklich verwandelte Landschaft wahr, die draußen vor den Autoscheiben vorbeiflog.

»Das sieht ja toll aus!«

»Ach, kriegst du's auch schon mit? Das hat gleich hinter Schwartau angefangen.«

Kurz vor der Ortseinfahrt von Eutin gerieten sie in einen kleinen Stau, und Jansen bog nach rechts ab, weil er glaubte, einen Schleichweg zu kennen. Doch dann verfransten sie sich völlig. Zehn Minuten später fuhren sie endlich auf den Parkplatz der Klinik, die nicht weit vom Kleinen Eutiner See entfernt lag.

Maja Graflinger war immer noch ziemlich blass und klagte über leichte Übelkeit, aber sonst fühle sie sich ganz gut, meinte sie, und wolle so schnell wie möglich das Krankenhaus verlassen.

»Dass Sie etwas Verdorbenes gegessen haben gestern, können Sie ausschließen?«, fragte Angermüller.

»Völlig. Ich hatte überhaupt keine Zeit und nur auf der Fahrt hierher ein Croissant gegessen. Und ich war auch nicht beim Japaner, wenn Sie das meinen. Die Ärztin hat mir das mit den Symptomen der Fugu-Vergiftung schon erzählt.«

»Haben Sie denn irgendeine Erklärung, was es dann gewesen sein könnte?«

»Na ja, schon«, nickte Maja Graflinger.

»Ach, und was wäre das?«, fragte Angermüller gespannt.

»Ich habe gestern Nachmittag wie gewohnt meinen Magentee getrunken, den mir Patricia hingestellt hat. Ich bin immer ein wenig nervös vor diesen Fernsehauftritten, und das schlägt mir auf den Magen.«

»Patricia Hennig etwa?«

Jansen schien erstaunt.

»Patricia, die Praktikantin. Ich weiß gar nicht ihren Nachnamen. Die stellt mir immer eine Thermoskanne mit meinem Tee hin. Ein Päckchen davon ist im Schrank in der Gesindeküche im Kavaliershaus.«

»Als man Sie gefunden hat, stand da keine Thermoskanne mehr, auch keine Tasse. Wusste sonst noch jemand von diesem Tee?«

»Nicht dass ich wüsste. Früher hat sich immer Patricias Vorgängerin darum gekümmert und seit ein paar Monaten Patricia.«

»Das heißt, als Sie in die Garderobe kamen, stand die Kanne mit dem Tee schon bereit?«, wollte Angermüller wissen.

»Ja, so wie immer.«

»Es könnte also auch jemand noch etwas in Ihren Tee getan haben, nachdem die Praktikantin ihn zubereitet hatte?«

»Was soll ich dazu sagen? Wahrscheinlich. Die Garderobe ist nicht abgeschlossen, und jeder kann da rein. Die Maskenbildnerin schwirrte auch irgendwo anders herum und kam erst, als ich schon da war. Und ich habe sie gleich wieder weggeschickt, weil ich mich lieber selbst schminke. Hat allerdings etwas gedauert, bis das neue Mädel das kapiert hat.«

»Ist Ihnen denn sonst nichts aufgefallen?«

»Vielleicht hat der Tee gestern ein wenig bitterer als sonst geschmeckt – ich kann mich leider nicht mehr so genau erinnern.«

»Tja, und wer …?«

Angermüller ließ die Frage unvollendet.

»Wer es gewesen sein könnte? Keine Ahnung. Mit den Kollegen und dem Team beim Drehen auf Güldenbrook ist es immer ausgesprochen nett. Dass jemand von denen auf die Idee kommen könnte, mir Gift in den Tee zu schütten, kann ich mir überhaupt nicht vorstellen.«

Maja Graflinger schüttelte den Kopf.

»Ich bin ja auch ein ausgesprochen harmloser Mensch. Ich kann eigentlich mit jedem, das Publikum mag mich. Ich wüsste wirklich nicht …«

Hilflos hob sie die Schultern und zeigte den Beamten ihr breites Lächeln.

»Verstehe«, sagte Angermüller und wunderte sich ein wenig. Die beiden Kommissare verabschiedeten sich kurz darauf von Maja Graflinger, die am Nachmittag unbedingt bei der Aufzeichnung von ›Voilà Lebouton!‹ wieder dabei sein wollte, gegen den Ratschlag der sie behandelnden Ärzte. Aber die Graflinger würde sich durchsetzen, davon war Angermüller überzeugt. Bevor die Kommissare die Klinik verließen, sprach die Ärztin vom Vortag sie an und bekräftigte ihre Annahme, dass Blauer Eisenhut die Vergiftung hervorgerufen habe, zumal der Tee, von dem die Patientin erzählt habe, ja geradezu ideal gewesen sei, um das Gift unbemerkt beizumischen.

»Kommt man denn so einfach ran an dieses Zeug?«, erkundigte sich Jansen.

»Wenn Sie sich mit Kräutern auskennen und Urlaub in den Bergen machen, können Sie den Eisenhut auf der Alm selbst ernten. In der Apotheke bekommen Sie es nur auf ärztliche Verordnung. Ist eigentlich ein tolles Mittel gegen Neuralgien, Entzündungen, Fieber, sogar gegen Rheuma soll es wirksam sein. Nur eben in falscher Dosierung …«

Draußen auf dem Klinikparkplatz murmelte Angermüller kopfschüttelnd:

»Findest du das nicht auch erstaunlich, wie sehr man mit seiner Selbsteinschätzung manchmal danebenliegen kann?«

»Wieso?«

Angermüller zeigte nur mit dem Daumen hinter sich, wo die Klinik lag.

»Ach so, die«, nickte Jansen. »Du, die Graflinger ist so in ihrem eigenen Film, die kriegt das doch gar nicht mit, wenn sie jemandem auf die Füße tritt.«

»Wird wohl so sein.«

Sie erreichten den Gutshof, wo heute fast doppelt so viele Autos wie am Vortag parkten. Vor dem Hauptportal des Kavaliershauses stand die Schlange der Auserwählten, die als Zuschauer an der Aufzeichnung der Lebouton-Show teilnehmen durften.

»Hier is ja was los«, sagte Angermüller und klang nicht gerade erfreut.

»Und die Geier vom Fernsehen sind auch schon wieder da. Na wunderbar«, fügte er hinzu und zeigte auf die Wagen mit den Senderlogos.

»Wieso schon wieder?«, fragte Jansen, während sie aus ihrem Passat stiegen.

»Das hab ich dir noch gar nicht erzählt: Wir waren gestern im TV.«

Angermüller sprach TV in abfälligem Tonfall englisch aus, und allein bei dem Gedanken an den schmierigen Moderator des TVX-Nachrichtenmagazins spürte er Groll in sich hochsteigen.

»Ach, wie das denn? Davon hab ich gestern gar nichts mitgekriegt.«

»Du weißt doch, wie das heute geht: Ein paar verwackelte Aufnahmen vom Handy, dazu was aus dem Archiv und der passende Kommentar. Außerdem ist TVX Kabel ja der Sender, für den die Lebouton-Show produziert wird, und die haben schnell selbst noch ein paar Interviews dazu gedreht. Ist doch alles gut für die Publicity. Ein bisschen Mord und Totschlag hinter den Kulissen der Show – das bringt erst richtig Quote.«

Vor einem Kleinbus mit dem Logo von Tele 1 hatten rauchend ein paar Leute gestanden, die jetzt auf Angermüller und Jansen zugelaufen kamen, als die schnellen Schrittes in Richtung Kavaliershaus gingen.

»Guten Morgen, die Herrn! Können's uns schon was zu dem Fall sagen?«, rief ein Mann mit einem Mikro in der Hand ihnen zu.

»Gibt es einen Verdächtigen? Jansen, nun warten Sie doch mal! Wir kennen uns doch! Birgit Rose, Lübecker Zeitung.«

»Habt's den Mörder etwa schon?«, warf ihnen der mit dem Mikro noch spöttisch hinterher, als er merkte, dass er sie nicht mehr einholen würde. Er arbeitete für Tele 1. Angermüller hatte schon mehr als einmal mit ihm zu tun gehabt und hielt ihn für absolut unseriös. Sein Münchner Dialekt war unüberhörbar. Ein Grund mehr für Angermüller als Oberfranken, den Mann nicht leiden zu können. Zwei weitere junge Männer waren direkt auf sie losgesprintet und schossen ununterbrochen Fotos. Im Laufschritt erreichten die beiden Beamten das rechte Portal des Kavaliershauses und schlugen die Tür hinter sich zu.

»Oh Mann, ich komm mir vor wie Brad Pitt!«, stöhnte Jansen.

»Verstehe, dann sind die wohl deshalb hinter uns her«, nickte Angermüller.

Der Flur war in ungewöhnlich helles Licht getaucht. Einer der jungen Männer mit Knopf im Ohr, dessen Anzug etwas knapp über dem muskelbepackten Oberkörper saß, hielt sie auf. Als er in ihnen die beiden Beamten vom Vortag erkannte, verwandelte sich seine finstere Miene in das, was er wohl für ein freundliches Lächeln hielt. Er bedeutete ihnen, leise zu sein.

Grit Fischer gab im Flur den Leuten von TVX Kabel ein Interview zum traurigen Ableben von Christian von Güldenbrook und versicherte gerade, dass man trotz des großen Verlustes weiter an der Show arbeite, was sicherlich ganz im Sinne des Verstorbenen sei. Die Journalistin bedankte sich, sagte ernst ihren Spruch in die Kamera – Caren Lukas direkt von Gut Güldenbrook für TVX Kabel –, und der helle Scheinwerfer erlosch. Als die Regieassistentin die beiden Kommissare entdeckte, schien sie darüber nicht sehr glücklich zu sein.

»Ach, Sie sind das. Guten Morgen. Wollten Sie zu mir?«

»Morgen, Frau Fischer. Nicht direkt«, antwortete Angermüller. »Ganz schön viel Andrang von der Presse hier, was?«

»Sie meinen die da draußen alle? Die kommen hier nicht rein. Das hat der Chef sich verbeten. Nur unser eigener Sender ist autorisiert und berichtet exklusiv, das ist ja klar.«

»Guten Morgen! Die Herren von der Kripo, ja?«, mischte sich die TVX-Journalistin begeistert ein. »Ich bin Caren Lukas. Das trifft sich ja gut. Dann können wir doch gleich mit Ihnen ein kurzes Interview machen.«

»Das können wir ganz bestimmt nicht«, widersprach Angermüller mit finsterer Miene. »Wir haben zu arbeiten. Könnten wir kurz mit Ihrer Praktikantin sprechen, Frau Fischer?«

»Mit Patricia? Bitte, wenn Sie sie finden. Fragen Sie mich bloß nicht, wo die wieder steckt. Ich habe keine Ahnung.«

»Wir werden sie schon finden. Und vielleicht können Sie uns schon mal bei Herrn Lebouton anmelden.«

»Das ist jetzt aber ganz schlecht. In 20 Minuten beginnt

die erste Aufzeichnung. Ich könnte höchstens versuchen, ob er so gegen 13 Uhr für Sie Zeit hat.«

»Sie tun, was Sie können, wir verlassen uns auf Sie, Frau Fischer! Sagen Sie, dürfen wir uns wieder in der Gesindeküche breitmachen?«

»Wenn's unbedingt sein muss, bitte.«

Sie drehte sich weg, hielt eine Hand auf ihr rechtes Ohr und lauschte. Offensichtlich bekam sie eine Nachricht über ihr Headset.

»Okay, Chef«, sagte sie nach einer Weile und nickte. Sie sah zu den beiden Beamten.

»Ich muss weg. Sie kommen klar, ja? Wenn Sie wüssten, was hier los ist! Ich musste einen Ersatz für Maja organisieren, der Tom Balzer wurde hier extra eingeflogen, jetzt ruft Maja an, dass sie heute Nachmittag selbst wieder dabei sein will. Ein Irrenhaus!«

Damit verschwand sie hinter der Tür zum Studiotrakt.

Angermüller und Jansen gingen in Richtung Gesindeküche, da erreichte sie ein Anruf von Thomas Niemann. Seit dem frühen Morgen saß er an seinem Arbeitsplatz in der Bezirkskriminalinspektion und koordinierte sämtliche Ergebnisse und Informationen der Soko Gutshof. TVX Kabel hatte in den Kurznachrichten um 21 Uhr die Meldung vom Mord an Christian von Güldenbrook zum ersten Mal gebracht. Das war in etwa um die Zeit, in der sie Clemens aufgesucht hatten. Der junge Mann war also vor ihrem Besuch nicht über den Tod seines Vaters informiert gewesen, es sei denn, er war selbst darin verwickelt. Des Weiteren hatte die Staatsanwaltschaft zwar vom Ermittlungsrichter grünes Licht zur Freigabe der Kontendaten von Lebouton und den Güldenbrooks erhalten, berichtete der Kollege, aber da Wochenende war, hatte man von den Banken noch niemanden erreicht. Sobald es da einen Kontakt gab, würde die Abteilung Wirtschaftskriminalität vom K 3 die Daten aber sofort auswerten. Dafür habe der Kollege, der die Dateien von Christian von Güldenbrooks Laptop durchsuche, seinen Bericht für heute Vormittag angekündigt. Zum Schluss sagte Niemann noch, dass er sich jetzt um weitere Infos über Güldenbrook junior bemühen werde.

Die beiden Kommissare fanden Patricia, Kaffee trinkend und mit den drei Kochlehrlingen plaudernd, in der Gesindeküche. Die jungen Leute saßen um den Tisch und schienen sich gut zu amüsieren. Als die Tür aufging, schreckten sie kurz hoch, doch sie entspannten sich gleich wieder, als sie Angermüller und Jansen erkannten.

»Guten Morgen, Herrschaften! Habt ihr frei heute?«

»Guten Morgen. Nicht so richtig. Wir gönnen uns nur eine kleine Kaffeepause vor unserem schweren Tag«, erklärte Thorsten mit einem breiten Grinsen. Ernie, der neben ihm saß, bekam wieder einen roten Kopf und blickte eher schuldbewusst.

»Und wir müssen den armen Anatol trösten, nicht wahr?«, sagte Patricia, schnitt eine mitleidige Grimasse und streichelte dem Genannten in einer übertriebenen Geste über den Kopf. Verlegen schüttelte Anatol ihre Hand ab.

»Ach Quatsch!«

»Na komm, du bist schon ganz schön enttäuscht gewesen, als du das heute Morgen erfahren hast, oder?«, stellte Patricia mit Bestimmtheit fest. Anatol zuckte nur mit den Schultern.

»Wieso? Was ist passiert?«, fragte Angermüller interessiert.

»Der Anatol hat doch gestern die Graflinger bei der letzten Aufzeichnung vertreten. Und er hat das echt gut gemacht. Und …«

»Ach lass, jetzt ist es eh gelaufen«, unterbrach Anatol verdrossen Patricias Erklärung.

»Nein, erzähl doch mal, Anatol«, ermunterte Angermüller den Jungen.

»Na ja«, begann er schließlich. »Ich hatte gedacht, dass ich heute wieder für die Graflinger in der Show bin. Und vorhin erklärt mir Grit, dass sie den Tom Balzer extra hergeholt haben. Ich weiß gar nicht, was der hier soll. Vorspeise mit Oliven, Fisch mediterran, Variationen von Creme brûlée – als ob ich das nicht auch gekonnt hätte!«

Angermüller erinnerte sich jetzt. Tom Balzer war der ruppige Typ mit dem Piratentuch, den er in der Sendung gestern Abend im Fernsehen erlebt hatte.

»Der Anatol hat halt geglaubt, das ist jetzt seine große Chance und er wird endlich ein Star«, kommentierte Thorsten nicht ohne Häme.

Anatol warf ihm einen finsteren Blick zu, doch dann breitete sich wieder das charmante Lächeln auf seinem hübschen Gesicht aus.

»Ach Thorsten, du Pfeife, halt doch die Klappe. Pierre gibt mir meine Chance. Das weiß ich«, nickte er überzeugt.

»Bestimmt«, unterstützte Angermüller den Jungen, den er für seinen unbeirrbaren Glauben an eine große Karriere irgendwie bewunderte.

»So, die Herren. Ihr müsstet uns dann bitte mit der jungen Dame allein lassen«, forderte Jansen die Kochlehrlinge auf.

»Jetzt biste dran«, meinte Thorsten zu Patricia. Langsam erhoben sich die drei Jungs von ihren Stühlen.

»Und, ham Sie wenigstens schon eine Spur von dem Mörder? 24 Stunden sind um. Das wird ja langsam Zeit, oder?«, fragte Thorsten, als sie schon an der Tür waren.

»Wir haben nicht nur eine Spur, du Schlauberger«, knurrte Jansen und machte eine ungeduldige Handbewegung. »Raus und Tür zu!«

»Und nun zu Ihnen, Frau Hennig.«

Patricia sah Jansen aufmerksam zu, wie er das Diktiergerät auf den Tisch stellte, wickelte einen Kaugummi aus seiner Verpackung und schob ihn sich in den Mund.

»Ich hab schon gedacht, Sie wollen gar nicht mehr mit mir reden. Dabei bin ich eine gute Zeugin. Oder hat Ihr verdruckster Kollege Ihnen nicht weitergegeben, was ich ihm über die Blomberg erzählt habe?«

»Doch, doch, das hat er«, bestätigte Jansen. »Aber jetzt interessiert uns erst einmal der Tee von Frau Graflinger.«

»Ach so.«

Sie schien enttäuscht. Mit Hingabe bearbeitete sie ihren Kaugummi. Heute hatte sie die Haare hochgesteckt, mit etwas, das wie rote asiatische Essstäbchen aussah. Unter ihrer wattierten schwarzen Weste trug sie ein T-Shirt mit einem Mao-Porträt, dazu eine extrem weite schwarze Hose und rote Schnürstiefel.

»Ja, also der Tee«, sie stand auf, ging zu dem Hängeschrank über dem Spülstein und holte eine braune Papiertüte heraus.

»Dann war der also vergiftet. Hier, das ist er. Den muss ich jedes Mal für die Graflinger vorbereiten, weil die ja so einen nervösen Magen hat. Wenn Sie mich fragen, ist die einfach nur hysterisch. Aber die schwört darauf. Ist so ein bitteres Zeug aus dem Naturladen.«

Sie wollte die Packung wieder zurückstellen.

»Halt!«, rief Jansen und hielt ihr einen Klarsichtbeutel hin. Patricia ließ die Teetüte hineinfallen.

»Ja, richtig«, nickte sie. »Den müssen Sie ja mitnehmen. Zum Glück hab ich nicht von dem Zeug getrunken.«

Sie schüttelte sich.

»Und Sie haben den Tee gestern genau wie immer zubereitet?«, fragte Jansen.

»Na klar. Der soll ja mindestens eine Viertelstunde ziehen, und dann muss er schon in der Garderobe bereitstehen, wenn sie kommt. Also habe ich ihn schon nach eins irgendwann gemacht. Genauer weiß ich das nicht mehr. Und dann hab ich die Thermoskanne und Frau Graflingers Tasse in die Garderobe gestellt.«

»Und da war niemand?«

»Ich hab zumindest niemanden gesehen. Das war ja kurz vor der zweiten Aufzeichnung, und ich denke, da waren alle im Studio. Ich hab dann auch gar nicht mitbekommen, wann die Graflinger hier aufgetaucht ist.«

»Und Sie hatten keinen Grund, dem Tee diesmal was anderes beizumischen?«

Patricia sah Jansen nur gelangweilt an.

»Was interessiert mich die Graflinger?«

»Vielleicht mögen Sie sie nicht und fühlen sich von ihr ungerecht behandelt?«

»Sorry, aber was hab ich mit diesem ganzen Fernsehzirkus hier zu tun?«

»Schließlich arbeiten Sie hier und gehören zum Team.«

»Ich mache hier nur ein Praktikum.«

»Aber Sie wollen doch später sicher einen richtigen Job bei einem Sender kriegen, oder?«, mischte sich Angermüller ein, der die Fragerei bis hierher Jansen überlassen hatte. Patricia sah ihn an, als ob er nicht ganz richtig im Kopf wäre. Plötzlich hielt sie inne und lauschte, während ihre Kiefer unablässig den Kaugummi in ihrem Mund bearbeiteten. Wie fast alle im Team, trug auch sie ein Headset und empfing offensichtlich gerade eine Nachricht.

Dann wandte sie sich wieder an die beiden Kommissare.

»Wer sagt das denn, dass ich zum Fernsehen will? Ich will Psychologie studieren und warte auf einen Studienplatz. Die im Team haben doch alle 'n Schuss weg. Ich seh das hier als reine Feldstudie.«

»Ah so. Inwiefern?«

Das Mädchen, das bisher so locker und unernst dahergekommen war, wirkte plötzlich erstaunlich reif und erwachsen.

»Na ja. Den meisten im Team hier geht es doch nur um sich selbst, und die wenigsten können miteinander. Da sind solche Eitelkeiten im Spiel, unglaublich. Alle haben nur Angst vor der Konkurrenz, egal ob das die Köche sind oder die Kandidaten, jeder will nur immer der Beste sein. Auch Grit, meine direkte Chefin, auch unser aller Oberboss, alle. Na ja, alle auf Du und Du, Küsschen hier, Küsschen da, aber hinter den Kulissen ein einziges Hauen und Stechen. Dass man die Blomberg loswerden will, das haben Sie ja inzwischen gehört.«

»Woher wissen Sie das eigentlich?«

»Man hört so dies und das«, sagte Patricia leichthin und fügte hinzu: »Sie hätte jedenfalls hinreichend Grund gehabt, auf Güldenbrook sauer zu sein. Ach übrigens, wussten Sie, dass die Blomberg auch mal mit dem Lebouton liiert war? Das war ganz am Anfang von der Show hier auf Güldenbrook. Und ich glaube, das tut dem heute noch leid, und der wäre richtig glücklich, wenn er sie auch endlich aus der Show raus hätte.«

Das junge Mädchen streckte die Arme nach oben, dehnte sich und gähnte.

»Mann, bin ich froh, dass ich nicht in diesem Laden bleiben muss. Alle bilden sich wer weiß was drauf ein, beim Fernsehen zu sein. Auch die ganzen Hiwis. Jeder denkt, er kommt irgendwann groß raus. Sie haben's ja gerade mitgekriegt, auch der Anatol glaubt das. Aber ich denke, der schafft's vielleicht wirklich. Erst mal mit seinem hollywoodmäßigen Aussehen, und dann hat der beim Chef einen echten Stein im Brett.«

»Vielleicht kocht er ja auch ganz gut«, meinte Angermüller.

»Das weiß ich nicht. Aber das muss man ja auch nicht können für diese beknackte Show.«

»Stimmt eigentlich«, nickte Angermüller und fragte sie dann halb im Scherz, halb im Ernst: »Noch mal zu Alix Blomberg. Denken Sie denn, so als angehende Psychologin, die wäre zu so einer Tat überhaupt fähig?«

»Ach wissen Sie«, sagte Patricia und wirkte dabei sehr weise, »ich sage immer, jeder kann zum Mörder werden, wenn man ihm einen guten Grund liefert.«

Wieder konzentrierte sie sich auf den Knopf in ihrem Ohr, horchte und nickte und schnitt dabei respektlose Grimassen.

»Ich glaube, ich sollte jetzt wirklich gehen«, sagte sie dann, »sonst kriegt Grit noch einen Herzstillstand. Oder wollten Sie noch was von mir wissen?«

»Gehen Sie nur, Frau Hennig, und wenn Ihnen noch was einfällt, hier.«

Angermüller gab ihr seine Karte mit den Telefonnummern. Patricia blickte einen Moment versonnen darauf.

»Jetzt hätte ich beinahe das Wichtigste vergessen: Hat Ihnen die Lilo eigentlich gesagt, dass sie eine Ausbildung als Heilpraktikerin hat?«

»Lilo? Sie meinen die Kandidatin aus der Show?«

»Genau die. Lilo, die so verzweifelt einen Mann sucht und die gestern die 10.000 Euro gewonnen hat.«

»Hat sie Ihnen das erzählt?«

»Lilo hat mir ihre ganze Geschichte erzählt, was sie schon alles gemacht hat und wie ungerecht das Leben mit ihr umgegangen ist. Oh Mann, die hat mir vielleicht ein

Ohr abgekaut. Die Teilnahme an der Show war jedenfalls unheimlich wichtig für sie, und sie war überzeugt davon, sie würde gewinnen. Hatten ihr wohl die Karten gesagt. Also, sie hat zumindest mal eine Heilpraktikerausbildung angefangen und schwört auf ihre selbst hergestellte Kräutermedizin aus der Apotheke Gottes, wie sie das nennt. Wenn Sie mich fragen, die hat einen an der Waffel, die Frau. Und sie hat mir erzählt, dass sie immer eine Sammlung ihrer Mittelchen dabeihat, um für alle Fälle gerüstet zu sein.«

Patricia blickte die Kommissare abwartend an.

»Das ist doch was, oder?«

»Das klingt nicht uninteressant, ja«, sagte Jansen und versuchte, so gelassen wie möglich zu klingen. Das junge Mädchen nickte nur und lächelte zufrieden in sich hinein.

»Ist die Lilo denn noch hier auf Güldenbrook?«, fragte Angermüller.

»Die sitzt mit Sicherheit im Publikum bei den Aufzeichnungen heute. Die Kandidaten bekommen ja immer den ganzen Aufenthalt von Freitagmorgen bis Sonntagabend bezahlt, und so wie ich Lilo einschätze, kostet sie das voll aus, vor allem, wo sie doch gestern gewonnen hat.«

In Patricias Headset quakte es jetzt so laut, dass auch die beiden Kommissare es hören konnten. Patricia legte eine Hand aufs Ohr und verzog schmerzhaft das Gesicht.

»Okay, Grit, du brauchst nicht so zu schreien. Ich höre dich doch. Ich komm ja schon«, sagte sie ganz ruhig und stand auf. Sie nahm ihren Kaugummi heraus und warf ihn in den Mülleimer.

»Jetzt muss ich aber wirklich los, sonst bin ich die nächste Tote hier. Bis später!«

»Die Deern is ja man wirklich plietsch. Was die alles so mitkriegt!«, meinte Jansen, als Patricia verschwunden war.

»Ja, Claus, und wir zwei alte Deppen haben die gestern völlig links liegengelassen.«

»Immerhin hat der Kollege Timm ja mit ihr gesprochen.«

»Aber auch nur, weil sie sich ihm geradezu aufgedrängt hat. Gib's doch zu, das war ein Fehler, gestern nicht mit ihr zu reden. Dazu müssen wir stehen.«

»Mmh«, machte Jansen und stopfte das kleine Diktiergerät in seine Jackentasche.

»So, komm, auf. Dann wollen wir uns jetzt sofort die siegreiche Lilo vorknöpfen.«

Stolz wie eine Königin saß Lilo im Studio in der vordersten Reihe bei der Aufzeichnung der ersten Show des Tages, in der – wie immer – die Vorspeisen zubereitet wurden, heute unter dem Motto ›Rund um die Olive‹, was Pierre Lebouton reichlich Gelegenheit gab, von seinem wunderbaren Olivenöl aus eigener Produktion zu schwärmen. Hin und wieder erschien Lilos Gesicht in Nahaufnahme auf dem großen Studiobildschirm, und Alix Blomberg sprach sie zwei-, dreimal als die Gewinnerin der letzten Woche an. Lilo schob die rote Brille zurecht, lächelte ihr honigsüßes Lächeln und kostete jeden Moment der Aufmerksamkeit in vollen Zügen aus.

Die Aufzeichnung war vorüber, ein großer Teil des Publikums strömte nach vorn zur Bühne mit dem Küchentresen, um sich die Reste der Vorspeisen mit den Olivenvariationen einzuverleiben, sich Autogramme von den Köchen zu holen oder das Kochbuch der Lebouton-Show, das gerade mit einem dritten Band auf den Markt gekommen war, von den Stars signieren zu lassen. Die Begegnung mit ihren Bewunderern absolvierten die Herren – da Maja Graflinger heute fehlte, waren es nur mehr Herren – mehr oder weniger desinteressiert. Routiniert kritzelten sie ihre Unterschriften in die Bücher, unterhielten sich dabei und sahen die Leute, die sie ihnen entgegenhielten, oft nicht einmal an. Doch die schien das nicht zu stören. Sie stolperten anschließend mit verklärten Gesichtern aus dem Studio, überglücklich, ihren Idolen so nahe gekommen zu sein, und zeigten die Unterschriften stolz bei den Umstehenden herum.

Auch Lilo hatte sich nach vorn gedrängelt und die Nähe Leboutons und seiner Kollegen gesucht, die aber kaum Notiz von ihr nahmen. Ob sie wohl jetzt begreifen würde, dass der kurze Moment ihrer vermeintlichen Prominenz schon wieder vorüber war, fragte sich Angermüller? Wenn die Show in ein paar Wochen gesendet wurde, gab es vielleicht noch einmal ein kurzes Aufflackern, aber das war's dann gewesen.

»Frau Sinkewitz, wie geht es Ihnen heute?«, sprach er sie an, als er neben ihr stand. Auf der Schulter hatte Lilo wieder ihren geräumigen Rucksack hängen, und um den Hals trug sie das bedruckte Schlüsselband mit dem Lebouton-Signet und ihrem Namensschild, das sie als zur Crew gehörig auswies.

»Oh, Herr Kommissar!«

Lilo reichte ihm ihre Rechte mit den vielen großen Ringen. Sie schien nicht unerfreut über das Zusammentreffen.

»Es geht mir ganz wunderbar. Sie haben ja bestimmt schon gehört, dass ich die letzte Runde gestern auch noch gewonnen habe. Mein warmer Erdbeersabayon, Sie wissen schon.«

Sie zwinkerte ihm verschwörerisch zu.

»Meinen Glückwunsch! Sagen Sie, wir würden uns gern noch einmal mit Ihnen unterhalten. Geht das jetzt?«

»Aber klar hab ich Zeit für Sie – nur zur nächsten Aufzeichnung muss ich fertig sein, weil ich da ja so eine Art Ehrengast bin«, lächelte sie kokett.

»Dann setzen wir uns vielleicht am besten in die Gesindeküche, da ist es ein bisschen ruhiger.«

Gerade wollte er mit Jansen und Lilo Sinkewitz an dem großen Holztisch Platz nehmen, da ertönte der Klingelton von Angermüllers Handy.

»Morgen Chef, was gibt's?«, sagte der Kriminalhauptkommissar, als er den Teilnehmernamen auf seinem Display sah. Der leitende Kriminaldirektor rief an, am Sonnabendvormittag, das war ungewöhnlich. Sein freies Wochenende war dem Mann heilig, und wenn er sich trotzdem meldete, musste es schon verdammt wichtig sein. Angermüller zog sich auf den Flur zurück. Natürlich, das hätte er sich ja denken können: In der Bezirkskriminaldirektion häuften sich die Anrufe von Journalisten, die, durch TVX Kabel aufgescheucht, nach den Vorgängen auf Güldenbrook fragten, ja, es standen sogar schon welche in der Possehlstraße und wollten wissen, wann denn die Pressekonferenz angesetzt sei. Daraufhin hatte man den Chef informiert, der jetzt recht ungehalten war und ungeduldig nach dem Stand der Dinge fragte.

»Ich weiß, du würdest gern was anderes hören, aber bis jetzt gibt es von uns nicht viel Neues.«

Natürlich wären auch Angermüller handfeste Ergebnisse im Fall Güldenbrook lieber gewesen. Aber sie hatten ja noch nicht einmal Steffens Bericht bekommen. Geduldig hörte er also seinem Chef zu, der sich über die Härte seines Jobs beklagte und es von allen wieder einmal am schwersten hatte.

»Tut mir leid, das ist dumm gelaufen. Aber TVX Kabel, der Sender, für den auch die Lebouton-Show produziert wird, hat schon gestern Abend einen Exklusivbericht über

Güldenbrook gebracht«, versuchte Angermüller zu erklären.

Ein aufgeregter Kommentar kam von der anderen Seite. Angermüller blieb ruhig und verdrehte nur die Augen.

»Was soll ich dazu sagen? Die Kollegen und ich, wir haben das alle gar nicht mitbekommen, dass da gefilmt wurde. Die haben das ja zum Teil mit dem Handy gemacht, da bist du eh machtlos dagegen.«

Der Kriminaldirektor machte den Vorschlag, den er meistens machte.

»Nein! Bloß keine Pressekonferenz!«, widersprach Angermüller vehement. »Da stehen wir doch noch mit völlig leeren Händen da! Gib eine Erklärung heraus, dass es einige vielversprechende Ansätze gibt und wir in alle Richtungen ermitteln, das Übliche halt. Ansonsten würde ich keinerlei Details nennen.«

So ganz zufrieden war der Chef nicht mit diesem Vorschlag, und Angermüller suchte nach weiteren Argumenten.

»Ich halte gar nichts davon, zu diesem Zeitpunkt mit den Medien zu reden. Wenn die mitkriegen, was wir wissen oder auch nicht wissen, das kann nur gegen uns ausgelegt werden. In Lübeck wie auch hier vor Ort sollte gelten: Wir geben keinerlei Kommentar.«

Gern hätte der leitende Kriminaldirektor auf einer Pressekonferenz Erfolgsmeldungen verbreitet und dafür sogar sein Wochenende geopfert, doch schließlich sah er ein, dass Angermüller recht hatte.

»Ich erwarte jede Minute den Bericht aus der Rechtsmedizin, der bringt uns hoffentlich einen Schritt weiter. Und noch eine gute Nachricht habe ich für dich: In den Vergiftungsfall scheint Bewegung zu kommen. Vielleicht gibt es da heute noch ein Ergebnis. Ich informiere dich dann sofort.«

Mit diesem kleinen Trost beendete Angermüller das Gespräch mit seinem Chef.

Als er zurück in die Küche kam, sah sein Kollege ihn dankbar an. Lilo saß mit dem Rücken zur Tür und erläuterte Jansen wortreich, wie sie sich gestern zum Sieg gekocht hatte.

»Frau Sinkewitz, mal ganz was anderes: Machen Sie hin und wieder Urlaub in den Bergen?«, sprach Angermüller sie von hinten an. Lilo drehte sich erstaunt nach ihm um.

Kurz nachdem die erste Aufzeichnung vorüber war, füllte sich der Gutshofladen wieder mit Publikum. Die Kochbücher ›Kochen mit Lebouton und Co‹ fanden jetzt reißenden Absatz, und auch einheimische und Elsässer Spezialitäten wurden gut nachgefragt. Vor dem Verkaufstresen bildete sich eine kleine Schlange. Hilde kam ganz schön ins Schwitzen. Zwischendurch tauchten nacheinander zwei junge Fotografen im Laden auf, die gar nicht erst um Erlaubnis baten, sondern wahllos Fotos schossen, nach dem Mord fragten, mit ihrer rüden Art die Kunden verärgerten und dann wieder verschwanden. Als es sich etwas geleert hatte, stellte ein Mann ein Glas Hagebuttenmus aus dem Elsass auf den Tresen und begann, nett mit ihr zu plaudern. Hilde erkannte in ihm einen der Fernsehleute, die schon die ganze Zeit draußen bei laufenden Motoren an ihren Autos herumlungerten, rauchten, Kaffee tranken und darauf zu warten schienen, dass irgendetwas passierte. Offensichtlich hatte er sich über sie erkundigt, denn er wusste ihren Namen und dass sie hier auf dem Gutshof wohnte. Er stellte ihr ein paar unverfängliche Fragen, auf die sie bereitwillig antwortete. Einige seiner Kollegen hatten das schon auf die Art versucht, und natürlich landete auch er irgendwann beim Mord an Christian von Güldenbrook, und Hilde schüttelte den Kopf.

»Tut mir leid, da kann ich Ihnen wirklich nicht weiterhelfen. Möchten Sie das Buttemues trotzdem haben?«

Mit einer kurzen Kopfbewegung bejahte er, holte ein paar Münzen aus seiner Jackentasche, zahlte, sagte nichts mehr, nahm sein Hagebuttenmus und ging. Hilde sah ihm nach, wie er zu dem Kleinbus seines Senders zurückschlenderte. Es war schon ein komischer Job, den diese Leute da machten, im Dienst an der Sensationslust ihres Publikums. Zum größten Teil schien er aus Warten zu bestehen. Drüben vor dem Kavaliershaus standen die drei Kochlehrlinge, in ihrer Mitte das junge Mädchen, das Patricia hieß. Der freche Thorsten und Anatol, dieser Hübsche, der gestern Abend so stolz auf seinen großen Auftritt in der Show gewesen war, alberten mit ihr herum. Ihr Kumpel mit den weißblonden Haaren, der immer ein wenig gehemmt wirkte, hielt sich etwas abseits und wehrte Anatols Versuch, ihn mit in die Späße einzubeziehen, mit einer ruppigen Geste ab.

Plötzlich bemerkte sie die beiden Fotografen, die sie vorhin hier im Laden belästigt hatten, wie sie sich im Laufschritt der Gruppe näherten. Doch nicht die jungen Leute hatten ihre Aufmerksamkeit auf sich gezogen. Hinter dem Grüppchen lehnte Alix Blomberg lässig an der Mauer und hielt ihr Gesicht in die Sonne. Jetzt hatte auch Anatol sie gesehen und lief zu ihr hin. Die Fotografen drückten wie wild auf ihre Auslöser. Anatol ließ sich bereitwillig fotografieren, doch als die Moderatorin die Reporter bemerkte, verschwand sie schnell wieder im Kavaliershaus.

Die Ladenglocke riss Hilde aus ihren Beobachtungen. Sie bediente eine Frau, die jeden Sonnabend hierher zum Einkaufen kam und die als Stammkundin auch das Recht auf genaue Auskünfte über das schreckliche Ereignis auf Güldenbrook zu haben meinte. Als die Dame endlich merkte, dass es keine neue Nahrung für Klatsch und Tratsch gab, verabschiedete sie sich endlich, und Hilde stand wieder allein hinter ihrer Kühltheke. Während sie einen neuen Schinken aus der Folie nahm, musste sie wieder an die jungen Leute denken. Irgendwie tat Hilde der schüchterne blonde Ernie leid. Schon am gestrigen Abend, als Anatol das ganze Lob einheimste, auch für das köstliche Abendessen, an dessen Zubereitung der andere mindestens genauso viel beteiligt war, hatte sie den so unbeholfen wirkenden Jüngling bedauert. Pierre hatte überdeutlich seine Bevorzugung Anatols gezeigt, dem er einiges zuzutrauen schien. Der andere, selbst wenn er die gleichen Fähigkeiten hatte, würde wahrscheinlich nie solche Sympathien wie sein gut aussehender Kollege gewinnen können. Die Welt war eben ungerecht. Vielleicht sollte sie bei Pierre einmal ein gutes Wort für den Jungen einlegen.

Bei dem Gedanken an Pierre fiel ihr ein, dass sie heute Morgen ihrem Vater endlich hatte erzählen wollen, wie es zwischen ihnen beiden stand. Erst hatte sie lange überlegt, wie sie wohl am besten anfangen sollte, dann fand sie aber nicht die richtigen Worte, sodass die Zeit knapp wurde und sie losmusste. Aber vor heute Abend wird das erledigt, schwor sie sich. Schließlich war es doch eigentlich eine schöne Neuigkeit, dachte sie, auch für Hinrich.

In der Gesindeküche herrschte einen Moment Stille nach Angermüllers Frage, ob sie manchmal Urlaub in den Bergen mache. Nur das Klicken, als Jansen das Aufnahmegerät einschaltete, war zu hören. Dann nickte Lilo eifrig.

»Ja! Ich liebe die Berge!«, sagte sie lebhaft. »Diese majestätische Größe, einfach wunderbar. Dort ist die Natur dem Menschen so nah. Jedes Jahr fahre ich ins Gebirge, wenn ich es mir leisten kann.«

»Auch zum Kräutersammeln?«

Lilos Blick wurde misstrauisch.

»Ja«, kam es etwas zögerlich.

»Woran denken Sie, wenn ich sage Blauer Eisenhut?«

Der Kommissar nahm neben seinem Kollegen am Tisch Platz, und beide blickten Lilo Sinkewitz aufmerksam an.

»Sie sagen ja gar nichts. Sie als gelernte Heilpraktikerin müssten doch eigentlich über die vielfältigen Wirkungen dieser Pflanze Bescheid wissen, oder?«

Lilo saß wie erstarrt.

»Wirkt gegen Fieber, Neuralgien, Entzündungen und noch so einiges andere, habe ich gehört. Aber, Frau Sinkewitz, was ist dabei zu beachten?«

Sie sagte immer noch nichts. Dann nahm sie ihre rote Brille ab, und plötzlich rollten dicke Tränen über ihre Wangen. Es dauerte einen Moment, bis sie sprechen konnte.

»Bitte, bitte glauben Sie mir! Das wollte ich nicht! Ich wollte Frau Graflinger nicht vergiften, das wollte ich ganz bestimmt nicht!«

Verzweifelt schlug sie die beringten Hände vors Gesicht und stieß hohe Klagelaute aus.

»Was wollten Sie dann, Frau Sinkewitz?«

Langsam beruhigte sie sich wieder ein wenig.

»Ich wollte gewinnen«, sagte sie kleinlaut. »Ich brauche das Geld, ich habe Schulden, und wissen Sie, was man bei so einem Pflegedienst verdient?«

Es klang vorwurfsvoll.

»Nach dem zweiten Durchgang war ich mir jedenfalls sicher, ich hab's geschafft. Aber als ich dann hörte, dass die Graflinger für Alois Schlipf in die Jury kommt, das war wie ein Schock. Mit Herrn Schlipf konnte ich richtig gut, aber die ist doch so streng, die Frau Graflinger, und noch nie hat bei der eine Frau gewonnen.«

»Und da haben Sie beschlossen, Maja Graflinger auszuschalten?«

Lilo schüttelte heftig den Kopf.

»Nein, wirklich, das hab ich nicht! Ich wollte nur mit ihr reden und bin in den Maskenraum gegangen, aber sie war nicht da. Die Thermoskanne und die Tasse mit dem Schriftzug Maja stand auf dem Tisch. Ich hab an dem Tee gerochen, und dann hatte ich eine Idee …«

Wieder fing sie an zu heulen.

»Und welche Idee war das, Frau Sinkewitz?«, fragte Jansen barsch, dem das alles viel zu lange dauerte. Sie schniefte.

»Wenn ihr ein klein bisschen übel würde, dachte ich, dass sie nicht auftreten kann, das wäre eine Möglichkeit. Und ich nahm mein Fläschchen mit dem Bitterdistelextrakt und kippte einen ordentlichen Schuss in die Kanne. Das ist nur ein Brechmittel, das ist überhaupt nicht schlimm!«

Sie schluchzte laut auf.

»Ich muss das falsche Fläschchen erwischt haben«, flüsterte sie dann mit belegter Stimme.

»Das wird wohl so gewesen sein«, stimmte Jansen zu.

KAPITEL VII

Es war kurz vor 13 Uhr, und vom inzwischen wolkenlosen Himmel schien die Sonne, so stark, wie sie es an einem Februartag vermochte. Dort wo ihre Strahlen ungehindert auftrafen, schmolzen die Raureifgebilde an Gebäuden und Pflanzen sofort, doch im Schatten herrschten immer noch Minusgrade. Auf dem Hof von Gut Güldenbrook herrschte ein reges Kommen und Gehen. Die Zuschauer der Lebouton-Shows flanierten auf dem Gelände herum, spähten in Laden und Restaurant, aber auch in die umliegenden Wohnhäuser, fotografierten und wurden von den Presseleuten, die sich immer noch zahlreich hier herumdrückten, fotografiert und interviewt.

Angermüller und Jansen nutzten die vielen Grüppchen von Leuten, um ungesehen und ohne von dummen Fragen behelligt zu werden, vom Kavaliershaus zum Hofrestaurant zu gelangen. Nur wenige Tische waren besetzt, als sie den Gastraum betraten, der eine ländliche Gemütlichkeit ausstrahlte, ohne kitschig zu wirken. Die niedrige Decke und die Wände waren grob verputzt und weiß gekalkt, Decken- und Stützbalken dunkel lasiert. Um kleine Tische mit rotweiß karierten Tischdecken standen schlichte Holzstühle. Als Zierde auf Fensterbrettern und in einem Wandregal dienten antike Utensilien aus der Bauernküche sowie Stücke aus Elsässer Keramik, die auch zum Kauf angeboten wurden. Ein kräftiger Duft nach Fleisch und Gewürzen lag in der Luft, der Angermüller sofort neugierig machte, welche Delikatesse hier wohl zubereitet wurde. Pierre Lebouton hatte ihnen durch Grit Fischer ausrichten lassen, dass es ihm am liebsten wäre, sie träfen sich im Restaurant, da er dort ohnehin zu tun habe.

Sie sagten der Bedienung Bescheid, und es dauerte keine Minute, bis Lebouton bei ihnen war. Im Vergleich zum Vortag wirkte der Meister heute entspannt und gab sich recht aufgeräumt. Sie nahmen an einem etwas abseits stehenden Tisch Platz, und als Erstes dankte er ihnen für die schnelle Aufklärung des Giftanschlags auf Maja Graflinger.

Die geständige Lilo war unterwegs nach Lübeck, wo der Richter über die Untersuchungshaft entscheiden würde. In dem riesigen Rucksack, den sie immer mit sich herumschleppte, hatte sich eine unübersichtliche Sammlung von Fläschchen und Döschen gefunden, ihre Reiseausrüstung aus der Apotheke Gottes, wie Lilo sagte. Die Etiketten waren zum Teil ziemlich fleckig oder gar nicht mehr lesbar. Dass man dieses unübersichtliche Sammelsurium auch als hochgefährliches Sortiment einer Giftmischerin betrachten konnte, schien ihr nicht im Geringsten bewusst zu sein. In ihrer Unterkunft in Weißenhäuser Strand fanden sich Thermoskanne und Tasse aus der Garderobe. Den Tee mit dem Gift hatte Lilo bereits ins Klo gespült, die Gefäße hatte sie mitnehmen und daheim in Essen entsorgen wollen. Die Beamten waren so diskret wie möglich vorgegangen und hatten die Festgenommene durch Nico Timm und einen weiteren Kollegen mit einem Zivilfahrzeug transportieren lassen – und auch das fand den Beifall von Lebouton.

»So irrsinnig das ist, der Tod von Christian wird sich nicht negativ auf unser Image auswirken, wahrscheinlich hat dieses traurige Vorkommnis sogar eine gegenteilige Wirkung, weil es der Sensationslust der Leute entgegenkommt. Aber Gift im Zusammenhang mit meiner Kochshow, Sie können sich denken, was für hämische Kommentare das hervorrufen würde – vor allem unter den Kollegen«, er strich sich über die Stirn. »Na ja, früher oder später wird es ja doch an die Öffentlichkeit dringen. Maja ist auch nicht gerade wählerisch, wenn sie eine Schlagzeile bekommen kann. Und was möchten Sie von mir wissen?«

»So einiges, Herr Lebouton«, meinte Angermüller. Jansen stellte das Diktiergerät auf den Tisch und fragte: »Sagen Sie, haben Sie eigentlich inzwischen Ihren Personalausweis wieder gefunden?«

»Ehrlich gesagt, ich habe gar nicht danach gesucht. Das hatte ich total vergessen. Aber wenn das so wichtig ist für Sie, werde ich heute Abend gleich noch einmal zu Hause danach schauen.«

»Es ist nicht von elementarer Bedeutung für uns. Aber wir würden schon gern wissen, ob wir jetzt mit Pierre Lebouton oder Peter Knopf sprechen.«

Einen Moment schaute der Starkoch die beiden ziemlich perplex an, dann warf er einen Blick in Richtung der drei besetzten Tische am anderen Ende des Restaurants und antwortete mit gedämpfter Stimme:

»Mein Gott, das meinen Sie! Wenn's weiter nichts ist. Pierre Lebouton ist mein Künstlername, wenn Sie so wollen. In den 60ern, als ich anfing und große Flausen im Kopf hatte, da war nun mal die französische Küche das Maß aller Dinge, und ich fand den Namen Peter Knopf viel zu banal. Hätte ich später angefangen, hätte ich mich vielleicht Bottone genannt.«

Er lachte leise.

»Wobei ich zu meiner Ehrenrettung sagen muss, mein Großvater kam tatsächlich aus dem Elsass und hieß Jean Knopf. Ich habe dort nicht nur ein Haus, sondern auch ein paar Verwandte. Wer hat Ihnen das überhaupt erzählt?«

Angermüller und Jansen sagten nichts. Lebouton nickte nachdenklich.

»Ich weiß schon. Es kann eigentlich nur der junge Güldenbrook gewesen sein, von dem Sie das haben. Ich kam hierher, da hatten sich seine Eltern schon getrennt. Ich glaube, er war irgendwie eifersüchtig, dass ich nun hier wohnen durfte. Und als er wieder ein Wochenende hier verbrachte, wühlte er in meinen Sachen rum, fand meinen Ausweis und nannte mich von da ab nur noch Knopf. Die Rache eines enttäuschten, kleinen Bengels. Ich dachte, er wäre drüber hinweg inzwischen.«

»Der Einfachheit halber bleiben wir jetzt bei Lebouton«, schlug Angermüller vor.

»Ihren Ausweis würden wir aber trotzdem gern noch sehen«, beharrte Jansen.

»Wird erledigt, kein Problem! Und für Diskretion in diesem Zusammenhang wäre ich Ihnen dankbar. Was kann ich sonst noch für Sie tun? Unbegrenzt ist meine Zeit auch heute nicht, Sie wissen ja, die Show …«

»Was lässt Sie eigentlich annehmen, dass Clemens von Güldenbrook Probleme mit seinem Vater hatte?«, wollte Angermüller wissen.

»Wie ich schon sagte, der junge Mann war in den letzten Jahren nur noch sehr selten hier. Christian war mit seinen Privatangelegenheiten ja immer sehr diskret. Trotzdem habe ich mitbekommen, dass es wohl meist um Geld ging, wenn Clemens auftauchte, denn manchmal kam er auch ins Büro, und selbst durch die geschlossene Tür hörte man dann doch so einiges.«

»Können Sie sich noch an irgendetwas Bestimmtes erinnern?«

Das konnte Lebouton nicht, aber er wusste zumindest, dass sein Partner nicht begeistert war, als der Sohn das Studium aufgab, um Geschäftsmann zu werden.

»Einmal wollte Christian Anteile verkaufen, um irgendwelche Finanzierungslücken bei Clemens' Unternehmungen zu überbrücken. Als ich ihm davon abraten wollte, verbat er sich jede Einmischung meinerseits – sehr höflich, aber auch sehr bestimmt.«

»Aha. Eine ganz andere Frage, Herr Lebouton: Wissen Sie etwas über die Unregelmäßigkeiten, die Herr von Güldenbrook Ihrem Pächter Kalle Mientau vorgeworfen hat? Es soll um Fehlmengen in den Fleischbeständen gegangen sein?«

Lebouton bejahte.

»Ach ja, das war eine der letzten Diskussionen zwischen Christian und mir!«

Er machte eine Pause und schien über seine Worte nachzudenken.

»Wissen Sie, der Kalle Mientau steht mit aller Bürokratie auf Kriegsfuß, und ich will nicht behaupten, in seiner Buchführung ist alles hundertprozentig korrekt, aber dass er bewusst betrogen hätte, kann ich mir überhaupt nicht vorstellen. Christian hingegen war überzeugt, dass er dunkle Geschäfte mit dem Fleisch unserer Welsh Blacks macht. Aber ich habe nicht lockergelassen und ihm immer wieder gesagt, dass ich denke, der Mientau wäre schlicht und einfach damit überfordert, so einen Betrug auszuhecken und zu vertuschen.«

»Und konnten Sie Güldenbrook überzeugen?«

»Ich denke schon. Zumindest hat er angefangen, nach einer anderen Möglichkeit zu suchen.«

Wieder einmal erklang der Klingelton von Angermüllers Handy. In der Annahme, endlich Steffens Bericht entgegennehmen zu können, zog er den Apparat schnell heraus und meldete sich, ohne auf die Nummer des Anrufers zu schauen.

»Hallo Georg, hier ist Carola.«

»Hallo Carola«, antwortete er matt. »Was gibt's?«

Er machte eine entschuldigende Geste, stand auf und verließ das Restaurant.

»Du bist witzig. Das wollte ich eigentlich dich fragen. Du hattest mir versprochen, mich anzurufen.«

»Ich kann mich nicht erinnern, dir irgendein Versprechen gegeben zu haben, Carola.«

»Du hast gesagt, du meldest dich, wenn du etwas herausgefunden hast.«

»Eben. Und das ist bisher nicht der Fall gewesen.«

»Hör mal, du hast doch jetzt mit diesem Unmenschen direkt zu tun. Ich hab's im Fernsehen gesehen. Da musst du doch mitbekommen haben, wozu der fähig ist!«

Carola hörte sich schon wieder ziemlich gereizt an. Wie konnte er ihr erklären, was er von Lebouton hielt? Dass er bisher zwar nicht ausschließen konnte, dass der große Kochstar seinen Kompagnon mit einem Messer erstochen hatte, dass er aber niemals aus Rache an einer unbekannten Hobbyjournalistin solche albernen Drohbriefe schreiben würde, schon gar nicht an sie?

»Wieso sagst du nichts, Georg? Ich finde das wirklich ziemlich unmöglich von dir, dich überhaupt nicht bei mir zu melden. So geht man nicht mit seinen Freunden um.«

Carolas keifender Ton schmerzte in seinem Ohr. Mit geschlossenen Augen stand Angermüller vor der Tür des Restaurants, reckte sein Gesicht den lange vermissten Sonnenstrahlen entgegen und hielt sein Handy auf Abstand, aus dem es immer noch zeterte.

»Kannst du dir nicht vorstellen, dass ich mit meinen Nerven am Ende bin? Zum Glück hat mir Astrid deine Handynummer gegeben, damit ich dich endlich erreichen kann.«

Carola war jetzt richtig böse. Als er hörte, dass Astrid ihm diesen Anruf eingebrockt hatte, war es auch mit Angermüllers Langmut vorbei. Er musste der unsäglichen Carola gar nichts erklären, auch wenn sie Astrids beste Freundin war.

»Hör mal, Carola, ich hab zu arbeiten. Ich hab im Moment wirklich Wichtigeres zu tun. Ich werde deine Briefe an einen Kollegen weitergeben, dann brauchst du mich auch nicht mehr anzurufen. Und bitte, vergiss die Nummer meines Diensthandys. Tschüss, Carola.«

»Georg!«, hörte er sie noch empört ausrufen, dann drückte er das Gespräch weg, atmete tief durch und fühlte sich richtig gut.

»Also, Herr Lebouton, Sie glauben demnach nicht, dass der Verdacht Ihres Kompagnons gegen Ihren Pächter begründet war?«, fragte Angermüller aufgeräumt, als er wieder am Restauranttisch saß. Jansen warf ihm einen erstaunten Blick zu. Lebouton machte eine unentschiedene Geste.

»Wie gesagt, ich glaube, für den Kalle Mientau wäre so eine Betrügerei viel zu viel Stress. Aber es war Christian nicht möglich, mit ihm ein ruhiges, sachliches Gespräch darüber zu führen. Unser Kalle ist nun mal ein entsetzlich aufbrausender Typ, der schnell auf andere Leute losgeht, weil ihm die Worte fehlen. Denn das wollen Sie ja wahrscheinlich wissen, ob ich denke, dass er zu einer Gewalttat fähig wäre, oder?«

Er sah Angermüller fragend an.

»Vom Naturell her haben Sie was gemeinsam, oder?«, fragte der zurück.

Lebouton schüttelte den Kopf.

»Ich dachte, das Thema hätten wir gestern schon geklärt.«

Es war offensichtlich, dass ihm Angermüllers Kommentar missfiel, doch er behielt trotzdem seine anfangs gezeigte Gelassenheit bei und sagte nur: »Ich will ja nicht drängen, aber Sie wissen, ich muss gleich wieder ins Studio. Wenn Sie also sonst nichts mehr Wichtiges von mir wissen wollen …«

Das Handy in Angermüllers Tasche sendete erneut seinen Anrufton. Diesmal war es wirklich Steffen.

»Ein paar kleine Fragen hätte ich bitte noch, Herr Lebouton. Bin gleich wieder da«, sagte Angermüller hastig und ging nach draußen.

»Steffen, endlich! Na, was hast du rausbekommen?«

»Höre ich da eine leise Kritik? Ging es dem Herrn Kommissar nicht schnell genug?«

»Quatsch! Wir kommen halt nicht so richtig weiter, solange wir kein genaueres Zeitfenster für die Tat haben.«

»Ich war jedenfalls gestern bis nach Mitternacht im Institut und heute Morgen auch schon wieder. Also, soll ich dir jetzt was erzählen?«

Es klang irgendwie beleidigt. Manchmal konnte Steffen schon ein wenig mimosenhaft sein.

»Steffen, ich lausche dir ergeben.«

»So hab ich's gern«, der Rechtsmediziner räusperte sich und bestätigte dann seine Annahme vom Vortag, dass die Todesursache ein hämorraghischer Schock war.

»Das Opfer ist nach innen verblutet, da der Täter genau die große Herzvene getroffen hat. Ich nehme an, es hat keine Viertelstunde gedauert, bis mehr als die Hälfte der Blutmenge ausgetreten war und unser Mann gestorben ist. Es gibt keine sonstigen Hämatome, Abschürfungen oder Ähnliches. Mit ziemlicher Sicherheit ist der Fundort auch der Tatort, aber das wird euch auch die Kriminaltechnik noch bestätigen, nehme ich an.«

»Hat sie schon.«

»Gut. Der waagerechte Einstichkanal spricht dafür, dass der Täter oder die Täterin, wir wollen ja niemanden ausschließen, wahrscheinlich in etwa die gleiche Größe wie das Opfer hatte. Plus minus fünf Zentimeter.«

»Das klingt interessant. Wie groß ist der Tote?«

»Exakt einen Meter und 78 Zentimeter.«

»Okay, das notier ich mir gleich.«

Vor Angermüllers Auge tauchte sofort der Reigen der Verdächtigen auf.

»Außerdem hat der Stich eine leichte Abdrift von rechts vorn nach links hinten. Das weist darauf hin, dass es sich beim Ausführenden höchstwahrscheinlich um einen Rechtshänder beziehungsweise eine Rechtshänderin handelt.«

»Interessanter Hinweis. Und wie sieht's mit dem Todeszeitpunkt aus?«

Sein Freund am anderen Ende seufzte hörbar.

»Ich weiß, ich weiß, lieber Schorsch, das willst du am liebsten ganz genau wissen. Aber ich hab dir ja gestern schon gesagt, das ist in diesem Fall wegen der außergewöhnlichen Temperaturverhältnisse ziemlich schwierig.«

»Kannst du dich denn wenigstens ganz grob festlegen?«

»Ich tu das wirklich ungern. Ich habe lange hin und her gerechnet und kann mich auf nicht weniger als einen Zeitraum von ungefähr vier Stunden festlegen. Das heißt dann, dass die Tat zwischen 20 und 24 Uhr stattgefunden hat. Und ich muss leider hinzufügen, auch dieses Ergebnis ist nicht hundertprozentig zuverlässig.«

Verständlicherweise war Angermüller von Steffens Auskunft nicht gerade begeistert. Das hieß, dass niemand von den bisher verdächtigen Personen aufgrund des Zeitraumes ausgeschlossen werden konnte. Aber er ließ sich nichts anmerken.

»Na dann, vielen Dank für deine Informationen, Steffen.«

Doch Steffen konnte er nichts vormachen, dafür kannten sie sich zu gut und zu lange.

»Ich weiß, du hast dir mehr erwartet, Schorsch. Tut mir leid, aber in diesem speziellen Fall … Übrigens, der Täter wollte wirklich kein Risiko eingehen. Wäre der Mann nicht verblutet, wäre er sicher auch ohne Messer bei Minus 20 Grad, eingesperrt in diese Kammer, später in der Nacht gestorben.«

»Okay. Hast du noch was für uns?«

»Das war's von meiner Seite. Reicht dir das noch nicht?«

»Doch, doch, klar«, bemühte sich Angermüller zu versichern.

»Na dann bis später, Schorsch. Ich geh jetzt gleich auf den Wochenmarkt am Brink, noch ein paar Sachen für unser Essen heute besorgen. Wir sehen uns!«

»Ja, danke dir und bis heut Abend, Steffen! Ich freu mich.«

Angermüller packte sein Handy wieder ein und ging an den Tisch mit seinem Kollegen und Lebouton zurück.

»Entschuldigung! Wo waren wir stehen geblieben? Ach ja, was ich Sie fragen wollte, Herr Lebouton: Wie groß sind Sie eigentlich?«

Der Meisterkoch sah ihn argwöhnisch an.

»Ich bin genau 1,76 Meter. Was soll die Frage?«

»Reine Routine, Herr Lebouton. Und noch so eine Routinefrage: Wann genau sind Sie vorgestern Abend nach Hause gekommen?«

»Habe ich Ihnen das nicht schon gestern gesagt?«

»Nicht so genau. Nur dass Sie den Abend im Verwalterhaus verbracht haben.«

»Es muss weit nach Mitternacht gewesen sein, als ich zu Hause war.«

»Da sind Sie sich sicher?«

»Ganz sicher.«

»Und Sie haben auch ganz bestimmt nicht Christian von Güldenbrook an diesem Abend noch einmal getroffen?«

»Hören Sie, meine Zeit ist auch heute leider knapp, und jetzt stellen Sie mir lauter Fragen, die ich Ihnen gestern schon beantwortete habe. Was soll das?«, fragte Lebouton und wirkte nun doch etwas verärgert.

»Machen Sie sich darüber keine Gedanken. Wir wissen, was wir tun«, sagte Angermüller ruhig.

»Wie ich Ihnen bereits gestern sagte, habe ich Christian vorgestern am späten Nachmittag zum letzten Mal gesehen und gesprochen. Ich weiß nur, dass er Besuch erwartete und deshalb aus dem Weinkeller eine besondere Flasche holen wollte.«

»Wer ihn besuchen wollte, wissen Sie nicht?«

»Das hat er mir nicht gesagt.«

»Noch etwas anderes, Herr Lebouton«, sagte Angermüller langsam. »Stimmt es eigentlich, dass Sie darüber nachdenken, Alix Blomberg aus der Show zu nehmen?«

Erstaunt sah der Starkoch die Beamten an. Mit Blick auf die Gäste am anderen Ende des Restaurants senkte er seine Stimme.

»Woher haben Sie das? Das sind Interna, die eigentlich nicht für die Öffentlichkeit bestimmt sind«, er atmete tief ein. »Aber ich weiß, die Gerüchteküche ist am Kochen. Es gibt Überlegungen in die Richtung, ja. Alix ist von Anfang an dabei gewesen, und da machen sich gewisse Abnutzungserscheinungen bemerkbar. Aber noch ist nichts konkret.«

»Stimmt es, dass vor allem Herr von Güldenbrook die Ablösung Frau Blombergs vorangetrieben hat?«

»Ja«, sagte er zögernd. »Christian hat schon länger einen Wechsel auf dem Moderatorenposten befürwortet, wie ich auch im Übrigen. Und Sie glauben nicht, was ich dafür geben würde, wenn er noch hier wäre und sich weiterhin um Angelegenheiten wie diese kümmern könnte.«

Er wirkte resigniert. Plötzlich sah er auf seine Uhr und stand auf.

»So, ich wollte hier nur mal kurz bei meinen Jungs nach dem Rechten sehen. Hätte nicht gedacht, dass Sie mich wieder so lange aufhalten.«

»Sind Sie eigentlich Rechts- oder Linkshänder?«

»Ich bin Rechtshänder. Und ich würde jetzt wirklich gern zurück an meine Arbeit gehen.«

»Natürlich, das können Sie ja auch. Sollten wir noch mal auf Sie zukommen müssen, wir wissen ja, wo wir Sie finden«, sagte Angermüller, der sich auch erhoben hatte.

»Hier liegt so ein herrliches Aroma in der Luft, was ist das eigentlich?«, fragte er dann unvermittelt und hielt seine Nase schnuppernd in die Höhe.

»Das ist wohl der Tafelspitz, den die Jungs in der Küche gerade zubereiten«, erklärte Lebouton erstaunt und schaute ihn irritiert an.

»Ah ja, in Pinot Noir!«

Das Erstaunen des Meisterkochs wurde noch größer.

»Sie sind ja ein echter Kenner«, meinte er beeindruckt.

»Ich weiß nicht, ob ich das wirklich allein herausgefunden hätte. Ihr Lehrling Anatol hat das gestern erwähnt«, gestand Angermüller.

»Interessieren Sie sich denn fürs Kochen?«

»Kochen ist meine Leidenschaft.«

»Ein Kriminalkommissar am Herd, na warum nicht«, Lebouton schien die Vorstellung zu amüsieren. »Wenn es Sie interessiert – wollen Sie vielleicht mit in die Küche kommen? Wir haben heute Abend eine Reservierung für eine Geburtstagsfeier mit einem festlichen Menü. Das bereiten die Jungs gerade vor.«

»Gern.«

Angermüller folgte Lebouton in die Hinterräume, während Jansen kopfschüttelnd am Tisch sitzen blieb. In der nicht sehr großen, aber perfekt ausgestatteten Restaurantküche war es ziemlich warm. Außer einem Koch, der für die aktuellen Bestellungen der Gäste zuständig war, standen die drei Lehrlinge an den Arbeitsplatten. Sie waren dabei, Gemüse zu waschen und zu schneiden, eine Mayonnaise herzustellen und Kräuter zu hacken. In einer großen Schüssel reifte ein Hefeteig, und auf dem Herd köchelte ein Soßenfond. Der Meister sah dem blonden Ernie über die Schulter, der sofort rote Ohren kriegte und ins Stottern kam, als er die Gewürze seiner Mayonnaise aufzählen sollte. Lebouton schüttelte ungeduldig den Kopf und kritisierte dann Thorstens schlampige Art, das Gemüse für eine Julienne zu zerkleinern, der darauf wie üblich mit einem schiefen Grinsen reagierte. Anatol ließ den Chef seinen Fond kosten. Lebouton schien damit noch nicht ganz zufrieden und machte ihm einige Verbesserungsvorschläge.

Dann verriet er allen noch ein paar Kniffe und verlangte größere Genauigkeit. Aufmerksam und interessiert hörten die Jungs ihm zu. Keiner von ihnen schien an der Autorität des Chefs zu zweifeln. Die Arroganz, die Angermüller sonst an Lebouton so gestört hatte, war von ihm abgefallen. Er war streng, das stimmte, doch zwischen Lob und Tadel nahm er sich auch Zeit für eine witzige Bemerkung oder ein persönliches Wort, und es sah so aus, als ob seine Zöglinge ihn dafür mochten. Der Kommissar fragte sich, ob sein Bild von dem Mann nicht vielleicht zu revidieren war. Er war wohl doch nicht nur ein eitler Fernsehkoch mit Starallüren. Die Ausbildung der jungen Männer schien ihm ein ernsthaftes Anliegen zu sein, das hatte ja schon Hilde Dierksen gestern berichtet. Wahrscheinlich war es nicht nur angenehm, ständig im Blickpunkt der Öffentlichkeit zu stehen, weshalb er so misstrauisch und empfindlich auf alle Fragen nach seiner Person reagierte. Andererseits war er unangefochten der Chef, der es nicht gewohnt war, dass man ihm widersprach. Und dann schien er ja hin und wieder auch die Kontrolle zu verlieren …

Lebouton winkte ihn heran, und Angermüller durfte einen Blick in den großen Schmortopf werfen, in dem der Tafelspitz in seinem Weinsud lag, zusammen mit Zwiebeln, Möhren, Tomaten und Gewürzen, und im Ofen bei milder Temperatur ganz langsam zu höchster Vollendung garte. Es roch schon jetzt zum Umfallen gut.

»Wunderbar, ich glaube, ihr habt alles im Griff. Am besten, ihr macht jetzt noch eine kleine Pause – halbe Stunde, klar Thorsten? –, und dann seid ihr fit für heute Abend. Bis später, Jungs«, verabschiedete sich der Chef von den Lehrlingen.

»Sagen Sie, macht Ihnen Ihre Kochshow eigentlich noch Spaß?«, fragte Angermüller den Meisterkoch, als sie die Küche verlassen hatten.

»Sehen Sie sich öfter Kochshows an?«

»Erst seitdem ich hier ermittle, habe ich mir die Show mal angeschaut«, gab Angermüller zu.

»Sehen Sie. Leute, die wirklich selbst kochen, interessiert das doch gar nicht. Und es wird ja auch in den seltensten Fällen richtig gekocht, das ist doch meist alles Budenzauber. Diese jungen Berserker am Kochtopf sind nur noch auf billige Effekte aus!«

»Warum machen Sie es dann noch?«

»Wissen Sie, ich bin da irgendwie reingeraten. Ich war einer der Ersten, und am Anfang hat mir das auch noch Spaß gemacht, aber seit auf allen Kanälen gekocht wird, hat sich viel verändert. Man ist nur noch Teil einer riesigen Marketingmaschine für Produkte, die zum Teil nicht das Geringste mit anspruchsvoller Sterneküche zu tun haben. Es geht auch nicht mehr um Tipps und Kniffe, mit denen man als Profi den Laien in der Küche wirklich helfen kann, es zählt nur noch der Unterhaltungswert.«

»Dann hören Sie doch auf.«

Lebouton lächelte schwach.

»Wenn das so einfach wäre. Der Zauber, den ich rief …«, er seufzte. »Da gibt es langjährige Verträge, finanzielle Abhängigkeiten, so schnell geht das nicht. Schließlich hängen da auch eine Menge Arbeitsplätze dran, und einen Nachfolger zu finden, der das Projekt nicht gleich gegen die Wand fährt, ist nicht so leicht. Doch ich arbeite dran und habe auch schon eine Idee, aber das braucht noch etwas Zeit«, er warf einen Blick auf seine Uhr. »Jetzt muss ich aber wirklich zurück ins Studio. Tom Balzer übt wahrscheinlich schon das Filettieren von Seezungen mit der Machete, und da will ich nicht den Kürzeren ziehen.«

Auf Leboutons Gesicht erschien ein spöttisches Lächeln, und er streckte die Hand aus.

»War nett, mit Ihnen zu reden. Wir werden uns ja wahrscheinlich noch sehen, ob ich will oder nicht. Bis dann.«

Erstaunt nahm Angermüller den Händedruck Leboutons entgegen, der gleich darauf schnellen Schrittes das Restaurant verließ.

»Na, war's schön mit dem großen Meister in der Küche?«, stichelte Jansen, der Kochen für eine absolut überflüssige Beschäftigung hielt, solange es Pizzadienste, Hamburgerläden und seine Mikrowelle zu Hause gab. Sein Kollege sandte ihm nur einen mitleidigen Blick und nahm wieder am Tisch Platz.

»Wollen wir was essen?«

»Hier?«, fragte Jansen, als ob dies eine völlig abwegige Vorstellung wäre.

»Warum nicht? Es ist ein Restaurant, soweit ich weiß.«

»Eben.«

Angermüller griff nach der Speisekarte, welche die Bedienung gleich zu Anfang auf den Tisch gelegt hatte.

»Wie wär's mit einer schönen Portion Schnecken auf elsässische Art?«

»Wenn schon, dann lieber gegrillte Ameisen, du Dröhnbüdel.«

Schließlich entschied sich Jansen für einen Elsässer Zeewelkueche mit Salat, der ihm unter den angebotenen Speisen einigermaßen unverdächtig vorkam, allerdings erst nachdem ihm die Bedienung noch einmal versichert hatte, dass der warme Zwiebelkuchen mit Speck und Sahne ganz wunderbar schmecke. Angermüller bestellte eine Portion original elsässischen Baeckeofe. Der kräftige Eintopf aus dreierlei Fleisch, Kartoffeln und Gewürzen, serviert mit grünem Salat, duftete betörend und mundete hervorragend. Beim Essen gab er Jansen eine kurze Zusammenfassung von Steffens Bericht, und sie sprachen darüber, dass eine engere Eingrenzung des Tatzeitpunktes ihnen in dieser Phase der Ermittlung wesentlich besser weitergeholfen hätte. Sie hatten ihr Mahl gerade beendet, und Jansen hatte eingestanden, dass es so schlecht gar nicht gewesen war, da tauchten ihre Kollegen auf.

»Hier seid ihr also! Das hätten wir uns ja denken können.«

Norbert Teschner und Anja-Lena Kruse nahmen bei ihnen Platz.

»Wer mag einen Kaffee? Ich geb einen aus«, fragte Angermüller spontan seine Kollegen.

»Hast du Geburtstag oder wat?«, wollte Teschner wissen.

»Ich bin nur nett, und außerdem will ich euch motivieren. Andere spendieren ihren Mitarbeitern ein Golfwochenende in Dubai und ich am Wochenende Kaffee und Kuchen.«

Angermüller bestellte Kaffee, etwas von dem lockeren, duftigen Kugelhopf und von dem braungoldenen Apfelkuchen, den er schon gestern in der Vitrine bewundert hatte. Die Tarte, in der sich Butter, Zimt, Vanille und das Apfelaroma unter dem Sahneguss aufs Feinste ergänzten, und auch das Hefegebäck mundeten vorzüglich, und Angermüller beschloss, Lebouton auf jeden Fall nach den Rezepten zu fragen.

»Und was gibt's Neues von unserem wilden Treckerfahrer?«, wollte Jansen wissen.

Norbert Teschner schluckte das große Stücke Apfeltarte, das er sich in den Mund geschoben hatte, und sagte erst einmal:

»Der schmeckt ja richtig lecker, der Kuchen!«

»Lass das bloß den Kollegen nicht hören«, grinste Jansen und zeigte auf Angermüller.

»Warum das denn? Nix verstehn.«

»Musste auch nich. Wat is nu mit dem ollen Düllkopp?«

»Der war überhaupt nicht erfreut, als wir wieder vor seiner Tür standen, könnt ihr euch ja denken. Also, wir haben fast den ganzen Morgen mit der Überprüfung von Mientaus Alibi zugebracht. Er war Donnerstagabend, so ab 19 Uhr, im Krug im Nachbardorf und ist wohl so bei Mitternacht rum zu Fuß nach Hause gekommen, so genau wusste er das nicht mehr. Aber seine Frau könnte das sicher bezeugen, hat er uns gesagt.«

»Ja, das hat er gesagt«, bestätigte Kriminalobermeisterin Kruse. »Aber die wollte nicht. Hat ganz cool gemeint, sie hat schon geschlafen und nix mitgekriegt. Sie war wohl stinksauer, dass ihr Mann den ganzen Abend in der Kneipe war. Und da gab's gleich wieder Ärger.«

»Hat sie sonst noch was dazu gesagt?«

»Allerdings«, Anja-Lena nickte. »Plötzlich ist sie auf uns los wie eine Furie: Ob ihr armer Mann denn niemals seine Ruhe haben könnte, das mit dem Totschlag damals, das sei jetzt so lange her, und er hätte schließlich lange genug im Gefängnis gesessen und für seine Tat gebüßt.«

»Jedenfalls haben seine Kumpels aus dem Krug angegeben, dass Mientau kurz nach 23 Uhr gegangen ist. Normalerweise braucht man zu Fuß ungefähr eine Viertelstunde für den Weg, aber der Mientau hatte ziemlich viel getankt, und wer weiß, ob der da wirklich die kürzeste Strecke genommen hat.«

»Oder ob er einen Umweg über das Gut gemacht hat. Das Dorf Güldenbrook liegt ungefähr fünf Minuten von dort. Das wäre also durchaus möglich, dass er da noch einen Abstecher hin gemacht hätte.«

»Sehr bildlich ausgedrückt«, kommentierte Teschner.

Als Anja-Lena ihre Wortwahl bemerkte, hielt sie sich verlegen die Hand vor den Mund. »'Tschuldigung, so hab ich das nicht gemeint.«

»Mit anderen Worten, wann der Mientau nun wirklich nach Hause gekommen ist, weiß keiner«, resümierte Angermüller.

»Ja«, bestätigte Teschner, »offenbar nicht mal er selbst.«

»Sagt mal, wie groß ist der eigentlich?«

Teschner und seine Kollegin sahen sich an, dann meinte Anja-Lena:

»Also ich denke, der ist ungefähr 1,95 Meter, in etwa so groß wie Kollege Angermüller.«

Der wiegte nachdenklich seinen Kopf.

»Der Rechtsmediziner nimmt an, dass der Täter und das Opfer ungefähr gleich groß waren, und Güldenbrook war 1,78 Meter. Von daher würde der Mientau eigentlich ausscheiden.«

»Andererseits ist sein Alibi nicht lückenlos, und Jähzorn und Alkohol sind eine ungute Kombination. Außerdem hatte er einen Brass auf den Güldenbrook. So ganz außer acht lassen sollten wir ihn also nicht«, widersprach Jansen.

»Stimmt«, gab Angermüller zu, »und Steffen lässt sich ohnehin auf die Größenangabe des Täters nicht festnageln. Er ist wahrscheinlich in etwa gleich groß, hat er gesagt, Betonung auf wahrscheinlich.«

»Okay, wir fahren dann zurück nach Lübeck, wenn ihr sonst nichts mehr für uns habt«, schlug Norbert Teschner vor. Angermüller schüttelte den Kopf.

»Haben wir nicht. Wir sehen uns um 17 Uhr in der Possehlstraße.«

»Bis dann und vielen Dank für Kaffee und Kuchen!«

Die Sonne tauchte die Wohnstube im Verwalterhaus in ein helles Licht und schien genau auf den Lehnstuhl am Fenster. Auf dem Schoß von Hinrich Dierksen lag wie gewohnt der Kater und genoss die wohlige Wärme. Möglichst leise war Hilde hereingekommen, um ihren Vater bei seinem Mittagsschlaf nicht zu stören. Welch eine Oase der Ruhe hier im Haus. Die vielen Leute auf dem Hof, der Betrieb im Laden, die Hektik im Studio und die schrecklichen Ereignisse der letzten beiden Tage – nichts davon zu spüren hier drin.

Kurz nach 14 Uhr hatte Frau Jacobs sie im Laden abgelöst, und Hilde freute sich jetzt auf eine Pause bei einer schönen Tasse Tee und einem Stück Goldkuchen – aber nicht mehr als einem Stück. Zu ihrem Leidwesen hatte sie in letzter Zeit ein wenig zugenommen. Seit Pierre des Öfteren bei ihnen zu Gast war, kochte sie natürlich nicht die einfachsten Speisen und servierte auch stets noch einen Nachtisch. Obwohl Pierre immer mit gesundem Appetit größere Portionen als sie selbst verzehrte, schien sich das nicht merkbar auf sein Gewicht auszuwirken. Beneidenswert!

Hilde trank ihren Tee und genoss den Kuchen, während sie in der Rezeptesammlung ihrer Mutter stöberte. Auch auf das Rezept für den Goldkuchen, den sie seit ihrer Kindheit nicht mehr gegessen hatte, war sie hier gestoßen. Genauso gab es auch einen Silberkuchen. Als Kind hatte sie allein der märchenhaften Namen wegen diese Gebäcke geliebt. Der Unterschied war, dass im Goldkuchen nur die Dotter und im Silberkuchen nur das Eiweiß verwendet wurden. Zu ihrem Geburtstag hatte die Mutter manchmal beide Teige in einer Form übereinander gebacken, mit einem dicken Schokoladenguss versehen, mit silbernen Liebesperlen verziert und eine Krone aus Goldpapier daraufgesetzt. Mit dem Gold- und Silberkuchen war Hilde sich einen Tag lang wie eine echte Prinzessin vorgekommen.

Die kalte Jahreszeit war die passende Saison für kräftige Fleischgerichte und herzhafte Eintöpfe, und davon gab es in der schleswig-holsteinischen Küche, wie ihre Mutter sie zu kochen pflegte, eine große Auswahl. Lübecker National aus Kassler mit Steckrüben gehörte dazu, ebenso wie die Linsensuppe mit Backpflaumen, die Weißkohl-Mett-Torte oder ein würziger Schinkenbraten. Und heute sollte es Hinrichs Leibgericht geben, Grünkohl mit Kassler, Kohlwurst und süßen Kartoffeln. Zum Nachtisch wollte sie ihren Obstsalat zubereiten, mit Rumrosinen und Walnüssen. Das war zwar nichts Besonderes, aber schmeckte köstlich und erfrischend und war nicht so wirrsam, wie Hinrich gesagt hätte, wie so viele der traditionellen, üppigen Nachspeisen, mit vielen Eiern, Sahne oder Schwarzbrot.

Es war nicht leicht, einen berühmten Meisterkoch zum Freund zu haben und vor seinen strengen Augen bestehen zu wollen. Obwohl Pierre zumindest immer behauptete, dass ihre Gerichte allesamt wunderbar schmeckten.

Sie holte das Netz mit dem Grünkohl aus der Speisekammer und begann, die Stiele zu entfernen und die schmutzigen Blätter zu waschen. Das Gemüse hatte bestimmt inzwischen den Frost abbekommen, der es erst richtig schmackhaft machte. Das Wasser kam eiskalt aus der Leitung, sodass Hildes Hände davon schmerzten. Sie war froh, als endlich kein Sand mehr im Spülbecken zurückblieb. Wenn Hinrich seinen Mittagsschlaf beendet hat, werde ich ihm von Pierre und mir erzählen, dachte sie, während sie sich die Hände abtrocknete und sie warm zu reiben versuchte. Es ist ja wirklich eine ganz alltägliche Sache. Nur dass sie noch nie mit ihrem Vater über Themen wie Männer, Liebe, Beziehungen geredet hatte. Wenn sie als junges Mädchen frisch verliebt war oder Liebeskummer hatte, dann war höchstens die Mutter manchmal zu ihrer Vertrauten geworden. Aber bloß nicht jetzt darüber nachdenken, sondern spontan drauflosreden.

Der Kater war bereits aufgewacht, stand auf Hinrichs Knien, streckte sich, rundete seinen Katzenbuckel und gähnte ausgiebig. Dann sprang er ohne einen Laut herunter, kam zu ihr herübergepirscht und rieb sich an ihren Beinen. Auch Hinrich regte sich jetzt und blinzelte in die Helligkeit.

»Na Vadder, gut geschlafen?«

»Ach, Hilde, bist du schon wieder da? Ich hab man nur ein kurzes Nickerchen gemacht.«

»Schön. Möchtest du vielleicht eine Tasse Tee und ein Stück Kuchen?«

»Da sag ich nicht nein.«

Langsam, aber immer noch kraftvoll stemmte sich der alte Mann aus dem Lehnstuhl hoch und griff nach seinem Stock.

»Das is ja wohl ein schöner Tag heute!«

»Ja, Vadder. Wollen wir nachher noch einen kleinen Spaziergang machen, damit du ordentlich Hunger kriegst?«

»Keine Sorge, auf Groenkohl mit soeten Kantüffeln hab ich immer Hunger. Aber spazieren gehen können wir trotzdem.«

Hilde nahm die handgetöpferte Kanne vom Stövchen, goss ihrem Vater den Tee ein und schnitt ihm ein Stück vom Goldkuchen ab.

»Ich muss dir was erzählen«, sagte sie dann und setzte sich zu ihm an den Tisch.

»Haben sie den Mörder von Christian gefasst?«

»Nein Vadder. Es ist was ganz anderes. Was Schönes eigentlich.«

Hinrich hob den Kopf, den er beim Essen tief über den Kuchenteller gebeugt hielt, da seine Hände inzwischen etwas zittrig waren und leicht etwas zu Boden fiel, und sah sie aufmerksam an. Was sollen lange Vorreden, dachte Hilde.

»Also, der Pierre und ich«, begann sie, doch so einfach fand sie es dann doch nicht. »Kennen tun wir uns ja schon länger …«

Die Klingel an der Haustür unterbrach Hildes Versuch, die Dinge zu erklären, und sie stand widerwillig auf, um zu öffnen.

»Ach, Sie sind das«, empfing sie die beiden Kriminalbeamten nicht sehr erfreut. »Was gibt's denn noch?«

»Guten Tag, Frau Dierksen«, sagte der Große mit dem süddeutschen Akzent. »Wir würden gern noch einmal kurz mit Ihnen und Ihrem Vater sprechen.«

»Bitte kommen Sie doch rein.«

Musste das ausgerechnet jetzt sein, dachte Hilde? Einen schlechteren Moment hätten sich die beiden wirklich nicht aussuchen können. Sie führte sie in die Stube. Als Hinrich sie sah, fragte er sofort ungeduldig nach dem Fortgang der Ermittlungen.

»Haben sie ihn schon?«

»Leider nicht, Herr Dierksen. Aber wir arbeiten dran«, antwortete der Kommissar freundlich, und sein jüngerer Kollege nickte bekräftigend. Sie nahmen am Tisch Platz, den Tee, den Hilde ihnen der Höflichkeit halber anbot, lehnten sie ab.

»Wir würden gern noch einmal einen Punkt klären«, fing der an, der Angermeier oder so ähnlich hieß, wie Hilde sich erinnerte. »Wie lange genau war der Herr Lebouton am Donnerstagabend bei Ihnen? Oder besser, wann genau ist er gegangen, Herr Dierksen?«

Der alte Mann sah den Beamten mit wachem Blick an.

»Sie überprüfen das Alibi von Herrn Lebouton, nicht wahr?«, stellte er sachlich fest. »Wie ich Ihnen gestern schon sagte, von mir hat er sich so bei 22 Uhr rum verabschiedet.«

Hilde spürte plötzlich, wie alles Blut in Richtung Magen sackte und ihr dann gleich wieder im Gesicht ganz heiß wurde. Wahrscheinlich hatte Pierre den Polizisten gesagt, dass er sie erst nach Mitternacht verlassen hatte, und nun brachte sie ihn in Schwierigkeiten, weil sie nicht hatte erzählen wollen, dass er Donnerstagnacht statt zu gehen, nur leise ins obere Stockwerk gestiegen war. Nur weil sie diese peinliche Komödie hatte verschweigen wollen, die sie Hinrich vorgespielt hatten.

»Aber wann Herr Lebouton dann nach Hause gegangen ist, das kann ich Ihnen nicht sagen«, hörte sie Hinrich wie in weiter Ferne antworten. Erstaunt blickte sie zu ihm hin, versuchte aber gleich, so gelassen wie möglich zu wirken, als die Köpfe der beiden Beamten sich zu ihr wandten.

»Ach so«, Hilde räusperte sich. »Hab ich Ihnen das gestern nicht schon gesagt?«

Die beiden sahen sie an und schüttelten bedauernd den Kopf.

»Wir haben dann noch eine ganze Weile zusammengesessen. Es muss so kurz nach Mitternacht gewesen sein, als Pierre nach Hause gegangen ist.«

»Sind Sie sich da ganz sicher, Frau Dierksen?«, fragte dieser Angermüller – ja, so hieß er – noch einmal.

»Ich bin mir ganz sicher«, bekräftigte Hilde. Die beiden Kommissare sagten nichts mehr dazu. Der mit Namen Angermüller sah das fleckige Heft und verwickelte sie noch in ein kurzes Gespräch über die Kochrezepte ihrer Mutter. Sie fragte sich, welchen verborgenen kriminalistischen Zweck er damit wohl verfolgte. Kurz darauf verabschiedeten sich die zwei. Zum einen war Hilde heilfroh, als sie weg waren, zum anderen musste sie jetzt zurück in die Stube zu Hinrich. Sie drückte die Klinke, atmete tief durch und setzte sich wieder zu ihm.

»Vadder, ich …«, begann sie, »Pierre und ich, das hat sich irgendwann so zwischen uns ergeben, und ich wollte es dir längst erzählen.«

Eine ganze Weile sagte ihr Vater nichts, aber plötzlich lächelte er.

»Was ist, was hast du?«

»Ach Kind«, seine faltige Hand griff nach der ihren. »Du hältst mich wohl fürn ollen Doesbaddel? Dat heb ich wohl schon lange mitkriegt, dass ihr zwei beiden euch ’n beten lieb habt.«

Sie hörte, dass Hinrichs Stimme ein wenig unsicher wurde, wie immer, wenn ihm etwas naheging.

»Das freut mich so für dich, min Deern.«

Sie sprang auf und gab Hinrich schnell einen Kuss auf die

Stirn. Doch in ihre Erleichterung mischte sich die Befürchtung, sie könnte Pierre, in dem Wunsch, ihm zu helfen, vielleicht einen Bärendienst erwiesen haben.

»Was meinst du, Georg: Die Dierksen und der Lebouton, haben die beiden sich noch mal abgesprochen wegen der Uhrzeit?«

Angermüller und Jansen überquerten den Innenhof zum gegenüberliegenden Kavaliershaus. Der Angesprochene zuckte mit den Schultern.

»Ehrlich gesagt, ich weiß nicht, was ich glauben soll. Aber irgendwie sagt mir mein Bauch eigentlich, dass die Frau nicht lügt.«

»Und wenn dein Bauch das sagt, das hat Gewicht!«

Für diesen Kommentar versetzte Angermüller seinem Kollegen einen Stoß in die Rippen.

»He!«, beschwerte sich der. »Keine Gewalt! Na ja, mit deiner Objektivität ist das ohnehin so eine Sache. Jetzt wo der Meister persönlich dir die Hand geschüttelt hat und wo du ja sowieso glaubst, dass Leute, die kochen, einfach die besseren Menschen sind …«

»Beweis du mir lieber deine Objektivität, wenn wir gleich mit deiner Freundin Alix Blomberg sprechen!«

»Was soll denn die Ansage?«

»Achtung!«, sagte Angermüller plötzlich. Aus den Augenwinkeln hatte er den Münchner von Tele 1 mit dem Mikro herankommen sehen, hinter ihm ein Kameramann.

»Grüß Gott, gibt's was Neues, Herr Kommissar?«

»Natürlich, immer wieder. Aber jetzt haben wir leider überhaupt keine Zeit, mit Ihnen zu plaudern, weil wir arbeiten müssen. Grüß Gott!«

Der muskelbepackte Sicherheitsmann nahm sie im Flur

des Kavaliershauses in Empfang und brauchte sich nur kurz in der Tür zu zeigen, und die Fernsehleute zogen sich zurück. Die zweite Aufzeichnung schien gerade vorbei zu sein, denn aus der Tür zum Studiotrakt kamen nacheinander einige Mitglieder des Teams. Auch Grit Fischer tauchte auf und blies gestresst die Backen auf, als sie die Beamten sah.

»Hallo Frau Fischer, Sie schickt der Himmel. Wir würden gern noch einmal mit Frau Blomberg sprechen. Können Sie uns sagen, wo wir die finden?«

»Glauben Sie denn, ich weiß das?«, blaffte sie unfreundlich. »Versuchen Sie's mal in ihrer Garderobe.«

»Wo genau ist die?«

Die Regieassistentin verdrehte die Augen.

»Jim!«, rief sie genervt dem Aufpasser an der Tür zu. »Bringst du die Herren in die Garderobe von Alix! Bitte! Danke!«

Alix Blomberg empfing die Kommissare im Morgenmantel, einem puderfarbenen Traum aus fließender glänzender Seide. Sie entschuldigte sich sofort, dass sie eigentlich nicht für Besuch angezogen sei, und fragte dann mit ihren erstaunten Augen:

»Was kann ich für Sie tun?«

»Wir würden gern noch einmal mit Ihnen sprechen – allein«, sagte Angermüller mit Blick auf die Maskenbildnerin, die gerade mit einem Schwämmchen im Gesicht der Moderatorin herumtupfte.

»Sie haben uns ja gestern auf die Probleme aufmerksam gemacht, die es zwischen Pierre Lebouton und Christian von Güldenbrook in letzter Zeit gab«, stellte Angermüller fest, nachdem die Maskenbildnerin hinausgeschickt worden war.

»Aber, wie ich gestern auch schon sagte: Gerüchte!«, wiegelte die Blomberg sofort ab.

»Ja gut, Frau Blomberg. Es gibt da noch andere Gerüchte, und die betreffen Sie.«

Die Moderatorin machte ein überraschtes Gesicht. Ihre großen Augen wurden noch größer. Nervös sah sie in den Spiegel und schob ihre dicken Locken zurück.

»Ach ja? Und welche?«

»Es heißt, man wolle Sie als Moderatorin der Lebouton-Show ablösen.«

»Wer sagt denn so was?«, fragte Alix Blomberg mit einem verächtlichen Lächeln.

»Gerüchte, Frau Blomberg, Gerüchte«, lächelte Angermüller freundlich zurück. »Und es heißt, es war vor allem Christian von Güldenbrook, der Sie loswerden wollte.«

»Mich loswerden. Was für eine Formulierung!«

Sie schüttelte empört den Kopf.

»Und weiter sagt man, Sie hätten mithin allen Grund gehabt, auf Christian von Güldenbrook wütend zu sein ...«

Hatte sie bis hierher mit herablassender Gleichmut reagiert, überzog plötzlich tiefe Röte ihr Gesicht. Sie wurde bitterböse.

»Hören Sie, ich weiß nicht, welcher Kretin Ihnen dieses Märchen aufgebunden hat! Aber eines versichere ich Ihnen, sollten diese widerwärtigen Verleumdungen an die Öffentlichkeit gelangen, werde ich herausfinden, wer dafür verantwortlich ist. Mein Anwalt wird jeden Einzelnen mit einem Verfahren überziehen! Das ist üble Nachrede! Das wird Schadensersatzklagen hageln, die sich gewaschen haben!«

Trotz der sorgfältig aufgebrachten Schminke sah Alix Blomberg auf einmal ziemlich alt aus. Angesichts ihrer Erregung verzichtete Angermüller darauf, auch noch Pierre

Lebouton als Befürworter der Ablösepläne zu erwähnen, doch eine Frage musste er noch stellen.

»Haben Sie vorgestern mit Christian von Güldenbrook über dieses Thema gesprochen?«

»Entschuldigung? Halten Sie etwa mich für die Täterin? Haben Sie schon wieder vergessen, dass ich Christian am Tag meiner Ankunft gar nicht gesehen habe?«, giftete sie zurück. Dann, von einer Sekunde zur anderen, wechselte plötzlich ihr Seelenzustand.

»Und Sie scheinen auch vergessen zu haben, dass ich Christian einmal sehr geliebt habe«, klagte sie mit kleiner Stimme und schluckte. »Selbst wenn das die Wahrheit wäre, dass er etwas an der Show verändern wollte«, ihre Augen waren so groß und tief wie zwei Alpseen, als sie die beiden Beamten jetzt ansah, »ich hätte ihm doch nie etwas Böses tun können.«

Sie verstummte und legte die Hände über die Augen.

»Ich brauche jetzt meine Ruhe«, flüsterte sie. »Schließlich habe ich noch zu arbeiten heute, meine Herren.«

»Wie groß sind Sie eigentlich, Frau Blomberg?«

»1,84 Meter«, sagte die Moderatorin erstaunt, nahm die Hände von den weit aufgerissenen Augen und vergaß im Nu die Rolle des betroffenen Seelchens.

»Rechts- oder Linkshänderin?«

»Linkshänderin.«

»Na gut, Frau Blomberg, dann frohes Schaffen noch. Wiedersehen!«, verabschiedete sich Angermüller und schob seinen Kollegen in Richtung Tür.

»Guten Tag«, antwortete die Blomberg, ohne sie noch eines Blickes zu würdigen.

Als sie wieder auf dem Flur standen, fuhr sich Angermüller ungeduldig durch seine dunklen Locken.

»Mist. Wir kommen nicht vom Fleck. Diese Blomberg schauspielert mit jedem Wort, das sie sagt. Aber um jemandem ein Messer in die Brust zu rammen, da gehört doch mehr dazu, oder? Irgendwie hab ich überhaupt keine Meinung mehr.«

»Und im Fernsehen wirkt die immer so nett«, meinte Jansen bedauernd. »Aber eben war die ja richtig zickig.«

»Das hab ich gehört.«

Grinsend stand Patricia plötzlich neben ihnen.

»Krieg ich jetzt eigentlich 'ne Belohnung?«

»Leider war da gar keine ausgesetzt«, lächelte Angermüller. »Aber der Tipp mit der Heilpraktikersache war goldrichtig. Sie sollten zu uns kommen, wenn Sie mit dem Studium fertig sind. Vielleicht genehmigt man uns dann eine Stelle als Profilerin für Sie.«

»Das werd ich mir überlegen, Herr Kommissar.«

Der Signalton von Angermüllers Mobiltelefon erklang. Er entschuldigte sich und ging ein paar Schritte zur Seite.

»Na, sind Sie ein enttäuschter Blomberg-Verehrer?«, sprach Patricia seinen Kollegen spöttisch an. Der zuckte nur gleichgültig mit den Schultern.

»Sie wären sowieso zu alt für die, sorry«, meinte sie dann zu ihm. Etwas verunsichert sah Jansen die junge Frau mit einem schiefen Grinsen an.

»Ich will doch gar nichts von der.«

»Ach so, ich dachte. Na ja, die hat nämlich …«, sie beugte sich zu Jansens Ohr und flüsterte ihm etwas zu. Ein spitzbübisches Lächeln lag dabei auf ihrem Gesicht.

»Was Sie so alles sehen!«, amüsierte sich Jansen. »Der wollte bestimmt nur ein Autogramm haben.«

»Nachts um zwei mit Klamotten aufm Arm und in Boxershorts!«, Patricia tippte sich mit dem Finger gegen die Stirn. »Is mir eigentlich auch total egal. Ich muss jetzt was essen. Und wenn Sie mich noch was fragen wollen, ich bin hier. Tschüüss!«

Mit einem kurzen Winken verschwand sie in Richtung Gesindeküche. Jansen fand Angermüller immer noch telefonierend am Fuß der Treppe sitzend.

»Na, das ist doch interessant«, brummte der gerade zufrieden. »Sonst noch was?«

Er lauschte weiter konzentriert und äußerte nur hin und wieder seine Zustimmung. Jansen sah ihn die ganze Zeit ungeduldig an.

»Nu sach schon! Wer, wie, was?«, forderte er seinen Kollegen auf, als der das Handy endlich zuklappte.

»Warum so neugierig?«, ärgerte ihn Angermüller. »Ich weiß jetzt jedenfalls, was wir machen.«

»Mensch, Georg! Muss ich erst grob werden?«

»Das war Thomas, der einige interessante Dinge über den jungen Herrn Grafen herausgefunden hat.«

Thomas Niemann hatte Clemens von Güldenbrook gegoogelt und war dabei auf eine Menge Informationen über seinen geschäftlichen Werdegang gestoßen. In fünf Jahren hatte er immerhin schon zwei Konkurse hingelegt. Ob das unseriöse Geschäftspraktiken oder zwielichtige Geschäftspartner waren, die ihn hereingelegt hatten, oder ob er tatsächlich nur Pech hatte, war nie ganz klar geworden. Jedenfalls war er vom einst viel gepriesenen Jungunternehmer des Jahres in Fachkreisen inzwischen zum Pleitier par excellence abgestiegen. Doch immer wieder hatte er offensichtlich Geldgeber für seine Geschäftsideen gefunden. Aktuell hieß es, habe er einen russischen Partner mit einem schier unermesslichen Finanzreservoir. Mit nachweisbar kriminellen Aktivitäten hatte er bisher scheinbar nichts zu tun gehabt, denn bei Inpol hatte sich kein entsprechender Eintrag gefunden. Auch als regelmäßiger Besucher von Spielbanken war er nicht aufgefallen.

»Die heißeste Info aber ist«, sagte Angermüller langsam, »dass sich auf dem Laptop seines Vaters der Entwurf eines Darlehensvertrages auf Clemens' Namen über 300.000 Euro gefunden hat. Und was glaubst du, wann die Rückzahlung fällig war?«

»Vorgestern?«

»Gestern. Los komm, wir haben im Dunkelgrünen Gang einen Besuch zu machen.«

KAPITEL VIII

Die Helligkeit hatte schon merklich abgenommen, als die Kommissare auf dem Rückweg nach Lübeck waren. Es war kurz nach halb vier und Angermüller war guter Dinge. Endlich tat sich etwas, endlich hatten sie einen konkreten Ansatzpunkt. Sie bogen von der Güldenbrook'schen Allee nach rechts auf die Landstraße ein. Blauviolette Wolkenschlieren umrahmten die tief stehende Sonne. Die Nacht würde wohl wieder richtig frostig werden. Der Kriminalhauptkommissar saß entspannt auf dem Beifahrersitz und überlegte, wie sie am besten bei der bevorstehenden Vernehmung vorgehen sollten. Es herrschte nur wenig Verkehr auf der Straße zwischen den kleinen Dörfern, nur ab und zu kam ihnen ein Wagen entgegen, wie der gerade eben, der mit ziemlich hoher Geschwindigkeit fuhr. Bei seinem Anblick merkte Angermüller auf.

»War das nicht eben …?«

Bevor er den Satz zu Ende sprechen konnte, hatte Jansen die Handbremse angezogen, die Hinterräder blockierten, der Passat drehte sich um 180 Grad, und in der nächsten Sekunde startete er in die Gegenrichtung zurück nach Güldenbrook.

»Bist du übergeschnappt?«, schnauzte Angermüller seinen Kollegen an. »Wir hätten auch im Graben landen können, Claus!«

»Doch nicht mit mir«, grinste Jansen zufrieden. »Das war eine skandinavische Wende, Georg. Völlig kontrolliertes Manöver. Hab ich beim Rallyefahren zigfach geübt.«

Überzeugend fand Angermüller das zwar nicht, doch

er sagte nichts mehr dazu. Jansen nahm das Tempo zurück und folgte dem Auto in einigem Abstand. Es war ja ohnehin klar, zu welchem Ziel der englische Sportwagen unterwegs war.

Als sie auf dem Hof von Gut Güldenbrook anlangten, sahen sie, wie der silberfarbene Aston Martin direkt neben dem Rondell vor dem Herrenhaus zum Stehen kam. Clemens von Güldenbrook stieg aus. Er trug den gleichen eleganten Kurzmantel wie am Vorabend. Der cremefarbene Schal wehte ihm nach, als er schnellen Schrittes die kleine Brücke über den Wassergraben nahm und die Stufen zur Eingangstür hocheilte. Nach kurzem Warten war er dahinter verschwunden.

»Also den Schlüssel hat er nicht«, stellte Jansen fest.

»Das muss das nicht heißen, vielleicht hat er ihn nur absichtlich nicht benutzt«, widersprach Angermüller.

Sie warteten einen Moment, stiegen dann auch aus dem Auto und gingen in Richtung Herrenhaus. Diesmal öffnete sich die Tür nicht sofort nach ihrem Klingeln. Jansen drückte ein zweites Mal auf den Messingknopf.

»Na, na! Ganz sutsche!«, hörten sie es kurz darauf drinnen schimpfen. Dann erschien der Kopf von Frau Hase in der Tür.

»Ach, Sie sind das! Ich war oben im ersten Stock, und so fix bin ich denn auch nicht mehr. Ich hab dem jungen Herrn von Güldenbrook doch erst mal kondolieren müssen, nicht? Der arme Junge, so seinen Vater zu verlieren! Und dann hab ich ihn in die Wohnung gelassen, denn da muss er sich jetzt ja auch mal um kümmern, nicht? Wollten Sie zu mir?«

»Nein, Frau Hase, wir wollen Sie doch nicht bei Ihrer Arbeit stören. Wir müssen mit Clemens von Güldenbrook sprechen.«

»Gut, dann bring ich Sie zu ihm.«

»Für uns brauchen Sie nicht schon wieder die Treppe steigen, vielen Dank! Wir kennen ja den Weg«, sagte Jansen, legte den Arm um sie und schob sie sanft zur Bürotür.

»Bitte, wie Sie wollen«, entgegnete sie leicht verschnupft. »Falls Sie mich doch noch brauchen, ich bin das ganze Wochenende hier. Wir haben ja Produktion.«

Sie schloss die Tür hinter sich lauter als nötig, und Angermüller und Jansen stiegen unter den barocken Deckengemälden die geschwungene Treppe hinauf zur Wohnung von Christian von Güldenbrook und klingelten.

»Was gibt's denn noch, Frau Hase?«, fragte Clemens, als er öffnete. Dieses Mal stand ihm die Überraschung ins Gesicht geschrieben, als er sich den beiden Beamten gegenübersah.

»Was wollen Sie denn hier?«, entfuhr es ihm.

»Guten Tag. Das würden wir gern von Ihnen wissen, Herr von Güldenbrook«, antwortete Angermüller freundlich. »Dürfen wir reinkommen?«

Ohne ein Wort gab der junge Mann, der immer noch Mantel und Schal trug, den Eingang frei.

»Also, was tun Sie hier?«, fragte Angermüller, als sie im Flur vor einem Gobelin mit einer Kreuzfahrerszene standen.

»Ist das nicht normal, dass man in der Wohnung nach dem Rechten sieht, wenn jemand von den Eltern gestorben ist? Ich sagte ja schon, die Beerdigung muss ausgerichtet werden. Da müssen Verwandte, Freunde, Bekannte benachrichtigt werden, deren Adressen ich nicht habe. Es gibt viele Gründe, hier zu sein.«

»Wollen wir uns dort vielleicht weiter unterhalten?«

Der Kriminalhauptkommissar zeigte zur offen stehenden Tür des Arbeitszimmers, aus der ein heller Lichtschein fiel. Wortlos bedeutete Clemens von Güldenbrook seinen Besuchern, sich dorthin zu begeben. Die Lampe auf dem schweren alten Schreibtisch brannte, alle Schübe waren aufgezogen und die Türen geöffnet.

»Haben Sie gefunden, was Sie suchten?«

»Ich bin gerade erst gekommen. Außerdem muss ich mich erst einmal in das System meines Vaters einarbeiten.«

»Soso«, nickte Angermüller. »Und sonst alles in Ordnung bei Ihnen? Ihre Geschäfte laufen gut, ja?«

»Was soll die Frage?«

Wachsam, aber mit undurchdringlicher Miene sah Clemens von Güldenbrook die Kommissare an. Die schauten ebenso aufmerksam zurück, und Angermüller fragte:

»Könnte es sein, dass Ihr Besuch bei Ihrem Vater vorgestern mit dem gestrigen Datum zu tun hatte? Sie wollten mit ihm über Privatsachen reden, sagten Sie.«

Der junge Mann sagte nichts. Sein angestrengter Blick ließ darauf schließen, dass es in seinem Kopf fieberhaft arbeitete. Natürlich ahnte er, worauf Angermüllers Frage abzielte. Wahrscheinlich fragte er sich jetzt, wie weit die Kenntnis der Beamten über ihn reichte. Dann hatte er sich entschieden.

»Ich habe am Donnerstag versucht, mit meinem Vater über den Termin für die Rückzahlung eines Darlehens zu reden. Im Grunde wollte ich mich nur absichern, für alle Fälle. Eigentlich war ja klar, dass die Rückzahlung überhaupt kein Problem mehr sein würde, wenn ich Freitagabend erst einmal meinen neuen Geschäftspartner getroffen hätte.«

»In der Spielbank in Travemünde?«, fragte Jansen.

»Ja, Herr Shiroff, mein Partner, hatte den Treffpunkt vorgeschlagen.«

Clemens deutete mit keiner Regung seine Überraschung über das Wissen der Polizei an.

»Später sind wir zu ihm ins Hotel gegangen und haben vor allem über die Höhe seines finanziellen Engagements gesprochen. Wir haben uns geeinigt, exakt so, wie ich es mir vorgestellt hatte, und das auch schriftlich festgeklopft. Das wollte ich meinem Vater am Donnerstag klarmachen, dass er mir nur einen Tag Zeit gewähren müsste und dann sein Geld bekommen würde.«

Der Blick des jungen Mannes schweifte über die Wand neben dem Schreibtisch, wo die Familienfotos ordentlich aufgereiht hingen.

»Aber so einfach reden war mit ihm nicht. Mein Vater hatte seine Prinzipien. Schon immer. Er war unglaublich streng, aber er verlangte nichts von anderen, was er nicht sich selbst abverlangt hätte. Ein ganz gerechtes Prinzip ist das, sagte er immer zu mir, als ich noch ein Kind war. Du wirst es noch begreifen.«

Clemens von Güldenbrook schüttelte den Kopf.

»Ich habe es nie begriffen. Mag sein, dass es gerecht ist, so zu handeln, aber menschlich ist es nicht. Nachdem sich meine Mutter von ihm getrennt hatte, war mein Vater meistens allein. Er hatte auch keine engen Freunde, soweit ich weiß. Ob ihm klar war, dass seine gnadenlose Konsequenz die meisten seiner persönlichen Beziehungen zerstörte – keine Ahnung. Der einzige Mensch, mit dem er einigermaßen klarzukommen schien, war der Knopf, ein Parvenü mit Rolex und Privatflugzeug. Das werd ich nie kapieren.«

Der junge Mann wirkte etwas verloren zwischen den dicken Teppichen und den wuchtigen alten Möbeln in diesem Raum, in dem alles seine Ordnung hatte, ob Kaminholz, ob Akten, ob Familienfotos. Wahrscheinlich würde ihm das alles ja bald gehören. Ob er wohl eines Tages hier leben würde, fragte sich Angermüller?

»Über Ihre Bitte, das Darlehen einen Tag später zurückzahlen zu können, sind Sie dann in Streit geraten, oder wie?«, fragte Jansen. Clemens lachte kurz auf, dann sah er hoch.

»Mit meinem Vater konnte man nicht streiten. Da gab es keine Emotionen. Entweder man hatte recht oder unrecht, basta.«

Immer wieder kehrte Clemens' Blick auf die Wand mit den Familienfotos zurück.

»Und wie ist Ihr Gespräch dann verlaufen?«

»Er blieb völlig ruhig, sagte schlicht, dass er das nicht für richtig halte, mir in letzter Sekunde beizuspringen. Das hätte ich mir früher überlegen müssen. Wenn ich mich verkalkuliert hätte, dann müsste ich auch die Konsequenzen tragen. Ich könne ja erst mal meinen Aston verkaufen«, er lachte verbittert. »Dass ich sein Sohn bin, spielte für ihn überhaupt keine Rolle.«

»Und wie haben Sie reagiert?«

»Was blieb mir anderes übrig, als seine Entscheidung zu akzeptieren. Ich habe gehofft, dass ich durch meinen neuen Partner in der Lage sein würde, den Kredit doch noch so rechtzeitig zu bedienen, dass die Folgen des Verzugs so klein wie möglich sein würden.«

»Es stand also einiges auf dem Spiel für Sie. Man könnte sagen, es ging schlicht und einfach um Ihre Existenz«, stellte Angermüller fest.

»Nur, wenn das mit Shiroffs Einstieg in mein Unternehmen nicht geklappt hätte … Aber ich habe ja von Anfang an gewusst, dass wir zusammenkommen.«

»Das hat Ihr Vater vermutlich nicht so gesehen.«

»Er sagte, auf Spökenkiekerei gibt er gar nichts. Und dann hat er mir einen Vortrag gehalten, was er für eine solide Unternehmensführung hält, und mir meine diesbezügliche

Unfähigkeit klargemacht. Das war seine Art von väterlicher Zuwendung …«

Clemens von Güldenbrook war die innere Bewegung deutlich anzumerken, welche die Erinnerung an dieses Gespräch in ihm hervorrief, sodass Angermüller fragte:

»Und Sie blieben ganz ruhig?«

»Wer wäre da ruhig geblieben? Es war ja nicht zum ersten Mal, dass er mich so behandelt hat. Er war mein Vater, und ich habe ihn um Hilfe, um einen kleinen Gefallen gebeten. Er hat mir nicht geglaubt, mir nicht vertraut und mich wieder einmal seine ganze Geringschätzung spüren lassen. Natürlich war ich enttäuscht.«

Er starrte wieder auf die Familienfotos an der Wand. »Und wütend war ich auch.«

»Und da haben Sie mit dem Messer zugestochen«, mutmaßte Jansen. Clemens von Güldenbrook sah ihn verblüfft an.

»Sie spinnen ja«, sagte er dann ruhig. »Unser Gespräch hat hier stattgefunden. Er hat mir sogar erstaunlicherweise einen seiner teuren Weine kredenzt. Ich habe mich auf dem Hof von meinem Vater verabschiedet, so wie ich es Ihnen gestern erzählt habe. Soweit ich inzwischen erfahren habe, hat man ihn im Kavaliershaus gefunden. Dort bin ich vorgestern überhaupt nicht gewesen.«

»Leider haben wir keine Zeugen für Ihre Version. Das ist das Problem.«

»Wollen Sie mir anhand bloßer Mutmaßungen jetzt einen Mord in die Schuhe schieben?«

Der junge Güldenbrook lächelte ungläubig.

»Sie haben ein ernst zu nehmendes Motiv, Sie kennen sich hier aus, und Sie haben für Donnerstagabend kein Alibi«, zählte Angermüller auf.

»Ich habe Ihnen doch gesagt, wo ich war.«

»Aber nicht, mit wem. Im Restaurant erinnerte man sich zwar an Sie, aber nicht an die genauen Zeiten. Und für die Zeit danach bei Ihnen zu Hause haben Sie bis jetzt auch keinen Zeugen. Wenn Sie uns also den Namen Ihrer Begleiterin nicht nennen wollen ...«

Mit einem kurzen Kopfschütteln verneinte der junge Mann.

»Dann müssen Sie wohl erst mal mit uns in die Bezirkskriminalinspektion kommen, fürchte ich.«

Clemens von Güldenbrook sah die Beamten einen Moment völlig entgeistert an, dann stieß er ein freudloses Lachen hervor.

»Das ist jetzt nicht Ihr Ernst, oder?«

»Leider doch, Herr von Güldenbrook. Vielleicht wollen Sie ja Ihren Anwalt anrufen?«

Aus der Küche hörte er die Zwillinge kichern und lachen. Der intensive Geruch von Pizza kroch ihm in die Nase, als Angermüller den heimischen Flur betrat. Seine Stimmung war nicht die beste. Die Teamsitzung in der Bezirkskriminalinspektion hatte mit Verzögerung angefangen und war eben erst zu Ende gegangen. Alles, was die Kollegen und er im Fall Güldenbrook bisher zusammengetragen hatten, erwies sich als nicht wirklich dem Fortkommen dienlich. Der leitende Kriminaldirektor, der mit großen Erwartungen ebenfalls erschienen war, hatte mit Kritik nicht gespart. Wahrscheinlich auch, weil er bedauerte, nicht wenigstens die schnelle Aufklärung des Giftanschlags auf Maja Graflinger der Presse als großen Fahndungserfolg verkaufen zu können. Sie hatten den Chef mit viel Geduld überzeugen können, dass man weiterhin größte Diskretion walten lassen sollte, um nicht noch mehr Medienleute nach Güldenbrook zu ziehen.

Georg hörte Astrids lautes Lachen, als er seine Jacke an die Garderobe hängte, und sah im Spiegel sein graues, missmutiges Gesicht. Kein Wunder, so frustriert wie er war. Die Vernehmungen von Clemens von Güldenbrook in Lübeck hatten überhaupt keine neuen Anhaltspunkte erbracht. Der junge Mann war in nichts von seiner Version des Mordabends abgewichen und blieb weiterhin stur bei seiner Weigerung, den Namen seiner Begleiterin zu nennen. Er hatte es auch nicht für nötig erachtet, seinen Anwalt zu benachrichtigen. Ob sie wohl doch auf dem Holzweg waren? Gern hätten sie ihn wenigstens 24 Stunden festgehalten. Eine Nacht zwischen den nackten Betonwänden einer Zelle im Tiefgeschoss in der Possehlstraße hatte schon so manchem verstockten Täter die Zunge gelöst. Staatsanwalt Lüthge hatte sofort davon abgeraten. Es seien keine plausiblen Gründe vorhanden, hatte er argumentiert, die ein solches Vorgehen rechtfertigten. Auch Angermüller musste zähneknirschend zugeben, was er mit einer gewissen Sturheit nicht hatte wahrhaben wollen: dass ihre Verdachtskonstruktion überhaupt nicht hieb- und stichfest war, da sie auf reinen Hypothesen beruhte. So mussten sie den jungen Güldenbrook schließlich ziehen lassen, der sie nicht eines Blickes würdigte, als ein Freund ihn abholte.

Jetzt war es kurz vor 20 Uhr. Georg musste sich schnell umziehen und die Weinflasche holen, die er als Gastgeschenk für Steffen besorgt hatte. Bevor er nach oben ging, wollte er noch seiner Familie Guten Tag sagen, ehe er sich gleich wieder auf den Weg zu seiner Einladung machte, und betrat die Küche.

»Das ist ein Elefant!«, schrie Julia gerade.

»Ich kann nicht mehr!«, stöhnte Judith gleich darauf, und ihre Schwester bekam fast keine Luft mehr vor Lachen. Die beiden saßen Martin gegenüber, der Angermüllers gewohnten Platz eingenommen hatte, mit dick aufgeplusterten Backen wilde Grimassen schnitt und komische Laute von sich gab. Auch Astrid, die eher selten zu lauter Fröhlichkeit neigte, hörte er schon wieder albern kichern.

»Hallo Papa! Kannst du das auch? Das ist echt geil!«, rief Judith, als sie ihren Vater hereinkommen sah.

»Mach doch auch mit!«, forderte Julia ihn auf. »Wir machen Tiere nach, und Leute.«

»Hallo ihr alle! Wirklich lustig euer Spiel«, nickte Angermüller mit einem schrägen Seitenblick auf Martin. Der holte zwei Walnüsse aus seinem Mund und sagte leicht verlegen »Hallo Georg«, und auch Astrid hörte auf zu kichern und drehte sich nach ihm um.

»Hallo Schatz«, begrüßte er sie und strich ihr kurz über die Schulter. »Habt ihr euch eine leckere Pizza gemacht?«

»Der Martin hat seine Spezialpizza für uns gemacht, und wir haben geholfen«, erklärte Judith stolz. »Ich hab den Teig platt gemacht.«

»Und ich hab Gemüse und Käse geschnitten«, fügte Julia nicht weniger stolz hinzu. »Das war voll cool und schmeckt echt so lecker!«

»Die Pizza musst du auch mal mit uns machen. Der Martin gibt dir bestimmt das Rezept dafür«, forderte Judith.

»Na ja, euer Vater kriegt das sicher auch ohne Rezept hin«, meinte Martin mit einem schiefen Lächeln zu Georg, der auf der Arbeitsplatte bereits die aufgerissene Packung mit dem Fertigteig entdeckt hatte.

»Setz dich doch, Papa. Da ist noch was übrig von der Pizza für dich, und mitspielen sollst du auch, das macht echt Spaß.«

Julia deutete auf den Stuhl neben sich.

»Ich glaube, euer Papa bekommt gleich was noch Besseres als meine Pizza zu essen«, warf Martin ein. »Das ist zwar kaum zu glauben …«

»Echt? Was isst du, Papa?«

»Ich würde ja gern hier bei euch bleiben, aber ich hab leider überhaupt keine Zeit. Ich bin bei Steffen zum Essen eingeladen und muss gleich wieder los.«

Für einen Moment erschien so etwas wie Enttäuschung auf den Gesichtern der Zwillinge, doch schon in der nächsten Sekunde wendeten sie sich wieder Martin zu und baten ihn, ein neues Rätsel zu stellen. Georg wäre wirklich gern bei den Kindern geblieben, aber er hatte nun mal heute diese Verabredung, die ja vor allem der Hochzeitsvorbereitungen wegen getroffen worden war. Astrid hatte die ganze Zeit nichts gesagt und beobachtete die Kinder und Martin, wie Georg schien, mit wohlwollender Miene.

Er ging nach oben, griff sich ein olivgrünes Cordhemd aus dem Kleiderschrank und merkte, wie sich zu seinem ohnehin schon vorhandenen Ärger auch noch Missmut darüber entwickelte, wie sich Martin hier breitmachte, seinen Platz besetzte, immer da war, immer Zeit hatte. Ja wirklich, wie konnte ein Mensch nur so viel Zeit haben, wütete es ziemlich sinnlos in Georgs Kopf. Während er im Kleiderschrank noch nach einem passenden Pullover suchte, atmete er ein paar Mal tief durch und versuchte, sich auf den bevorstehenden Abend zu freuen. Danach fuhr er sich schnell vor dem hohen Spiegel mit den Händen durchs Haar, aber der kurze Blick auf den großen Mann, dessen beigefarbener Pulli über dem Bauch unelegant spannte, war der Verbesserung seiner Laune auch nicht gerade dienlich.

Er sprang die Treppe hinunter. Er war spät dran, holte den Wein aus der Speisekammer und verabschiedete sich mit einem Küsschen von seinen Töchtern, die sich schon wieder bestens bei ihrem Ratespiel mit Martin amüsierten.

»Tschüss Schatz, schönen Abend euch noch«, sagte er zu Astrid und gab ihr auch einen Kuss auf die Wange.

»Sag mal, Carola hat heute Nachmittag hier angerufen?«

Der fragende Tonfall seiner Frau verhieß nichts Gutes, aber Georg blieb ganz entspannt.

»Ach ja? Was wollte sie denn?«

»Ich komme wohl besser mit raus«, antwortete Astrid und stand auf.

»Also?«, fragte sie dann im Flur und sah ihren Mann forschend an. »Warum hast du das gemacht?«

»Wieso, was habe ich denn gemacht?«

Noch gelang es Georg, völlig ruhig zu bleiben, während Astrids Entrüstung nicht zu übersehen war.

»Entschuldige, aber spiel hier bitte nicht das Unschuldslamm! Carola hat hier angerufen. Sie hat mir von diesen Drohbriefen erzählt und davon, wie du sie heute abgefertigt hast. Sie war völlig aufgelöst, hat am Telefon geweint, und du sagst, du weißt von nichts!«

Empört schüttelte sie den Kopf. Ihre Wangen hatten sich merklich gerötet.

»Carola hat ein paar anonyme Briefe erhalten, ja. Leicht anzügliche, erotische Briefe. Wenn du mich fragst, sind die von einem Verehrer«, erklärte Georg sachlich, konnte aber nicht umhin hinzuzufügen: »So erstaunlich das bei Carola auch sein mag.«

»Georg!«

Er achtete nicht auf den tadelnden Zwischenruf seiner Frau.

»Oder sie sind von einem Verflossenen. Carola aber glaubt, der Kochstar Pierre Lebouton hat sie geschrieben, weil sie ihn in ihren lächerlichen Artikeln schon öfter verrissen hat. Ich kenne den Mann inzwischen persönlich, und wenn ich dem auch sonst manches zutraue, dass er auf die Kritik einer so unbedeutenden Person wie Carola Dohse mit anonymen Briefen reagiert, ist wirklich völlig aus der Luft gegriffen.«

»Aber du hast ihr versprochen, dich um die Sache zu kümmern und wie so oft dein Versprechen nicht gehalten. Wer kennt das besser als ich«, funkelte Astrid ihn aufgebracht an und verschränkte die Arme vor der Brust.

»Ich habe ihr überhaupt nichts versprochen, das habe ich dir auch schon gestern Nacht gesagt, und dass du ihr die Nummer meines Diensthandys gegeben hast, war wirklich keine gute Idee.«

Auch Georg war inzwischen etwas lauter geworden. Carolas alberner Verdacht und die Tatsache, dass er jetzt ausgerechnet ihretwegen diese unschöne Auseinandersetzung mit seiner Frau führen musste, machte ihn wütend und traurig zugleich.

»Können wir das Thema jetzt vielleicht beenden? Ich habe Carola gesagt, ich gebe die Briefe an einen Kollegen weiter, was ich Montag auch sofort tun werde. Allerdings haben die auch anderes zu tun, aber ich werd sehen, was ich machen kann. Und damit ist die Sache dann für mich erledigt.«

»Trotzdem hast du dich meiner Freundin gegenüber wirklich unmöglich verhalten. Eigentlich müsstest du dich bei ihr entschuldigen.«

»Astrid, deine hysterische Freundin ruft mich während meiner Arbeit an, platzt mit ihrem Anruf mitten in eine wichtige Vernehmung, und ich soll mich entschuldigen?«, Georg war bemüht, seinen inneren Aufruhr in den Griff zu kriegen.

»Es war wirklich nicht sehr hilfreich, ihr meine Nummer zu geben«, betonte er noch einmal.

»Ich habe nur mal wieder versucht, eines deiner Versäumnisse auszubügeln, lieber Georg. Ich wusste nicht, wie Carola dich sonst erreichen sollte, wenn du sie nicht zurückrufst.«

Sie sah ihn vorwurfsvoll an.

»Du bist ja nie zu Hause. Heute auch. Kaum kommst du, bist du schon wieder weg.«

»Findest du das nicht ein bisschen unfair jetzt? Du weißt doch, Steffen und David wollen mit mir die Zeremonie nächste Woche besprechen.«

»Tja, um gute Gründe bist du ja nie verlegen«, sagte Astrid spitz. »Außerdem spreche ich nicht nur von jetzt und heute.«

»Ich weiß ehrlich gesagt nicht, was das soll. Das sind doch keine vorgeschobenen Gründe! Zugegeben, ich bin ab und zu, vielleicht sogar oft, vergesslich und unpünktlich, aber manchmal bist du mit deinen Vorwürfen auch ziemlich ungerecht. Als ob ich persönlich was dafür könnte, wenn ein Fall nicht zwischen 9 und 17 Uhr zu lösen ist. Ich hab halt nicht so viel Freizeit wie, wie ...«, beinahe wäre ihm Martins Name herausgerutscht, den er vorhin erst wegen seiner vielen Zeit verwünscht hatte, »... wie andere Leute«, endete er.

Doch als er Astrids Blick sah, war ihm klar, dass sie genau wusste, was er dachte. Er war wütend auf Carola, die noch nie seine Sympathien hatte und die nun diesen entsetzlichen Streit verursachte. Noch mehr aber ärgerte er sich über Astrids immer wiederkehrende, unfaire Vorhaltungen. Außerdem fand er es ziemlich unpassend, diese Auseinandersetzung so zwischen Tür und Angel zu führen, unter Zeitdruck und mit den Kindern und einem besonders unerwünschten Zeugen hinter der Küchentür.

»Es tut mir leid, dass wir uns jetzt um etwas zanken, das es eigentlich nicht wert ist«, versuchte er einzulenken und streckte die Hand nach ihr aus. Astrid übersah die Hand.

»Ich weiß nicht, ob es so unwichtig ist, über bestimmte Versäumnisse und daraus resultierende Schwierigkeiten zu reden«, erwiderte sie ungerührt.

»Natürlich müssen wir miteinander reden, Astrid, das weiß ich auch. Das will ich auch«, sagte er ernst. »Ganz in Ruhe und allein. Nicht hier im Flur und schon gar nicht jetzt, weil ich eh schon viel zu spät dran bin. Morgen ist Sonntag. Lass uns morgen darüber reden, ja?«

»Ja, morgen ist Sonntag und auch Sigrids Geburtstag. Wir sollen um 11 Uhr da sein, nur falls du es vergessen haben solltest.« Sie seufzte. »Wir werden ja sehen, ob wir morgen tatsächlich eine Gelegenheit zum Reden finden.«

So wie sie es sagte, schien Astrid eher nicht damit zu rechnen.

Warmes Licht fiel aus den Fenstern der unteren Etage in den winterlich kahlen Vorgarten. Es verhieß Wärme und Behaglichkeit, anregende Gespräche, einen harmonischen Abend unter Freunden, genau das, wonach sich Georg jetzt sehnte. Entgegen seiner Gewohnheit, privat meist zu Fuß zu gehen oder das Fahrrad zu benutzen, hatte er angesichts der tiefen Temperaturen und der fortgeschrittenen Uhrzeit den Wagen für den kurzen Weg nach St. Gertrud genommen. Bei zu viel Alkoholkonsum konnte er das Auto ja stehen lassen. Er war sich jetzt schon ziemlich sicher, dass das heute der Fall sein würde.

Von außen wirkte die kleine Villa, die in einer der ruhigen Straßen hinter dem Burgfeld lag, eher schlicht. Ursprünglich hatten Steffen und David nach einer Wohnung gesucht. Doch es war gar nicht so einfach, ein Objekt zu finden, das ihren Ansprüchen an Größe, Aussehen, Lage und Nachbarschaft entsprach. Schließlich hatten sie die allein stehende Villa entdeckt, die ihnen auf zwei Etagen mehr Raum als genug bot und die außerdem über einen großen Garten mit altem Baumbestand verfügte. Das Haus stammte aus der Gründerzeit, und mit einigem guten Willen konnte man auch die klassizistischen Details daran erkennen, die Steffen sofort dafür entflammt hatten. David fand, ob klassizistisch oder nicht, das Haus hatte auf jeden Fall Charme. Der Preis war bezahlbar, da vor allem das Innere stark renovierungsbedürftig war. Nach monatelanger Handwerkerbelagerung konnten sie im Dezember endlich einziehen.

»Guten Abend! Sie sind George, nicht wahr? Ich weiß alles über Sie! Ich bin Elizabeth, Davids Schwester. Meine Freunde sagen Liz.«

Etwas überrascht gab Georg der großen Frau mit dem englischen Akzent, die auf sein Klingeln öffnete, die Hand. Er hatte nicht gewusst, dass außer ihm noch jemand anders zu Gast sein würde.

»Ja, ich bin Georg Angermüller. Angenehm. Guten Abend!«

»Kommen Sie doch rein, bitte! Steffen und mein Bruder sind in der Küche. Sie bereiten da große Dinge vor – schon seit Stunden! Und Sie sind wahrscheinlich am Verdursten!«

Georg legte seine Jacke ab. Genau wie ihr Bruder hatte Elizabeth rotblondes Haar, aber nicht glatt, sondern einen üppigen Lockenkopf und eine helle sommersprossige Haut. Sie war groß wie er und auch genauso gertenschlank. Und sie hatte das gleiche sympathische Lächeln wie David. Sie plauderte munter weiter, während sie Georg ins Esszimmer führte.

»Darf ich Ihnen gleich einen Drink anbieten? Brandy, Scotch, Gin, was mögen Sie? Ich kann Ihnen auch was mixen. Dry Martini, Bloody Mary, Tom Collins? Ich habe mal in einer Bar gearbeitet. Aber ganz seriös, wirklich nur an der Bar.«

Elizabeth ließ ein helles, fröhliches Lachen hören.

»Hätten Sie vielleicht so was wie einen Averna?«

»Averna? Einen Moment, ich muss schauen!«

»Schorsch, jetzt bist du endlich da, und gleich hat dich meine zukünftige Schwägerin mit Beschlag belegt! Ist sie nicht schrecklich?«

Steffen sprach den fränkischen Schorsch, wie Georg von seinen Freunden genannt wurde, in kultiviertem Französisch aus. Mit einer weißen Kochschürze über Jeans und Polohemd stand er in der Tür und sah auch darin wie immer perfekt gekleidet aus. Seit ein paar Monaten bereits trug er Kontaktlinsen. Obwohl seine elegante Brille ihm gut zu Gesicht stand, wirkte er ohne sie tatsächlich erheblich jünger. Er lächelte breit, sie begrüßten sich, und Georg übergab ihm die Flasche mit edlem Burgunder. Auch David kam aus der Küche. Er trug die gleiche Schürze.

»Hi George! Nimm dich in acht vor ihr, meine große Schwester ist eine Bestimmerin!«

»Sagt mal, ihr beiden Fiancés oder wie das auf Deutsch heißt, was erzählt ihr da für Gemeinheiten über mich?«

Elizabeth kam zu ihnen herüber, gab Georg sein Glas, hatte sich auch eines mitgebracht und prostete ihm zu.

»Welcome!«

»Also ich finde Elizabeth sehr nett, und außerdem spricht sie ausgezeichnet Deutsch. Wo haben Sie das gelernt?«

»Vielen Dank. Perfekt bin ich nicht. Ich habe das mal studiert und sogar eine Zeit lang als Deutschlehrerin gearbeitet.«

»Sagt mal, ihr beide werdet euch doch nicht siezen? Wo ihr doch bald so eine Art Verwandte seid! Ich meine, Schorsch ist mein bester Freund, du bist Davids Schwester, und wenn wir verheiratet sind, gehört ihr doch auch zu unserer kleinen Familie. Außerdem seid ihr beide Trauzeugen, und so was verbindet ja auch, oder?«

»Na gut, Elizabeth, dann auf ›Du‹. Ich bin Georg.«

Georg hob sein Glas und stieß mit Elizabeth an.

»Du musst natürlich Liz sagen!«

Sie trat auf ihn zu und strahlte ihn an. Der angenehme Duft ihres Parfums nach Bitterorange umwehte ihn, und sie gab ihm ganz selbstverständlich einen Kuss auf den Mund.

»Wollen wir gleich in die Küche schauen, was ihr zwei da so gezaubert habt?«, schlug Georg im nächsten Moment vor. Diese Liz, wie sie so ungezwungen lachte, ihre offene Art zu reden – sie strahlte eine Energie, eine Lebendigkeit aus, sie war umwerfend, und das machte ihn verlegen. All seine beruflichen und häuslichen Probleme, die er mit sich herumschleppte – er kam sich ihr gegenüber nur schwerfällig und langweilig vor. Und seine Statur, die der eng sitzende Pulli so unvorteilhaft abzeichnete, ließ ihn sich erst recht unwohl fühlen.

Ohne Zweifel war die Küche von Steffen und David ein Traum. Die funktionale Einrichtung ließ keine Wünsche offen. Es war eine Freude, hier zu kochen, wie auch Georg schon einmal vor ein paar Wochen feststellen durfte, als sie gemeinsam einen Gänsebraten mit den speziellen Klößen seiner fränkischen Heimat bereitet hatten. Der sechsflammige Gasherd, der einem Profi wohl angestanden hätte, befand sich zusammen mit einer kleinen Spüle und einer großzügigen Arbeitsplatte in der Mitte des Raumes. Ringsherum waren Schränke mit weiteren Arbeitsflächen gruppiert, auf denen versenkbare Küchengeräte angebracht waren. Der Backofen lag auf bequemer Bedienerhöhe. Selbstverständlich hatten seine Freunde auch auf geschmackvolles Design Wert gelegt. Zu den schlichten, klaren Formen der Möbel setzten edle Hölzer und Metalle Akzente, die Arbeitsplatten waren aus hellgrauem Marmor. Georg fehlte allerdings ein bisschen die Gemütlichkeit. Wenn er hätte wählen können, dann hätte er sich für die hochwertige Technik, aber den wohnlichen Stil englischer Landhausküchen entschieden.

»Du siehst ein bisschen erschöpft aus, Schorsch. Hast du Ärger?«

Steffens mitfühlend gestellte Frage tat Georg zum einen gut, zum anderen war dies ein schlechter Moment, über seine häuslichen Probleme zu reden.

»Na ja, wir kommen halt im Fall Güldenbrook einfach nicht weiter. Einen Hauptverdächtigen mussten wir gerade vorhin wieder laufen lassen, weil die Verdachtsmomente dann doch nicht ausreichten. Das frustriert.«

»Tut mir wirklich leid, dass auch ich euch keinen entscheidenden Hinweis geben konnte«, meinte Steffen bedauernd. Georg winkte ab.

»Wir haben uns sowieso erst mal bis Montag vertagt. Es sei denn, die Kontendaten von Lebouton und unserem Mordopfer bringen bald interessante Erkenntnisse. Wir warten darauf. Aber die Bankmenschen waren bisher nicht zu erreichen, und so viel verspreche ich mir inzwischen gar nicht mehr davon, ehrlich gesagt.«

»Ach Gottchen, so pessimistisch kenne ich dich ja gar nicht, armer Schorsch. Aber wir bringen dich gleich auf andere Gedanken! Magst du vielleicht das Süppchen kosten, ob es auch genug gewürzt ist?«, ermunterte Steffen seinen Freund.

»Glaubst du wirklich, dass das nötig ist, du Meisterkoch?«

War Georg in der Küche eher jemand, der sich beim Einkauf auf dem Markt inspirieren ließ und dann aus den

Zutaten komponierte oder aus dem Gedächtnis ein Gericht nachkochte, das ihn irgendwo beeindruckt hatte, so war Steffen ein Perfektionist, der nicht vor komplizierten Krusten, Füllungen und Soufflés zurückschreckte und ein Menü vom Rezept über den Einkauf und die Zubereitung bis zum gedeckten Tisch minutiös plante. Georg nahm einen Löffel und war froh, sich den erfreulichen Dingen des Lebens zuwenden zu können. Natürlich war der Geschmack der pürierten Wildrahmsuppe unübertroffen kräftig und aromatisch, einfach tadellos. Ihm lief das Wasser im Munde zusammen. Langsam entspannte er sich und warf neugierige Blicke auf die Köstlichkeiten, die in der Küche bereitstanden. In einem großen Topf simmerte der Tafelspitz, in einer Raine daneben verbreiteten krustig braun gebratene Kartoffelspäne ihr betörendes Aroma, und hinter der Scheibe des Backofens sah er auf einem Backblech vier goldgelbe Türmchen, die er aber nicht identifizieren konnte.

»Das sieht alles sehr verlockend aus. Und wie das duftet! Wenn du wüsstest, wie ich das genieße, hier sein zu dürfen.«

»Das freut mich, das freut mich, lieber Schorsch! Ich habe mich heute auf die österreichische Küche im weitesten Sinne konzentriert, als es den alten Kaiser Franz und die gute Sissi noch gab. Aber mehr erzähl ich nicht. Hurtig an den Tisch! Wir servieren jetzt!«

Es war ein wirklich fürstliches Menü, das Steffen da kreiert hatte. In aller Bescheidenheit wies David die Komplimente zurück, die Georg und Elizabeth auch ihm machen wollten, und stellte klar, dass er immer nur zu schlichten Handlangertätigkeiten herangezogen würde. Allerdings hatte er die passenden Weine ausgesucht, und die waren ebenfalls von allererster Güte. Als zweiten Gang genossen sie Kalbsbrieschen zwischen gebratenen Semmelknödelscheiben, ein Rezept mit Anklängen an die böhmische Küche. Und dann schließlich kam der Tafelspitz auf den Tisch, den Steffen ganz puristisch auf die klassische Weise zubereitet hatte. Ganz langsam wurde das edle Fleischstück bei mäßiger Temperatur in einer selbst hergestellten Brühe mit Gemüsen gegart und mit hausgemachtem Apfelsahnemeerrettich, Schnittlauchsoße und den delikaten Röstkartoffeln gereicht.

Mit jedem Bissen, mit jedem Schluck von den edlen Gewächsen war Georgs Verstimmtheit weniger geworden. Als sie schließlich beim Dessert angelangt waren, fühlte er sich wieder im Lot, war im Reinen mit sich und seiner Umgebung. Auch Elizabeth, die wohl ein besonderes Faible für Süßspeisen hatte, schwelgte hemmungslos in einer extragroßen Portion von dem himmlischen Weintraubenstrudel auf Mohnparfait mit warmer Vanillesoße.

Nach dem Essen wechselten sie ins Wohnzimmer, nahmen einen Brandy, und Steffen holte ein paar Listen, die er schon vorbereitet hatte, um den zeitlichen Ablauf, die Sitzordnung im Standesamt und den Termin mit dem Fotografen zu besprechen. Die Fahrt der Gäste von der Lindischen Villa, wo die Zeremonie stattfand, zum Restaurant, in dem man zu Mittag aß, musste organisiert werden. Danach sollten die auswärtigen Gäste ins Hotel gebracht werden, ehe am Abend ein Cateringservice eine Party für 40 Personen hier im Haus ausrichtete. Steffen, der sonst immer so ruhig und zurückhaltend war, wirkte ziemlich aufgedreht und nervös und fragte ständig, ob er denn noch irgendetwas Wichtiges vergessen hätte zu bedenken.

Georg beobachtete amüsiert die Aufgeregtheit seines Freundes. Er wusste, dass diese offizielle Besiegelung seiner Partnerschaft für Steffen ungeheuer wichtig war. Er hatte in David den Mann fürs Leben gefunden, wollte mit ihm zusammen glücklich und alt werden, und Georg gönnte ihm das von Herzen. Steffen war ein aufrichtiger, hilfsbereiter Mensch mit einem großen Gerechtigkeitssinn, jemand, dem Freundschaft auch eine Verpflichtung bedeutete, wie Georg selbst schon erfahren hatte, weshalb er dem Freund alles Glück für seine Beziehung wünschte. Einen Moment kam ihm seine eigene Situation in den Sinn, doch er versuchte sofort, diesen Gedanken auszublenden, um sich nicht die gute Stimmung zu verderben. Vielleicht war das Zusammenleben zwischen zwei Männern einfacher? Er hatte keine Ahnung. An Steffens Orientierung auf das eigene Geschlecht hatte er sich schon lange gewöhnt, aber manche Fragen wagte er denn doch nicht zu stellen. Wahrscheinlich gab es zwischen zwei Männern genau so viele Probleme wie zwischen einem Mann und einer Frau. Liebe und Leben unter einen Hut zu kriegen, war eben nicht immer leicht.

»Oh Steffen, das wird perfekt! Du hast wirklich alles so gut geplant, da kann gar nichts schiefgehen!«, beruhigte Elizabeth ihren zukünftigen Schwager. »Und ich bin die ganze Woche hier und kann euch helfen, wenn noch etwas erledigt werden muss. Ich muss mir nur noch ein paar Schuhe kaufen. Mein Kleid habe ich ja schon, thank God!«

Bei diesem Stichwort fiel Georg ein, dass er immer noch nicht nach seinem dunklen Anzug geschaut hatte. Es war sein Hochzeitsanzug. Das gute Stück hatte also schon 14 Jahre auf dem Buckel, und er konnte sich nicht erinnern, wann er ihn zum letzten Mal getragen hatte. Da sich nicht leugnen ließ, dass er in den letzten Jahren ein paar Kilo zugelegt hatte, würde er mit ziemlicher Sicherheit nicht mehr hineinpassen.

»Ich fürchte, ich muss mir noch einen Anzug kaufen«, sagte er mehr zu sich selbst. Es schien ziemlich bedrückt geklungen zu haben, denn die anderen fühlten sich bemüßigt, ihn zu ermutigen, dass er bestimmt das Richtige finden werde, so schwierig sei das gar nicht, und falls er in Lübeck nichts bekäme, in Hamburg bestimmt. Er nickte wenig überzeugt. Zum einen dachte er an seine knapp bemessene Zeit und zum anderen daran, wie verhasst ihm jede Art von Kleiderkauf war.

»Also, wenn du willst George, dann komme ich mit. Mir macht das Spaß. Ich bin eine ziemlich gute Einkaufsbegleiterin!«, bot Elizabeth ihm an. »Ehrlich, ich würde das wirklich gern tun!«

»George, das würde ich auf jeden Fall annehmen! Das ist eine Superidee! Meine Schwester ist nämlich eine echte Fachfrau. Sie hat einen absolut angesagten Laden in Soho.«

David und Steffen waren von der Idee ganz begeistert, Georg war ein wenig skeptisch, ob eine Modespezialistin wohl die Richtige war, um mit ihm nach einem guten Anzug zu schauen. Normalerweise trug er Cordhosen und Jeans, sportliche Hemden und Sweatshirts, vielleicht mal ein Jackett, er liebte es eher leger. Aber ob es der heiteren Stimmung des Abends geschuldet war oder dem mittlerweile reichlich genossenen Rotwein und den Brandys, plötzlich fand auch Georg die Vorstellung eines gemeinsamen Einkaufsbummels mit Elizabeth ganz ausgezeichnet, und er nahm dankbar an.

Auf einmal zupfte Elizabeth Georg am Ärmel.

»Ich muss dir was gestehen, George. Ich bin eine der letzten Süchtigen, und bei meinem strengen Bruder und seinem Verlobten ist ja Rauchen verboten. Wenn ich dich beim Einkaufen begleite, vielleicht kannst du jetzt ja auch mit mir nach draußen kommen? Ich brauche unbedingt eine Zigarette! Oder bist du auch einer von uns Aussätzigen?«

Georg hatte sein Leben lang nicht geraucht. Er begleitete Elizabeth trotzdem nach draußen, denn er wollte mehr über diese lebhafte, offene Frau erfahren, die ihn ziemlich beeindruckt hatte, wie er zugeben musste. Und während sie ihre Rauchwolken in die Luft pustete, standen sie da und redeten über Gott und die Welt. Sie blieben noch auf der Terrasse und unterhielten sich angeregt, obwohl die Zigarette längst zu Ende und die Temperaturen schlicht menschenfeindlich waren. Steffen kam schließlich heraus und fragte, ob sie schon draußen festgefroren wären und er ihnen die Getränke auf die Terrasse bringen müsse.

Als sie wieder im Wohnzimmer waren, setzte sich David ans Klavier, spielte alte englische Schlager, und seine Schwester sang dazu. Ihre Stimme klang ganz passabel. Es war inzwischen nach 1 Uhr. An die miese Stimmung, in der er hier angekommen war, konnte Georg sich schon gar nicht mehr erinnern. Jetzt war er sogar in der Lage, über die Sache mit Carola zu lachen, die zwischen ihm und Astrid für Unfrieden gesorgt hatte. Dass er Carola so konsequent am Telefon abgefertigt hatte, erfüllte ihn immer noch mit Genugtuung. Ohne die Details der anonymen Briefe zu nennen, erzählte er Steffen davon, der seine sonst so sprichwörtliche Noblesse leicht verlieren konnte, wenn es um Carola ging. Steffen erhob sich und gratulierte ihm von Herzen zu seiner Tat. Nachdem sie auch noch das Gastgeschenk, eine Flasche Burgunder aus der Nähe von Beaune geleert hatten, fühlte Georg sich fast als Held.

KAPITEL IX

Sie hatten noch nie zusammen gefrühstückt – tatsächlich! Bei dieser Erkenntnis lächelte Hilde belustigt in sich hinein. Irgendwie komisch, aber heute feierten sie dann endlich Premiere. Pierre hatte zwar wieder nicht im Verwalterhaus übernachtet und sich gestern Abend recht früh verabschiedet, doch er hatte ihre Einladung zum gemeinsamen Frühstück gern angenommen.

Die Angelegenheit, die ihn bereits am Vorabend beschäftigt hatte, ließ Pierre offensichtlich keine Ruhe. Er hatte ihr immer noch nichts Genaues erzählen wollen und noch einmal betont, er müsse sich selbst erst Klarheit verschaffen. Er erwähnte nur, dass es irgendwie um eine Nachfolgeregelung ging, im Zusammenhang mit seinem Wunsch, in nicht allzu ferner Zeit seine vielen Aktivitäten etwas einschränken zu wollen. Er schien es also wirklich ernst zu meinen mit seinem Versprechen vom ruhigen Leben auf Güldenbrook, was Hilde sehr freute.

Sie war früh aufgestanden, denn sie wollte ein besonders köstliches Sonntagsfrühstück servieren, und Pierre hatte zugesagt, sich dafür Zeit zu nehmen und erst später zur Aufzeichnung ins Kavaliershaus zu stoßen. Er müsse lernen, dass seine Mitarbeiter auch einmal ohne ihn auskommen könnten, hatte er gesagt, und dem konnte Hilde nur zustimmen.

Noch war es dunstig draußen. Doch die Helligkeit hinter dem Nebelschleier kündigte einen weiteren klaren, kalten Wintertag an. Sie summte fröhlich vor sich hin, sah nach dem ruhenden Teig für die Heißwecken, der betörend nach Butter, Hefe und Kardamom duftete, und stellte sich Hinrichs glückliches Gesicht vor, der dieses Gebäck, vor allem warm aus dem Ofen, über alles liebte. Dazu noch die selbst eingekochte Rhabarbermarmelade, das war für ihn ein Hochgenuss!

Sie deckte den kleinen Tisch vor dem Fenster. Zu dritt ließ es sich hier gut sitzen und vom warmen Zimmer aus den Blick über die zwar kahle, aber durchaus reizvolle Winterlandschaft schweifen lassen. Man konnte Rotwild auf den Feldern beobachten, manchmal auch einen Hasen oder die schwarzen Krähen, die sich im laublosen Geäst einer Blutbuche lautstark um Futterbeute zankten, oder hin und wieder eine Formation Wildgänse, die an den zahlreichen kleinen Gewässern in der Gegend überwinterten. Ob es wohl für die Tiere ein Problem war, wenn der starke Frost weiter anhielt und alles zufror?

Hilde legte die von ihrer Mutter mit blauen Blumenranken bestickte Decke auf und holte das blau-weiße Geschirr aus dem Schrank. Wenn sie mit ihrem Vater allein war, trieb sie selten so einen Aufwand, höchstens an den Geburtstagen, Weihnachten oder Ostern. Umso mehr Freude bereiteten ihr diese Vorbereitungen heute, da sie für einen lieben Gast waren, der das sicherlich auch zu schätzen wusste. Sie faltete noch ein paar passende Servietten und stellte die Vase mit den weißen Rosen in die Mitte des Tisches. Nun fehlten nur noch die Kerzen. Mit heiterer Vorfreude blickte sie noch einmal auf das einladende Arrangement und dann auf die Uhr. Viertel vor neun. In einer Viertelstunde würde Pierre erscheinen, denn er war stets pünktlich.

Als Hinrich kurz darauf in die Stube kam, mischte sich in den Duft der im Ofen backenden Heißwecken das kräftige Aroma von gebratenem Speck.

»Moin Hilde! Das riecht ja man verdammt gut hier. Hoffentlich geht das bald los. Ich hab schon mächtig Hunger.«

»Moin Vadder! Gleich kannst du richtig zulangen. In gut fünf Minuten kommt Pierre, und dann fangen wir sofort an zu frühstücken. Du kannst ja schon drüben am Fenstertisch Platz nehmen.«

»Wie hast du das alles wieder fein gemacht, min Deern«, sagte der alte Mann bewundernd, als er den schön und reich gedeckten Tisch sah und sich mit langsamen Bewegungen auf einem Stuhl niederließ.

Wenig später stand die Kanne mit dem Tee auf dem Stövchen, die Heißwecken waren fertig gebacken und verströmten ihren Duft nach Zimt und Kardamom. Das Omelett mit Speck kühlte langsam aus. Inzwischen war es zehn nach neun. Hinrich starrte unverwandt auf den Katenschinken, die Käseauswahl, den Korb mit den knusprigen Brötchen, und Hilde hörte vernehmlich seinen Magen knurren.

»Ich weiß auch nicht, wo Pierre bleibt. Eigentlich ist er bisher immer pünktlich gewesen«, meinte Hilde entschuldigend zu ihrem Vater. »Ich versuche mal, ihn anzurufen, vielleicht hat er sich eine falsche Uhrzeit gemerkt.«

Doch sie erreichte ihn weder in seiner Wohnung im Herrenhaus noch auf seinem Handy. Jetzt hinüberzulaufen ins Kavaliershaus, wo das ganze Team versammelt war, danach war Hilde überhaupt nicht. Vielleicht gab's irgendwelche Probleme bei der Produktion, so was kam hier immer mal wieder vor, das hatte sie auch schon mitbekommen. In so einem Moment war es nicht ratsam, Pierre auch noch wegen einer nicht eingehaltenen Verabredung zum Frühstück zusätzlich zu belästigen. Wenn er es nicht einmal geschafft hatte, Bescheid zu sagen, dass er erst später oder gar nicht mehr kommen könnte, dann ließ sie ihn jetzt lieber in Ruhe seine Arbeit machen.

»Wir fangen einfach an, Vadder. Guten Appetit wünsch ich dir!«

Die Enttäuschung war Hilde deutlich anzuhören, und zum ersten Mal in der Zeit ihrer Beziehung ärgerte sie sich über Pierre. Natürlich, er hatte eine große Verantwortung für die Show und das ganze Team, aber er hätte ja wenigstens jemand beauftragen können, sie anzurufen. Appetit hatte sie nun auch keinen mehr.

»Tut mir ja leid für dich, Hilde. Trotzdem dir auch guten Appetit! Ich freu mich schon die ganze Zeit auf die Heißwecken.«

»Papi! Aufstehen!«

Wie von weit her drangen diese Worte an sein Ohr. Er versuchte, sie zu ignorieren und in seinen Traum zurückzukehren. Doch plötzlich wurde Angermüller kalt. Mit geschlossenen Augen angelte er nach seiner Bettdecke, um sie wieder nach oben und bis über die Ohren zu ziehen, aber die Decke widerstand seinem Griff.

»Buuh!«, machte es ganz nah und ziemlich laut an seinem Ohr. Erschrocken öffnete Georg die Augen. Direkt vor sich sah er Judiths grinsendes Gesicht.

»Mama sagt, du sollst endlich aufstehen! Wir müssen doch gleich los nach Travemünde.«

Sie rannte zur Tür.

»Ich hab ihm die Decke weggenommen, und dann ist er aufgewacht, Mama!«, schrie sie triumphierend und stürmte die Treppe hinunter.

Es dauerte einen Moment, bis Georg einigermaßen wach war und seine Gedanken sortiert hatte. Ja, richtig, Travemünde: Sigrids Geburtstagsfeier. Nach Travemünde fuhren sie normalerweise mit dem Auto. Heute Nacht hatte er das Auto stehen gelassen, und Liz, David und Steffen hatten darauf bestanden, ihn zu Fuß von St. Gertrud nach Hause zu begleiten. Es war eine sehr fröhliche Nachtwanderung geworden. Schon lange hatte er nicht mehr so viel gelacht, und es hatte auch eine ganze Weile gedauert, bis sie endlich in St. Jürgen in der kleinen Straße angelangt waren, die zur Wakenitz führte und in der das Angermüller'sche Haus lag. Immer wieder war jedem von ihnen noch etwas eingefallen, das unbedingt erzählt werden musste, und so zog sich der Abschied vor der Haustür etwas länger hin, sie umarmten sich, dann kam die nächste Geschichte, und danach fingen sie wieder von vorn an, sich zu verabschieden. Obwohl sich das Quartett bemühte, leise zu sein, wurde im gegenüberliegenden Haus plötzlich Licht eingeschaltet, und man sah eine Gardine wackeln. Da war sein Begleittross schließlich abgezogen, und Georg hatte so leise wie möglich das Haus betreten. Astrid hatte nicht zu erkennen gegeben, ob sie von dem Lärm im Vorgarten etwas mitbekommen hatte. Sie schien fest zu schlafen, als er sich endlich zu Bett legte. Klar war jedenfalls, dass der Wagen jetzt immer noch vor der Villa in der Straße hinter dem Burgfeld stand.

Bei dieser Erkenntnis schwang sich Georg endlich aus dem Bett, denn dann hieß es, sich zu beeilen.

»Guten Morgen. Magst du eine Tasse Tee? Ich habe schon einen für dich gemacht«, begrüßte ihn Astrid, die mit ihrer Kaffeetasse am Tisch saß, als Georg wenig später in die Küche kam. Er sah ihren prüfenden Blick, mit dem sie seine Kleidung streifte. Früher wäre ihm das gar nicht aufgefallen, doch seit einiger Zeit hatte er sich angewöhnt, aufmerksamer zu sein, genauer auf Astrids Verhalten und ihre Reaktionen zu achten. Es war der gleiche Kontrollblick, stellte er zu seiner Verwunderung fest, mit dem ihn seine Schwiegermutter Johanna stets bedachte, wenn sie sich bei festlichen Ereignissen vor der versammelten Familie begegneten. Da Astrid nichts sagte, war sie wohl mit der Auswahl seiner Garderobe, einer braunen Hose und dem cremefarbenen, gestreiften Hemd, zufrieden.

»Danke für den Tee, Schatz. Aber ich fürchte, das schaff ich nicht mehr. Ich muss jetzt schnell los und den Wagen in St. Gertrud abholen. Den hab ich nämlich heut Nacht besser dort stehen lassen«, sagte er mit einem netten Lächeln. Astrid ging darauf nicht ein.

»Setz dich ruhig hin. Wir haben noch eine Viertelstunde. Martin holt uns ab.«

Georg setzte sich und goss sich einen Tee ein. Sein Magen, von den reichlich genossenen Speisen und diversen alkoholischen Getränken am Vorabend ohnehin etwas strapaziert, hatte sich soeben spürbar zusammengezogen.

»Martin? Ist der auch eingeladen?«

»Ja. Sigrid mag ihn wohl ganz gern, und die anderen kennen ihn ja auch alle«, sagte Astrid leichthin.

Das war auch kein Wunder, die kamen an Martin ja gar nicht vorbei. Zu Astrids Geburtstag, zu dem der Kinder, zum Familienpicknick am Strand, zum Kaffee im Advent, wozu auch immer – es hatte kaum ein Treffen mit der Familie in den letzten Monaten gegeben, zu dem Astrid ihren Kollegen nicht großzügig eingeladen hatte. Nur wenn Johanna die Gastgeberin war, fehlte Martin. An Heiligabend, beim Neujahrskaffee – für Johanna waren das intime Familientermine, und sie hätte es nie gutgeheißen, einen in ihren Augen immer noch Fremden dazu zu bitten. Manchmal hatten eben auch die unumstößlichen Prinzipien seiner hanseatischen Schwiegermutter ihr Gutes, dachte Angermüller.

Sigrid wohnte mit ihrem Mann Jochen und den drei Kindern in einem Haus in Travemünde in der Nähe des Golfplatzes. Das Haus war riesig, hatte drei Garagen – in jeder stand ein Auto –, einen Swimmingpool und einen Garten, der so groß wie ein Park war. Drinnen waren die Räume angefüllt mit lackglänzenden Antiquitäten auf dicken Teppichen, ziemlich wahllos, wie Angermüller fand. Er fühlte sich dort immer wie in einer Möbelausstellung. Ansonsten viel Messing, viele Spiegel, teurer, unpersönlicher Nippes. Das Einzige, was er an dem Haus schön fand, waren die großen Fenster, auch im Wohnzimmer, die viel Licht und Sonne hereinließen und durch die man einen schönen Blick in den weitläufigen Garten hatte.

Gleichzeitig mit Astrids Schwester Gudrun und deren Familie kamen sie in Travemünde an. Wie immer begrüßte man sich betont herzlich. Küsschen für die Schwägerinnen, ein kumpelhaftes Schulterklopfen für die Schwager, großes Hallo für Martin, alle furchtbar gut gelaunt und zu Witzen aufgelegt. Angermüller ließ geduldig die üblichen Sprüche der anderen über sich ergehen. Als Polizist und Beamter war er in dieser Sippe – Gudruns Mann Peter war Hotelier, Jochen Zahnarzt, die Damen arbeiteten nicht – eine Ausnahmeerscheinung und bekam immer wieder erzählt, wie gut er es habe mit seinem sicheren Job und dem Pensionsanspruch. Er sagte schon lange nichts mehr von unregelmäßigen Arbeitszeiten, Überstunden, Stelleneinsparungen. Gegen dieses Bollwerk von selbstgefälliger Ignoranz hatte das überhaupt keinen Sinn.

Dann folgten Gratulation und Geschenkübergabe. Außer der Familie waren nur noch die Nachbarn anwesend, Volker und Hella, Besitzer eines der größten Autohäuser der Region und des noch protzigeren Hauses nebenan. Wie immer waren sie tief gebräunt, und wie immer trug Volker einen zu eng sitzenden Anzug und schwitzte, und die hellblond gefärbte Hella hatte etwas zu viel Gold um Hals und Handgelenk. Sie waren nicht nur die besten Freunde von Sigrid und Jochen, sondern auch die Paten von deren Kindern.

Im Wohnzimmer saßen bereits Johanna und Heini auf der Couch und sahen ihnen erwartungsvoll entgegen. Georgs Schwiegervater hatte erst vor ein paar Wochen seinen 81. Geburtstag gefeiert. Immer noch war Heini geistig rege, aber in diesem Winter zusehends gebrechlich geworden. Ein Hüftleiden zwang ihm schon lange einen Stock auf, und da er mit seinem Hörgerät noch nie richtig klargekommen war, stellten größere Menschenansammlungen für ihn eine anstrengende Herausforderung dar. Hatte er bis vor Kurzem immer gern mal einen genommen, wie er sich ausdrückte, so hatte sich mittlerweile seine Lust am Essen und Trinken merklich vermindert. Auf Familienfeiern hielt er nicht mehr lange durch und zog sich meist sehr frühzeitig mit Johanna wieder nach Hause zurück. Aber die Freude, die es ihm bereitete, die Kinder und Enkel wieder einmal um sich zu haben, war ihm deutlich anzumerken.

»Na, Georg, wie geit di dat?«

»Mir geht's gut, Heini. Und, was machen die Knochen?«

»Doll is das nich. Die Kälte tut mir gar nicht gut. Aber wat willst moken? Der Winter wird wohl noch eine Weile dauern.«

»Und dieses Jahr verdient der auch so genannt zu werden. So eisig war es schon lange nicht mehr.«

»Aber dat mutt ja ook mal wedder. Die Natur braucht das.«

»Geht's dir wirklich gut, Georg?«, fragte seine Schwiegermutter nach, als er sie kurz darauf begrüßte, »du siehst ein wenig erschöpft aus, finde ich.«

Johanna, nur wenige Jahre jünger als ihr Mann, war weder körperlich noch geistig ihr Alter anzumerken, und ihrem scharfen Blick entging nach wie vor nichts.

»Es war halt ein bisschen spät gestern und vielleicht auch ein bisschen viel.«

»Ach so, habt ihr gefeiert?«

Angermüller nickte.

»Ich war gestern bei Steffen eingeladen. Wegen des großen Festes am kommenden Wochenende ...«

Das Wort Hochzeit oder Partnerschaftsfeier wollte er nicht benutzen. Bis vor Kurzem hatte Johanna zumindest vorgegeben, nicht zu ahnen, dass Steffen homosexuell war, und sich immer nur gewundert, dass ein so gut aussehender Mann auf ewig Junggeselle bleiben wollte. Sie schätzte den kultivierten Steffen sehr, der ein ausgewiesener Kunst- und Antiquitätenkenner war und in einem recht bekannten Laienensemble Cello spielte. Sie liebte die Gespräche mit ihm über Kunst und Kultur – wobei sie eine genau umrissene Vorstellung hatte, was dazu zu zählen war –, vor allem aber liebte sie den gepflegten Klatsch über Lübecks bessere Gesellschaft, dem sie mit Steffen nach Herzenslust huldigen konnte. Inzwischen war auch ihr zu Ohren gekommen, dass Steffen mit einem Mann zusammenlebte.

»Ach ja, der Herr von Schmidt-Elm. Das war ja eine Überraschung.«

Jetzt lachte sie ein wenig verlegen ihr immer noch mädchenhaft helles Lachen.

»Na ja, da kommt unsereiner nicht mehr mit. Trotzdem, er ist ein wirklich feiner Mensch, dein Freund.«

Angermüller staunte. Johanna konnte ja richtig tolerant sein! Plötzlich bewegte sich ihr Zeigefinger energisch vor seinem Gesicht.

»Aber du Georg, du musst unbedingt besser auf deine Gesundheit achten!«, sagte sie streng. »Nicht mehr so viel Alkohol! Und vor allem musst du endlich einmal abnehmen! Wie sieht das denn aus?«

Sie klopfte ihm tadelnd auf den sich wölbenden Bauch.

»Sag mal, Georg«, nahm sie ihn darauf beiseite und flüsterte fast. »Was macht eigentlich euer Freund, der Herr Aalsen hier?«

»Das musst du deine Tochter fragen. Martin ist Astrids Kollege und mit ihr befreundet. Sie sagte, Sigrid habe ihn eingeladen, weil die ihn so nett fände.«

Johanna schüttelte unwillig den Kopf.

»Na ja, wahrscheinlich findet ihr mich zu altmodisch. Aber ich finde das unpassend, ihn immer zu solchen familiären Gelegenheiten mit einzuladen. Die Leute könnten ja auf dumme Gedanken kommen.«

Angermüller staunte wieder. Eben noch das großzügige Verständnis für Steffen, und jetzt wieder die alte engstirnige Weltsicht. Obwohl er ihr in diesem Fall nur zustimmen konnte. Schließlich waren ihm selbst ja schon alle möglichen Gedanken gekommen. Aber Johanna war bereits beim nächsten Thema.

»Ist das nicht entsetzlich, was mit dem Grafen von Güldenbrook passiert ist! Habt ihr denn schon den Mörder?«

»Leider noch nicht. Aber wir tun, was wir können.«

»Die von Güldenbrooks, das ist ja ganz alter Adel«, sagte sie ehrfürchtig. »Und jetzt gibt es nur noch den einen Sohn. Eine Tragödie!«

Johanna sprach, als ob sie mit der Familie Güldenbrook verwandt wäre. Sie als alteingesessene Lübeckerin zählte eben auch zu besonderen Kreisen. Und ausgerechnet sie hatte einen Oberfranken als Schwiegersohn bekommen, der diesen exotischen Namen Angermüller trug und dem man seine Herkunft an der Sprache immer noch deutlich anhörte. Auch wenn sie nach all den Jahren nun hin und wieder so etwas wie Herzlichkeit gegenüber Georg an den

Tag legte, ihren Frieden mit diesem Umstand hatte sie immer noch nicht gemacht.

»Ach ja, Georg, nun erzähl! Güldenbrook! Hat denn der Lebouton was mit der Sache zu tun? Das finde ich ja furchtbar spannend!«

»Tut mir leid, Sigrid. Zu den laufenden Ermittlungen darf ich leider gar nichts sagen.«

»Hach, du immer mit deiner altmodischen Verschwiegenheit! Also, diese Kochsendung von dem Lebouton, die finde ich ja ganz toll!«

Dies sagte Sigrid, die nie einen Kochlöffel in die Hand nahm und sicherlich auch für diese Feier das Rundum-Angebot eines Caterers genutzt hatte.

»Und ich finde ja, dass der Lebouton ein ganz toller Mann ist! So witzig und charmant, und der sieht verdammt gut aus! Hast du den denn persönlich kennengelernt?«, fragte jetzt auch Gudrun. Die übermäßige Aufmerksamkeit seiner Schwägerinnen war für Georg ziemlich ungewohnt. Üblicherweise hatten sie sich nicht so viel zu sagen. Auch jetzt erlahmte ihr Interesse ziemlich schnell, obwohl sie ihn bewunderten und beneideten, dass er bei einer Lebouton-Show live dabei gewesen war.

Die Gläser wurden eingeschenkt, der übliche Prosecco für die Erwachsenen, Orangensaft für die Kinder, und Sigrid begrüßte noch einmal offiziell ihre Gäste.

»Hat jeder ein Glas? Dann wollen wir doch mal anstoßen! Einen schönen Tag und herzlich willkommen euch allen!«

Man prostete sich zu, es folgte das Geburtstagslied, und danach verkündete Sigrid:

»Das Buffet ist eröffnet!«

Ausladende Tabletts mit Hähnchenschenkeln, die papierne Rüschenmanschetten trugen, Kasslerscheiben mit Ananas und Kirsche verziert, Roastbeef und geräucherter Pute standen auf dem Tisch im Esszimmer bereit. Daneben fanden sich etwas kleinere Platten mit Räucherlachs und Forellenfilets. Alles professionell geschnitten und akkurat angerichtet. Georg fühlte sich bei der Ästhetik der Dekoration an die Theke im Fleischerladen erinnert, grüne Paprikaschoten und rote Tomaten aus Plastik, die zwischen Schinken und Leberwurst die Auslage schmücken. Es gab diverse Schüsseln mit Fleischsalat, Krabbensalat, Eier- und Kartoffelsalat sowie eine große Käseauswahl handelsüblicher Sorten und Körbe mit Baguettes und dunklen Broten. Zum Nachtisch wurde Rote Grütze und das unvermeidliche Tiramisu angeboten. Sicher, es war von allem reichlich, und wahrscheinlich war es auch nicht das billigste Angebot, das der Catering Service liefern konnte, aber weder war es originell noch abwechslungsreich, und irgendwie sah es lieblos aus.

Das Buffet weckte jedenfalls nicht gerade Angermüllers Neugier. Aber er war eh nicht sehr hungrig, weshalb er nur ein wenig Roastbeef und Forelle und dazu ein Stück Baguette nahm.

»Mensch, Georg! Nu iss mal ordentlich! Nich sone Damenportiönchen«, forderte ihn Jochen nach einem Blick auf seinen Teller auf. »Wir haben extra wegen dir reichlich bestellt, du sollst uns doch nicht vom Fleische fallen.«

Jochen grinste breit und sah sich Beifall heischend um, als ob er einen guten Witz gemacht hätte. Angermüller rang sich ein schwaches Lächeln ab. Als ob es ihm jemals darum gegangen wäre, sich mit Fleischbergen und Fertigsalaten den Bauch vollzuschlagen. Die Leute verwechselten immer Qualität mit Quantität. Klar war Essen seine Leidenschaft – mit allen Vor- und Nachteilen –, aber er hatte bestimmte Ansprüche an die Herkunft, die Zubereitung und den Geschmack der Speisen, die so leicht nicht zu erfüllen waren. Mit diesem Buffet hier schon gar nicht.

Um ihn herum wurde das Angebot in den höchsten Tönen gelobt, was die meisten Gäste mit ihren Komplimenten wahrscheinlich sogar ehrlich meinten.

Auf Martins Teller türmten sich die Hühnerbeine auf den Kasslerscheiben, und bestimmt fand er alles sehr lecker, denn er aß mit gesundem Appetit. Trotzdem fand er dabei noch die Zeit, seine Umgebung mit Schnurren aus seinem unglaublich aufregenden Seglerleben zu unterhalten.

Angermüller hatte sich einen ruhigen Platz zum Essen am Wohnzimmertisch gesucht. Doch kaum saß er auf seinem Stuhl, da sah er Volker und Hella mit ihren voll geladenen Tellern anrücken. Zum Entkommen war es zu spät, und sie nahmen ihn von rechts und links in die Zange.

»Na Georg, was macht die Kunst?«, fragte der rotgesichtige Volker, inzwischen in Hemdsärmeln, zwischen einem Stück Kassler und einer Gabel Kartoffelsalat.

»Nu lass ihn doch essen, Volker!«, protestierte Hella mit ihrer von den vielen Zigaretten tiefen Stimme und schenkte Georg ein faltiges Lächeln. Er lächelte ebenfalls und musste unwillkürlich an eine Schildkröte denken.

»Lass mich doch, Hella! Ich würde zu gern mal aus erster Hand hören, was die Polizei so mit unseren Steuergeldern macht. Die Kriminalität is ja nich gerade weniger geworden in den letzten Jahren, was?«

Volkers raues Lachen dröhnte in Angermüllers Ohr, und er merkte, wie er sich wieder einmal über die provokante Einfalt des Autohändlers zu ärgern begann. Normalerweise ging er auf solche hirnlosen Anwürfe ja gar nicht ein, schon gar nicht im Kreise der Verwandtschaft. Doch heute – die festgefahrenen Ermittlungen im Fall Güldenbrook, Astrids andauernde und unfaire Kritik, der ewig fröhliche Martin mit seinem nicht enden wollenden Seemannsgarn –, er musste seinem Unmut Luft machen, sonst würde er platzen. Also versuchte er Volker zu erklären, dass Kriminalität aus gesellschaftlichen Verhältnissen und Versäumnissen resultierte und nicht die Polizei dafür verantwortlich war.

»Wir sind nur dazu da, den Schaden zu begrenzen, der durch kriminelle Handlungen entsteht. Und wenn die braven Bürger etwas mehr Gemeinsinn zeigen würden und auch an andere dächten, die nicht so gut dran sind, dann wären wir schon einen Schritt weiter. Aber besonders die, denen es glänzend geht, die mehr als gut verdienen, die denken bei dem Wort Steuern doch nur an das, was sie später weniger auf dem Konto haben werden, oder wie sie möglichst viel am Fiskus vorbeischleusen können. Sie denken nicht daran, dass mit Steuergeldern Kindergärten, Schulen und soziale Einrichtungen finanziert werden, wo sozusagen die Zukunft dieses Landes aufwächst. Und auch nicht daran, dass die Polizei mit Einsparungen kämpfen muss, mit Personalabbau, mit schlechter Ausrüstung. Es gibt Abteilungen bei uns, da sammeln die Kollegen, um eine Kiste mit dem Notwendigsten für den Einsatz im Dienstwagen zu haben. So ausgefallene Dinge zum Beispiel wie Warnwesten, einen Hammer und eine gute Taschenlampe! Das ist doch skandalös, oder!«

Ohne dass er es merkte, hatte Angermüller die Stimme gehoben, die Gespräche um ihn herum waren verstummt, und man lauschte ihm teils erstaunt, teils pikiert.

»So viel zum Thema Kriminalität und was die Polizei damit zu tun hat. Ihr entschuldigt mich.«

Er erhob sich von seinem Platz zwischen Volker und Hella und ging zum Buffet. Mehr aus Verlegenheit löffelte er sich eine Portion Rote Grütze in ein Schälchen. Wie bei dieser Art Feiern üblich, wurde gar nicht erst versucht, über Angermüllers Argumente nachzudenken. Kritische Auseinandersetzungen mit ernsthaften Problemen fand man in diesem Kreis eher lästig. Schnell ging man wieder zu unverfänglichen Themen über. Er hörte, wie Johanna über das Wetter zu plaudern begann und sogleich einige andere begeistert einfielen. Bestimmt würde man als Nächstes über den gehabten oder den geplanten Urlaub reden. Er hatte ja vorher gewusst, dass es keinen Sinn hatte. Aber zumindest fühlte er sich jetzt ein wenig besser.

Im Verwalterhaus war das Frühstück lange beendet, und Hilde hatte abgedeckt, Reste in den Kühlschrank gepackt und aufgeräumt. Natürlich dachte sie an nichts anderes als das Fernbleiben ihres unzuverlässigen Gastes. Ohne dass Hinrich es bemerkte, hatte sie noch einmal versucht, Pierre telefonisch zu erreichen, zu Hause und auf dem Handy, aber ohne Erfolg. Hilde spürte ihre zunehmende Gereiztheit. Selbst der Kater, der ihr schnurrend um die Beine strich, ging ihr auf die Nerven. Sie konnte jetzt nicht hier im Haus bleiben, sie würde nur immer darauf warten, dass Pierre sich bei ihr meldete, und das war ohnehin in der nächsten Zeit unwahrscheinlich, weil bald die erste Aufzeichnung der Show stattfinden würde. Und sollte er sich wirklich melden, würde sie wahrscheinlich ziemlich ungnädig reagieren.

»Vadder, wollen wir ein bisschen frische Luft schnappen? Die Sonne scheint so schön, und nach diesem reichhaltigen Frühstück tut uns das bestimmt gut!«

Natürlich war Hinrich einverstanden, und so zogen sie sich warm an und machten sich auf ihre übliche Runde. Sie verließen den Innenhof durch das Torhaus und bogen nach links auf eine schmale Straße ab, die zwischen mehreren Teichen zu einem kleinen Wäldchen führte. Ein paar Jungs, die mit ihren Familien auf dem Gut wohnten, befanden sich bei einem der Teiche auf der Böschung und stocherten mit

Stöcken auf der Eisdecke herum. Dann warfen sie mit großen Steinen darauf, um zu testen, wie dick die Schicht wohl inzwischen schon war.

»Na Kinder, ist es denn schon gut, das Eis? Könnt ihr bald Schlittschuh laufen?«, sprach Hinrich sie an.

»Nö. Das dauert noch«, antwortete der eine, und der andere sagte: »Mein Papa meint, das braucht noch mindestens zwei Tage, dann ist es dick genug, und wir können es probieren.«

»Na denn seid man schön vorsichtig, Jungs.«

»Jaja, Herr Dierksen, wir bleiben ja bloß hier am Ufer.«

Die Kinder wandten sich wieder den Steinen und Stöcken zu, während Hinrich und Hilde ihren Weg rund um Güldenbrook durch das Wäldchen fortsetzten.

»Vorsicht Vadder, da wo die Sonne nicht hinkommt, kann das ganz schön glatt sein. Auf den winzigen Nebenstraßen hier wird nämlich nicht gestreut. Nimm mal lieber meinen Arm.«

»Ich pass schon auf, Hilde. Aber wenn du meinst«, entgegnete der alte Herr und hakte sich bei seiner Tochter ein.

Sie passierten die Rückseite des Herrenhauses, das stolz und von der Sonne beschienen hinter seinem Wassergraben lag. Als sie den Schatten der Bäume verlassen hatten, war es so warm, dass Hilde ihre Jacke öffnete. Sie warf einen verstohlenen Blick hoch zu den Fenstern, hinter denen sich Pierres Wohnung befand, und dachte darüber nach, wie sie ihm entgegentreten sollte. Ihr Ärger, dass er sie heute Morgen versetzt hatte, war schon ziemlich groß. Doch vielleicht sollte sie erst einmal vorsichtig versuchen herauszufinden, was hinter seinem Ausbleiben steckte. Eigentlich glaubte sie, ihn mittlerweile gut genug zu kennen, um zu wissen, dass es ein triftiger Grund gewesen sein musste, der ihn gehindert hatte, ihre Verabredung einzuhalten.

Über eine Brücke gelangten die beiden Spaziergänger in den kleinen Park, der links neben dem Herrenhaus lag. Der Wassergraben weitete sich hier zu einem größeren Teich, auf dem im Sommer die Seerosen schwammen. Jetzt war er von einer Eisschicht bedeckt, nur in der Mitte gab es noch ein freies Stückchen, und in dem bewegte sich das Schwanenpaar, das hier zu Hause war. Schließlich kehrten Hinrich und Hilde über einen schmalen Spazierweg zurück in den Hof. Wieder parkte eine Menge Autos vor dem Kavaliershaus, auch der Wagen von Tele 1 stand noch da, und vor dem Hauptportal staute sich die übliche Schlange von Zuschauern, die an der Lebouton-Show teilnehmen wollte.

»So ein herrliches Wetter! Das war ein richtig schöner Spaziergang. Aber jetzt freu ich mich auch wieder auf meinen Lehnstuhl.«

Hilde schloss die Haustür auf.

»Ja Vadder, ruh dich ein bisschen aus. Ich werd jetzt ein schönes Buch lesen. Und mit dem Mittag lassen wir uns noch Zeit nach unserem üppigen Frühstück.«

»Hilde! Wartest du bitte mal!«

Hilde, die ihrem Vater gerade ins Haus hatte folgen wollen, drehte sich um. Das war die Regieassistentin, die da mit einer Mappe unter dem Arm und einem Headset auf dem Kopf angelaufen kam. Ihr Name fiel Hilde jetzt nicht ein. Die junge Frau war völlig außer Atem, und es dauerte einen Moment, bis sie wieder sprechen konnte.

»Uff. Bin ich froh, dass ich dich hier treffe! Guten Morgen erst mal! Ich habe nämlich schon die ganze Zeit versucht, dich anzurufen«, japste sie und klopfte sich nervös mit der flachen Hand in Höhe der Bronchien auf die Brust. Ein kräftiger Husten ertönte. Hilde sah auf das Namensschild, das an dem blau-weiß-roten Band um ihren Hals hing.

»Hallo Grit! Wir waren ein bisschen spazieren. Was gibt's denn?«

»Ich wollte dich eigentlich fragen, ob Pierre noch bei euch ist. Er hatte ja gestern gesagt, dass er später zur Aufzeichnung kommt. Aber jetzt ist es schon Viertel nach und er ist immer noch nicht aufgetaucht.«

»Ich habe Pierre heute Morgen noch gar nicht gesehen«, sagte Hilde überrascht und spürte, wie leise Besorgnis in ihr aufstieg.

»Ach du Scheiße! Was hat das denn zu bedeuten?«

Die Regieassistentin sah sich ziellos um, dann schaute sie zu Hilde. Sie schien völlig ratlos zu sein.

»Was machen wir denn jetzt?«, lamentierte sie. »Die Zuschauer stehen schon vor dem Studio und wollen rein. Sollen wir die jetzt wieder nach Hause schicken? Und wer entscheidet das? Wer übernimmt die Verantwortung?«

Die junge Frau war völlig aufgelöst.

»Scheiße, Scheiße, Scheiße. Das bleibt alles wieder an der doofen Grit hängen. Mit der kann man das ja machen. Die ist ja so blöd. Oh Gott, was soll ich denn jetzt tun?«

Es fehlte nicht viel, und Grit heulte los. Das passte eigentlich gar nicht zu der jungen Frau. Hilde kannte sie zwar nur flüchtig, hatte sie aber im Umgang mit ihren Kollegen immer als recht resolut erlebt. Obwohl auch sie ihr Herz plötzlich wie wild klopfen spürte, bemühte sich Hilde um Gelassenheit und strich der Regieassistentin beruhigend über den Arm.

»Nun bleib mal ganz ruhig! Das kriegen wir schon hin«, sagte sie tapfer und sah suchend über den Hof, in der Hoffnung auf eine rettende Idee.

»Du hast gut reden«, jammerte Grit. »Wenn du wüsstest, wie der Chef manchmal drauf ist! Ich weiß jetzt schon, dass ich das wieder alles abkrieg, wenn was schiefläuft!«

»Ach Blödsinn! Du kannst doch nichts dafür, wenn der Chef nicht da ist. Wart ihr denn schon im Herrenhaus und habt nach ihm geschaut?«

»Nachdem ich Pierre telefonisch nirgends erreicht habe, hab ich als Erstes bei Frau Hase im Büro angerufen. Sie hat nachgesehen und war sogar mit dem Ersatzschlüssel in seiner Wohnung. Da war er aber nicht!«

»Was ist mit seinem Wagen? Vielleicht ist er damit unterwegs?«, schlug Hilde vor.

Grit deutete in Richtung Herrenhaus.

»Der steht da drüben.«

Das war wirklich eigenartig. Hilde überlegte krampfhaft, welche Möglichkeiten blieben.

»Habt ihr denn schon im Kavaliershaus überall nach ihm geschaut?«

»Logo!«

Unwillig schüttelte Grit den Kopf.

»Dort ist ja das Team überall verteilt, und so groß ist das nicht, dass da einer verloren gehen kann.«

»Und was ist mit dem Restaurant?«

»Da hab ich Ernie und Anatol hingeschickt. Fehlanzeige.«

Irgendwas musste passiert sein. Natürlich schoss Hilde sofort der Gedanke an Christians Schicksal durch den Kopf, und sie spürte, wie eine tiefe Angst in ihr hochkroch. Doch Grits Hysterie gab ihr das Gefühl, jetzt Verantwortung übernehmen zu müssen, und so zwang sie sich zu nüchternem Pragmatismus.

»Okay, das sieht ja nicht so aus, als ob wir das Problem in den nächsten fünf Minuten gelöst bekommen. Also ich an deiner Stelle würde das Publikum erst mal wegen technischer Schwierigkeiten ins Restaurant komplimentieren und mit Gratisgetränken ruhigstellen. Das macht ihr doch sonst auch immer so, wenn's irgendwelche Verzögerungen gibt.«

Grit nickte eifrig.

»Stimmt. Das ist eine gute Idee.«

»Und wenn Pierre, sagen wir, in einer halben Stunde, immer noch nicht da ist, dann müsst ihr eben die Zuschauer mit Bedauern nach Hause schicken.«

»Ja, so machen wir's«, stimmte die Regieassistentin mit fester Stimme zu. Sie schien sich wieder gut im Griff zu haben.

»Die Leute werden zwar stinksauer sein und maulen, aber was sollen wir sonst machen? Das kriegen wir schon hin, wenn er bis dahin wirklich nicht da sein sollte.«

Eigentlich wollte Hilde sich diese Möglichkeit gar nicht vorstellen und hoffte einfach nur, dass Pierre in der nächsten halben Stunde hier wieder auftauchte, wo auch immer er gewesen sein mochte. Doch dann fügte sie leise hinzu: »Wenn euer Chef dann immer noch verschwunden ist, sollten wir die Polizei informieren.«

Angermüller langweilte sich. Das einzig interessante Gespräch – das musste er zugeben – hatte er vorhin mit Martin geführt, der nach seiner Tirade über wohlsituierte Zeitgenossen und deren Bürgersinn zu ihm gekommen war und ihm voll und ganz beigepflichtet hatte. Allerdings leise und diskret und ohne sich zu exponieren. Auch wenn er Martin gegenüber gewisse Vorbehalte hatte, waren dessen Ansichten ganz vernünftig. Schließlich arbeitete er in seinem Job in der Beratungsstelle für Asylbewerber aus Überzeugung und war, genau wie Astrid, dabei sehr engagiert.

Jetzt machte Martin wie üblich den Unterhalter, und immer wieder erklang lautes Gelächter aus der um ihn versammelten Runde. Eine ganze Weile stand Angermüller unschlüssig am Buffet herum. Sehnsüchtig sah er durch die großen Fenster nach draußen in den kalten, sonnigen Wintertag. Die Veranstaltung hier würde noch eine ganze Weile dauern. Am Nachmittag sollte es auch noch Kaffee und Kuchen geben, und jetzt war es gerade mal zwölf. In seiner rechten Schläfe spürte er ein Pochen. Jetzt kriegte er auch noch Kopfschmerzen.

»Na, Robin Hood?«

So launig Astrids Anrede klang, Georg spürte doch den kritischen Unterton. Sie stimmte ihm zu, doch sie fand es vergeudete Energie, auf Familienfeiern kritische Themen anzusprechen, und hielt sich auch meist konsequent daran.

»Tut mir leid, dieser Volker hat so einen Stuss erzählt, da konnte ich einfach nicht meine Klappe halten«, sagte er leise und rieb sich die rechte Stirnhälfte.

»Das versteh ich ja. Trotzdem, das bringt doch nichts. Es verdirbt dir die Laune und den anderen wahrscheinlich auch. Außerdem: Willst du, dass sie dich für einen Spinner halten?«

»Das tun sie doch sowieso.«

Astrid ging auf diesen Einwurf nicht ein.

»Wollen wir ein bisschen spazieren gehen? Ich find's auch nicht so unterhaltsam hier. Den Kindern fehlen wir nicht. Die amüsieren sich oben mit ihren Cousins und Cousinen.«

»Ist das nicht unhöflich, wo wir erst seit einer Stunde hier sind?«, fragte Angermüller etwas erstaunt. In Sachen Benimm vertraute er seiner Frau voll und ganz, die in Johannas Schule gegangen war.

»Du kriegst doch wieder deine Kopfschmerzen, oder? Das seh ich dir ja an. Wenn das kein legitimer Grund ist! Und es muss ja auch nicht so lange sein.«

An der frischen Luft fühlte sich Georg gleich etwas besser.

Es war schon erstaunlich, wie genau Astrid immer wusste, was mit ihm los war und was ihm guttat. Für ihren Vorschlag, nach draußen zu gehen, war er ihr jedenfalls dankbar. Sie gingen hinunter zum Strandweg und wandten sich in Richtung Travemünde. Eine Weile liefen sie schweigend nebeneinanderher. Stetig blies ein recht starker Wind, der einen die frostigen Temperaturen noch tiefer empfinden ließ. In einem regelmäßigen Rhythmus brandeten die Wellen an die Uferbefestigung und brachen sich mit weißer Gischt. Weiter draußen glänzte die Ostsee im trügerischen Sonnenschein, und über ihr spannte sich der wolkenlose Himmel in zartem Blau.

»Jetzt hätten wir ja ein bisschen Zeit«, fing Astrid an. »Wollen wir unser Gespräch von gestern fortsetzen?«

»Ich hab nichts dagegen. Dann sag mal, wo deiner Meinung nach die Probleme liegen.«

»Moment! Du hast gesagt, ich wäre mit meiner Kritik oft unfair und ungerecht. Ich finde, das musst du mir erst noch etwas genauer erklären.«

Er war zwar der Meinung, das schon hinreichend getan zu haben, aber Georg wollte eine ruhige Aussprache und gab sich Mühe, seine Sicht der Dinge noch einmal ohne Polemik darzustellen.

»Ich hab halt in letzter Zeit oft den Eindruck«, schloss er, »dass du mir die Schuld gibst auch in Fällen, wo ich wirklich nichts dafür kann, sondern berufliche Umstände sämtliche Pläne und Termine über den Haufen werfen.«

»Ah ja«, sagte Astrid langsam und beobachtete eine Fähre draußen auf See, die weiß in der Sonne erstrahlte und in Richtung Skandinavien unterwegs war.

»Und was meinst du damit: in letzter Zeit?«

»Na ja«, Georg überlegte schnell, wie er sich möglichst wertfrei ausdrücken sollte. »Wenn ich so drüber nachdenke, würd' ich sagen, das hat irgendwann im letzten Sommer angefangen. Ich meine, ich weiß, dass du dich auch vorher manchmal aufgeregt hast, wenn ich mal wieder was vergessen hatte oder zu spät gekommen bin, aber irgendwie glaube ich, wir hatten deshalb nie solche Auseinandersetzungen.«

Astrid schaute immer noch hinüber zu dem großen Fährschiff. Es dauerte ein wenig, bis sie antwortete.

»Vielleicht war halt irgendwann meine Toleranzgrenze überschritten«, sagte sie dann. »Ich hab wahrscheinlich viel zu lange meinen Brass runtergeschluckt, wenn ich mich mal wieder über deine Unzuverlässigkeit geärgert hatte. Außerdem ist es ja auch erst seit Mai, dass ich wieder mehr Stunden arbeite. Seitdem kann ich deine Versäumnisse halt nicht mehr so einfach abfedern. Unser Alltag muss perfekt organisiert sein, damit er reibungslos funktioniert, und da muss einfach jeder von uns sein Teil dazu beitragen.«

Wenn Astrid ihre Vorstellungen von Pflichtenverteilung so klar und logisch schilderte, dann hörte sich das eigentlich alles ganz simpel und selbstverständlich an. Aber das war nur die Theorie, und im richtigen Leben lief es dann doch ganz anders, wie Angermüller schon oft erleben musste.

»Du bist ja wirklich klasse im Organisieren, aber manchmal kommt einem eben der böse Alltag dazwischen …«, versuchte er Astrids Verständnis zu wecken.

»Oder aber deine böse Nachlässigkeit, die dich zumindest in privaten Dingen öfters überkommt. Ich glaube nicht, dass du dir das in deinem Job erlauben kannst.«

Astrid war stehen geblieben, und ihr Ton klang etwas weniger friedfertig als bisher. Georg suchte nach einer diplomatischen Antwort und fand das gar nicht so einfach. Da meldete sich das Diensthandy in seiner Hosentasche. Er war aus seiner Verlegenheit erst einmal erlöst, aber er sah an dem Gesicht seiner Frau, dass sie über diese Störung alles andere als erbaut war. Ein Beamter aus der Einsatzzentrale in Lübeck meldete sich mit Neuigkeiten.

»Das tut mir jetzt wirklich leid, Astrid«, bedauerte Georg, nachdem er das Gespräch beendet hatte und sein Handy zuklappte. Er blinzelte unsicher, weil Astrid ihm gegenüber direkt vor der Sonne stand.

»Du hast es ja mitbekommen. Ich muss weg. Am besten, ich geh gleich da vorn hoch zur Kaiserallee, wo Jansen mich abholt. Kommst du den Weg mit oder gehst du über den Strandweg zurück?«

Halb resigniert, halb belustigt schüttelte Astrid den Kopf.

»Das glaub ich jetzt nicht. Muss mir ausgerechnet jetzt bewiesen werden, dass du wehrlos den höheren Mächten deines Jobs ausgeliefert bist?«

Sie boxte ihrem Mann empört, aber immer noch freundschaftlich gegen den Arm.

»Na dann hau schon ab, du Kommissar. Ich entschuldige dich bei den anderen. Du bist wahrscheinlich gar nicht böse, dass du nicht weiter mit Geburtstag feiern darfst, so wie ich dich kenne.«

»Da könntest du recht haben«, grinste Angermüller.

»Na dann, bis irgendwann. Tschüss, Georg! Ich geh lieber hier am Wasser zurück.«

»Ade Schatz!«

Astrid drehte sich um und ging zurück Richtung Golfplatz, während Angermüller schnellen Schrittes über den Strandweg zum verabredeten Treffpunkt mit seinem Kollegen lief. Die Müdigkeit und seine Kopfschmerzen waren plötzlich nicht mehr da, vielleicht spürte er sie auch nur nicht mehr. Der Anruf eben hatte wie ein Energieschub gewirkt:

Er fühlte sich wach und fit, und in seinem Kopf begann es zu arbeiten. Lebouton war verschwunden. Damit hatte er nun wirklich nicht gerechnet. Was hatte das zu bedeuten? War das nun doch ein Schuldeingeständnis? Voller Ungeduld stand er an der Ecke zur Kaiserallee und wartete darauf, dass Jansen ihn abholte.

KAPITEL X

»Es tut uns wirklich leid, meine Herrschaften! Ich kann mich nur in aller Form bei Ihnen entschuldigen und um Ihr Verständnis bitten.«

Mit zerknirschter Miene stand Grit Fischer vor dem großen Portal des Kavaliershauses, das von einer Schar verhinderter Zuschauer belagert wurde, und bot all ihre Überzeugungskraft auf, um die Leute zu besänftigen, die zum Teil ganz schön aufgebracht waren.

»Aber wie ich Ihnen schon sagte, den Herrn Lebouton hat die Grippe erwischt, und die heute angesetzten Aufzeichnungen müssen deshalb leider alle ausfallen. Wir werden versuchen, soweit uns das möglich ist, Sie irgendwie für die Unannehmlichkeiten zu entschädigen. Wir werden Sie demnächst exklusiv zu einer unserer Veranstaltungen einladen, das verspreche ich Ihnen!«, versuchte die Regieassistentin die Gemüter zu beruhigen.

»Wir sind extra aus Leipzig angereist. Leipzig, verstehen Sie?«, empörte sich ein Mann im Rentenalter. »Die Fahrtkosten hierher sind ja ooch nich von Pappe. Und wer ersetzt uns die?«

»Das ist doch keine böse Absicht! Eine Grippe, höhere Gewalt. So was erwischt einen halt, da ist doch niemand gegen gefeit!«

Der Leipziger murrte immer noch. Eine Frau neben ihm meldete sich zu Wort.

»Natürlich ist das schade, und ich bin enttäuscht, aber ich finde, das gibt überhaupt keinen Grund, sauer zu sein.

Viel wichtiger ist doch die Frage, wie es dem Herrn Lebouton jetzt geht?«

»Vielen Dank für die Nachfrage.«

Grit war der Frau wirklich dankbar.

»Sie kennen das ja. So eine Grippe kann einen ganz schön umhauen, aber es geht Pierre den Umständen entsprechend gut.«

»Da bin ich ja froh! Ich dachte schon, es wäre was Schlimmes. Als wir hörten, die Aufzeichnung fällt aus, da haben wir sofort vermutet … Na, Sie wissen schon, wo doch das mit dem Grafen von Güldenbrook erst hier passiert ist. Also, grüßen Sie den Herrn Lebouton von seinen Fans und alles, alles Gute für eine schnelle Genesung!«, sagte die Frau voller Mitgefühl.

»Vielen Dank!«, lächelte Grit und schien richtig gerührt. »Ich denke, wir werden uns in der nächsten Woche bei Ihnen melden, wegen des Termins für Ihre neue Einladung bei uns. Ich bin mir sicher, Pierre wird sich was ganz Besonderes für Sie ausdenken.«

»Das wäre schön.«

Der Mann aus Leipzig meinte zwar immer noch, dafür könne er sich ›ooch nichts koofen‹, er denke nur an seine Fahrtkosten, doch die meisten anderen murmelten zustimmend. Einige riefen laut: »Gute Besserung für Herrn Lebouton!«

Erleichtert atmete Grit durch.

»Das werde ich ausrichten. Vielen Dank für Ihr Verständnis, Sie sind ein tolles Publikum! Unsere netten Damen hier haben Körbe mit unseren Rezeptheftchen aus der Show, Lebouton-Kugelschreibern und Lebouton-Schlüsselbändern für Sie. Bitte bedienen Sie sich!«

Sofort waren Patricia und ihre Kolleginnen von den Leuten umlagert, die ihnen die Werbeartikel förmlich aus den

Händen rissen. Grit ging ein paar Schritte zur Seite, wo Hilde abwartend stand.

»Na, siehst du, alles in Ordnung«, meinte die Regieassistentin leise und kramte ihre Zigaretten heraus. Sie war geschäftig und forsch wie eh und je, keine Spur mehr von der Verzagtheit, die sie vorhin zu überwältigen drohte.

»Wie war ich?«

»Das hast du gut gemacht. Merke dir am besten, was du gesagt hast, du wirst es heute noch öfter erzählen müssen. Und Achtung, da ist dieser Fernsehfritze wieder.«

Der Reporter von Tele 1 näherte sich mit dem Mikro in der Hand. Damit würde Grit jetzt schon allein fertig werden. Hilde wandte sich ab und ging schnell zum anderen Portal des Kavaliershauses. Sie spürte die ängstliche Unruhe in ihrem Innern. Gar nichts war in Ordnung! Wenn bloß die Geschichte, die sie dem Publikum vorgesetzt hatten, nur ein Körnchen Wahrheit enthalten hätte! Nach wie vor wussten sie überhaupt nicht, was los war. Pierre war und blieb verschwunden. Keiner aus dem Team hatte ihn heute Morgen gesehen. Sie war wahrscheinlich die Letzte, die gestern Nacht mit ihm gesprochen hatte.

Was sollte sie nur machen? Sie konnte an nichts anderes denken, alle ihre Sinne waren im Alarmzustand. Auf jedes noch so leise Geräusch reagierte sie höchst empfindlich. Konnte man denn nichts anderes tun außer Warten? Das machte sie noch wahnsinnig! Die Polizei war bereits hierher unterwegs, eigentlich müssten die hier bald auftauchen. Aber was brachte das? Würden die gleich eine Hundertschaft mitbringen und nach Pierre suchen? Wenn nicht, dann würde sie ihnen das auf jeden Fall vorschlagen, dass man weiträumig und systematisch das Gelände um Güldenbrook absuchen musste, nicht nur so ein bisschen ziellos herumgucken, wie sie es selbst vorhin schon getan hatten.

Ohne zu wissen, was sie dort wollte, betrat Hilde die Gesindeküche, wo fast das ganze Team versammelt war. Auch hier war man ratlos, keiner wusste so recht, wie der Tag weitergehen sollte. Die Leute saßen herum, redeten und warteten. Worauf, das wussten sie wohl selbst nicht. Die meisten warteten wahrscheinlich darauf, dass die Stunden vergingen und sie nach Hause gehen konnten. Für einen Moment setzte Hilde sich dazu. Ein jüngerer Mann in einer extravaganten Kochjacke, der wie ein Pirat ein Kopftuch trug, schimpfte, dass er sich den Weg hierher ja hätte sparen können, wenn die Show jetzt ohnehin ausfiel. Der rothaarige Lehrling spielte ständig mit seinem Handy, und der schüchterne hatte schon wieder rote Ohren. Plötzlich sprang er auf und rannte nach draußen. Anatol, neben dem er gesessen hatte, schüttelte nur lächelnd den Kopf und ging ihm nach. Alle wirkten irgendwie nervös. Eine auffällig geschminkte Frau um die 30, offensichtlich eine verhinderte Kandidatin der Show, hörte nicht auf, in rheinischem Singsang ihre Enttäuschung über den vermasselten Auftritt zu betonen. Als Alix Blomberg hereinkam und über ihre Migräne zu jammern anfing, die sie nach dieser entsetzlichen Nachricht überfallen hätte, hielt Hilde es nicht länger aus und verabschiedete sich schnell. Sie musste auch einmal nach Hinrich sehen. Bestimmt hatte er vorhin mitbekommen, dass etwas nicht in Ordnung war, als Grit sie vor der Haustür abgefangen hatte.

»Nu hat der Meister also doch die Fliege gemacht, oder was?«, begrüßte Jansen seinen Kollegen, als er ihn in Travemünde aufgesammelt hatte.

»Sieht zumindest so aus«, war Angermüllers kurze Antwort.

»Musste das denn unbedingt heute am Sonntag sein?«

»Ich find's gar net so schlimm. Auf der Geburtstagsfeier bei meiner Schwägerin war's eh nur langweilig.«

»Oh Mann, Vanessa war ganz schön abgenervt, dass ich losmusste«, sagte Jansen missmutig.

»Da muss sie sich aber noch dran gewöhnen, wenn sie die Ehefrau eines Polizisten werden will.«

»Wat schnackst du denn da?«

Empört sah Jansen zu Angermüller und schüttelte den Kopf. Das bloße Erwähnen der Möglichkeit einer Heirat schien für ihn schon eine Zumutung. Im Lauf der Jahre hatte Angermüller einige Janinas, Stefanies, Catrins und wie sie alle hießen, zumindest dem Namen nach, als Freundinnen seines Kollegen kennengelernt. Sobald jedoch eine Beziehung eine gewisse Regelmäßigkeit annahm, hatte Jansen bisher immer das Weite gesucht, und die nächste Jasmin oder Marie war aufgetaucht.

»Ich mein ja nur«, entgegnete Angermüller. »Hab ich den Namen Vanessa in letzter Zeit nicht schon öfter gehört?«

Wahrscheinlich war Jansen der spöttische Unterton nicht entgangen, weshalb er nichts mehr zu diesem Thema sagte. Ohnehin war den beiden Kommissaren die Spannung deutlich anzumerken, die sie beherrschte. Sie wussten zwar noch nicht, was die neue Entwicklung im Fall Güldenbrook bedeutete, aber es kam Bewegung hinein, und nur das zählte. Auf der Autobahn war wenig los. Jansen setzte das Blaulicht aufs Dach und konzentrierte sich auf einen neuen Geschwindigkeitsrekord. 25 Minuten später hatten sie die Landstraße erreicht, und die kleinen Orte flogen nur so vor den Autoscheiben vorbei.

»Von wegen Fliege. Vielleicht stimmt das ja sogar. Der junge Güldenbrook sagte doch gestern was von einem Privatflugzeug«, murmelte Jansen plötzlich.

»Mensch Claus! Du bist ja richtig gut, da hab ich jetzt gar nicht mehr dran gedacht. Das sollten wir auf jeden Fall im Auge behalten.«

Als sie bald darauf über die Allee auf Gut Güldenbrook zufuhren, das eindrucksvoll in der Wintersonne vor ihnen lag, kam ihnen eine lange Reihe von Fahrzeugen entgegen, und der Innenhof war ziemlich leer. Auch die ganzen Medienleute schienen das Feld geräumt zu haben. Sie parkten den Wagen gleich beim Kavaliershaus und betraten es durch das rechte Portal. Der Mann mit dem Knopf im Ohr begrüßte sie wie alte Bekannte. Auf dem Flur und in der Gesindeküche drängten sich die Leute von der Technik, die Hiwis und die Praktikantin, die Gastköche, die drei Lehrlinge, die Kandidaten und Alix Blomberg. Es schienen fast alle, die mit der Show zu tun hatten, versammelt zu sein.

»Ach, die Herren von der Kripo! Ich grüße Sie!«

Die Regieassistentin wirkte ausnahmsweise richtig erfreut, sie zu sehen, stürzte gleich auf die beiden Beamten zu und gab ihnen die Hand.

»Gut, dass Sie da sind.«

Angermüller wunderte sich etwas über die euphorische Begrüßung und hatte keine Ahnung, was die Frau eigentlich von ihnen erwartete. Die Gespräche der anderen verstummten, und alle Augen richteten sich auf ihn und seinen Kollegen.

»Guten Morgen, Frau Fischer! Seit wann genau vermissen Sie denn Ihren Chef?«, fragte er.

»Also, Pierre wollte heute etwas später kommen. Normalerweise fangen wir so kurz nach 11 Uhr mit der Aufzeichnung an, und er wollte circa eine halbe Stunde vorher da sein. Aber er ist nicht gekommen.«

»Haben Sie in seiner Wohnung nachgeschaut?«

»Herr Kommissar, ich bin doch nicht auf der Wäscheleine groß geworden«, entgegnete Grit Fischer gut gelaunt. Überhaupt gab sie sich heute locker und aufgeräumt und schien die Verantwortung, die ihr in dieser Notfallsituation zugefallen war, richtig zu genießen. Die Praktikantin, die am Tisch hinter ihr saß, kaute wieder einmal konzentriert auf einem Kaugummi und beobachte mit amüsiertem Grinsen ihre Chefin.

»Wir haben an alles gedacht«, lobte die sich gerade. »Wir haben in seiner Wohnung, im Kavaliershaus, im Restaurant – überall haben wir nachgesehen. Nichts!«

»Und dann haben Sie bei der Zentrale in Lübeck angerufen?«

»Nicht sofort. Wir haben erst noch eine Weile abgewartet, ob er doch noch auftaucht, und haben auf dem Gut noch mal drinnen und draußen nach ihm gesucht. Ohne Erfolg.«

»Die Möglichkeit, dass Herr Lebouton Güldenbrook verlassen hat, haben Sie nicht ins Auge gefasst?«

»Doch nicht, wenn wir Produktion haben«, sagte Grit Fischer nachsichtig lächelnd. »Außerdem steht sein Wagen ja auf dem Hof.«

»Dann erst mal danke, Frau Fischer«, meinte Angermüller schon leicht ungeduldig. Das führte alles nicht so richtig weiter. Er blickte in die versammelte Runde.

»Hat denn irgendjemand von Ihnen den Herrn Lebouton heute Morgen gesehen?«

Allgemeines Kopfschütteln war die Antwort.

»Haben Sie sonst irgendwelche ungewöhnlichen Beobachtungen gemacht?«

Wieder nur Kopfschütteln.

»Wenn ich dazu noch was bemerken darf?«

Als Angermüller nicht sofort reagierte, hob die Regieassistentin den Finger wie ein Schulkind, das sich meldet, und sagte noch einmal energisch: »Entschuldigung!«

Angermüller nickte nur. Langsam wurde die Frau irgendwie lästig.

»Also soweit ich weiß, hat Hilde Dierksen als Letzte den Chef gesehen, und zwar gestern Nacht.«

»Okay, danke Frau Fischer.«

»Sie hatte auch die Idee, die Polizei zu benachrichtigen. Vielleicht sollten Sie gleich mit ihr sprechen.«

»Wenn Sie das sagen. Können Sie uns denn jetzt auch noch einen Tipp geben, wo wir Frau Dierksen finden?«

»Hoffentlich ist dem Herrn Lebouton nichts zugestoßen!«

Natürlich hatte Hinrich sofort mitbekommen, dass etwas nicht in Ordnung war, nachdem Grit Fischer seine Tochter vor der Haustür angesprochen hatte. Ungeduldig hatte er auf Hildes Rückkehr gewartet und mit Bestürzung von Leboutons Verschwinden erfahren. Mit einer Illustrierten in der Hand saß er jetzt am gewohnten Platz in seinem Lehnstuhl. Immer wieder nahm er die Zeitung hoch, doch es gelang ihm offensichtlich nicht, sich auf seine Lektüre zu konzentrieren. Es ging ihm wohl wie Hilde, die mechanisch mit Töpfen und Pfannen am Herd hantierte, um die Reste des Grünkohlessens vom Vorabend aufzuwärmen.

»Ja Vadder, das hoff ich auch, dass ihm nichts passiert ist! Das kannst du mir glauben.«

Der alte Mann sah mit einem entschuldigenden Blick zu ihr hin und wurde sich wohl jetzt erst bewusst, dass Hildes Sorge wahrscheinlich noch um einiges größer war.

»Das tut mir leid, min Deern. Ich wollte dich nicht noch mehr beunruhigen. Aber …«, er unterbrach sich und sagte: »Na ja, das wird schon gut gehen.«

So richtig überzeugt klang es nicht.

»Ich weiß schon, was du sagen wolltest: Aber wo das doch gerade erst mit Christian passiert ist, macht man sich so seine Gedanken«, nickte Hilde, ließ ihre Arbeit am Herd sein und hockte sich neben seinen Lehnstuhl.

»Da hast du leider völlig recht, Vadder. Ich denke an nichts anderes. Das Schlimme ist ja, dass man nichts tun kann, dass man einfach nur warten muss. Das macht mich noch ganz rappelig!«

Hinrich strich ihr ungelenk übers Haar. Der Kater kam von seinem sonnigen Platz angepirscht und schmiegte sich an Hilde, die ihm gedankenverloren das Fell kraulte.

»Das wird bestimmt allns wedder gut«, versuchte Hinrich zu trösten, so wie er es früher getan hatte, wenn Hildes Knie aufgeschlagen waren. Es klingelte, und Hilde kam so blitzschnell auf die Füße, dass der Kater erschrocken zur Seite sprang. Vor der Tür standen die beiden Kommissare, endlich!

»Gut, dass Sie kommen! Wie wollen Sie vorgehen? Kann ich auch irgendwas tun? Haben Sie schon einen Suchtrupp mitgebracht?«

»Hallo Frau Dierksen! Klar können Sie uns helfen. Wir haben erst einmal ein paar Fragen an Sie. Dürfen wir reinkommen?«

Voller Ungeduld bat Hilde die Beamten in die Stube. Sie nahmen am großen Esstisch Platz. Auch Hinrich hielt es nicht länger in seinem Lehnstuhl aus und er kam herüber. Der Große, der Angermüller hieß, stellte eine Menge Fragen nach dem vergangenen Abend, nach Uhrzeiten, nach ungewohnten Geräuschen, nach sonstigen Auffälligkeiten. Noch einmal fragte er nach, ob sie wirklich kein Auto gehört habe, nachdem sich Pierre gegen 23 Uhr verabschiedet hatte.

»Nein, habe ich nicht. Das sagte ich doch schon. Allerdings geht mein Schlafzimmer nach hinten auf die Felder, da bekommt man nicht mit, was sich auf dem Hof tut. Glauben Sie denn, dass irgendjemand von außerhalb …? Möglich wäre das natürlich. Mein Gott, da hab ich noch gar nicht dran gedacht.«

In Hildes Fantasie liefen plötzlich die wildesten Szenarien ab. Kommissar Angermüller schien das zu bemerken und sagte beruhigend: »Es gibt ja noch eine andere Möglichkeit: dass Herr Lebouton sich hat abholen lassen. Zum Beispiel von einem Bekannten oder von einem Taxi.«

»Aber wohin sollte er denn mitten in der Nacht noch gewollt haben?«

»Zum Flugplatz vielleicht? Er hat doch eine eigene Maschine und kann selbst fliegen, soweit wir wissen. Ist Ihnen bekannt, wo er das Flugzeug zu stehen hat?«, mischte sich der andere Kommissar ein.

»Ja, aber wieso ...«, Hilde verstand überhaupt nichts. »Ich glaube, die Maschine steht normalerweise auf so einem kleinen Flugplatz bei Grube. Das ist vielleicht 25 Kilometer von hier weg.«

Was sollte dieser Quatsch? Wieso sollte Pierre bei Nacht und Nebel Güldenbrook verlassen, um mit seinem Flugzeug irgendwohin zu fliegen? Ihr fiel auf, dass die Polizisten sie nicht aus den Augen ließen. Die schienen irgendeine Vermutung zu haben, was mit Pierre geschehen sein könnte. Plötzlich dämmerte ihr, worauf die Fragen hinausliefen.

»Sie glauben, dass Pierre weg ist? Sozusagen heimlich abgehauen? Aber warum um alles in der Welt sollte er das tun?«

Die Beamten zögerten einen Moment.

»Vielleicht, weil er etwas zu tun hat mit dem Tod von Christian von Güldenbrook?«, schlug Angermüllers Kollege vor.

Sie schüttelte fassungslos den Kopf. Auch Hinrich, der bisher nur ruhig dem Gespräch gefolgt war, machte eine unwillige Geste.

»Dieser Gedanke ist doch völlig absurd.«

In Hildes Stimme schwang Entrüstung.

»Das finden wir nicht«, sagte der jüngere Kommissar. »Uns wurde von mehreren Zeugen über hitzige Auseinandersetzungen zwischen den beiden in letzter Zeit berichtet. Angeblich wegen finanzieller Probleme der Lebouton-Unternehmungen.«

»Über die finanzielle Lage der Firmen weiß ich nichts. Aber die beiden haben oft heftige Diskussionen gehabt, das stimmt.«

Hilde zögerte.

»Da fällt mir ein, Pierre hat mir erzählt, dass es in seinem letzten Gespräch mit Christian auch wieder so eine Meinungsverschiedenheit gab. Das hat ihn die ganzen letzten Tage immer wieder beschäftigt. Wissen Sie, Christian war ein sehr klarer Mensch mit festen Prinzipien. Man musste ihn wirklich überzeugen, dass er unrecht hatte, und dann sah er das auch ein. In diesem Fall aber war er wohl von seiner Meinung nicht abzubringen.«

»Hat Ihnen Herr Lebouton auch gesagt, worum es bei dieser Auseinandersetzung gegangen ist?«, fragte der Kommissar Angermüller.

»So ganz konkret nicht.«

Ohne etwas wahrzunehmen, starrte Hilde nach draußen in den sonnigen Winternachmittag. Sie versuchte, sich Einzelheiten ihres Gespräches mit Pierre ins Gedächtnis zu rufen. Was hatte er noch über seine Diskussion mit Christian genau gesagt? Irgendwie hatte es etwas mit einem Verdacht zu tun …

»Haben Sie nicht wenigstens eine Vermutung, um welches Thema es zwischen den beiden ging?«, drängte der jüngere Kommissar.

»Ich versuche ja gerade, mich zu erinnern«, entgegnete

Hilde ungehalten und sah Angermüller eine beschwichtigende Geste in Richtung seines Kollegen machen.

»Also, da war dieser Verdacht, den Christian gegen jemanden hatte und den Pierre für völlig unwahrscheinlich hielt. Es ging um irgendeine Unehrlichkeit, einen Betrug. Genaueres hat er mir nicht dazu gesagt.« Konzentriert schaute Hilde die Beamten an. »Und dann spielte auch eine Rolle, dass Pierre plant, sich etwas mehr ins Privatleben zurückzuziehen, und zwischen diesen beiden Dinge schien es eine Verbindung zu geben, meine ich.«

»Und mehr wollte er Ihnen darüber nicht erzählen?«

»Pierre hat gesagt, er müsse sich erst einmal selbst Klarheit verschaffen. Ja, genau so hat er sich ausgedrückt.«

Hilde fiel noch etwas ein, das sie sehr beunruhigend fand: »Wenn ich das richtig verstanden habe, sah Pierre auch gewisse Zusammenhänge mit den Umständen von Christians Tod.«

»Aha«, machte der dunkelhaarige Kriminalhauptkommissar nachdenklich.

»Ja, deshalb hat er sich gestern Nacht auch relativ früh verabschiedet. Er wollte der Sache auf den Grund gehen, sagte er.«

»Sagen Sie, hat Herr Lebouton einmal gesagt, wie er sich seinen Rückzug ins Privatleben so vorstellt?«

»Nicht im Detail. Ich weiß nur, dass er zumindest zu der Fernsehshow eigentlich schon länger gar keine Lust mehr hat. Er ist der Meinung, dort bräuchte man mal wieder ein neues Gesicht.«

»Und, hat er schon einen Nachfolger ausgeguckt?«

»Er hat wohl schon eine Idee. Aber auch darüber hat er bisher noch nichts erzählt. Pierre redet nicht gern über ungelegte Eier.«

»Na gut, Frau Dierksen. Dann wollen wir nicht länger stören.«

Von einer Sekunde zur anderen schien der sonst so bedächtig wirkende Kommissar es plötzlich sehr eilig zu haben. Er stand auf, und sein Kollege tat es ihm gleich.

»Vielen Dank für Ihre Hilfe.«

»Lassen Sie denn jetzt das Gelände systematisch nach Pierre absuchen?«

»Glauben Sie uns, Frau Dierksen, wir tun alles, damit Herr Lebouton unversehrt wieder auftaucht«, sagte darauf dieser Angermüller freundlich und verabschiedete sich schnell. Hilde war mit seiner Antwort überhaupt nicht zufrieden. Das sollte wohl heißen, dass der Verdacht gegen Pierre keinesfalls ausgeräumt war und die Polizei wer weiß wo nach ihm fahnden, aber nicht unbedingt hier intensiv nach ihm suchen würde.

Noch eine ganze Weile stand sie an der Tür und sah den Kommissaren nach, wie sie sich in Richtung Herrenhaus entfernten und dann in dem kleinen Park daneben verschwanden. Sie spürte, ja, sie wusste, dass Pierre hier irgendwo sein musste. Er war nicht Christians Mörder, da war sie sich inzwischen vollkommen sicher. Und er war bestimmt nicht abgehauen. Er war ganz in der Nähe, und er war in Gefahr.

»Was ist los, Georg? Du hast dich plötzlich so ratzfatz verabschiedet.«

Angermüller und Jansen überquerten den Hof, auf dem es wieder voller geworden war. Die Zuschauer, die zum nächsten Aufzeichnungstermin von ›Voilà Lebouton!‹ gebucht waren, trafen ein.

»Lass uns kurz in den kleinen Park da nebendran gehen. Ich brauch einen Moment Ruhe«, tat Angermüller seinem Kollegen kund. »Ich muss meine Gedanken sortieren.«

Jansen zuckte gleichgültig mit den Schultern.

»Dann mach das mal. Ich für meinen Teil ruf jetzt bei den Kollegen in Lübeck an. Die sollen eine Streife zu dem Flugplatz schicken, wo das Flugzeug von dem Lebouton steht – wenn es da noch steht.«

»Ja sicher, gute Idee.«

Angermüller war froh, dass sein Kollege sich darum kümmerte. Die kleine Gartenanlage neben dem Herrenhaus lag verlassen da an diesem strahlenden Wintertag. Der Kommissar versuchte, die Fakten zu ordnen, die er im Laufe der Ermittlung in seinem Gedächtnis gespeichert hatte, und sich der Gespräche zu erinnern, die sie mit Lebouton geführt hatten. Da war der Verdacht Güldenbrooks gegen Kalle Mientau, der teures Fleisch auf eigene Rechnung verhökert haben sollte. Lebouton war allerdings der Meinung, seinem Partner diese Vermutung ausgeredet zu haben, und dann, hatte er gesagt, hätte Güldenbrook nach einer anderen Möglichkeit gesucht. So wie sich Lebouton gegenüber Hilde Dierksen geäußert hatte, war Güldenbrook wohl ein neuer Verdacht gekommen. Wo war der Zusammenhang von Güldenbrooks Verdacht mit dem Wunsch von Lebouton, nach und nach seine beruflichen Aktivitäten zu verringern? Angermüller konnte den Gedanken nicht weiterverfolgen, da sich sein Handy unüberhörbar meldete.

Er holte das Mobiltelefon heraus und lehnte sich an einen Baumstamm, der voll im Sonnenlicht stand. Endlich waren von der Bank die privaten und die geschäftlichen Kontendaten von Lebouton übermittelt worden. Ein Kollege aus dem K 3 hatte sie sogleich ausgewertet und meldete sich nun mit seinem Bericht.

»Moin Angermüller. Ich hab hier was für euch.«

»Hallo Kollege! Das ist ja ein Service am heiligen Sonntag!«

»Ihr habt das ja so brandeilig gehabt. Die Bank hat mich heute Morgen deswegen sogar aus dem Bett geschmissen«, knurrte der Mann.

»Tut mir ja leid. Aber dann erzähl doch mal!«, forderte ihn Angermüller gespannt auf und lauschte interessiert seinen Informationen.

»Vielen Dank dann und trotzdem noch schönen Sonntag! Das war sehr aufschlussreich.«

Er klappte sein Telefon zu.

»Was war aufschlussreich?«

Jansen, der mittlerweile auch sein Telefonat beendet hatte, war wie immer ausgesprochen ungeduldig.

»Das war das K 3, und du wirst es nicht gern hören, nehme ich an«, sagte Angermüller nachdenklich, »aber die Konten von Lebouton und seinen Unternehmen sind mehr als ausgeglichen. Die stehen finanziell ausgezeichnet da.«

»Ach ja?«

»Also, sollte Lebouton wirklich seinen Partner ermordet haben, dann bestimmt nicht wegen finanzieller Schwierigkeiten, wie gemunkelt wurde.«

»Mmh«, machte Jansen. »Das passt wirklich nicht ins Bild.«

Dann setzte er mit einem gewissen Trotz hinzu: »Jedenfalls ist jetzt eine Streife aus Grube zu dem Flugplatz unterwegs. Da werden wir ja bald hören, was mit dem Flieger ist. Und hast du deine Gedanken inzwischen sortiert?«

»Ich war mittendrin, als der Kollege hier anrief. Also, wenn ich das richtig zusammenbekommen habe, aus dem, was uns Hilde Dierksen und Lebouton so erzählt haben, dann gibt es einen Zusammenhang zwischen der Person, die Güldenbrook in Verdacht hatte, für die verschwundenen Fleischbestände verantwortlich zu sein, und dem Wunsch von Lebouton, sich ins Privatleben zurückzuziehen.«

»Und was hat das miteinander zu tun, du Superhirn?«

Angermüller spürte, er war nah dran, aber es reichte nicht zu einer plausiblen Schlussfolgerung. Er kam wieder nicht dazu, weiter darüber nachzugrübeln, denn zwei kleine Jungs kamen durch das Tor in den Schlosspark gerannt. Als sie die Kommissare entdeckten, stürzten sie direkt auf sie zu. Die Gesichter der Kinder waren puterrot, sie schnauften vor Anstrengung und Aufregung und versuchten beide gleichzeitig, etwas zu sagen.

»Nu ma ganz ruhig, ihr zwei«, sprach Jansen die Jungen an. »Holt erst mal Luft. Was gibt's denn so Eiliges? Erst du mit der Mütze.«

»Wir haben einen Mann gefunden! Da hinten«, keuchte der vielleicht Siebenjährige und deutete irgendwo hinter sich. »Der liegt da und bewegt sich nicht. Bestimmt ist der tot!«

Die beiden Beamten waren plötzlich wie elektrisiert.

»Wo genau?«

»Da hinten am Hofgraben hinter dem Kavaliershaus, da liegt er«, setzte sein Freund atemlos hinzu. »Ich glaube, das ist der Herr Lebouton.«

»Das ist ja gut, dass ihr uns gleich Bescheid gesagt habt. Woher wisst ihr denn, dass wir hier sind?«

»Wir waren erst bei unserer Nachbarin, der Frau Dierksen, und die hat uns hierher geschickt.«

»Na, dann mal los, zeigt uns die Stelle!«

Die Jungs rannten los. Angermüller und Jansen hinterher. Sie mussten das ganze Kavaliershaus umrunden, um dann links durch eine Öffnung in einer Mauer auf das dahinterliegende Gelände zu gelangen. Ein Gitter, das früher wohl einmal abgeschlossen wurde, hing in dem kleinen Durchlass und schwang jetzt ohne Schlüssel quietschend in seinen Angeln. Hinter dem Gebäude verlief der Hofgraben, von dem der Junge gesprochen hatte. Das gegenüberliegende Ufer wurde von undurchdringlichem Dickicht begrenzt. Der vielleicht drei Meter breite Graben lag voll im Schatten des Kavaliershauses und war komplett von einer Eisschicht bedeckt. An den Rändern des Gewässers stand vertrocknetes Schilf, dazwischen kniete Hilde Dierksen. Und dann sah Angermüller ihn da liegen. Auch die beiden Jungs blickten etwas ängstlich zu der Stelle. Angermüller nahm die Kinder freundschaftlich an den Schultern.

»So, ihr Helden, ihr geht jetzt mal nach Hause. Das habt ihr jedenfalls gut gemacht, ihr zwei, dass ihr gleich Bescheid gesagt habt! Später kommt vielleicht noch ein Kollege bei euch vorbei mit ein paar Fragen. Also, das war wirklich klasse, vielen Dank!«

Die beiden zogen ab, erleichtert und stolz zugleich, und Angermüller wendete sich wieder der Szenerie am Hofgraben zu. Leboutons Gesicht war kreidebleich, seine Augen geschlossen. In einer dicken, wattierten Jacke lag er auf dem Rücken zwischen den Schilfstengeln auf der Böschung und regte sich nicht. Hilde Dierksen hatte den Blick auf ihn geheftet und überhaupt nicht hochgesehen, als sie hier aufgetaucht waren. Auch sie sah ziemlich blass aus. Abwechselnd streichelte sie dem regungslos Daliegenden die Stirn und dann seine Hand. Auch wenn sie sich Mühe gab, sehr gefasst zu wirken, war ihrem Gesicht die Anspannung deutlich abzulesen.

»Er atmet«, sagte sie jetzt, »sehr schwach, aber er atmet. Bitte tun Sie doch irgendwas! Rufen Sie den Arzt!«

»Wir kümmern uns sofort, Frau Dierksen! Bitte kommen Sie doch«, forderte Angermüller sie auf. Doch sie wollte nicht von der Seite Leboutons weichen. Jansen, der sich ein paar Schutzhandschuhe übergezogen hatte, stieg die kleine Böschung hinunter. Er suchte nach Leboutons

Puls, dann nickte er. Angermüller holte sein Handy heraus.

»Frau Dierksen«, versuchte er es noch einmal, als er sein Telefonat beendet hatte. »Der Notarzt ist unterwegs. Bitte kommen Sie doch da unten weg. Sie können jetzt eh nichts tun.«

Doch sie sah nur kurz hoch und schüttelte den Kopf. Verständlicherweise wollte sie ihrem schwer verletzten Freund nicht von der Seite weichen. Das ginge mir wohl genauso, dachte Angermüller. Hinzu kam, dass sie auf die Kommissare sicherlich nicht gut zu sprechen war, die noch vor Kurzem angenommen hatten, dass Pierre Lebouton triftige Gründe hatte, sich bei Nacht und Nebel abzusetzen. Also sagte Angermüller nichts mehr und begann, sich umzusehen. Jansen war losgerannt und brachte eine Decke aus dem Wagen. So gut es ging, hüllten sie Lebouton vorsichtig damit ein.

»Hatte er einen Unfall?«, fragte Hilde Dierksen die Beamten. »Das muss irgendwann heute Morgen passiert sein, denn gestern Abend hat er andere Sachen getragen. Oh Gott, diese Kälte! Zum Glück hat er wenigstens seine dicke Jacke an.«

»Unfall? Glaub ich nicht«, sagte Jansen nur, aber sie schien eh keine Antwort erwartet zu haben und fuhr wieder fort, Leboutons Hände zu streicheln und zu drücken. So erledigten sie die erste Inaugenscheinnahme des Opfers und der Auffindungsumstände mit Hilde Dierksen an Leboutons Seite. Sie hatte nur Augen für den am Boden Liegenden.

»Kannst du irgendwas sehen, was mit ihm passiert ist, Claus?«, fragte Angermüller.

»Ich will ihn jetzt nicht so sehr bewegen, aber ich denke, jemand hat ihm auf den Schädel gehauen, und zwar ziemlich doll.«

Etwas mehr Zartgefühl in der Wortwahl wäre in dieser Situation gar nicht schlecht, ging es Angermüller durch den Kopf. Aber Hilde Dierksen achtete nicht auf die Vorgänge um sie herum. Jansen ging in die Knie und tupfte vorsichtig mit dem Finger an den Hinterkopf.

»Da ist eindeutig Blut, nicht viel und schon etwas angetrocknet. Muss also schon 'ne Weile her sein.«

Angermüller sah sich um. Dass man sich hier auf der Kehrseite des eleganten Kavaliershauses befand, war sprichwörtlich. Die Fenster im Erdgeschoss waren zum Teil recht lieblos mit Sichtblenden zugenagelt, Müll lag herum, Kippen, leere Zigarettenschachteln, ein alter Kessel, ein kaputter Einkaufswagen.

»Ich ruf in Lübeck an. Die müssen uns noch ein Team und die von der Spusi herschicken.«

Nicht weit von der Stelle, an der sie sich jetzt befanden, gab es eine Tür an der rückwärtigen Wand des Kavaliershauses. Sie war der einzige Zugang auf dieser Seite und vielleicht vier Meter vom Fundort Leboutons entfernt. Angermüller beendete sein Telefonat, bückte sich und betrachtete das vertrocknete Gras genauer. Vor der kleinen Tür war es stark niedergetreten. Von dort zog sich eine nicht ganz so deutliche, aber immer noch sichtbare Schneise niedergedrückter und abgebrochener Halme zur Böschung des Hofgrabens, wo der Verletzte lag.

»Das sieht so aus, als ob man ihn hierher geschleift hat. Wahrscheinlich ist er im Haus niedergeschlagen worden. Auf den ersten Blick kann ich hier auch nirgends was entdecken, das als Tatwaffe gedient haben könnte.«

Der Kommissar richtete sich wieder auf.

»Hast du neulich von drinnen diese Tür gesehen?«

»Nö.«

»Ich auch nicht«, meinte Angermüller nachdenklich.

»Aber ich bin mir fast sicher, dass die zu dem Lagerraum führen muss, wo auch die Kühlzelle steht. Mensch, Mensch, Mensch – mir dämmert was.«

»Lässt du deinen Kollegen auch an deinen Geistesblitzen teilhaben?«, fragte Jansen, stieg die Böschung hoch und besah sich ebenfalls die Schleifspur.

»Also: Nachdem Lebouton den Güldenbrook überzeugt hatte, dass der Pächter nicht für die Fleischdiebstähle infrage kommt, hatte der ja weiter nachgeforscht und tatsächlich einen anderen Verdächtigen gefunden. Er hatte Lebouton davon erzählt, und wie wir wissen, war der vollkommen anderer Meinung. Wahrscheinlich aber lag Güldenbrook mit seinem Verdacht goldrichtig. Er hat denjenigen darauf angesprochen oder ihn sogar auf frischer Tat ertappt und dafür mit seinem Leben bezahlt.«

»Okay, dann wissen wir jetzt, dass Güldenbrooks Mörder auch der Fleischdieb ist. Aber was hilft uns das?«

Jansen schien von den Ausführungen seines Kollegen nicht sonderlich beeindruckt, aber Angermüller ließ sich nicht aus der Ruhe bringen. Den Blick auf den Boden gerichtet, fuhr er fort, mit großer Konzentration seine Fragen zu stellen und den Faden weiterzuspinnen.

»Warum fand Lebouton den Verdacht seines Partners völlig abartig? Vielleicht weil er dieser Person noch weniger als Kalle Mientau so einen Betrug zutraute? Aber er wollte sich nicht allein auf sein Gefühl verlassen, sondern suchte hundertprozentige Gewissheit und hat deshalb selbst angefangen nachzuforschen, wie er Frau Dierksen ja auch erzählt hat. Offensichtlich ist er auch auf die richtige Fährte gelangt, sonst würde er nicht hier liegen.«

Plötzlich straffte er sich.

»Gut. Du bleibst bitte hier bei Herrn Lebouton und Frau Dierksen, Claus. Am besten forderst du auch noch ein paar

Kollegen von der Streife zur Absperrung an. Der Notarzt wird ja hoffentlich bald eintreffen.«

»Und was machst du, während ich hier festfriere?«

»Ich muss jetzt mal da rein. Ich hab so eine Vermutung«, sagte der Kriminalhauptkommissar nur und ging schnellen Schrittes zu dem kleinen Durchlass in der Mauer.

Vor dem Kavaliershaus traf er auf Grit Fischer, die mal wieder gierig den Rauch einer Zigarette einsog. Er erkundigte sich bei ihr, ob die Lagerräume hier im Haus eigentlich immer abgeschlossen seien. Normalerweise schon, erklärte sie ihm, aber während der Produktion würden sie immer offen gehalten, da man ja den ganzen Tag da raus und rein müsse.

»Und was ist mit der Hintertür?«

»Welche Hintertür?«, fragte die Regieassistentin erstaunt.

»Schon gut. Ich schau mich ein bisschen um, ja?«, sagte Angermüller eilig.

»Tun Sie, was Sie nicht lassen können«, antwortete sie, inzwischen schon nicht mehr ganz so freundlich.

Rasch betrat Angermüller das Kavaliershaus und begab sich, vorbei an dem sich langweilenden Sicherheitsmann, zu dem großen Lagerraum, streifte schnell die Schutzhandschuhe über und öffnete die Tür. Es dauerte einen Moment, bis die Neonbeleuchtung endlich ansprang. Der Geruch von Gemüse und Kartoffeln lag in der Luft. Eine innere Unruhe beherrschte ihn jetzt. Hier an diesem Ort liefen die Fäden zusammen. Er versuchte sich zu orientieren, in welche Richtung die Tür nach hinten liegen musste, und konnte auf den ersten Blick nichts entdecken. In der Mitte des Raumes standen die Paletten mit den Gemüsekisten, daneben die zwei geräumigen Gefriertruhen und ringsum an den Wänden angebrachte Metallregale. Doch dann fiel ihm eine Lücke ins Auge. Dort lehnten zwei große Kartoffelsäcke, und dahinter lag die kleine Tür. Sie war wirklich kaum zu sehen. Oben drüber war zwar eine Lampe angebracht mit der Aufschrift Notausgang, die aber nicht beleuchtet war. Es gab zwei Riegel und ein altmodisches Schloss mit einem riesigen Schlüssel, der steckte. Von außen war kein Schloss zu sehen gewesen, man konnte die Tür also nur von innen öffnen.

Obwohl ihn Ungeduld vorantrieb, gab sich Angermüller Mühe, gründlich zu sein, suchte nach dem Gegenstand, mit dem man Lebouton niedergeschlagen haben konnte, und machte dann im grellen Schein der Neonröhren auf dem glatten Betonboden vor den Kartoffelsäcken ein paar wenige dunkle Streifen aus. Er kratzte daran herum. Es konnte eine Blutspur sein. Er folgte ihr und stand schließlich vor der silbrig glänzenden Kühlzelle. Mit einem leisen Geräusch lief der Ventilator.

Angermüller legte den Hebel um und zog die Tür auf. Das Licht der Innenbeleuchtung fiel auf die hängenden Rinderkeulen und Rippen, die riesigen eingeschweißten Fleischpakete in den Regalen. Auf den metallenen Bodenplatten gab es ein paar Flecke, die ebenfalls nach Blut aussahen. Fragte sich nur, ob es Tierblut war oder von Lebouton stammte. Obwohl er auch hier gezielt danach suchte, konnte er nichts finden, das als Tatwaffe gedient haben konnte. An der etwas erhöhten Metallschwelle klebte ein Haarbüschel. Angermüller zog einen kleinen Plastikbeutel heraus und nahm die Haare damit auf. Der Länge und sonstigen Beschaffenheit nach zu urteilen, waren es eindeutig Menschenhaare.

Angermüller wollte sich schon auf den Weg in die Gesindeküche machen, als ihm auffiel, dass bei einer der großen Kühltruhen der Deckel halb offen stand. Vorsichtig schob er ihn ganz auf und sah hinein. Ordentlich gegeneinander gestapelt und tiefgefroren lagen da in Folie eingeschweißt die wertvollsten Fleischstücke vom Tafelspitz bis zum prachtvollen Filet. Damit ließen sich bestimmt auf dem Schwarzmarkt gute Geschäfte machen.

Er hatte genug gesehen. Die Fleischdiebstähle, Güldenbrooks Verdacht gegen eine bestimmte Person und Leboutons Zweifel daran – der Zusammenhang lag nun klar vor ihm. Wie groß musste Leboutons Überraschung gewesen sein, als er mit einem Mal erkannte, dass sein Geschäftspartner völlig richtig gelegen hatte?

Die Inspektion des Lagerraumes hatte keine fünf Minuten gedauert. In der Gesindeküche wurde gerade darüber diskutiert, wann man denn eigentlich Feierabend machen oder ob man ewig auf den Chef warten sollte.

»Meine Herrschaften, ich muss Sie leider bitten, noch eine Weile hierzubleiben. Ihr Chef ist soeben wieder aufgetaucht.«

Angermüller warf einen Blick auf die Runde, und sofort fiel ihm auf, dass eine Person fehlte. Aufmerksam beobachte er die Reaktionen der Leute, die zumeist erleichtert die Nachricht aufnahmen und sich neugierig erkundigten, wo Lebouton denn gewesen sei. Der Kommissar sagte nichts.

»Oh Gott, wirklich? Und ich hab doch schon die ersten Zuschauer für die nächste Aufzeichnung nach Hause geschickt!«

Wie vom Donner gerührt war Grit Fischer bei Angermüllers Mitteilung aufgesprungen. Nun blätterte sie hektisch in der dicken Klarsichtmappe, die sie stets mit sich herumtrug.

»Sie können auch die anderen Zuschauer ruhig nach Hause schicken. Eine Aufzeichnung wird es heute nicht mehr geben«, beschied ihr Angermüller.

»Ein Glück!«

Erleichtert ließ sich die Regieassistentin zurück auf ihren Stuhl fallen. Ihr Problem war gelöst, alles andere interessierte sie nicht mehr. Einige aber fragten wieder, wo Lebouton denn gewesen und warum er erst jetzt wieder aufgetaucht sei. Manche erkundigten sich, wie es ihm denn ginge.

»Es geht ihm den Umständen entsprechend gut«, sagte Angermüller knapp.

Dann schickte er alle Anwesenden aus der Gesindeküche hinaus.

»An euch hab ich noch eine Frage«, sprach er Ernie und Thorsten an, als die sich auch auf den Weg nach draußen machen wollten.

»Hä?«, machte Thorsten einfältig. »Worum geht's?«

»Macht erst mal die Türe zu«, forderte der Kommissar die beiden Lehrlinge auf, ohne auf die Frage des Jungen einzugehen. »Seid ihr froh, dass ihr jetzt frei habt?«

»Klar, immer«, grinste Thorsten, der wie üblich seine Kochmütze schief auf den roten Haaren trug, und zog die Tür zu. Ernie sah nur konzentriert zu Boden.

»Wo ist denn der Dritte im Bunde? Der Anatol?«

»Weiß nich«, meinte Thorsten. »Irgendwann vorhin war der auf einmal weg. Ey«, stieß er seinen Kumpel an. »Weißt du, wo der hin is?«

Ernie warf Thorsten einen schrägen Blick zu und zuckte nur missmutig mit der Schulter. Sein Gesicht unter dem weißblonden Haar überzog sich mit dunkler Röte.

»Aber du bist doch mit dem raus vorhin!«, beharrte der andere.

»Ja vorhin. Eine rauchen. Woher soll ich wissen, wo der jetzt ist, du Knallkopp?«, sagte der Blonde rotzig.

»Du hattest doch auch noch irgendeinen Zoff mit dem!«

»Quatsch!«, widersprach Ernie aufgebracht und warf einen unwilligen Seitenblick auf Angermüller.

»Na ja, mir kann's ja egal sein. Aber was ich gesagt hab, stimmt. Ich hab euch doch gesehen«, gab Thorsten schließlich auf und fragte dann neugierig: »Was is eigentlich mit dem Chef, Herr Kommissar? Wieso is'n der heut nich gekommen?«

Angermüller ließ die beiden Jungen nicht aus den Augen bei seiner Antwort.

»Euer Chef, der liegt hier hinter dem Haus. Jemand hat ihm den Schädel eingeschlagen.«

»Boh! Isser tot?«, rief Thorsten erschrocken aus, und auch Ernie blickte irritiert auf.

»Noch lebt er«, antwortete Angermüller.

»Oh Mann, das is ja der Hammer!«

Der vorlaute Thorsten wirkte ziemlich schockiert.

»Na gut Thorsten, dann erst mal vielen Dank. Bitte warte draußen, vielleicht brauchen wir dich noch mal. Jetzt haben der Ernie und ich noch was zu bereden.«

»Na denn, tschüss!«, verabschiedete sich der Junge und sah mit erstaunter Neugier zu seinem Kumpel, der bei Angermüllers Ankündigung seine Arme fest vor der Brust verschränkt hatte.

»Komm Ernie, setzen wir uns«, lud der Kommissar den schlaksigen Lehrling ein. »Möchtest du mir nicht irgendwas erzählen?«

Der Angesprochene bewegte sich lahm zu dem langen Küchentisch. Stumm, ohne Angermüller eines Blickes zu würdigen, ließ er sich auf einem Stuhl nieder. Seine Ohren leuchteten rot, und der ganze Körper war gespannt wie eine Bogensehne. Als plötzlich die Tür aufging und Jansen hereinkam, zuckte er erschrocken zusammen.

»Alles klar. Notarzt und Streife sind eingetroffen«, vermeldete Jansen, schaute fragend zu Ernie und dann zu seinem Kollegen. Der machte eine zufriedene Miene und sagte:

»Gut, dass du da bist, Claus. Der Ernie will uns gerade was erzählen.«

Der Junge hob kurz verwundert den Kopf und blickte dann wieder stur zu Boden.

»Schön«, nickte Jansen aufgeräumt, setzte sich mit an den Tisch und fummelte das Aufnahmegerät aus seiner Jackentasche.

»So, dann sag uns jetzt bitte, wo dein Freund Anatol abgeblieben ist«, forderte Angermüller den Jungen auf.

Jansen, der nicht auf dem gleichen Erkenntnisstand wie sein Kollege war, warf ihm verstohlen einen verdutzten Blick zu. Angermüller bedeutete ihm mit einer kurzen Geste, dass alles so seine Richtigkeit habe.

»Woher soll ich das wissen«, murmelte der Junge störrisch.

»Fangen wir doch so an: Worüber hast du dich mit Anatol gestritten?«

»Weiß ich nicht mehr.«

»Erzähl keinen Quatsch, Ernie! Du bist doch nicht dumm. Kannst du dir nicht denken, warum ich dir diese ganzen Fragen stelle? Worum es hier eigentlich geht?«

Ernie biss sich nur verstockt auf die Lippen und blieb stumm.

»Mensch Ernie, das ist kein Spiel, was wir hier spielen!«

Die Verstocktheit des Jungen brachte selbst Angermüllers sprichwörtliche Gelassenheit aus dem Gleichgewicht. Doch er nahm sich gleich wieder zurück.

»Na gut. Dann versuche ich es einmal anders: Was weißt du über die verschwundenen Fleischvorräte auf Güldenbrook?«

Den Kochlehrling traf dieser Satz völlig unerwartet, und er wurde leichenblass. Angermüller, der diese Frage auf gut

Glück gestellt hatte, merkte, dass er ins Schwarze getroffen hatte.

»Gar nix«, stammelte Ernie.

»Pass mal auf, mein Junge«, versuchte es Angermüller erneut. »Ist dir eigentlich klar, dass wir hier über einen Mordversuch an deinem Chef reden? Und kannst du dir vorstellen, wie das für uns aussieht, wenn du hier den Ahnungslosen spielst und nicht mit uns reden willst?«

Ernie starrte zu den beiden Polizisten, er war völlig geschockt.

»Für uns sieht das dann so aus, als ob du auch daran beteiligt gewesen bist!«, stellte Angermüller fest.

»Wenn du weiter den stummen Fisch machen willst, können wir dich auch mitnehmen«, fügte Jansen mit einem drohenden Unterton hinzu. »Wenn dir das lieber ist.«

Der dünne, lange Kerl war auf seinem Stuhl immer kleiner geworden.

»Ich weiß wirklich nicht, wo der Anatol ist«, murmelte er tonlos. »Er wollte vorhin, dass ich ihm mein Auto gebe.«

»Und hast du's ihm gegeben?«

Er nickte mit gesenktem Kopf.

»Ich wollte erst nicht. Aber er hat gesagt, ich soll dran denken, was dann passiert, wenn ich nicht mit ihm zusammenarbeite.«

»Fahndung«, sagte Angermüller nur zu seinem Kollegen.

»Marke, Typ, Farbe, Nummer?«

Jansen hatte schon einen Zettel herausgeholt, notierte, was Ernie leise vorbrachte, und gab die Daten sofort an die Zentrale durch.

»So«, meinte Angermüller zu dem Jungen, »dann kannst du jetzt ja mal schön der Reihe nach erzählen.«

»Was denn?«

Ernie sah verunsichert von einem zum anderen.

»Fangen wir doch mit dem an, was du über die Diebstähle im Fleischlager weißt.«

Der weißblonde Lehrling knetete seine Hände und atmete hörbar, dann begann er stockend.

»Der hat sich öfter mein Auto geliehen. Für Spritztouren, hat er gesagt.«

»Der Anatol?«

»Ja. Und so vor ein paar Monaten, als er's auch wieder hatte, da bin ich nachts runter in die Küche, weil ich mir was zu trinken holen wollte, und da hab ich gemerkt, dass die Lagertür offen war. Ich hab gedacht, die hat nur jemand vergessen zuzumachen, aber dann hab ich gesehen, dass hinten die kleine Tür nach draußen, die wir sonst nie benutzen, offen stand, und dann hab ich Anatol gesehen.«

Er brach ab.

»Was hat er gemacht?«

»Er kam aus der Kühlkammer und trug ein Rinderviertel über der Schulter.«

»Was hat er gesagt, als er dich bemerkt hat?«

»Wir wären doch Freunde, und ich soll bloß die Klappe halten und ihn nicht verpfeifen, sonst würde er allen erzählen, dass ich auch mit drinstecke«, berichtete Ernie beklommen.

»Und da hast du lieber dichtgehalten?«

Angermüller sah den Jungen, der verlegen nickte, forschend an.

»Warum?«

»Er hat gesagt, in meinem Auto wären die Spuren von den Fleischtransporten ganz leicht nachzuweisen und ihm würde der Chef eh mehr glauben als mir. Und das stimmt. Ich bin dem Chef sowieso egal.«

Er machte erneut eine Pause und seufzte tief.

»Und ab da musste ich mitmachen.«

Der Junge war jetzt nur noch ein Häufchen Unglück. Mit seinen 18 Jahren war er noch ein halbes Kind und, so unsicher und schüchtern wie er war, natürlich auch ein leichtes Opfer, dachte Angermüller.

»Wie ist das denn so abgelaufen bei diesem Fleischgeschäft?«

»Der Anatol kannte da irgendwelche Leute, die haben bei ihm bestellt. Wir haben die Sachen dann hier eingeladen, immer nur so viel auf einmal, dass es nicht aufgefallen ist. Dann haben wir uns mit denen getroffen, die Ware übergeben und das Geld bekommen.«

»Hast du denn auch von dem Geld was abgekriegt?«

»Ich wollte eigentlich nix. Aber der Anatol hat immer gesagt, is ja nur Spritgeld, und das hab ich dann halt genommen.«

Hilflos blickte der Junge die Kommissare an.

»Scheiße, ich wollte das doch gar nicht! Aber der Anatol hat gesagt, wenn er auffliegt, dann fliege ich mit, und ich will doch meine Ausbildung hier fertig machen!«

»Lief das denn immer nur, wenn Produktion war? Oder wie seid ihr ins Lager gekommen?«

»Mit einem Schlüssel, den hatte er nachmachen lassen.«

»Meine Fresse!«, meinte Jansen beeindruckt. »Ganz schön viel kriminelle Energie, der junge Mann!«

Plötzlich ein Poltern. Ernie war aufgesprungen und hatte dabei seinen Stuhl umgeschmissen.

»Aber mit dem ganzen anderen Kram hab ich nix zu tun!«

Er schrie es fast.

»Bitte, Sie müssen mir glauben!«

Dann sackte er wieder auf seinen Stuhl, den Angermüller aufgehoben hatte, legte den Kopf auf seine Arme auf der Tischplatte und fing an zu heulen.

»Hey!«, Jansen rüttelte den großen Jungen an der Schulter. »Nu lass ma gut sein. Beruhig dich wieder. Versuch lieber, uns zu helfen, die Geschichte aufzuklären. Das hilft dir am besten raus aus dem ganzen Schlamassel.«

»Mein Kollege hat recht. Wenn du uns die Wahrheit gesagt hast, dann werden wir sehen, was wir für dich tun können. Aber sag mal, was hat dein Freund denn gesagt, warum er das Auto vorhin haben wollte?«

Ernie hatte sich wieder hochgerappelt und sich die Tränen aus dem Gesicht gewischt.

»Er hat nur gesagt, er müsste kurz weg«, antwortete er und fragte dann etwas unvermittelt: »Kann ich vielleicht ein Glas Wasser haben?«

Angermüller ging zur Spüle, suchte in den Schränken ein Glas. Während er Wasser hineinlaufen ließ, fiel sein Blick auf ein großes Bratenstück, bestimmt gut drei Kilogramm schwer, das offen in einem Bratentopf lag.

»Weißt du, warum hier das Fleisch in dem Topf liegt?«,

»Das ist ein Tafelspitz. Den hat Anatol zum Auftauen dahin gestellt. Daraus wollte er heute Abend irgendwas machen. Zum Üben hat er gesagt«, erklärte Ernie.

»Aha«, machte Angermüller verwundert. Jansen kam heran, um sich auch ein Glas Wasser zu holen.

»Wie bist du eigentlich auf diesen Anatol gekommen?«, flüsterte er.

»Erzähl ich dir später«, vertröstete Angermüller seinen Kollegen. Ihm war etwas eingefallen.

»Wir haben gehört, ihr habt hier vorhin nach euerm Chef gesucht, Ernie. War der Anatol da eigentlich auch dabei?«

»Ja ja, der war auch dabei.«

»Und habt ihr zusammen gesucht?«

»Nee. Jeder an einer anderen Stelle.«

»Weißt du zufällig, wo der Anatol nachgeschaut hat?«

Einen kurzen Moment dachte der Junge nach.

»Der muss hier hinter dem Haus gesucht haben. Ich hab ihn aus dem kleinen Durchgang kommen sehen, und er winkte gleich ab, weil der Chef da auch nicht war.«

Er stutzte.

»Oh Mann, dann war er das wohl wirklich, der unseren Chef …?«

Anscheinend schien er erst jetzt zu begreifen, wozu der, den er trotz allem noch für seinen Freund gehalten hatte, tatsächlich fähig war. Nachdenklich sah Angermüller ihn an und nickte.

»Sag mal, Ernie, noch eine andere Frage: Wie war das eigentlich Donnerstag bei der Oldienacht?«

Ernie, der sich wieder etwas stabilisiert hatte, schien diese Frage gleich wieder aus der Bahn zu werfen. Er wurde rot, stotterte und bekam keinen richtigen Satz heraus.

»Jetzt reiß dich zusammen. Du willst uns doch helfen, dachte ich.«

Jansens Geduld zeigte erste Verschleißerscheinungen.

»Was meinen Sie denn mit Donnerstagnacht? Was soll da gewesen sein?«

»Na, wart ihr drei da wirklich die ganze Zeit zusammen in dieser Kneipe?«, fragte Angermüller.

Nach einigem Herumdrucksen sagte der Junge: »Da hab ich ihm auch mein Auto geliehen. Und als ich sagte, nicht schon wieder eine Fleischfuhre, hat er gesagt, Quatsch, er hätte nur eine Verabredung mit einer scharfen Braut.«

»Wann war er weg und für wie lange?«

»So ganz genau weiß ich das nicht mehr, aber es muss so zwischen 22 und 1 Uhr gewesen sein.«

Die beiden Kommissare tauschten einen einvernehmlichen Blick. Das Gesicht des Jungen sah wieder ziemlich kummervoll aus.

»Wer die Frau war und wo er sie getroffen hat, das weißt du nicht?«

»Ich glaube, er hat sie auf Güldenbrook getroffen, aber wer es war, weiß ich wirklich nicht. Und er hat mir gesagt, wenn ich irgendjemandem davon erzähle, sorgt er dafür, dass ich meinen Job hier sofort los bin.«

Angermüller sah ihn aufmerksam an, als er ihn fragte: »Was hast du eigentlich gedacht, als du am nächsten Morgen mitbekommen hast, was mit Herrn von Güldenbrook passiert war? Hattest du da einen Verdacht?«

Langsam schüttelte Ernie seinen Kopf. Offensichtlich war ihm unwohl bei der Frage.

»Also, ich hab schon an ihn gedacht. Aber ich konnt mir das eigentlich überhaupt nicht vorstellen. Der Anatol ist ja auch irgendwie ein netter Kerl, und dass der so was tun würde …«

Armes Würstchen, dachte Angermüller, hältst einen Typen, der dich zu Straftaten zwingt und dann erpresst, auch noch für einen netten Kerl!

»Aber irgendwie geahnt hast du schon was, oder?«

Es war dem Kochlehrling anzumerken, dass es ihn quälte, sich damit auseinandersetzen zu müssen. Wahrscheinlich hatte er diese Frage einfach verdrängt, um nicht noch mehr Schwierigkeiten zu kriegen.

»Vielleicht, ich weiß nicht«, stotterte er. »Glauben Sie denn wirklich, dass er das auch gemacht hat?«

»Es sieht ganz danach aus«, bestätigte Angermüller.

»Moin Kollegen! Wisst ihr eigentlich, dass ihr langsam nervt?«, grüßte der Kriminaltechniker Andreas Meise schlecht gelaunt die beiden Kommissare, als er wenig später auf Güldenbrook eintraf. Ernie war mit einem Streifenbeamten in einen kleinen Nebenraum geschickt worden, sodass sie in der Gesindeküche unter sich waren.

»Dass der siebte Tag zum Ruhen gedacht ist, steht sogar schon in der Bibel. Und, wo ham wir denn heute unsere Leiche?«

»Es gibt keine. Ein Schwerverletzter ist schon im Hubschrauber unterwegs in die Klinik nach Lübeck. Aber ich zeig dir natürlich gern, was du für uns tun kannst«, antwortete Angermüller ungerührt und erhob sich. Als er an der Spüle vorbeikam und wieder das prächtige Stück Fleisch im Bratentopf sah, musste er an die Truhe mit den tiefgekühlten Fleischvorräten im Lager denken, und ihm kam ein Gedanke. Er öffnete den Deckel des Mülleimers neben der Spüle, und da lag noch die Folie, in der das Fleisch eingeschweißt gewesen war.

»Hier Kollege, die kannst du schon mal einsammeln und spurensicher verpacken. Und den Topf mit dem Fleisch nimm gleich auch mit.«

»Brauchst du noch 'nen Sonntagsbraten, oder wat?«, brummte Ameise nur ungnädig und packte die Sachen ein. Auch Jansen sah neugierig nach dem Fleischtopf.

»Das ist nur so eine Idee«, erklärte Angermüller. »Es ist nicht unmöglich, dass dieser Tafelspitz die Tatwaffe ist, mit der Lebouton niedergeschlagen wurde.«

»Was? Wie kommst du denn darauf?«

»Als ich mich vorhin im Lager umgesehen hab, stand die Kühltruhe halb offen, da waren lauter solche Prügel drin. Allerdings beinhart gefroren. Eine Tatwaffe haben wir bisher sonst nicht gefunden. Und dass es den Lebouton dort erwischt hat, ist klar. Und der Anatol hat das Fleisch zum Auftauen hierher gelegt.«

Angermüller schüttelte den Kopf.

»So ein charmanter, sympathischer Typ, aber kriminell bis ins Mark. Wenn meine Vermutung mit dem Tafelspitz stimmt … Ist das nicht unglaublich abgezockt, die Spuren zu tilgen, indem man die Tatwaffe einfach zum Essen serviert?«

»Das wäre wirklich teuflisch genial«, stimmte Jansen zu. »Sag mal, wie bist du eigentlich auf diesen Anatol gekommen?«

»Tja, als Hilde Dierksen erwähnte, dass Lebouton unbedingt selbst herausfinden wollte, ob der Verdacht seines Partners begründet war, und dann noch den Zusammenhang mit der Frage seines Nachfolgers herstellte, da fing es bei mir an zu arbeiten. Weißt du noch, wie Lebouton uns den jungen Mann vorgestellt hat? Naturtalent, bestes Pferd im Stall – er hat ihn in den höchsten Tönen gelobt. Und als ich vorhin zurück in die Küche gekommen bin, da war der Junge weg und da war ich mir dann sicher. Na ja, und da ich wusste, dass Ernie und Anatol viel zusammenstecken …«

»Ganz toll, Angermüller! Das hast du fein gemacht«, stichelte Ameise. »Aber jetzt zeig endlich, wo und was. Meine Zeit ist kostbar, vor allem am Sonntag!«

Bald darauf war die Kriminaltechnik bei der Arbeit, und Jansen sagte: »So, jetzt zauber ich auch mal ein bisschen. Ich liefere dir jetzt nämlich eine Zeugenaussage, die den Verdacht erhärtet, dass Anatol Kerbel auch der Mörder von Christian von Güldenbrook ist.«

Sie sah elend aus. Auch das perfekt aufgetragene Make-up konnte den grauen Teint und die müde Haut heute nicht verbergen. Keine strahlenden Augenaufschläge, keine meerestiefen Blicke.

»Frau Blomberg, wir müssen Ihnen noch ein paar Fragen zu Donnerstagnacht stellen«, begann Jansen. »Sie hatten angegeben, circa um 21.30 Uhr vom Essen zurückgekommen zu sein. Nach einem Glas Wein in der Küche mit einem Kollegen sind Sie dann allein auf Ihr Zimmer gegangen, wo sie wunderbar geschlafen haben. Bleiben Sie dabei?«

»Ach, es kommt mir vor, als ob das ewig her ist.«

Sie legte die Finger einer Hand an die Stirn.

»Ich habe eine entsetzliche Migräne heute.«

»So schwierig ist die Frage doch nicht: Bleiben Sie bei Ihren Angaben, Frau Blomberg?«

»Ja, ja!

Sie schien nur noch ihre Ruhe haben zu wollen. Jansen zog skeptisch eine Braue hoch.

»Sie haben nicht noch Besuch bekommen in dieser Nacht?«

Alix Blomberg sah nicht hoch, massierte sich die Schläfen und schüttelte den Kopf.

»Ich meine Herrenbesuch«, insistierte Jansen und beobachtete sie genau.

»Wie kommen Sie denn darauf?«, fragte sie gleichzeitig leidend und entrüstet, schien aber irgendwie alarmiert.

»Wir haben gewisse Hinweise bekommen.«

Gespannt sah Jansen sie an. Die Sekunden verrannen. Die Moderatorin blieb still.

»Muss ich deutlicher werden, Frau Blomberg? Soll ich seinen Namen sagen oder wollen Sie es tun?«, fragte Jansen.

Einen Moment dauerte es noch, dann reagierte sie.

»Anatol ist zu mir gekommen.«

Sie flüsterte es fast.

»Warum haben Sie uns das verschwiegen, Frau Blomberg?«

Wieder war es einen Moment still.

»Mein Gott, können Sie sich das nicht denken?«, fuhr sie plötzlich wütend hoch. »Ein junger Mann besucht mich mitten in der Nacht, ein Kochlehrling, der halb so alt ist wie ich. Darauf wartet die Skandalpresse doch nur! Soll ich das in die Welt hinausposaunen?«

»Nein, Frau Blomberg. Aber hätten Sie uns vor zwei Tagen die Wahrheit gesagt, dann hätte es wahrscheinlich den Angriff auf Herrn Lebouton nicht auch noch geben müssen.«

So richtig wollte Alix Blomberg ihren Fehler nicht einsehen, was Jansen ziemlich fuchsig machte, sodass er einfließen ließ, der Staatsanwalt könne durchaus den Tatbestand der Begünstigung feststellen. Sichtlich unwillig machte die Moderatorin dann genauere Angaben, wann Anatol gekommen und wieder gegangen war. Die Zeiten fügten sich nahtlos in die bisherigen Ermittlungen. Schließlich beendeten sie die Vernehmung, und die Diva rauschte davon, als ob man ihr Unrecht getan hätte.

»Und verrätst du mir jetzt auch, wie du auf diese Geschichte gekommen bist?«, fragte Angermüller seinen Kollegen, der grinsend vor ihm stand.

»Ich sage nur: Patricia«, fing der an. »Die hat mir gestern erzählt, dass sie Freitagnacht den jungen Mann aus dem Zimmer von der Blomberg hatte kommen sehen, in Boxershorts mit den Klamotten unterm Arm. Und als dieser Ernie vorhin von Anatols Tête-à-Tête in der Donnerstagnacht auf Güldenbrook erzählt hat, hab ich zwei und zwei zusammengezählt. So einfach ist das.«

Als sie endlich Feierabend machten, war der Sonntagabend schon angebrochen. Angermüller und Jansen störte das nicht. Sie rollten durch die Kälte Richtung Lübeck, im Wagen war es angenehm warm, und jeder hing seinen Gedanken nach. Sie waren mit sich und der Welt zufrieden. Für den nächsten Tag hatte ihr Chef sofort eine Pressekonferenz anberaumt. Vielleicht hatte bis dahin die Fahndung nach Anatol Kerbel ja auch schon zum Erfolg geführt.

Die Auswertung der Spuren ergab, dass Pierre Lebouton tatsächlich mit dem hart gefrorenen Tafelspitz niedergeschlagen worden war. Ein schweres Schädel-Hirn-Trauma war bei ihm diagnostiziert worden, weshalb man ihn für zehn Tage in ein künstliches Koma versetzt hatte. Doch die Ärzte waren optimistisch, dass er keine Schäden zurückbehalten würde. Seine Genesung schien schnelle Fortschritte zu machen. Nach drei Wochen konnten Angermüller und Jansen endlich mit ihm sprechen. Lebouton bestätigte bis ins Detail, was sie bisher über den Tathergang nur anhand von Indizien wussten. Auf die Frage, warum er ihnen nichts von dem Verdacht gegen Anatol erzählt hatte, meinte er nur, er hatte den Jungen nicht in Schwierigkeiten bringen wollen und wäre außerdem von seiner Unschuld überzeugt gewesen. Natürlich war seine persönliche Enttäuschung grenzenlos. Dass jemand, den er gefördert und geschätzt hatte, dem er jegliche Chance für eine glänzende Zukunft geboten hatte, ihn derart betrügen und belügen konnte, wollte er immer noch nicht begreifen. Wahrscheinlich würde diese Verletzung im Gegensatz zu seinen körperlichen nie ganz verheilen. Schließlich erkundigte er sich, ob Anatol denn gefasst worden sei. Diese Frage mussten die Beamten leider verneinen. Auch drei Wochen nach seiner Flucht fehlte von Anatol Kerbel trotz mittlerweile europaweiter Fahndung immer noch jede Spur.

TAUWETTER

Wenn die Menschen im Norden Mitte Februar gedacht hatten, dies sei der eisige Tiefpunkt des Winters gewesen, so hatten sie sich geirrt. Es wurde immer kälter statt wärmer, an den Stränden der Lübecker Bucht türmten sich die Eisschollen, und es fehlte wirklich nicht viel, und man hätte zu Fuß von Travemünde nach Neustadt gehen können.

Auch am Tag von Steffens und Davids Hochzeit wehte ein steifer Nordostwind, der die Kälte durch sämtliche Kleiderschichten trug. Die Gäste waren froh, nach der Fotozeremonie vor der Lindischen Villa endlich ins Restaurant zu gelangen, wo die Tische in festlichem Blumenschmuck prangten und man bei angenehmen Temperaturen durch große Fenster den Blick auf die erstarrte Ostsee genießen konnte. Es war ein ziemlich düsterer Tag, mit grauen Wolkenwänden, die sich über den Himmel schoben und nur ab und zu die Sonne als weiße Scheibe dahinter frei gaben. Trotzdem hatte Angermüller viele schöne Erinnerungen daran.

Da Elizabeth und Georg die Trauzeugen waren, hatten Steffen und David sie auch zusammen an den Tisch gesetzt und Astrid kurzerhand einen anderen Tischherrn zugeordnet. In seinem neuen Anzug machte Georg eine ausgesprochen gute Figur und fühlte sich rundum wohl. Elizabeth hatte ihr Versprechen wahr gemacht: Sie hatten einen ganzen Nachmittag beim gemeinsamen Einkaufsbummel verbracht und waren Kaffee trinken gegangen. Im siebten oder achten Geschäft war Elizabeth endlich zufrieden, als er in einer eleganten anthrazitfarbenen Kombination aus der Kabine trat. Im Gegensatz zu sonst fand er diesen Einkauf völlig stressfrei. Sie hatten viel Spaß zusammen, und er hatte sich des Öfteren dabei ertappt, wie er Elizabeth mit Astrid verglich. Ihre Lockerheit, ihre Lässigkeit, ihr Humor – sie war so ganz anders als seine Frau, bei der immer wieder die angeborene Disziplin und Vernunft durchschlug, jedenfalls bei der Astrid, wie er sie heute kannte.

Georg war erstaunt, wie vertraut er und Elizabeth nach so kurzer Zeit schon miteinander waren. Er kannte alle ihre Hobbys – moderne Kunst, Tanzen und englische Gartenkultur. Sie hatte ihm erzählt, dass sie überhaupt nicht kochen konnte, aber Leute bewunderte, die es konnten. Und sie liebte gutes Essen und genoss es, sich damit verwöhnen zu lassen. Am liebsten reiste sie in deutsche Großstädte oder nach Italien und liebte alles Italienische, genau wie er. Wenn sie zusammen waren, kamen sie vom Hundertsten ins Tausendste, und die Zeit verging wie im Fluge. Inzwischen wusste er, dass Elizabeth geschieden und kinderlos war und seit geraumer Zeit schon allein lebte. Auch wenn Lübeck keine Metropole war, wollte Elizabeth in Zukunft öfter hierherkommen, um ihren Bruder und seinen Mann zu besuchen. Und Georg erwartete, sie bei dieser Gelegenheit auch hin und wieder zu sehen, und fragte sich insgeheim, ob es vermessen sei zu hoffen, dass sie vielleicht auch ein bisschen seinetwegen nach Lübeck käme.

Als man eigentlich schon glaubte, nun könne es wirklich nicht mehr kälter werden, sank die Quecksilbersäule in einer Samstagnacht am ersten Wochenende im März auf minus 18 Grad. Georgs Alltag plätscherte so dahin. Im Dienst bearbeiteten sie Altfälle, wovon es mehr als genug gab. Durch das Fortschreiten der Untersuchungsmethoden in der Kriminaltechnik, insbesondere der DNA-Analyse, hatten sie auch mehr und mehr Erfolgserlebnisse und konnten Fälle aufklären, die zum Teil Jahre zurücklagen.

Zwischen Astrid und ihm lief es besser. Das lag auch an seinem einigermaßen ruhigen Arbeitsalltag. Aber vor allem, seit er sich entschieden hatte, den Diskussionen mit Astrid nicht mehr aus dem Weg zu gehen, hatte ihr Verhältnis sich merklich normalisiert. Er fühlte sich wie befreit. Astrid suchte die Auseinandersetzung, sie sollte sie haben. Nur so würde er erkennen, welche Motivation hinter ihrer Kritik und ihren Vorwürfen steckte. Oder besser, wer dahintersteckte. Nur so ließ sich herausfinden, ob er weiterhin auf ihre Beziehung setzen sollte und ob sie eine gemeinsame Zukunft hatten. Vielleicht hatte er mit seiner Konfliktvermeidung bei Astrid ja genau das Gegenteil von dem erreicht, was er wollte. Vielleicht fühlte sie sich jetzt endlich ernst genommen, da er mit ihr diskutierte, auf sie einging. Vielleicht hatte sie immer nur das Gefühl gehabt, dass er stur sein Ding durchzog, ohne jegliche Rücksicht zu nehmen. Jedenfalls waren sie sich wieder viel näher gekommen, und Georg meinte auch, den unvermeidlichen Martin viel seltener zu sehen als bisher und auch nicht so oft von ihm zu hören.

Am 20. März war Frühlingsanfang. Es war ein Sonntag – Carola feierte ihren 40. Geburtstag. Georg verspürte nicht die geringste Lust, die Einladung zu ihrem Fest anzunehmen, als der Brief ins Haus flatterte. Doch dann rief Carola an – sie erreichte Georg zu Hause –, lud ihn persönlich noch einmal ein und betonte, wie sehr sie sich freuen würde, ihn zu sehen.

Als er mit Astrid dort auftauchte, schloss Carola ihn in die Arme. Sie stellte ihm freudestrahlend einen gewissen Klas-Dieter vor und behandelte Georg mit einer solchen Herzlichkeit, dass ihm schon unheimlich wurde. Da Kochen nicht ihr Ding war, hatte sie von ihrem Lieblingsitaliener ein Buffet bestellt. Es gab eine bunte Auswahl an Vorspeisen, von Bresaola über Lachscarpaccio, gefüllte Sardinen und gratinierte Auberginen bis zu Pflaumen mit Parmaschinken und einer bunten Auswahl an gebratenen Gemüsen. Georg war bemüht von allem zu kosten. Anschließend warteten auch noch ein Schweinebraten mit Knoblauch und Rosmarin und Steaks vom Schwertfisch auf ihn. Es schmeckte alles ganz ordentlich, fand er, und nach Kostproben von drei verschiedenen Desserts fühlte er sich ziemlich ermattet.

Die vielen Menschen in der Wohnung machten, dass einem ganz schön heiß wurde. Georg brauchte dringend frische Luft. Er stellte sich einen Moment auf den kleinen Balkon vor Carolas Wohnzimmer, und da spürte er es: Es war mild, es war warm, es war unglaublich! Nur so im Hemd im Freien hielt man es draußen aus. Es war Frühling geworden. Die Sonne schien, und sie wärmte, Vögel zwitscherten, und Georg entdeckte an den Bäumen den ersten grünen Schimmer. Er atmete tief durch und genoss die belebenden Sonnenstrahlen. Da trat Carola neben ihn.

»Georg«, sprach sie ihn freundlich an. »Ich wollte mit dir über diese, na ja, du weißt schon, diese Geschichte neulich sprechen.«

Oh Gott! Die Briefe! Die lagen immer noch neben den ausgerissenen Rezepten bei ihm zu Hause im Küchentisch.

»Mmh«, nickte er nur. Die Sache schien Carola ziemlich peinlich zu sein. Nervös fummelte sie an einem ihrer überdimensionalen, schwarzen Ohrgehänge.

»Also, ich wollte nur sagen, dein Kollege braucht sich nicht länger um die Sache zu kümmern. Es hat sich erledigt.«

»Gut. Werd ich ausrichten«, erwiderte Angermüller ohne erkennbare Regung.

»Wirst du deshalb jetzt auch keine Schwierigkeiten bekommen? Das täte mir leid«, erkundigte sich Carola besorgt.

»Das krieg ich schon geregelt, mach dir keine Gedanken«, meinte Georg großzügig.

»Ach, da bin ich froh! Das hat mich ganz schön belastet die letzten Tage«, seufzte Carola.

»Verrätst du mir auch, warum die Briefe jetzt auf einmal kein Problem mehr sind?«

Die Antwort blieb Carola schuldig. Klas-Dieter, schmal und mit schütterem Haar, war in der Balkontür erschienen.

»Hier steckt mein Täubchen!«

Er warf seine Lippen zum Kussmund auf, und Carola drückte die ihren gehorsam darauf. Sie umarmten sich, Carola kuschelte ihren Kopf an Klas-Dieters, und dann blieben sie verzückt lächelnd und eng umschlungen neben Georg stehen.

»Hab ich dir eigentlich schon erzählt, dass Klas-Dieter auch so ein Zauberer in der Küche ist, Georg?«, blinzelte Carola in die Frühlingssonne.

»Nicht dass ich wüsste«, verneinte Angermüller, dem allmählich dämmerte, was es mit Klas-Dieter auf sich hatte.

»Übrigens, Klas-Dieter«, fragte er interessiert, »kennst du eigentlich das tolle Rezept für Canard à l'Orange von diesem Fernsehkoch? Wie heißt der doch nur?«

Carola warf Georg einen erschrockenen Blick zu.

»Du meinst Pierre Lebouton«, nickte Klas-Dieter eifrig. »Klar kenn ich das.«

»Das würd' ich an deiner Stelle mal für die Carola machen«, empfahl Angermüller und lächelte Carola an. »So goldbraun und knusprig, mit diesem zarten, roséfarbenen Fleisch, ein

Gedicht! Das wird ihr bestimmt schmecken! Ihr entschuldigt mich, ich brauch jetzt was zu trinken.«

Als sie am späten Nachmittag nach Hause gingen, war Astrid so guter Dinge wie lange nicht mehr, sie redete und lachte und freute sich über das Wetter. Es war kein zweiter Frühling, aber zumindest eine Normalisierung der Verhältnisse. Natürlich hatte sie auch mitbekommen, dass Carola inzwischen scheinbar größte Stücke auf Georg hielt, und er nahm sich vor, seiner Frau demnächst einmal die ganze Geschichte von Carolas ›Drohbriefen‹ zu erzählen.

Tauwetter allenthalben, der Winter hatte sich endgültig verabschiedet, auch die Eiszeit in Herzen und Beziehungen schien vorbei. Astrid sprach zunehmend häufig vom Beginn der Segelsaison, was Georg mit Gelassenheit zur Kenntnis zu nehmen versuchte. Er selbst freute sich auf den Mai, wo Steffen und David ihn zu einem Wochenende nach London eingeladen hatten. Und auch wenn er versuchte, das vor sich selbst kleinzureden, freute er sich besonders darauf, dort eine ganz bestimmte Person wieder zu treffen. Eine Sache aber gab es, die wurmte Angermüller nach wie vor. Der Täter im Fall Güldenbrook war immer noch nicht gefasst.

Jeden Tag hatte Hilde Dierksen mehrere Stunden in der Klinik verbracht, an Pierres Bett gesessen, während er auf der Intensivstation im künstlichen Tiefschlaf lag, seine Hand gehalten und mit ihm geredet, obwohl sie nie eine Antwort bekam. Als er dann endlich wieder hatte aufwachen dürfen, hatte er keine Erinnerung an jenen Sonntag, da man ihn bewusstlos neben dem Hofgraben gefunden hatte. Noch drei Wochen hatte er danach im Krankenhaus verbringen müssen, und Stück für Stück war die Erinnerung zurückgekehrt. Hilde war, so oft sie konnte bei ihm gewesen.

Immer wieder wollte Pierre über Anatol reden, über den Morgen, als er ihn im Lager des Kavaliershauses überraschte, als er gerade mit einem seiner Hehler über eine Bestellung telefonierte, wie er ihn zur Rede stellte und Anatol mit seinem gewinnenden Lächeln alles abzustreiten versuchte. Wie Pierre ihm in die Kühlzelle vorausging, plötzlich einen Schlag auf dem Hinterkopf spürte und alles schwarz wurde. Pierre suchte die Verantwortung für das Geschehen bei sich, fragte sich, was er falsch gemacht hatte. Er konnte nicht begreifen, wie der Junge, der fast eine Art Ziehsohn für ihn geworden war, die dunkle Seite hinter seinem Charme und seiner Liebenswürdigkeit so perfekt hatte verborgen halten können.

Mit frischem Grün und ersten Blumen im Park empfing ihn Güldenbrook an einem hellen Frühlingstag, als Pierre Lebouton Ende März nach Hause entlassen wurde.

»Jetzt fängt mein neues Leben an, du wirst sehen«, sagte er zu Hilde. Zu ihrem Erstaunen setzte er diesen Vorsatz mit einer Geradlinigkeit in die Tat um, die sie nicht erwartet hatte. Als Erstes beendete er seine Fernseharbeit, verkaufte die Idee der Show, vermietete das Studio und war nur noch höchst selten einmal als Gast dabei. Er stellte einen Geschäftsführer ein, der sich um die Vermarktung der Lebouton-Produkte kümmerte, und gab die Leitung seiner Restaurants in andere Hände. Er selbst kümmerte sich nur noch um das kleine Restaurant im Torhaus auf Güldenbrook – und er bildete weiter junge Männer aus, die nirgendwo sonst eine Zukunft gehabt hätten. Große Hoffnungen setzte er auf Ernie, dem er nach langen Gesprächen und vielem Nachdenken noch eine Chance gegeben hatte. Irgendwann hatte Pierre erkannt, dass er nicht ganz unschuldig an der Entwicklung war, die die Dinge genommen hatten.

Natürlich genoss Hilde die viele Zeit, die sie jetzt miteinander verbringen konnten. Oft waren sie in der Umgebung unterwegs, gingen spazieren, besuchten traditionelle Erzeuger in der Gegend auf der Suche nach Produkten für den Hofladen, planten eine Reise mit Hinrich ins Elsass und bekochten sich gegenseitig. Denn endlich hatte auch Pierre wieder Lust, in seiner Küche zu stehen, und so waren Hilde und ihr Vater nun öfter im Herrenhaus von Güldenbrook zu Gast und wurden exzellent bewirtet.

Es war der zweite Freitag im April. Jansen und Angermüller saßen nach der Mittagspause im Büro und ließen es ruhig angehen. Bald war Wochenende. Jansen fuhr am Sonnabend mit Vanessa nach Berlin. Sie hatte ihm Eintrittskarten für ein Musical und eine Übernachtung im Hotel geschenkt. Er stand zwar nicht auf ›son Kram‹, wie er sagte, ein Bundesligaspiel wäre ihm lieber gewesen, aber er freute sich trotzdem darauf. Und Angermüller hatte nichts Bestimmtes vor und fand das wunderbar. Am Sonnabendvormittag auf den Markt, nachmittags ein bisschen im Garten werkeln und abends was Nettes kochen und Sonntag, man würde sehen, vielleicht ins Schwimmbad mit den Mädchen.

Da kam der Anruf aus Lensahn.

»Moin! Wir haben hier was für euch. Einen dicken Fisch sozusagen!«

Den Weg kannten sie noch gut. Wie immer gab Jansen sich Mühe, ihn in Rekordgeschwindigkeit zurückzulegen. Aber diesmal nahmen sie nicht die Allee, deren Bäume bis zum Torhaus von Güldenbrook in frischem Grün prangten, sondern bogen nach links auf eine schmale Nebenstraße ein.

»Das muss eigentlich bald kommen«, meinte Jansen ungeduldig.

Sie ließen Felder und Wiesen hinter sich und durchquerten einen dichten Mischwald. Als der sich wieder lichtete, sahen sie einen uniformierten Kollegen neben seinem Einsatzfahrzeug am Straßenrand stehen. Der Mann bedeutete ihnen anzuhalten.

»Am besten, Sie parken hier das Auto. Da drüben ist es.«

»Wo? Da ist ja gar nix zu sehen von einem See«, fragte Jansen.

»Sehen Sie da vorn das Gebüsch? Genau dahinter.«

Sie gingen bis zu der Stelle, wo die kleine Straße einen scharfen Knick machte, und bogen das Gestrüpp zur Seite. Vor ihnen glitzerte ein Gewässer in der Sonne. Gleich links zwischen den Bäumen am Ufer des kleinen Sees stand ein großer Trecker, davor ein paar Männer.

»Moin, ich bin der Pächter hier. Kalle Mientau«, grüßte ein Großer, Kräftiger, als Angermüller und Jansen bei ihnen ankamen. Er gab ihnen eine schwielige Hand.

»Hallo Herr Mientau«, erwiderte Angermüller. »Haben Sie den Fang gemacht?«

»Nö, stundenlang im Wasser rumstehen, das is man nich mein Ding. Das waren die beiden hier.«

Er zeigte auf die zwei Männer in Anglerhose und T-Shirt neben sich.

»Ne, ne, ne«, sagte der eine und schüttelte ungläubig seinen Kopf. »Die Saison fängt ja gut an. Wir waren hier eigentlich für Hecht und Zander, und dann erlebst du so wat. Ne, ne, ne.«

»Und ich dachte, Mann, der Niels hat aber einen fetten Oschi an der Angel«, mischte sich sein Kumpel ein. »Aber dat ging nich vor und nich zurück, und dann is seine Angelschnur gerissen.«

»Und dann ham wir nachgeschaut und die Bescherung entdeckt. Aber das ist ziemlich tief da hinten. Und da hab ich zu meinem Kumpel gesagt, lass uns lieber den Kalle anrufen. Und der ist dann auch sofort mit seinem Trecker gekommen.«

»Und ich hab gleich gewusst, worum sich das handelt, und Ihre Kollegen angerufen«, erklärte Kalle Mientau nicht ohne Stolz und zeigte auf den Fang, den er am Abschlepphaken seines Treckers hatte.

Auf der glatten Straße hatte es den Wagen aus der Kurve getragen und auf den kleinen See hinausgeschleudert. Das Auto war durch die noch nicht tragfähige Eisdecke gebrochen und der anhaltende, erbarmungslose Winter hatte dem schönen Anatol Kerbel, der ebenso talentiert wie skrupellos war, ein eiskaltes Grab bereitet.

ANHANG

KÖSTLICHKEITEN AUS PIERRE LEBOUTONS KÜCHE

ELSÄSSISCHER MÜRBETEIG

Zutaten:

200 g Mehl
100 g kalte Butter
1 Prise Salz
1 kleines Glas kaltes Wasser

Das Mehl in eine Schüssel geben, eine Prise Salz hinzufügen und die in Stücke geschnittene kalte Butter darauf geben. Diese Zutaten mit den Händen vermischen, die Hälfte des kalten Wassers darübergießen und alles gut verkneten, gegebenenfalls mehr Wasser dazugeben. Der Teig sollte zum Schluss glatt und geschmeidig sein. In Folie gewickelt die Teigkugel im Kühlschrank eine halbe Stunde ruhen lassen.

Dieser Teig ist die Grundlage vieler der für das Elsass typischen Tartes, ob süß oder salzig. Wer möchte, kann auch ein ganzes Ei hinzufügen, dann aber weniger oder gar kein Wasser nehmen. Bäckt man eine süße Tarte, gibt man einen gehäuften EL Zucker an den Teig.

»ZEEWELKUECHE« – TARTE À L'OIGNON, ELSÄSSISCHER ZWIEBELKUCHEN

Zutaten:
Elsässischer Mürbeteig ohne Zucker

250 g Zwiebeln in dünnen Scheiben
100 g gewürfelter Räucherspeck
25 g Butter
1 Becher Crème fraîche
2 Eigelb
Salz
weißer Pfeffer
Muskatnuss, gerieben

Den Mürbeteig in eine Tarteform oder auf ein Backblech drücken und rundherum einen kleinen Rand formen. In der Butter den gewürfelten Räucherspeck auslassen und anschließend die Zwiebeln in dieser Mischung glasig dünsten. Alles auf den Teig geben und mit einer Mischung aus Crème fraîche, Eigelb, Salz, Pfeffer und Muskatnuss bedecken. Anstelle dieser Kombination kann man auch eine Béchamelsoße nehmen. 20 bis 25 Minuten im vorgeheizten Ofen bei ca. 180 Grad backen.

Diese Tarte à l'oignon eignet sich gut als Vorspeise, mit einem Blattsalat wird sie zur Hauptmahlzeit, und da sie auch kalt schmeckt, kann man sie gut bei einem Buffet anbieten.

Der salzige Mürbeteig ist ein schnell herzustellendes Ausgangsprodukt für Variationen auch nicht elsässischer Art: Sie können z. B. Gewürze wie zerstoßenen Koriander oder Kümmel hineingeben, wer es scharf mag, auch getrocknete Peperoni und den Belag ganz nach Ihrem Gusto gestalten: mit einem gedünsteten Gemüse z. B. Lauch, mit oder ohne Speck, oder

Fenchel und Sonnenblumenkernen unter der Sahne-Eier-Mischung und, wer mag gibt noch geriebenen Käse darüber. Auch mit Möhren, angebratenem Hackfleisch und Frühlingszwiebeln schmeckt so eine Tarte, oder mediterran mit Tomaten, Mozzarella und Sardellen, gewürzt mit Oregano (dann ohne die Sahne-Eier-Mischung).

FLEISCHTORTE AUS DEM MÜNSTERTAL

Zutaten:

1 kg Schweinehack
1 altbackenes Brötchen,
in Milch eingeweicht, ausgedrückt
1 Ei
2 mittelgroße Zwiebeln, gehackt
50 g Butter
2 Knoblauchzehen, zerdrückt
Salz
Pfeffer
1 Prise Muskatnuss, gerieben
1 Prise Piment, gemahlen
3 EL gehackte Petersilie

ca. 700 g Blätterteig

Eigelb zum Bestreichen

Die Zwiebeln in der Butter andünsten. Das Schweinehack mit dem Brötchen, dem Ei und den übrigen Zutaten zu einem Fleischteig vermischen, die gedünsteten Zwiebeln dazugeben und alles gut miteinander verkneten. Eine Springform mit etwas mehr als der Hälfte des Blätterteigs auslegen, über den

Rand hinauslappen lassen und dahinein den Fleischteig geben. Die überstehenden Teigteile zur Mitte hin einschlagen und die andere Hälfte des Blätterteiges als Deckel obenauf geben, die Nähte verkleben und dann die ganze Oberfläche mit verschlagenem Eigelb bestreichen. Eine Gabel zur Hand nehmen und mit den Zinken sternförmig ein Muster hineinstanzen.

Bei ca. 200 Grad zwischen 30 und 50 Minuten im vorgeheizten Ofen backen, ggf. austretendes Fett vorsichtig abgießen. Gerade bei Blätterteig öfter nach dem Backgut sehen – manchmal geht's schneller und manchmal dauert's auch länger, aber wenn die Münstertaler Fleischtorte dann fertig ist, kann man mit einem echten Genuss aufwarten, sei es als Hauptgericht mit einem begleitenden Salat, als herzhafter Vorspeise oder Buffetbestandteil.

»BAECKEOFE« – EIN EINTOPF AUS DEM ELSASS

Zutaten, ausreichend für sechs Personen:

je 500 g Rindernuss, Schweinenacken, Hammelschulter ohne Knochen in mindestens hühnereigroße Stücke geschnitten

für die Marinade:

1 halber Liter trockener (Elsässer) Weißwein
1 große Zwiebel in Ringen
2 Knoblauchzehen, zerdrückt
6 Stängel Petersilie mit
1 Zweiglein Thymian zum Kräuterstrauß gebunden
3 Lorbeerblätter
2 Stangen Lauch, davon nur den weißen Teil,
in Ringe geschnitten

1 gute Prise gemahlener schwarzer Pfeffer
des Weiteren:
1,5 kg Kartoffeln, geschält
und in ca. 1 cm dicke Scheiben geschnitten
2 große Zwiebeln, in Scheiben geschnitten
etwas Nelke, gemahlen
Salz

Aus den angegebenen Zutaten eine Marinade mischen und die vorbereiteten Fleischstücke darin 24 Stunden ziehen lassen.

Am nächsten Tag entweder einen echten irdenen Topf aus dem Elsass oder einen Römertopf o. Ä. nehmen, die Hälfte der Kartoffeln und der Zwiebeln hineingeben, die marinierten Fleischstücke darauflegen und darauf die andere Hälfte der Kartoffeln und Zwiebeln schichten. Salzen, Gewürznelkenpulver darübergeben und die Gewürze und Gemüse aus der Marinade zufügen. Dann die Marinade selbst beigießen bis auf halbe Topfhöhe, gegebenenfalls etwas Wasser hinzufügen. Den Deckel auflegen und bei 180 bis 200 Grad zwischen zwei und drei Stunden im Backofen garen.

Der »Baeckeofe« ist ein wunderbar kräftiges Gericht, in dem sich der Saft des Fleisches mit den Aromen der Gewürze, Gemüse und dem Wein zu einem schmackhaften Ganzen fügen. Zum »Baeckeofe« (dem Backofen des Dorfbäckers) brachten die Frauen im Elsass früher ihren Eintopf, der dort in der Hitze nach dem Brotbacken dann langsam schmoren konnte.

Zum »Baeckeofe« passt ein kräftiger Blattsalat und ein ebensolcher Weißwein aus dem Elsass.

»ELSÄSSER APFELKUECHE« ODER TARTE AUX POMMES

Zutaten:

Elsässischer Mürbeteig mit Zucker

1 kg säuerliche Äpfel
Zucker
Zimt
150 g bis 200 g Crème fraîche
2 Eier
5 EL Zucker
1 MSP Vanillepulver

Eine gefettete, bemehlte Tarteform mit dem Mürbeteig auskleiden. Die Äpfel schälen und halbieren, das Kerngehäuse entfernen und kreisförmig auf dem Teig anordnen. Die Oberfläche der Äpfel mit einem spitzen Messer mehrmals einschneiden, dann mit Zimt und Zucker bestreuen und im vorgeheizten Backofen bei 180 Grad ca. 20 Minuten vorbacken.

In einem Gefäß die Crème fraîche mit den Eiern, dem Zucker und der Vanille verrühren, auf die vorgebackene Tarte geben und ungefähr weitere 20 Minuten backen lassen. Der Kuchen sollte am Ende eine goldbraune Farbe haben und kann mit Puderzucker bestäubt werden. Er schmeckt lauwarm oder kalt.

Variationen:

Auch mit anderen Obstsorten ist diese Tarte sehr zu empfehlen. Statt der Äpfel kann man zum Beispiel 1 kg Heidelbeeren auf den Mürbeteig in der Tarteform geben und das Ganze 30 bis 40 Minuten bei 180 Grad backen. Nach dem Backen mit 3–5 EL braunem Zucker bestreuen und noch warm mit ungesüßter, geschlagener Sahne als Dessert servieren.

Und natürlich ist dieser Teig auch die Grundlage für eine traditionelle Tarte aux Quetsches. Dafür 1 kg gewaschene, entsteinte und aufgeklappte Zwetschgen kreisförmig auf der mit Mürbeteig ausgelegten Tarteform anordnen, mit 1 halben TL Zimt und 4 EL Zucker bestreuen und bei ca. 180 Grad 30 bis 40 Minuten backen. Anschließend 1 halben TL Zimt mit 50 g Puderzucker mischen und darüber sieben. Auch dieser Kuchen schmeckt genauso gut warm wie kalt.

KUGELHOPF ODER GUGELHUPF

Zutaten:

500 g Mehl
¼ l Milch, lauwarm
20 g Hefe
200 g weiche Butter
2 Eier, zimmerwarm
100 g Zucker
1 Prise Salz
etwas Kirschwasser
100 g Rosinen
50 g Mandeln, geschält

Die Rosinen in Kirschwasser einweichen.

Das Mehl in eine Schüssel geben, eine Mulde hineindrücken und dahinein die Hälfte der lauwarmen Milch geben, die Hefe hineinbröckeln und mit etwas Mehl zu einem festen Teig verrühren. Mit einem Tuch bedeckt 15–20 Minuten gehen lassen, bis sich dieser Vorteig verdoppelt hat. Nun die restliche Milch, die Hälfte der Butter, die Eier, das Salz und den Zucker zufügen und alles zu einem lockeren Teig verkneten. Dann die restliche Butter zugeben und den Teig noch einmal gründlich durcharbeiten – bis zu einer halben Stunde heißt es in alten Backbüchern – glücklich, wer eine Küchenmaschine mit Knetwerk hat … Nun muss der Teig an einem warmen Ort, mit einem Tuch bedeckt, ungefähr eine Stunde ruhen, bis er seine Masse verdoppelt hat. Dann versetzt man ihm sozusagen zwei Handkantenschläge und mischt die abgetropften Rosinen unter die Teigmasse.

Die traditionelle Kugelhopfform im Elsass ist aus Keramik – eine Moule – und fehlt dort in keinem Haushalt. Wer keine Moule von seiner Mutter geerbt hat, muss sich mit einer Napfkuchenform behelfen. Die Form mit Butter ausstreichen, die Mandeln darin verteilen, den Teig hineingeben und noch einmal bis knapp über den Rand gehen lassen. Im vorgeheizten Ofen bei 180 Grad zwischen 45 und 60 Minuten backen. Der Kugelhopf sollte von einem hellen Goldbraun sein, gegebenenfalls die Oberfläche mit Folie abdecken. Noch heiß aus der Form nehmen und mit Puderzucker bestreuen.

Dieser Kuchen wird im Elsass bei einem Sonntagsfrühstück gereicht, manchmal als Nachtisch mit einem Glas Wein angeboten oder auch zum Vin d'honneur, wenn Gäste zu einem kleinen Empfang geladen sind.

AUS LEBOUTONS HOCHGLANZKOCHBUCH, KLASSISCH FRANZÖSISCH: CANARD À L'ORANGE – ENTE MIT ORANGEN

Zutaten für 4 Personen:

1 Flugente
Salz
Pfeffer
2–3 Zweiglein Thymian
1 Orange, unbehandelt, gewaschen

für die Soße:
3 Orangen, unbehandelt, gewaschen
Mehlbutter (30 g Butter
und ½ EL Stärkemehl, z. B. Kartoffelmehl)
etwas süßes Paprikapulver
Orangenlikör oder Sherry oder Portwein

2 Orangen, unbehandelt, gewaschen
Butter
Zucker
1 Becher Schlagsahne

Die gewaschene Ente innen und außen salzen und pfeffern. Von der Schale einer Orange dünne Streifen, ohne das Weiße, abschälen und klein hacken, dann die Frucht ganz abschälen, das Fruchtfleisch würfeln und zusammen mit der gehackten Schale und den Thymianzweigen in die Ente geben. Die Ente in einem Bratentopf, dessen Boden gerade so mit Wasser bedeckt ist, im vorgeheizten Ofen bei 180 bis 200 Grad in ungefähr einer Stunde goldbraun braten, zwischendurch hin und wieder mit dem ausgetretenen Bratensaft begießen.

Während die Ente brät, die dünn abgeschälte Haut einer weiteren Orange in ganz feine Streifen schneiden und diese Orange und zwei weitere auspressen. Die Butter mit dem Stärkemehl vermischen, kalt stellen.

Die fertig gebratene Ente aus dem Bratentopf nehmen und warm stellen. Den Fond im Bratentopf mit dem Orangensaft loskochen, die streifig geschnittene Schale zugeben, mit dem Orangenlikör abschmecken, ebenso mit dem Paprikapulver und gegebenenfalls mit Salz und Pfeffer nachwürzen. Dann nach und nach mit der Butter-Stärkemehl-Mischung bis zur gewünschten Sämigkeit binden.

Zwei Orangen mit der Schale in Scheiben schneiden und in einer Pfanne mit etwas Butter und Zucker karamellisieren. Die Schlagsahne steif schlagen.

Die Ente auf einer Platte anrichten, rundherum die karamellisierten Orangenscheiben legen und die Soße und die Schlagsahne in getrennten Gefäßen dazu reichen. Dazu passen im Ofen gegarte Kartoffelscheiben (z. B. Rezept S. 363 in »Steilufer«) oder einfach nur ein knuspriges Baguette und ein grüner Salat (z. B. Kopf- oder Feldsalat, Endivie).

Canard à l'Orange ist eine ideale Komposition aus dem typischen Geschmack einer zarten, saftigen Ente mit dem fruchtigen, erfrischenden Aroma von Orangen und schmeckt zu jeder Jahreszeit, wie ich finde.

DREIERLEI TAFELSPITZ UND EINIGES DRUM HERUM

TAFELSPITZ NACH DER ART VON PIERRE LEBOUTON

Zutaten für 4–6 Personen:

1 Tafelspitz vom Rind von ca. 1,5 kg
80 g fetter Speck, in ca. 1–2 cm langen, 0,5 cm breiten Streifen
1 EL Butter
1 EL Öl
2 mittelgroße Zwiebeln, in Scheiben
2 Möhren, halbiert und geviertelt

2 Tomaten, halbiert
2–3 Zweiglein Thymian
2 Lorbeerblätter
5 Zweiglein Petersilie
2–3 Knoblauchzehen, mit der Schale gequetscht
2 EL Mehl
½ Flasche Pinot Noir aus dem Elsass (oder ein anderer junger, trockener aber nicht sauerer Rotwein)
die gleiche Menge Wasser
Salz
Pfeffer
Mehlbutter (60 g Butter vermischt mit 2 flachen EL Speisestärke, kalt)

Das Fleisch von Fett und Häuten befreien und rundherum mit den Speckstreifen spicken. In einem Schmortopf die Butter und das Öl erhitzen und den Tafelspitz von allen Seiten kräftig darin anbraten. Fleisch herausnehmen und warm stellen und im gleichen Fett die Zwiebeln und Möhren mit anbraten und dann die Tomaten, die Kräuter und den Knoblauch zufügen, mit Mehl bestäuben, umrühren und achtgeben, dass nichts anbrennt. Mit dem Wein und dem Wasser aufgießen, das Fleisch wieder einlegen, das Ganze salzen und pfeffern. Den Topf schließen und für zwei bis drei Stunden – je nach Beschaffenheit des Fleisches – in den auf 180 Grad vorgeheizten Ofen geben. Hin und wieder das Fleisch mit der Flüssigkeit begießen.

Nach dem Ende der Garzeit das Fleisch aus der Soße nehmen und warm halten. Die Soße durch ein Sieb geben, wieder leise kochen lassen und nach und nach mit der Mehlbutter auf die gewünschte Konsistenz binden, gegebenenfalls noch einmal abschmecken. Den Tafelspitz, der jetzt weich und mürbe ist, in Scheiben schneiden und auf eine vorgewärmte Platte geben. Die Soße getrennt dazu reichen. Dazu passen z. B. grobblättrig geschnittene, in Butter bissfest geschmorte Steinchampignons, nur mit Salz und Pfeffer gewürzt und gedünstete, zarte Schoten, außerdem Spätzle oder Anatols Kartoffel-Pastinaken-Püree mit Walnüssen.

ANATOLS KARTOFFEL-PASTINAKEN-PÜREE MIT GERÖSTETEN WALNÜSSEN

Zutaten für 4–6 Portionen:

Ca. 700 g mehlig kochende Kartoffeln
Ca. 300 g Pastinaken
¼ bis ½ l heiße Milch
Butter
Muskatnuss
¼ TL Koriander, gemahlen
Salz
100 g Walnüsse, gehackt und in der Pfanne angeröstet

Die Kartoffeln in der Schale in Salzwasser weich kochen, die gewaschenen und gebürsteten Pastinaken halbieren und im 160 Grad warmen Ofen auf einem gefetteten Backblech in 10 bis 15 Minuten garen. Die gekochten Kartoffeln schälen und zusammen mit den fertigen Pastinaken durch eine Kartoffelpresse in eine Schüssel drücken. Mit der heißen Milch auf die gewünschte Konsistenz verrühren, ein gutes Stück Butter untermischen und mit Salz, geriebener Muskatnuss und dem Koriander abschmecken. Kurz vor dem Servieren die Hälfte der Walnüsse untermischen und mit der anderen Hälfte das Püree bestreuen.

TAFELSPITZ KLASSISCH ÖSTERREICHISCH WIE IHN STEFFEN VON SCHMIDT-ELM SERVIERT

Zutaten für 4–6 Personen:

1 Tafelspitz vom Rind von ca. 1,5 kg
½ kg Rinderknochen
Suppengrün (2 Möhren, 2 Petersilienwurzeln, 1 Stück Knollensellerie, 1 Lauchstange, 5 Zweiglein Petersilie)
10 Pfefferkörner
5 Pimentkörner
3 Knoblauchzehen in der Schale gequetscht
2 Zwiebeln, ungeschält, halbiert, Schnittfläche in der Pfanne dunkelbraun geröstet

Salz
Schnittlauch
grobes Meersalz

In einem ausreichend großen Topf die gewaschenen Knochen mit ca. 5 l kaltem Wasser aufsetzen, zum Kochen bringen und für ungefähr eine halbe Stunde kochen lassen. Nun das gewaschene, von Häuten und Sehnen befreite Fleisch dazugeben. Die Fettschicht, so vorhanden, bei diesem Rezept mitkochen, das ist besser für die Brühe. Es folgen nun in den Topf: die gewaschenen, geviertelten Gemüse und die Petersilie ebenso wie die Gewürze, der Knoblauch und die Zwiebeln. Den entstehenden Schaum immer wieder abnehmen. Den Tafelspitz bei mäßiger Temperatur in der Brühe mindestens drei Stunden gar ziehen lassen.

Das gegarte Fleisch aus der Brühe nehmen und warm stellen. Die Brühe durch ein Sieb geben, kurz aufwallen lassen, salzen.

Das Fleisch in Scheiben schneiden, auf einer tiefen Platte anrichten, etwas Brühe darüber gießen und mit Schnittlauchröllchen bestreuen. Grobes Meersalz, empfehlenswert Fleur de Sel, auf den Tisch stellen, sodass jeder Esser sein Fleisch nach Belieben salzen kann. Dazu serviert Steffen ganz traditionell Apfelsahnemeerrettich, Schnittlauchsoße und Röstkartoffeln. Selbst wenn das gegen österreichische Tradition verstößt: Auch Salzkartoffeln passen gut als Beilage.

So ein Tafelspitz macht im Grunde nicht viel Arbeit – ist er einmal im Topf, kocht er von allein – und empfiehlt sich deshalb als feines Gericht, wenn Gäste kommen. Natürlich müssen Sie Ihren Favoriten selbst herausfinden – der meine ist auf jeden Fall diese klassische Variante vom Tafelspitz.

APFELSAHNEMEERRETTICH

1 Becher Schlagsahne
5–6 EL geriebener Meerrettich
1 kleine Prise Salz
2–3 aromatische Äpfel
etwas Zitronensaft

Die Sahne steif schlagen, den geriebenen Meerrettich unterziehen und eine kleine Prise Salz dazugeben. Die geschälten Äpfel fein reiben, sofort mit ein wenig Zitronensaft beträufeln, damit sie nicht braun werden, und schnell unter die Meerrettichsahne ziehen, kalt stellen. Der Apfelsahnemeerrettich sollte zeitnah zum Servieren vorbereitet werden.

SCHNITTLAUCHSOSSE

Zutaten:
3 Eigelb, hartgekocht, zimmerwarm
Salz
Zucker
weißer Pfeffer
1 altbackenes Brötchen, ohne Rinde
etwas Milch
⅛ l Öl, geschmacksneutral, zimmerwarm
1–2 Bund Schnittlauch, ganz fein geschnitten
3 EL Essig mit doppelt so viel Wasser gemischt

Die gekochten, zerdrückten Eigelbe mit dem Handrührgerät zerkleinern, mit einer Prise Salz, Pfeffer und Zucker würzen. Das Brötchen in Milch einweichen, gut ausdrücken, zu den Eigelb geben und beides mischen und fein pürieren. Nach und nach mit dem Handrührgerät das Öl einrühren. Nun zwei Drittel des Schnittlauchs unterheben und so viel von dem Essig-Wasser-Gemisch langsam zugeben, bis die gewünschte Konsistenz der Soße erreicht ist. Nochmals abschmecken, mit dem restlichen Schnittlauch bestreuen und servieren.

RÖSTKARTOFFELN

1 kg Kartoffeln, am Vortag gekocht und geschält
Olivenöl
Butter
Salz
Petersilie

Auf einer Reibe mit großen Löchern die Kartoffeln in Späne (»nudelig«) reiben. In einer Pfanne ausreichend Olivenöl und Butter zu gleichen Teilen heiß werden lassen. Die zerkleinerten Kartoffeln hineingeben, salzen und bei guter Hitze goldbraun und knusprig braten, dann vorsichtig in großen Portionen wenden, damit die Kartoffelspäne nicht zerfallen, bis alles schön durchgebräunt ist.

Vor dem Servieren mit klein gehackter Petersilie bestreuen.

ANGERMÜLLERS RAHMBRATEN VOM TAFELSPITZ

Zutaten für 4–6 Personen:

1 Tafelspitz vom Rind von ca. 1,5 kg
80 g fetter Speck, in ca. 1–2 cm langen,
0,5 cm breiten Streifen
Salz
schwarzer Pfeffer aus der Mühle
6 EL Öl oder Butterschmalz
max. 500 g Rinder/Kalbsknochen, etwas zerkleinert
Wurzelgemüse: 1 Möhre, 1 Petersilienwurzel, 1 Stück
Knollensellerie, 1 Lauchstange – alles grob gewürfelt
2 Zwiebeln, ebenfalls grob gewürfelt
10 Pfefferkörner

¼ l Weißwein
½ l Rinderfond
Bouquet garni aus: 3 Zweiglein Petersilie, etwas Selleriegrün, 2 Knoblauchzehen, in der Schale gequetscht,
1 Lorbeerblatt, 3 Zweiglein Thymian

200 bis 250 g Becher Sauerrahm
3–4 gestrichene EL Mehl

Das Fleisch von Fett, Häuten und Sehnen befreien und mit dem Speck spicken und rundherum mit Salz und Pfeffer einreiben. In einem großen Bratentopf das Bratfett erhitzen und das Fleisch zusammen mit den Knochen anbräunen, sobald sich etwas auflegt mit ganz wenig Wasser ablöschen. Das fertig gebräunte Fleisch herausnehmen und warm stellen. Im selben Topf das Wurzelgemüse und die Zwiebeln (ggf. auch vom Spicken übrig gebliebenen Speck) bräunen. Wenn alles richtig Farbe angenommen hat, mit dem Weißwein ablöschen, den Rinderfond aufgießen und die Pfefferkörner und das Bouquet garni zugeben. Das Fleisch zurück in den Topf legen und zugedeckt im vorgeheizten Ofen bei 200 Grad etwa zwei Stunden garen, ab und zu mit der Flüssigkeit begießen. Achtung: Die Garzeit kann je nach Ofen und Fleischbeschaffenheit auch länger sein!

Nach Ende der Garzeit den Braten mit Folie bedeckt warm stellen. In die Soße das mit dem Sauerrahm verquirlte Mehl geben und alles zusammen auf dem Herd aufkochen und für eine Viertelstunde köcheln lassen. Aufpassen, dass sich nichts auflegt! Anschließend durch ein Sieb geben. Den Braten aufschneiden, auf eine vorgewärmte Platte legen und in einer Sauciere dazu die Soße reichen.

Als Beilage empfehlen sich z. B. Rosenkohl, Rotkohl oder grüne Bohnen, und zu der köstlichen Rahmsoße passt wunderbar ein Semmelkuchen nach unserem alten Familienrezept.

SEMMELKUCHEN
AUS ANGERMÜLLERS ALTER HEIMAT

<u>Zutaten für 1 Wasserbad/</u>
<u>Puddingform von 2 l Fassungsvermögen:</u>
600 g altbackene Brötchen oder Weißbrot
6 Eier
¼ l Milch
Muskatnuss
Salz
Butter
Semmelbrösel

Die Brötchen in happengroße Stücke schneiden. Die ganzen Eier mit der Milch, dem Salz und einer kräftigen Prise Muskat verquirlen und in einer Schüssel über die Brötchenstücke geben. Nun alles gut miteinander vermischen, mit Kraft immer wieder die Brötchen zusammendrücken, bis sie alle Flüssigkeit aufgesogen haben. Mehrere Stunden, vielleicht sogar über Nacht, ziehen lassen.

Die Wasserbadform mit flüssiger Butter einpinseln, mit Semmelbröseln auskleiden und den Teig hineingeben. Gut festdrücken und dann die Form schließen. Im Wasserbad – die Form sollte nur zu drei Vierteln von Wasser bedeckt sein – 90 Minuten garen. Nach Ende der Garzeit kurz abschrecken und aus der Form auf eine Platte stürzen.

Sollte tatsächlich etwas übrig bleiben – dieser Semmelkuchen ist nämlich der ideale Begleiter und Aufnehmer für köstliche Soßen! –, schmecken die Scheiben vom Semmelkuchen auch wunderbar, wenn man sie in der Pfanne mit etwas Butter noch einmal aufbrät.

Nach dem Rahmbraten serviert Angermüller noch ein köstliches Dessert, dessen Rezept hier folgt:

DIE PALATSCHINKEN VOM KOMMISSAR

Zutaten für 10–12 Stück:
150 g Mehl
¼ l Milch
2 Eier
1 Eigelb
Salz

Butter

Vanilleeis
Marillenmarmelade
100 g karamellisierte Mandelblättchen
(je 1 EL Butter und Zucker in die Pfanne geben und 100 g Mandelblättchen darin goldbraun rösten)
Marillengeist
Puderzucker

Aus Mehl, Milch, Eiern, Eigelb und einer Prise Salz einen dünnflüssigen Teig herstellen. Ein haselnussgroßes Stück Butter in die Pfanne geben, heiß werden lassen und so viel Teig hineingießen, dass der Pfannenboden dünn bedeckt ist. Sofort die Pfanne ein wenig rütteln, damit sich die Palatschinken nicht auflegen. Sobald sie hell gebräunt sind, vorsichtig umwenden und fertig backen. Mit dem restlichen Teig genauso verfahren. Die fertig gebackenen Palatschinken im warmen Ofen stapeln.

Nun jeweils eine Palatschinke auf einen Teller legen, eine Kugel Vanilleeis in die Mitte geben und darauf einen Klecks Marillenmarmelade. Den Teig nacheinander von allen vier Seiten einschlagen und das so entstandene Päckchen mit etwas Marillengeist besprengen, ein paar von den karamellisierten Mandeln darüberstreuen, mit Puderzucker bestäuben und sofort servieren.

AUS HILDES KÜCHE
IM VERWALTERHAUS VON GÜLDENBROOK

GROENKOHL MIT SOETEN KANTÜFFELN

Zutaten für 6–8 Personen:

2 kg frischer Grünkohl (wahlweise 1,5 kg tiefgekühlt)
3 EL Schmalz
100 g durchwachsener Speck, gewürfelt
1 große Zwiebel, gehackt
Salz
Pfeffer
1 kg geräuchertes Schweinefleisch
(Kassler und/oder Schweinebacke)
6 bis 8 geräucherte Würste
(Kohlwurst/Schinkenknacker/Polnische)

1,5 kg Kartoffeln, möglichst klein und festkochend,
gekocht und gepellt
Butterschmalz
Salz

brauner Rohrzucker

Den Grünkohl, der angeblich am besten schmeckt, wenn er etwas Frost abbekommen hat, waschen, von den harten Stielen zupfen und noch 2 bis 3 Mal durchwaschen, damit's nicht mehr knirscht! Anschließend das Gemüse klein schneiden. In einem ausreichend großen Topf das Schmalz erhitzen, den gewürfelten Speck darin ausbraten und dann die Zwiebel anbräunen. Nun den Grünkohl beigeben und kurz anschmo-

ren, ein wenig heißes Wasser dazugießen und mit Salz und Pfeffer würzen. In das Gemüse eine Mulde machen und das Fleisch einlegen. Auf kleiner Flamme lässt man alles zusammen ungefähr eine Stunde schmoren, wenn nötig, hin und wieder wenig heißes Wasser angießen – der Grünkohl soll am Ende aber möglichst »trocken« sein. Wenn das Fleisch fast gar ist, die Würste einlegen und ungefähr 20 Minuten weiterschmoren lassen.

Das Butterschmalz in einer Pfanne erhitzen und die kleinen Kartoffeln im Ganzen, falls es größere Exemplare sind, grob gewürfelt, in die Pfanne geben, eine Prise Salz darüberstreuen und bei recht großer Hitze bräunen. Wenn sie fast fertig sind, großzügig von dem braunen Zucker darüberstreuen und unter häufigem Wenden karamellisieren.

Sie können ganz normale Bratkartoffeln zubereiten, wenn ihnen die soeten Kantüffeln zu exotisch erscheinen – aber ich versichere Ihnen, sie schmecken fantastisch, und ich serviere sie als Beilage auch zu vielen anderen Gerichten. Abgesehen davon: Der Zuckerpott steht beim norddeutschen Teil meiner Familie zum Grünkohl sowieso immer mit auf dem Tisch, und jeder kann seinen Kohl so genießen, wie er will!

GROSSER HANS

Für den Großen Hans gibt es im Norden eine Vielzahl verschiedener Rezepte. Manchmal wird er mit Mehl zubereitet, manchmal mit altbackenen Semmeln oder Kuchenresten. Ich beschreibe hier eine Variante mit Grieß, wie ich sie bei meiner Schwiegermutter kennengelernt habe und die uns allen hervorragend mundet.

Zutaten für eine Puddingform von 2 l Fassungsvermögen:

1 l Milch
175 g Grieß
1 Prise Salz
2 EL Zucker
80 g zimmerwarme Butter
2 Eier, ebenfalls zimmerwarm
160 g Rosinen
100–150 g durchwachsener Speck in Scheiben
(ca. 3 × 3 cm)

Butter und Semmelbrösel für die Form
Backobst, Sirup oder Fruchtsoße

Aus Milch und Grieß einen Brei kochen und dann Salz, Zucker, Butter und Eier gut unterrühren. Von der Kochstelle nehmen und die Rosinen zufügen.

Eine verschließbare Puddingform mit flüssiger Butter einpinseln und mit Semmelbröseln auskleiden. Eine Hälfte der Speckscheiben auf dem Boden verteilen, den Teig einfüllen und die andere Hälfte auf den Teig legen. Darauf achten, dass die Form nur zu drei Vierteln gefüllt ist. Mit dem Deckel schließen und im Wasserbad eineinhalb bis zwei Stunden garen, wobei das obere Viertel der Form nicht im Wasser sein sollte. Anschließend mit kaltem Wasser abschrecken und das napfkuchenartige Gebilde aus der Form auf eine Platte stürzen.

Dazu schmeckt Backobst oder z. B. Himbeer- oder Kirschsirup oder eine Soße aus rotem Johannisbeersaft, angedickt mit etwas Vanillepuddingpulver. Der Große Hans kann als Nachspeise serviert werden, oder aber mit einer kräftigen Suppe vorweg auch als Hauptgang zum Mittag- oder Abendessen. Reste lassen sich wunderbar in Scheiben geschnitten in Butter goldbraun backen und mit den genannten Beilagen verzehren.

HEISSWECKEN

<u>Zutaten:</u>
500 g Mehl
¼ l Milch, lauwarm
1 Würfel Hefe
190 g Butter, zimmerwarm in zwei Portionen
1 Prise Salz
65 g Zucker
125 g Korinthen/Rosinen
Zimt
Kardamom

Das Mehl in eine Schüssel geben, eine Vertiefung hineindrücken, die Hefe hineinbröckeln und mit der Milch und einem Teil des Mehls verrühren. Diesen Ansatz ca. 15 Minuten gehen lassen. Anschließend mit der Hälfte der Butter und den restlichen Zutaten zu einem homogenen Teig verkneten und ca. 45 Minuten an einem warmen Ort gehen lassen. Anschließend die restliche Butter einarbeiten, runde Brötchen formen und diese nochmals ca. 30 Minuten gehen lassen. Im vorgeheizten Ofen bei ca. 200 Grad ungefähr 20 Minuten goldbraun backen und noch warm servieren.

Variation: In die aufgegangenen Heißwecken ein Loch drücken und mit einer Butterflocke und Zimt und Zucker füllen.

Heißwecken schmecken einfach so oder mit Butter und Marmelade, oder aber sehr norddeutsch: aufgeschnitten und mit geschlagener Sahne gefüllt.

HILDES OBSTSALAT

Zutaten für einen einfachen,
aber schmackhaften Nachtisch für 4–6 Personen:

4 Äpfel, gewaschen, ungeschält
Saft einer halben Zitrone
2 Orangen, geschält
2 Bananen, geschält
1 Handvoll Rosinen, in Rum eingeweicht
1 Handvoll Pecannusskerne, grob gehackt
1 MSP Vanillepulver
Akazienhonig, nach Geschmack
Schlagsahne

Die Äpfel vierteln und in Stückchen schneiden und mit dem Zitronensaft beträufeln. Die Orangenspalten ebenfalls klein schneiden und die Bananen in Scheiben. Alles mit den abgetropften Rosinen und den Pecannusskernen vermischen, die Vanille zugeben und nach Geschmack mit 3 oder mehr EL Akazienhonig süßen. Akazienhonig eignet sich gut als Süßmittel, weil er dünnflüssig ist und relativ geschmacksneutral. Den Obstsalat kühl stellen und mit ungesüßter geschlagener Sahne servieren. Natürlich kann man je nach Jahreszeit und Geschmack bei den verwendeten Früchten variieren, z. B. auch Exoten wie Ananas, Kiwi oder Mango verwenden oder auch Brombeeren oder Himbeeren zugeben (dann die Rosinen weglassen). Möglich ist es auch, den Obstsalat mit der flüssigen Sahne zu mischen, und natürlich können Sie auch Walnüsse oder Mandeln hineingeben, einfach so, geröstet oder karamellisiert, oder ihn mit Eis servieren.

ELLA DANZ
Schockschwerenot

978-3-8392-1766-5 (Paperback)
978-3-8392-4795-2 (pdf)
978-3-8392-4794-5 (epub)

»Die ›Agatha Christie des Gourmetkrimis‹«
(NDR Kultur)

Der schlechte Kaffee und der penetrante Bockwurstgeruch in der Cafeteria der Kurklinik am Ostseestrand sind Kriminalhauptkommissar Angermüller von Besuchen bei seiner Frau lebhaft in Erinnerung. Nun hat er dort dienstlich zu tun: Maren Seemann, unbeliebte Klinikmanagerin, hat ihr Müslifrühstück nicht überlebt. Einen Tag später liegt der Chefarzt Dr. Paulsen tot in seinem Büro. Neben seiner Leiche wird ein mysteriöser Stein mit einem Flügelsymbol gefunden. Genau so einer wie neben Maren Seemann …

ELLA DANZ
Unglückskeks

978-3-8392-1518-0 (Paperback)
978-3-8392-4331-2 (pdf)
978-3-8392-4330-5 (epub)

»Kulinarisch, kriminell, einfach Kult!«

Keiner weiß, wovor Sophie Angst hat, denn nach einer Kopfverletzung kann sie weder sprechen noch schreiben. Befindet sie sich in Gefahr? Kommissar Georg Angermüller wiederum muss das Rätsel um einen toten Chinesen auf den Schienen bei Reinfeld ergründen. Der Lübecker Ermittler und sein Team recherchieren lange ohne greifbaren Erfolg, müssen sich über ignorante Kollegen und ihren obersten Chef ärgern – und essen öfter mal, nicht nur mit Stäbchen, bis sie endlich der Lösung des Falles näher kommen …

GMEINER SPANNUNG

WWW.GMEINER-VERLAG.DE
Wir machen's spannend

ELLA DANZ
Geschmacksverwirrung

978-3-8392-1248-6 (Paperback)
978-3-8392-3827-1 (pdf)
978-3-8392-3826-4 (epub)

»Ein neuer Fall für Kommissar und Genießer Georg Angermüller.«

Kommissar Georg Angermüllers Stimmung passt zum grauen Novemberwetter in Lübeck. Erst vor kurzem zu Hause ausgezogen, fühlt er sich in den neuen vier Wänden noch ziemlich fremd. Und dann wird ausgerechnet in der Nachbarwohnung der Journalist Victor Hagebusch tot aufgefunden. Der Mann ist an Gänseleberpastete erstickt, die ihm mit einem Stopfrohr eingeführt wurde, und sitzt, nur mit einer Unterhose bekleidet, blutig rot beschmiert und weiß gefedert an seinem Schreibtisch. Alles sieht nach einer Tat militanter Tierschützer aus. Hatte der Journalist etwas mit der Szene zu tun? Angermüller folgt vielen Spuren, bis er auf eine überraschende Verbindung stößt …

ELLA DANZ
Ballaststoff

978-3-8392-1112-0 (Paperback)
978-3-8392-3593-5 (pdf)
978-3-8392-3592-8 (epub)

An einem traumhaften Sommertag in der Lübecker Bucht liegt Kurt Staroske tot auf dem Golfplatz. Sind die Rockmusiker Holger und Peggy deshalb so nervös? Was hat der Greenkeeper Rob Higgins damit zu tun? Will Ökobauer Henning vor seiner Frau Gesche etwas verbergen? Und sagt Kurts Chef, der Biomarktbesitzer Hauke Bohm, die ganze Wahrheit?

Bei ihren Nachforschungen stoßen der Lübecker Kommissar Angermüller und sein Kollege Jansen auf so manch einen, der ein Geheimnis mit sich herumschleppt. Und auch die unermüdlichen Ermittler haben privat so manches Päckchen zu tragen …

GMEINER SPANNUNG